प्रतिनिधि कहानियाँ

प्रतिनिधि कहानियाँ

चित्रा मुद्‌गल

सम्पादक
सुशील सिद्धार्थ

राजकमल प्रकाशन

ISBN : 978-81-267-3077-3

मूल्य : ₹ 395

पहला संस्करण : 2018
दूसरा संस्करण : 2023

प्रकाशक : राजकमल प्रकाशन प्रा.लि.
1-बी, नेताजी सुभाष मार्ग, दरियागंज
नई दिल्ली-110 002
शाखाएँ : अशोक राजपथ, साइंस कॉलेज के सामने, पटना-800 006
पहली मंजिल, दरबारी बिल्डिंग, महात्मा गांधी मार्ग, प्रयागराज-211 001
वेबसाइट : www.rajkamalprakashan.com
ई-मेल : info@rajkamalprakashan.com

मुद्रक : बी.के. ऑफसेट
नवीन शाहदरा, दिल्ली-110 032

PRATINIDHI KAHANIYAN
by Chitra Mudgal
Edited by Sushil Siddharth

भूमिका

चित्रा मुद्‌गल का कहानी लेखन 1965 में शुरू हुआ था। अब तक लगभग पाँच दशक की रचना-यात्रा में उन्होंने अनेक चर्चित कहानियाँ लिखी हैं। चर्चित होने के तमाम कारण वे किसी को भी सुखद विस्मय से भर सकती हैं। चित्रा मुद्‌गल के लेखन-समय में कई आन्दोलन पत्रिकाओं में उतरे, कई शिविरों ने आकार लिया व कई विमर्शों ने संवेदना एवं संरचना को मथा। फिर भी, यह नहीं कहा जा सकता कि उनकी कहानियाँ आन्दोलनों, शिविरों और विमर्शों की उपज हैं। वे इन सबके प्रति सचेत न हों, ऐसा नहीं है...लेकिन उनकी कहानियों का अपना स्वभाव है। चित्रा मुद्‌गल सघन सामाजिक सरोकारों से कहानियों को आकार देती हैं। अवध क्षेत्र से लेकर चेन्नई, मुम्बई व दिल्ली आदि तक उनका अनुभव विस्तीर्ण है। 'डोमिन काकी' से लेकर महानगरों में व्यस्त कामकाजी महिलाओं तक का उन्होंने गहरा अध्ययन किया है। स्त्री-विमर्श की गहमागहमी से अलग रहकर भी उन्होंने हाशिए की ओर ढकेली जा रही स्त्री के बहुतेरे प्रश्नों की पड़ताल की है। चित्रा मुद्‌गल वंचित व्यक्तियों की पक्षधर रचनाकार हैं।

कुछ लेखक रचना के लिए सामग्री जुटाने में ही अपनी अधिकांश शक्ति व्यय कर देते हैं। उन्हें लगता होगा कि किसी परिघटना से ही महत्त्वपूर्ण या बड़ा जीवन-सत्य व्यक्त किया जा सकता है। चित्रा मुद्‌गल जीवन के छोटे-छोटे प्रसंगों को चुनती हैं, उनमें व्याप्त तनाव परखती हैं, उन्हें सामाजिकता के व्यापक धरातल पर ला खड़ा करती हैं। यह एक तरह से अकथनीय को ज़ाहिर करने का हुनर है। उनके लिए परिवार सबसे बड़ा सच है। उनकी अधिकांश कहानियाँ विषम स्थितियों में भी रिश्तों को बचाए रखना चाहती हैं।

चित्रा मुद्‌गल की सबसे बड़ी शक्ति है उनकी अनोखी किस्सागोई। जैसे कोई धीमी आँच वाले अलाव के पास बैठे श्रोताओं के भीतर कहानी की लौ तेज कर रहा हो। अमृतलाल नागर, भगवती चरण वर्मा, कामतानाथ, विजयदान देथा की भाँति चित्रा जी ने किस्सागोई या कथन-रस को नया अर्थ दिया है। उनकी कहानियाँ किसी चौंकाने वाली युक्ति या प्रयोग-विह्वल प्रयत्न से प्रारम्भ नहीं होतीं। जीवन का एक क्षण पकड़कर ये कहानियाँ आगे चल पड़ती हैं। भाषा की तमाम भंगिमाओं,

कहावतों, मुहावरों, क्षेत्रीय शब्दों और उच्चारण पद्धति का साथ पाकर इन कहानियों की आन्तरिकता विकसित होती है।

चित्रा मुद्गल के कहानी–संसार से प्रतिनिधि कहानियों को चुनना आसान नहीं था। पाठकों और आलोचकों ने उनकी बहुतेरी कहानियों को लगातार चर्चा में रखा है। लिहाजा ध्यान रखा गया कि उनके लेखन के प्रत्येक दशक की उपस्थिति दर्ज हो सके। यह भी कि उनकी कथा–प्रवृत्तियों की झलक पाठकों को मिल सके।

'दशरथ का वनवास' सामन्ती परिवेश के बीच पिता–पुत्र के त्रासद सम्बन्धों का वृत्तान्त है। 'त्रिशंकु' माँ–बेटे की ऐसी रचना है जिसमें गरीबी, असुरक्षा, बेबसी रिश्तों का चेहरा बदल डालती है। स्त्री–मुक्ति के नाम पर हिन्दी में बहुतेरी कहानियाँ लिखी गई हैं। विडम्बना ही है कि आत्मनिर्भरता भी स्त्री के शोषण का ज़रिया बन जाती है। यह सत्य 'लाक्षागृह' में पढ़ा जा सकता है। 'इस हमाम में' वर्ग वैभिन्य के बावजूद स्त्री–जीवन की समान रूप से दुखती स्थितियों का बयान है।

'भूख' अपने कथानक और वर्णन के चलते एक कालजयी रचना मानी जाती है। मुम्बई का झुग्गी–झोपड़ी वाला यथार्थ इससे बेहतर कहाँ चित्रित हुआ है, याद नहीं पड़ता। राजनीति के स्वार्थी, हिंसक और आदमखोर चरित्र को 'जगदम्बा बाबू गाँव आ रहे हैं' में अभिव्यक्ति मिली है।

दिल्ली जैसे शहर के परिवेश पर रची 'जिनावर' मनुष्य और उसके सुख–दुख के सहभागी जानवर के सम्बन्धों पर केन्द्रित है। 'प्रेतयोनि' बलात्कार के विरुद्ध अविस्मरणीय कहानी है। परिवार और समय से जूझती लड़की एक नई शुरुआत का निश्चय करती है। 'लपटें' आहिस्ता से बता जाती है कि सियासत के फंदे में फँसा सामान्य नागरिक साम्प्रदायिकता और असुरक्षा के चलते मन मारकर कितना कुछ सहता रहता है। 'बलि' ग्रामीण परिवेश में सामन्ती अत्याचारों की दास्तान है। स्त्री–जीवन यहाँ भी किसी वस्तु या पशु सरीखा है। 'हथियार' पारिवारिक विसंगतियों के बीच नई पीढ़ी के सकारात्मक निर्णय का स्वर है।

चित्रा मुद्गल की कहानियाँ प्रतिवाद के शिल्प में लिखी गई हैं। उनमें बदलते समय–समाज की आहटें हैं। जो कहानियाँ यथार्थ के किसी खुरदुरे हिस्से पर खत्म होती हैं, वे भी स्थितियों के प्रति आक्रोश जगाती हैं। परिवेश का अद्भुत चित्रण, भाषा की भंगिमा और सहज रूप से व्यक्त होती आन्तरिकता इनकी विशेषता है। यह कहना होगा कि किसी आन्दोलन या विमर्श के अन्धानुगमन के स्थान पर चित्रा मुद्गल ने अपने अनुभव और रचनात्मक विवेक पर भरोसा किया है। यही कारण है कि ये कहानियाँ अनेक समस्याओं, विडम्बनाओं और षड्यंत्रों से जूझते महादेश का प्रामाणिक यथार्थ बन जाती हैं।

–सुशील सिद्धार्थ

अनुक्रम

दशरथ का वनवास

सहसा उसकी नींद उचट गई।

टेलीफ़ोन की घंटी लगातार बजे जा रही थी। उठने की इच्छा बिलकुल नहीं हो रही है। उसका उठना ज़रूरी भी नहीं है। रघु तो घर में है ही। लेकिन क्या घंटी की आवाज़ उसे सुनाई नहीं दे रही है? हो सकता है, वह घर ही न हो। कई दफ़े वह 'लॉक' की चाबी लेकर बाहर निकल जाता है और बाज़ार का काम कर आता है।

घंटी बजे जा रही है।

उफ़! लगता है, उसे उठना ही होगा। सिर बुरी तरह जकड़ा हुआ है। कनपटियों में धमाके-से महसूस हो रहे हैं। चादर परे करते-न-करते फिर अलसा गया और रघु के फ़ोन तक पहुँचने की आहट लेता रहा। यही सोचकर कि यह भी तो हो सकता है कि वह घर से बाहर न गया हो, बल्कि बाथरूम या संडास में हो! ऊँ हूँ! रघु शायद घर पर है ही नहीं। वह फ़ोन रिसीव करेगा तो जो भी फ़ोन पर होगा, तीन-चार मिनट तो बोर करेगा ही। और वह अभी दो घंटे और जमकर सोने के मूड में है। हैंगओवर देह को जकड़े हैं।

रात साढ़े चार बजे तक हंगामा चलता रहा था। काफ़ी चढ़ गई थी उसे। बनर्जी ने आग्रह किया कि तू यहीं सो जा। तुझे कुछ ज़्यादा हो गई है। वह ठहाका मारकर हँस पड़ा था। अपना जवाब याद है उसे-'अबे, ज़्यादा तुझे हो गई है। इस हालत में भी मैं पूना तक ड्राइव कर सकता हूँ।'

मिसेज सूरी ने भी आग्रह किया, 'रुक जाइए न!'

'साथ बैठेंगी?'

वे झेंप गई थीं।

छिह, पीने के बाद वह कितना अभद्र हो उठता है। इस वक़्त सोचकर झेंप लग रही है।

कुछ समय के लिए ख़ामोश हो गई घंटी फिर बज उठी। कोई लगातार कोशिश कर रहा है।

कोई चारा नहीं। चादर परे फेंककर उठ बैठा। पैरों में चप्पल फँसाकर लगभग अपने को घसीटते हुए टेलीफ़ोन तक आया और रिसीवर अलग रख दिया। वापस बिस्तर पर पहुँचा और तकरीबन गिरते हुए धम्म-से लम्बा हो गया।

सुधा को इतने दिनों के लिए उसे अकेला छोड़कर नहीं जाना चाहिए। विशृंखल हो उठता है। उसकी अनुपस्थिति को निर्द्वन्द्वता की सीमा तक जीने लगता है। अतीत

के दृश्य चील–कौओं–से ज़ेहन में मँडराने लगते हैं। वह अवश–सा अपने ऊपर व्यतीत को गुज़रते महसूस करता है...

यही कोई बारह–तेरह साल का रहा होगा। उस दिन मदरसा न जाकर बहुरे के साथ पक्के ताल में सिंघाड़े चुनने घुस गया था। कमीज सिंघाड़ों से भर गई तो बाहर आने के लिए पलटा कि तभी कौओं की काँव–काँव अपने सिर पर मँडराती दिखी। भयभीत हो हकबका गया। सिंघाड़े पानी में पसर गए। तब तक बाहर नहीं आ पाया जब तक कौओं का शोर दूर न चला गया। बहुरे की कमीज सिंघाड़ों से भरी हुई थी। उसे देख–देखकर वह हँसी से दोहरा हो रहा था–'चूतिया नहिकय...सरऊ पिद्दी हौ पक्के!'

पिद्दी!

उस घर में वह बन भी क्या सकता था?

कैसे वह सुधा से मिलते ही स्वयं को मज़बूत और सुरक्षित महसूस करने लगा था! दोस्त उसके बीजीपने से वाकिफ़ थे। अक्सर मज़ाक करते–'बच्चे कैसे हैं, भाभी?'

'मज़े में हैं।'

'सुना है, तीसरे की तबीयत कुछ गड़बड़ है?'

'होगी नहीं? भई, आवारा दोस्तों की सोहबत में जो पड़ गया है। रात चार बजे घर लौटा। सुबह आधासीसी शुरू!'

'आपने कुछ ज़्यादा ही ढील दे रखी है, भाभी।'

'सोचती हूँ, जब घेरने वाले पिंड ही नहीं छोड़ते तो भला कहाँ तक बाँध के रखूँ!'

'भाभी! उसने तो हमें बरबाद कर रखा है और आप!' और फिर ज़ोरदार ठहाके।

सुधा टेलीफ़ोन पर ही हँसी से दोहरी होने लगती।

ऑफ़िस से जब वह घर लौटता है, टीनू और मोना के साथ ख़ूब हुड़दंग मचाता है। महसूस करता है कि जैसे अपने बचपन को वह नए सिरे से जी रहा है, जो बाबूजी ने कभी उसे जीने नहीं दिया। यही वजह है कि टीनू और मोना के मुँह से फ़रमाइश हुई नहीं कि फ़ौरन तामील होती है। भले सुधा दलीलों पर दलीलें थमाती रहे कि वह बच्चों को लड़िया–लड़ियाकर बरबाद कर रहा है, सन्तुष्ट नहीं। और वे दोनों? सुधा अक्सर ठेना मारती है कि हमारा ज़माना था, बच्चे माँ के पीछे पगलियाए रहते थे। आजकल ठीक उलटा है।

उसके गाड़ी पार्क करते न करते वे दोनों दौड़कर दरवाज़ा खोल लेते हैं। मोना पिछली सीट पर रखा उसका भारी–भरकम बैग उठा लेती है। टीनू लड़ने लगता है–'पापा! रोज़–रोज़ बैग यही उठाएगी क्या?' वह हाथ की डायरी उसकी ओर बढ़ा देता है। पर टीनू ज़िद पर अड़ जाता है–उसे बैग ही चाहिए। हमेशा दोनों बैग के पीछे लड़ पड़ते हैं।

वह दोनों को लिफ़्ट में खींचकर पाँचवें माले का बटन दबा देता है।

'मोना बेटे, आज बैग टीनू दादा को दे दो।'

'पापा, ये जलनखोर है।'

'जलनखोर तो तू है और गन्दी भी है। बताऊँ पापा को? पापा, पापा, आपको नहीं पता...सामनेवालों की वो गोवानी आया है न, लिली!...ये उससे चाकलेट माँगकर खाती है।'

'झूठा...एकदम झूठ! पापा, आपको बताऊँ! ये टीनू है न...'

'दादा बोलो, बेटे।' वह बीच में टोकता है।

'हूँ, है दादा! माली के बेटे के साथ रोज़ गोटी खेलता है। वो कितना गन्दा है, पापा! स्कूल नईं जाता है।'

टीनू मोना को मारने झपटता है कि लिफ़्ट पाँचवें माले पर ठहर जाती है। तक़रीबन रोज़ यही तकरारें होती हैं उनकी। लिफ़्ट से बाहर होते ही वह उन्हें याद दिलाता है कि वे आपस में इस क़दर लड़ रहे हैं कि रोज़ की भाँति उसकी पप्पी लेना भी भूल गए हैं। अब तो दो-दो देनी होंगी ब्याज़ समेत, वरना कल से वह दफ़्तर से घर नहीं आएगा। दोनों खिसियाकर उससे लिपट जाते हैं।

किसी की आहट स्मृतियों का सिलसिला भंग कर देती है।

"कौन, रघु," तकिए में मुँह धँसाए हुए ही वह पूछता है।

"जी सा'ब।"

"घर पर नहीं थे"

"कपड़े लाने लांड्री गया था।"

"टेलीफ़ोन परेशान कर रहा है। तुम बैठक वाले कनेक्शन पर लगा लो। मैं एकाध घंटे सोना चाहता हूँ।"

"जी।"

"कोई पूछे तो कह देना, मैं घर पर नहीं हूँ। नम्बर लिख लेना उसका।"

कल रात ज़्यादा ले लेने के पीछे किसी हद तक कारण ईश्वर अंकल की चिट्ठी थी। वह स्पष्ट महसूस कर रहा था कि भीतर एकाएक शान्त पड़ी लहरें ज्वार-सी लपटें भरने लगी थीं। वह अपने मूड को ठीक रखना चाह रहा था। सबके साथ जीना चाह रहा था। पर...

ईश्वर अंकल का यह आरोप-'तुम निहायत कमीने बेटे साबित हुए हो। देखभाल तो तुम्हारे बग़ैर भी ठीक-ठाक हो रही है। इतना बड़ा परिवार उसने अपने कन्धों पर ढोया है। चार घंटे उसके लिए भी तैयार है। हफ़्ते-भर पहले ही उससे मिलने गया था, तुम्हारे बारे में जानना चाहा तो उसकी निस्तेज आँखों में मुझे अवसाद और क्षीण आशा के मिले-जुले पहाड़ दृष्टिगत हुए। जितनी देर उसके क़रीब बैठा रहा, उन्हें लाँघ नहीं पाया। उसके शब्द थे-अपने घर-बार में वह ख़ुश है, ईश्वर...सब ठीक है...तुम्हें यह सब लिखना एक फ़र्ज़ अदायगी मात्र है।'

'फ़र्ज़'! इस शब्द के अर्थ ईश्वर अंकल ने कभी बाबूजी को क्यों नहीं समझाए? उसके लिए क्या किया? गाँव में रहा तो किसी तरह हाई स्कूल कर लिया। आगे के लिए उन्होंने उसे छात्रावास में न रखकर अपने मित्र ईश्वर अंकल के पास इलाहाबाद भेज दिया था।

पितृहीन तो वह माँ के जिन्दा रहते ही महसूस करने लगा था। जिस शख़्स की पहचान उसे बाप के नाम पर दी गई थी, उससे अपनी उम्र के बाईसवें साल तक–और तब तक ही उस घर से उसका रिश्ता रहा–कुल जमा दो सौ शब्दों से अधिक बातें नहीं हुई होंगी। शेष जितना भी कहा–सुना गया, सब बाबा की मार्फ़त। उस घर में अपने होने के एहसास को भी वह जब तक जिया, बस माँ और बाबा की मार्फ़त...

पियारे खबर लाया था। नहर आ गई है। काका खेतों में पानी काटने निकले। साथ में मजूर भी बल्लम–भाला लिए चलने को उद्यत हुए। उसका भी मन हो आया। काका से ज़िद करने लगा कि वह भी खेतों में पानी देने उनके साथ चलेगा। काका ने समझाया कि एक तो रात–बिरात का मामला है, तिस पर कभी–कभी पानी की कटाई पर फ़ौजदारी भी हो जाती है पटियइतों से। फिर काम–धाम में उसकी सुध कौन रखेगा? लेकिन वह टस से मस न हुआ। हारकर काका को उसे संग लेना ही पड़ा।

वे अभी खेतों से कोस–भर दूर ही थे कि सहसा काका उसकी चीख सुनकर चौंक पड़े। वह मेंड़ पर पसरा, पाँव पकड़े 'दैया, दैया' कर रहा था। पियारे के हाथ में लटकती लालटने की रोशनी उसके पाँवों पर बिछ गई। रोशनी के छत्ते में उसने मेंड़ की ढाल पर छितरी भटकटैया की बेल में बिलाती बीछी (बिच्छू) को देख लिया।

काका आशंकित हो बिरझा उठे–'अरे, साँप तो नहीं काटि खाइस?'

वह झूठ बोल गया, 'कुछ सुरसुराया तो था, काका।'

काका ने पियारे को आदेश दिया, ''बबुन का कनिया मो उठाइ लियो तो। सरपट लै चलो घरै।'

मेरे घर में कुहराम मच गया। अनहोनी की आशंका से विह्वल माँ छाती कूट–कूटकर दुश्मन सरापने लगीं। झड़वइए–फुँकवइए इकट्ठे हो गए। कौड़ियाँ फेंक–फेंककर मंतर पढ़े जाने लगे। पीड़ा तो हो रही थी, पर जान–बूझकर वह बुंबुआ–बुंबुआकर कराहने लगा, जैसे कि प्राण अब निकले, तब निकले। आस–पास जुटा जमघट उसे सन्तुष्ट कर रहा था। बाबूजी के होश भी आज फ़ाख़्ता हो जाएँगे। इकलौता जो है!

कानों में बहुत–सी आशंकाएँ गूँज रही थीं।

'वही तो नहीं कहीं? दादा रे दादा, तीन हाथ का चितकबरा रहता है। रजऊ के नाती पर एक बार भैया, जो फनफना के दौड़ा...बरसों से रहि रहा है। खेत की रखवारी करता है।'

तभी सुना, माँ बेहोश हो गईं। दाँत बँध गए उनके। और कानों में पड़ी समवेत खुसफुसाहटें–'हटो, हटो भैया, लंबरदार आ रहे हैं। पुरा गए थे। बस अबहिन लौटे हैं।'

09चढ़ती बेहोशी में भी वह चौकन्ना हो उठा, 'बबुन!'

बाबूजी की रोबीली आवाज़ ने उसे लगभग झिंझोड़ दिया था–'साँप ने काटा कि बीछी ने?'

बेहोशी की लहर झड़ गई। मुँह से निकला, 'बीछी ने।'

'ठीक से देखा था?'

'देखा था, पियारे ने लालटेन नीचे की थी तो बीछी को भटकटैया में बिलाते (छिपते) देखा था।' सच मुँह से निकल गया। उनके होश फ़ाख़्ता करने की मंशा धरी-की-धरी रह गई।

'सुअर! पक्का स्वांगी है।'

उनकी पदचाप आँगन, दहलीज़ पार करती दूर हो गई। उसके माथे पर न उनका हाथ आया, न माँ की तरह उनके दाँत भिंचे, न वे उसे कुछ हो जाने के भय से आशंकित हुए। बाबा झड़वइयों से अलबत्ता चिरौरी करने लगे थे कि बीछी भी कम विषैली नहीं होती...

बाबूजी कभी उसे 'महाबीरन' का मेला नहीं ले गए। न कभी रंगीन काँचोंवाला चश्मा ही दिलाया, न गैस का गुब्बारा। अवधेश और रामेसुर जब अपनी-अपनी बातें बताते, लाई हुई चीज़ें दिखाते तो वह मन मसोसकर रह जाता।

अपने को लेकर कभी बाबूजी को सहज नहीं पाया–'उठा नहीं अभी तक? खटिया खड़ी कर दो पाजी की! सा-ला-आ दलिद्दर है। जब देखो तब पसरा पड़ा रहता है।' उनका रोबदार स्वर उसे क्या, पूरे घर को थर्रा देता।

माँ भुनभुनातीं–'उठ न बबुन! अपने साथ-साथ मेरे भी हाड़-गोड़ तुड़वाएगा।'

और उस दिन तो उन्होंने सचमुच उसकी खटिया उलट दी। आँगन के पक्के फ़र्श पर वह धड़ाम से गिर पड़ा था।

'धूप चढ़ आई तो क्या? कोई बच्चों के साथ इतना बर्बर सुलूक करता है! मनौतियों से तो औलाद का सुख पाया है। सीधे-सीधे घिंचई काहे नहीं दबा देते। सारे जंजालों से मुक्ति पा जइहो।' माँ बाबूजी के सामने तन गई थीं। बाबूजी आपा खो बैठे। उसके ही क्या, सबके सामने उन्होंने माँ को बेंत से पीटा। वह चीखता-चिंघाड़ता रहा, पर किसी की मजाल जो बाबूजी का हाथ पकड़ लेता! बड़ी अम्मा बचाने आगे बढ़ीं भी तो बाबूजी ने उन्हें वहीं डपट दिया, 'आगे मत बढ़ना, भौजी।'

कोठरी में कराहती पड़ी अम्मा के सामने उसने अपनी किशोर मुट्ठियों को आक्रोश से थर्राते हुए भींच लिया था। घोषणा की थी कि अबकी अगर बाबूजी ने तुम्हारे ऊपर हाथ उठाया तो ठीक नहीं होगा। दहलीज में टँगी उन्हीं की दुनाली उतारकर न उन पर दाग दूँ तो रघुराज सिंह का नाती नहीं।

अम्मा तमककर उठ बैठी थीं, 'नासिकाटे नाहिं त!...अपने बाबूजी बरे ऐसे कुबचन बोलत हो!'

'तुमको मारा क्यों?'

'मारिन, अपनी मेहरिया का मारिन। का करिहो?'

दंग रह गया। अजीब लगी थीं माँ। उस दिन वह स्कूल के लिए घर से निकला तो ज़रूर था, पर स्कूल जा नहीं सका। दौआ के बाग की मेंड़ पर बस्ता पटककर, कच्चे अमरूद ढेले मार-मारकर तोड़ता रहा। ठीक उसी समय घर पलटा जब दूर से उसने बच्चों को लौटते देख लिया। घर पहुँचकर पाया कि माँ हमेशा की तरह चूल्हे के सामने बैठी रोटियाँ पो रही थीं और काका चौके में बैठे खा रहे थे। वही रोज़ का दृश्य। चार कोस खेतों की मेंड़ों-मेंड़ चलते हुए वह जब गाँव का तपता गलियारा पार कर अपने दरवाज़े पहुँचता तो पाता कि बाबूजी उसारे में पड़े निवाड़ के पलंग पर खा-पीकर सुस्ता रहे होते। नियम उस रोज़ भी नहीं टूटा था। बाबा दमा के मरीज थे। उनकी खटिया चौबीसों घंटे दहलीज में ही पड़ी रहती। सिरहाने मिट्टी और राख से भरा तसला रखा रहता, जिसमें वे खँखार-खँखारकर बलगम थूका करते।

जैसे ही वह दहलीज में क़दम रखता, आहट पाकर बाबा अपनी मिचमिची आँखें खोल देते-'आ गए, बबुन!' फिर एक लम्बी साँस को छोड़ते-खींचते वाक्य पूरा करते-'जा, हाथ-मुँह धो ले। दुलहिन रास्ता देखती बैठी है चौके में।'

वह खमसार की हचमची खटिया पर पलटे पड़े गद्दों के ढेर पर बस्ता लापरवाही से उछाल देता। तमाम मिन्नतों और चिरौरियों के बावजूद हाथ-पाँव धोने का सब्र न सँजो पाता।

औरों की देखा-देखी अब वह बस्ता छोड़कर हाथों में किताबें लाने-ले जाने लगा था। कितनी बार उसने बाबा से आग्रह किया था कि बाबूजी से कहकर या तो वे उसे नई साइकिल लिवा दें या फिर उनसे उनकी ही साइकिल का उपयोग करने की अनुमति दिलवा दें। आठवीं-नौवीं कक्षा के जितने भी विद्यार्थी दूर से आते हैं, सब साइकिल पर आते हैं। कइयों के पास तो घड़ी भी है!

'कहूँगा, कहूँगा' कहकर बाबा उसे बहला देते। आगे भी बस बहलाते-भर रहे। बाबूजी से कहने की हिम्मत शायद उनमें भी नहीं थी। इसीलिए कुछ ही दिनों बाद उन्होंने कहना शुरू कर दिया था, 'पेंशन आने दे। ले दूँगा।' पर साइकिल नहीं आ सकी; क्योंकि पेंशन के पैसे आते ही बाबूजी के हाथों में चले जाते।

उस रोज़ वह दुस्साहस कर बैठा था। बाबूजी की जेब से उसने चुपचाप साइकिल की चाबी निकाल ली। वे घर पर थे नहीं, सुबह की बस पकड़कर कानपुर पेशी के लिए निकल गए थे। कानपुर गए हैं तो कुबेरिया से पहले क्या लौटेंगे! यही सोचकर बड़े इत्मीनान से उसने सबकी नज़रें बचाकर, कैरियर पर किताबें-कॉपी जमाईं और पिछवाड़े से घूमकर स्कूल भाग लिया था। उसके सहपाठियों ने उसकी चमचमाती साइकिल को बार-बार छुआ था और ढेर सारी जिज्ञासाओं एवं प्रशंसा-वाक्यों से उसे लाद दिया था कि वह सचमुच भाग्यशाली है जो उसे नई साइकिल मिली है। एक वे हैं जो खड़खड़िया में जैसे-तैसे गुजर कर रहे हैं, जिसकी कि दसियों बार चेन उतर जाती है और दो-एक रोज़ में पंचर 'फुस' हो जाता है।

वापसी में जैसे ही उसने गाँव का तपता गलियारा पार किया, साइकिल 'पंचर' हो गई। उसके हाथ-पाँव फूल गए, किन्तु बाबूजी की अनुपस्थिति ने मन को ढाढ़स बँधाया। जैसे रखी थी ठीक उसी तरह खड़ी कर ताला लगा देगा। चाबी खूँटी पर टँगे बाबूजी के कुरते की जेब में सरका देगा। कह देगा, उसे क्या पता कि कैसे पंचर हो गई। पहले तो वे उससे पूछेंगे ही नहीं, उस पर अन्देशा ही नहीं होगा कि वह बग़ैर उनकी आज्ञा के साइकिल छूने की हिम्मत कर सकता है। किन्तु...

आशा के विपरीत बाबूजी अपने निवाड़वाले पलंग पर उठंगे बैठे थे। यह उसे बाद में पता लगा कि उन्हें बस अड्डे पर जाकर पता चला कि कल रात से ही शहर जाने वाली दोनों बसें बिगड़ी पड़ी हैं और उन्हें बनने में चार घंटे खप जाना मामूली बात है। वे आज पेशी पर तो किसी हालत में नहीं पहुँच सकते। वकील तारीख़ ले लेगा, यही सोचकर वे घर लौट आए थे—ठीक उसके निकलने के क़रीबन आधा घंटा पीछे।

बेंत की मार ने देह के कई हिस्सों की खाल उधेड़ दी। दुआरे के बीचोंबीच खड़े बूढ़े नीम से उसे बाँध दिया गया था। दरवाज़े की आड़ से लगी माँ उसे पिटता देखती रहीं और गुहार-गुहारकर रोती रहीं।

बाबा बिस्तर से कम ही उठते थे। उस पर पड़ रही मार ने उनका दिल दहला दिया। देहरी लाँघकर बाबूजी तक पहुँच गए थे। और हाँफते-हाँफते चीखे थे, 'छोड़ दे, केदार। अरे, इतना तो कोई ढोर-ढमार को भी नहीं कूटता!' उन्होंने बाबूजी के हाथ से बेंत छीन लिया था।

बाबा न पहुँचते तो शायद बाबूजी उसकी जान लेकर ही छोड़ते।

चार दिनों तक स्कूल नहीं जा पाया था। उसके बाद जब-जब उसारे के निकट से गुजरता, चमचमाती साइकिल को देखकर आग लग जाती देह में। प्रतिशोध फुफकारने लगता है कि दुनाली उतारकर...

अपने दोस्त की बुआ के घर से जिस दिन वह हाईस्कूल का आख़िरी पर्चा देकर लौटा था, बाबा की खटिया दहलीज में ख़ाली पड़ी थी।

जाने से पहले भी तो बाबा से उलझा था—"बाबा! सब लड़के फुलपैंट पहनकर और घड़ी बाँधकर परीक्षा देने जा रहे हैं" और हमेशा की तरह बाबा ने बहलाया था—"बबुन! अगली पेंशन पर पैंट बनवा दूँगा।" घड़ी के नाम पर उन्होंने अपनी जेबघड़ी उसे थमा दी थी—'टाइम देखने के लिए साथ लिए जा।"

हँफनी साँसों की घरघराहट दहलीज की गोबर पुती-फ़र्श पर नासूर-सी दब गई।

अटारी की घुमावदार अँधेरी सीढ़ियों के एक कोने से लगकर, वह मुट्ठियों में घड़ी भींचे, घंटों हिचकियाँ भरता रहा था...

खट्।

"कौन?"

"मैं, सा'ब।"

"ज़रा फैन तेज़ कर दो।"

रेगुलेटर की कड़कड़ाहट के साथ ही हवा में अन्धड़-सा दौड़ने लगा।

दोपहर को वह दिल्ली ट्रंककॉल बुक करेगा। भाई साहब से कहेगा कि सुधा और बच्चों को वे इसी हफ़्ते मुम्बई वापस भेज दें। वह अकेले नहीं रह सकता। कितना अकेला और असुरक्षित महसूस करता है वह उनके बग़ैर। हालाँकि भाई साहब उसकी बात से सहमत नहीं होंगे। उनका बराबर आग्रह होगा कि जब सुधा दिल्ली आई ही है तो रवि की मँगनी तक रुक जाए...लेकिन नहीं, वह उनकी एक नहीं सुनेगा। फिर टीनू और मोना के स्कूल भी तो परसों से खुल रहे हैं। इसी बहाने पर दृढ़ रहेगा...मोना की आवाज़ सुनने को तरस गया है। बहरहाल कुछ भी हो, वह हर हाल में सुधा और बच्चों को पास चाहता है। ईश्वर अंकल की चिट्ठी से उपजी उद्विग्नता को वह बग़ैर सुधा से बाँटे झेल नहीं पा रहा।

टीनू और मोना के स्कूल खुलने के प्रसंग से स्मृतियों ने करवट भरी। कॉलेज खुलने वाले होते तो वह ठीक एक रोज़ पहले इलाहाबाद के लिए निकल पड़ता। अम्मा ढेर सारी पोटलियाँ उसे गिनाने लगतीं।

'यहि पिपिया माँ पाँच सेर घी रजाय दीन्ह है...'

'यहि माँ शक्करपारे धरे हैं। और...येवु है...चना-लाई। या गुड़ कै भेली धर दीन्ह है। ईश्वर भैया की दुलहिन मंगवाइन हैं।'

'सतुवा लइ जइहौ?'

बड़ी अम्मा हर बार की तरह अपने भीगे स्वर में हिदायत दोहराती, 'रास्ता देखति रहति है छौनी...चिट्ठी तनिक जल्दी-जल्दी डारा करौ, बबुन।'

घर से दूर रह रहा था तो लगा कि बाबूजी चिट्ठी ज़रूर लिखेंगे। उसके बाद वह उन्हें तमाम ख़त लिखेगा। किन्तु उसके नाम कभी ख़त नहीं आया। ईश्वर अंकल के नाम आए उनके खतों को वह थूक से गीला कर खोल डालता-'बबुन की पढ़ाई कैसी चल रही है? आशा है कि वह ठीक होगा। किसी बात पर ढील न देना। बच्चे बिगड़ जाते हैं इस उम्र में। उसकी शादी के रिश्ते आ रहे हैं।'-यही एकाध पंक्तियाँ उनकी आपसी बातों से भरे पन्नों में उसके लिए होती। मन कसैला हो बुझ जाता। लिफ़ाफ़े को चिपकाकर वह अन्य चिट्ठियों के बीच अंकल की टेबिल पर यथास्थान रख देता और दृढ़ निश्चय करता कि वह दोबारा ख़त नहीं खोलेगा। आख़िर उन ख़तों में उनके लिए होता ही क्या है!

बी.आर.सी. से उसे साक्षात्कार का बुलावा मिला तो ख़ुशी से उमड़कर उसने पहली दफ़ा बाबूजी को पत्र लिखा था और उनसे आशीर्वाद चाहा था। जवाब फिर भी न आया। ईश्वर अंकल के ख़त में ही उसके पत्र का ज़िक्र था और आशीष भी। साक्षात्कार में जाते हुए वह मन-ही-मन भयभीत था। पहला-पहला साक्षात्कार था और पहली दफ़ा ही वह किसी महानगर की यात्रा पर जा रहा था। हालाँकि ईश्वर अंकल ने मुम्बई स्थित अपने बड़े भाई साहब को उसके बारे में पूर्व-सूचना भिजवा दी थी कि रमानाथ मुम्बई

में उनके घर ही कुछ दिनों के लिए ठहरेगा। उनका जवाब भी उसके इलाहाबाद छोड़ने से पहले ही आ गया था। उन्होंने रमानाथ को किसी प्रकार की असुविधा न होने का आश्वासन दिया था।

साक्षात्कार देकर इलाहाबाद लौटा तो बेहद प्रसन्न था; मगर तभी एक दिन घर से बनवारी काका उसे लिवाने आ पहुँचे थे–'दुलहिन को ख़ून की कै हो रही है। आजकल की बात है। पता नहीं कब धोखा दे जाएँ।'

उनके लम्बे निःश्वास ने उसे विचलित कर दिया। कहीं माँ भी बाबा की तरह उससे मिले बग़ैर न चल दें!... पर माँ उसकी प्रतीक्षा कर रही थीं। पीली पलकों को सयत्न उघाड़कर उन्होंने उसे देखा था। उसे महसूस हुआ था कि बनवारी काका झूठ बोल रहे थे कि दुलहिन को ख़ून की कै हो रही है। ख़ून की कै माँ कैसे कर सकती हैं? इस ठठरी–से शरीर में अगर ख़ून होता तो वे कुछ महीनों और इस घर का चूल्हा–चौका न फूँकतीं।

'बबुन!' माँ ने बस उसे एक ही बार पुकारा था और उनकी पुतलियाँ जड़ हो गई थीं।

'महतारी कै मया दइया...अकेल लड़िका कय देखै का खातिर जिउ अटका रहय।'

'दुइ दिन से रटति रहय दुलहिन, बबुन का बुलवाय देव...बबुन नहीं आवा?'

'रहय तो किस्मतवाली...मनई और जवान बेटवा के कंधे चढ़ि के जाय रही है...'

माँ को नहला–धुलाकर नई साड़ी पहना दी गई थी। पैरों में आलता, माथे पर बिन्दी, माँग में सिन्दूर भर दिया गया। उसकी सूजी हुई आँखें टकटकी बाँधे रही थीं। माँ को इतनी सजी–धजी उसने कभी नहीं देखा था, न इतनी सुन्दर।

अटारी की उन्हीं अँधेरी सीढ़ियों पर वह घंटों बैठा रहता, जहाँ बाबा के मरने पर बैठकर रोया करता था...

"सा'ब, आपका फ़ोन है दिल्ली से।" रघु तकरीबन फुसफुसाता है कानों के क़रीब।

वह चौंककर उठ बैठता है। अनायास फुरती महसूस होती है। चप्पलें खोजने के लिए वह पैरों को फ़र्श पर आगे–पीछे सरकाता है। एक मिल जाती है; दूसरी पलंग के काफ़ी नीचे सरक गई है। धनुषाकार झुककर, एक हाथ लम्बा कर वह चप्पल बाहर खींच लेता है। इस दरम्यान उसकी कोशिश अपने को प्रकृतिस्थ कर लेने की होती है। फ़ोन पर ज़रूर सुधा होगी और उसकी विशृंखलता को 'हलो' के प्रत्युत्तर के साथ ही भाँप लेगी। बालों को दाहिने हाथ से सुलझाते हुए वह रिसीवर कान से लगा लेता है।

सुधा के भाई साहब हैं। सुधा को फ़ोन पर अनुपस्थित पाकर एक अनिच्छा स्वर को हतोत्साहित कर देती है। भाई साहब कह रहे हैं कि वे सुबह से लगातार फ़ोन लगा रहे हैं, किन्तु नम्बर ही नहीं लग रहा। फ़ोन तो नहीं आउट ऑफ ऑर्डर था? क्या कहे? उसने ही तो रिसीवर उठाकर रखवा दिया था। सुबह शायद भाई साहब ही लगातार कोशिश

कर रहे थे। सहसा सुधा और बच्चों को कल ही किसी तरह की व्यवस्था करके भेज देने की बात याद हो आती है। कहने को तत्पर होता ही है कि "हलो! रमानाथ! सुनो, आज 'डीलक्स' से सुधा और बच्चों को मुम्बई के लिए बैठा दिया है। कल चार या चार बीस के क़रीब तुम उन्हें दादर पर ही उतार लेना। हलो, पहुँचने का समय ठीक से पता कर लेना ज़रा।"

वह एकाएक स्फूर्ति से भर उठता है। सुधा के आने की सूचना दी है भाई साहब ने। उसे उनसे इतने ठंडे स्वर में नहीं मिलना चाहिए। वैसे ही वे लगातार पूछ रहे हैं कि वह इतना उखड़ा-उखड़ा क्यों है।

"इधर का चक्कर कब लगा रहे हैं, भाई साहब?"

"बस किसी ऑफ़िशियल टूर के जुगाड़ में हूँ। मौका लगते ही दो-तीन दिनों के लिए तुम लोगों के पास रहूँगा। ओ.के...हाँ, सुधा के ठीक-ठाक पहुँचने पर फ़ोन कर देना...ओ.के. बाय!"

वह फ़ोन रख देता है।

नन्हीं-नन्हीं बाँहों को आसमान की ओर फैलाकर मोना बताती है, "यू नो पापा! कुतुबमीनार इतनी ऊँची है, इतनी ऊँची है कि जो उसे गरदन उठाकर देखता है न, उसकी टोपी नीचे गिर जाती है।"

"अच्छा! और जिसने टोपी न पहनी हो?" साश्चर्य आँखें फाड़कर वह मुग्ध-सा पूछता है।

मोना निरुत्तर हो उठती है। टीनू आँखें चमकाकर उसकी खिल्ली उड़ाते हुए कहता है कि मोना बुद्धू है। मैंने नानाजी को बताया कि कुतुबमीनार ऊँची ज़रूर है, मगर मुंबई में तो इससे भी ऊँची-ऊँची बिल्डिंग हैं।

वह पूछने जा ही रहा था कि और क्या-क्या देखा उन्होंने कि अचानक मोना उससे बड़ा अजीब सवाल कर बैठी, "पापा, मम्मी के डैडी से तो हम हमेशा मिलते हैं, आपके डैडी से क्यों नहीं मिलते?"

क्या जवाब दे? सुधा और उसने क्षणांश एक-दूसरे को देखा। बच्चे बड़े हो रहे हैं। उनकी जिज्ञासाएँ अस्वाभाविक भी तो नहीं हैं।

मोना का सुर उसी प्रश्न पर अटक गया था-"बोलिए न पापा! आपके डैडी हमारे दादाजी होंगे न?"

सच्चाई नहीं निकली मुँह से-"बेटे...नानाजी जो हैं न, वही तुम्हारे दादाजी हैं।"

"झूठ! कैसे होंगे वे दादाजी? मामा के बंटू से हमने पूछा कि तुम हमारे नानाजी को दादाजी क्यों कहते हो तो उसने ही समझाया कि नानाजी तो वे तुम्हारे हैं, क्योंकि तुम्हारी मम्मी के डैडी हैं। मेरे तो वे दादाजी हैं, क्योंकि मेरे पापा के पापा हैं।"

"हमारे दादाजी नहीं हैं?" अबकी मोना की जिज्ञासा में टीनू का प्रश्न भी सम्मिलित हो गया।

पता नहीं वह कैसे बोल गया, ''तुम्हारे दादाजी तो...बहुत पहले ही मर गए...तब मैं बहुत छोटा था...''

सुनकर मोना का चेहरा उतर गया।

''जाओ, खेलो जाकर।'' वह अधिक देर तक उनका सामना करने की हिम्मत भुरभुराती अनुभव कर रहा था।

बच्चे अपने कमरे में चले गए।

सुधा खिन्न मन से बालकनी में जाकर खड़ी हो गई।

अनायास ही खिंच आई इस बोझिल ख़ामोशी को झेल पाने में वह ख़ुद को असमर्थ महसूस करने लगा। उठकर सुधा के पीछे जा खड़ा हुआ। उसके कन्धे से अपना चेहरा छुपाते हुए बोला, ''क्या जवाब देता?''

सुधा उदासीन ही बनी रही–''कुछ और भी तो कह सकते थे।''

''कुछ और क्या?''

''कोई बहाना गढ़कर उन्हें समझा देते।''

वह उखड़ गया, ''तुमने अब तक कोई बहाना गढ़कर क्यों नहीं समझा दिया? तुम तो जानती हो, सुधा! मेरे लिए इस रिश्ते का यही महत्त्व रह गया है...जिन सम्बन्धों को मैं जी नहीं पाया, उन्हें...''

सुधा ने बात पूरी नहीं होने दी, ''उन्हें औरों के लिए भी ज़िन्दा नहीं रहने देना चाहते, यही न!''

वह पास से हट जाना चाहता था। सुधा के साथ वह किसी तरह का तनाव झेल नहीं पाता। किन्तु इस मनःस्थिति में उसे अकेला छोड़ देना भी ज़्यादती होगी। खड़ा ही रहा। चेहरे को आहिस्ता से उसके कन्धे से टिका दिया। राहत महसूस हुई।

कुहनियाँ रेलिंग पर टिकाए सुधा निर्विकार–सी बाहर ताक रही थी।

हालाँकि बाबूजी से सुधा को हज़ार–हज़ार गिले–शिकवे हैं। अक्सर वह किन्हीं भावुक क्षणों में अपनी भावनाओं को उकेरती–'क्या बाबूजी कभी हमारी शादी की सच्चाई को स्वीकार नहीं करेंगे?...पोता–पोती को देखने के लिए जी नहीं तरसता उनका? कहते हैं, अकेला बेटा मन की कमज़ोरी होता है। कैसे वे इतने निष्ठुर हैं तुम्हारे प्रति? लगता है, उन्हें देखूँ, रमानाथ! मिलूँ उनसे, वे बहू कहकर पुकारें...उनकी मरज़ी के ख़िलाफ़ शादी ज़रूर कर ली है तुमने, मगर मुझे विश्वास है कि वे अगर एक बार भी मुझसे मिलेंगे तो बहू के रूप में मैं उन्हें निराश नहीं करूँगी...'

लेकिन जब वह बाबूजी के विरुद्ध किसी तरह का क्षोभ व्यक्त करता है तो सुधा उससे नाराज़ हो उठती है। उसे ऐसे में हमेशा माँ की याद हो आती है। बाबूजी की अमानुषिकताओं का शिकार होकर भी वे कभी उनके विरुद्ध कुछ भी सुनना पसन्द नहीं करती थीं।

''तुम्हारे आने से दो–एक दिन पहले ईश्वर अंकल की चिट्ठी आई थी।''

सुधा चौंककर ठीक उसके सामने हो गई।

"बाबा की तरह उनका दमा भी जानलेवा हो उठा है। बिस्तर पर ही हैं आजकल।"

"क्या कहूँ!" कहकर लम्बा उच्छ्वास भरा सुधा ने, "जाने की बात तुम कभी मान नहीं सकोगे, रमानाथ।"

उसने कोई प्रतिक्रिया नहीं दी। हृदय-प्रकोष्ठ के इन कोनों में वह सदैव-सदैव अकेला है। इन कोनों पर वह सुधा को कतई हावी नहीं होने देता। बड़ी देर तक वे यों ही खड़े रहे पास-पास-अबोले।

बारी-बारी से कई लोगों की चिट्ठियाँ आईं। सभी में उससे चले आने का आग्रह था। बाबूजी की बिगड़ती हुई हालत का ब्यौरा भी। काका ने पहली दफ़ा उसे एक साथ कई पत्र लिखे। भाषा समझौते-भरी थी। आग्रहपूर्ण भी-'सब कुछ भूल-भालकर बहू और बच्चों को एक बार तो देहरी छुआ जाओ। बाप का जी है, कहते नहीं तो क्या!'

चिट्ठियों ने उसके नासूरों में टीसें पैदा कर दीं। लोग हमेशा उससे हक अदायगी की अपेक्षा करते हैं। कभी किसी ने उस आदमी से क्यों नहीं कहने की हिम्मत दिखाई कि एक बच्चा तुमसे सिर्फ़ दहशत की ही नहीं, सीने की गरमाई का भी मोहताज है।

हफ़्ता-भर भी नहीं बीता...बाबूजी के स्वर्गवासी होने का तार उसके हाथों में है। बड़ी निर्लिप्तता से उसने तार सुधा की ओर बढ़ा दिया। सुधा ने कई दफ़ा तार को पढ़ा। उसकी आँखों में नमी उफनी और गालों पर लम्बी-लम्बी लकीरें बनाती बहने लगी।

"तुम्हारा बहाना सच हो गया।" उसने भर्राए हुए गले से इतना-भर कहा। वाक्य में व्यंग्य नहीं था, केवल वेदना लरज़ रही थी।

वह गाँव नहीं गया।

बाद में भी कई टेलीग्राम उसे बुलाने के ख़ातिर आए-'काम में तो आकर शामिल हो जाओ।'

जवाब उसने ईश्वर अंकल को दिया था-मरे हुए सम्बन्धों को वह मात्र लोकलाज के लिए नहीं जी सकता, इसीलिए इन ढकोसलों में भी ख़ुद को शरीक नहीं कर पा रहा।

लिखने को तो वह निस्संकोच यह सब लिख गया, पर जानता था कि ईश्वर अंकल के लिए उसके ये तर्क महज उसकी प्रतिशोधी मानसिकता के औजार हैं, और अब तक वे उसकी शक्ल कभी न देखने का निर्णय ले चुके होंगे।

अंकल के पत्र के जवाब में उसके नाम एक ख़ाली लिफ़ाफ़ा आया, जिसमें एक बिल्टी की रेलवे रसीद थी। अटकलें लगाता रहा कि क्या हो सकता है? उन्होंने क्या भेजा होगा? पर कुछ भी अनुमान नहीं लगा पाया।

बिल्टी वह ख़ुद छुड़ाकर लाया। इतनी भारी-भरकम पैकिंग देखकर सब हैरान थे। बच्चे बार-बार उन दोनों से पूछ रहे थे और जानना चाह रहे थे-आख़िर इसमें क्या है...इसे किसने भेजा है?

सुधा ने मज़बूती से सिले गए टाँकों को कैंची से काटकर उधेड़ा था। पैकिंग खोलने में उसे लगभग आधा घंटा तो लग ही गया और जब पैरा अलग हटाकर उस चीज़ को देखा तो दोनों के भीतर जैसे ख़ून बर्फ़ हो उठा–एकदम नई चमचमाती साइकिल उनके सामने थी।

"पापा, पापा! यह किसकी साइकिल है? किसने भेजी है," मोना और टीनू समवेत स्वर में उसे झकझोर रहे थे।

वह अपने–आपमें नहीं था। मदरसे के उस अहाते में पहुँच गया था–'वाह! क्या मॉडल है! कब लिवाई बाबूजी ने?'

'हमें तो पता ही था, बच्चू, कि तू हम लोगों को एक दिन मात देगा। ठाकुर केदारसिंह का बेटा है। पुरानी–धुरानी चीज लेकर थोड़े आएगा...'

उसे अपने दोस्तों की प्रतिक्रियाएँ सुनाई दे रही थीं। वह बेतहाशा साइकिल के हर हिस्से को अपनी उँगलियों से छू रहा था। सहसा उसका हाथ कैरियर की पट्टियों में खुँसे एक पुरजे पर ठहर गया। बाबूजी के हाथों का लिखा हुआ पुरजा...

'चि. बबुन! सोचा था, तुम दफ़्तर जाने लगोगे तब तुम्हें यह साइकिल भेंट करूँगा। तुम दफ़्तर जाने लगे, मगर तुमसे भेंट नहीं हो पाई। तुम्हारी अमानत अब नहीं सँभाल पा रहा, तुम्हारे पास भिजवा रहा हूँ...'

सहसा उसका सिर साइकिल की सीट पर टिक गया। बाँहें इर्द–गिर्द लिपट गईं। पीठ हिचकियों से बुरी तरह काँप रही थी...

(1973)

त्रिशंकु

स्कूल से छूटा, तब माँ की हिदायत बराबर याद थी–'सिद्दा घर कू आना, बंडू। दोन बाजता मेरे कू पंजाबन सेठानी के साथ मारकेट ख़रीदी को जाना हय...' पर गली के मोड़ में घुसते ही छोकरों को 'हूऽ तूऽऽ तूऽऽऽ तूऽऽऽऽ' खेलते पा कबड्डी में शामिल होने का लोभ संवरण नहीं कर पाया। बस्ता और कमीज़ एक किनारे फेंक, अपनी झूल आई निकर को तोंदी पर खींच, वह चीते की–सी फुरती ओढ़ 'तूऽऽ तूऽऽऽ' करता पारी खेल रहे मोहल्ले के गोल में शामिल हो गया। और लम्बा दम साधकर, उसने पैंतरे बदल–बदलकर तीन को तो पहले ही झपाटे में मैदान से बाहर कर दिया। लेकिन दूसरी पारी में दो मुस्तैद छोकरों ने उसकी मामूली–सी असावधानी के चलते उसे कुत्तों की तरह घेरकर धर दबोचा।

अचानक हुए हमले से वह सँभल नहीं पाया। मुँह के बल गिरा तो लम्बा दम साधने के बावजूद सीधा खड़ा नहीं हो पाया। छोकरों ने पकड़कर उठाया तो छिली ठुड्डी की

जलन भूलकर वह पाठशाला की ख़ाकी वर्दी की इकलौती निकर के फट जाने से घबरा गया। आँखों के सामने माँ का रौद्र रूप साकार हो उठा।

घर कैसे जाएगा इस हालत में? अचानक उसे याद हो आया–सुबह पाठशाला के लिए निकलते समय माँ ने उसे बार–बार चेतावनी दी थी कि शाला छूटते ही वह सीधा घर आए, मोहल्ले के लोफ़रों के साथ आवारागर्दी करने न बैठ जाए। उसके लच्छनों से परिचित जो है। जानती है कि शाला नियमित डेढ़ बजे छूटती है और वह दो–ढाई बजे से पहले कभी घर नहीं लौटता। इसीलिए जब कभी उसे किसी काम से बाहर जाना होता है वह उसे 'सिद्दा' घर आने की चेतावनी देती। चेतावनी वह हरगिज न भूलता।

घर ख़ाली न छोड़ने के पीछे कुछ ठोस कारण थे। माँ को सदैव अन्देशा बना रहता कि कहीं उसका बाप घर अकेला पाकर गृहस्थी के बरतन–भांडे न उठाकर ले जाए। कितने हंडे–बटुवे उसने बेच खाए। माँ के लड़ने पर उन्हें चराने की कोशिश करने लगता कि किसी अड़ोसी–पड़ोसी ने मौका ताड़कर हाथ–सफाई दिखा दी, वह तो कुंडी लगाकर फकत संडास तक गया।

उसकी राह देखती माँ पंजाबन सेठानी के संग अगर नहीं गई होगी तो घर पर तोप–सी भरी बैठी होगी। ख़ैर नहीं उसकी, हाथ–पाँव साबुत बच रहे तो गनीमत! तिस पर फटी निकर! आग में तूप (घी)। माँ के प्रकोप से बचने की कोई तरकीब? तरकीब है। देर में देर! कुछ देर कहीं और सुस्ता ले। घर में हुई तब भी घंटे–आध घंटे में साँझ का भांड़ी करने निकल लेगी। लौटेगी तो ठीक दीया–बाती के समय। तब तक जूठे बरतनों के साथ मगज की तेजी भी मँज–पुँछ गई होगी। पटाने की खातिर वह झोपड़ी का झाड़–पोछा कर लेगा। साफ़–सुथरा घर माँ की कमजोरी है। देखते ही खिल जाएगी।

लेकिन तरकीब उसे विशेष अभय नहीं दे पाई। दोनों ही बातें सम्भव थीं। कुछ देर बाद माँ का क्रोध शान्त हो जाए या फिर दुगुने–तिगुने वेग से नथुने फड़काता, ताव खाता मिले। ऐसे में उनका सामना करना ही उचित। देह पर कमीज़ चढ़ाकर वह खोपड़ी से बस्ता लटकाए घर की ओर बढ़ गया।

माँ नहीं गई थी।

जैसे ही वह घर में दाख़िल हुआ, प्रतीक्षा में उबली बैठी माँ तमतमाई–सी उस पर झपटी–"हलकट, मेलया, कुत्तरा, हरामखोर...बोला न तेरे कू सुबू? विसरलास (भूल गया)? पन कईसा...कईसा तेरे को याद नईं हुआ कि मेरे को सेठानी के साथ ख़रीदी को जाना है...चढ़ी तेरे को चरबी? अब्भी, सेठानी का बूमा–बूम कौन सुनेगा! तू?"

फ़र्श पर छटपटाता हुआ वह 'हाय–हाय' करता, हाथ–पैरों से तीखे प्रहारों को झेलता माफ़ी माँगने लगा। मगर उस पर न उसके माफ़ी माँगने का कोई असर हुआ, न विश्वास दिलाने का कि अब की वह उसे छोड़ दे, आइन्दा उससे ऐसी लापरवाही हरगिज नहीं होगी। उलटा माँ के क्रोध ने तपे तेल–पुते तवे पर अचानक पड़ी पानी के छींटे–सी लपट धर ली। मारते–मारते जब वह स्वयं निढाल हो उठी, तब कहीं जाकर उसके हाथ–पाँव रुके।

''वो हरामखोर आए, तो चौक्कस रैना...किसी वस्तु को हाथ-बीथ नई लगाने को देना। जाती मैं। आइकलास (सुना)।'' माँ गुर्राती-सी दरवाज़ा भड़ाक से भेड़कर खोली से बाहर हो गई।

'वो हरामखोर' यानी उसका बाप...

पंड्या गली में धोंडू के दारू के अड्डे पर वह तब तक बैठा घड़ियाल-सा नौसादर की पीता रहता जब तक 'टुन्न' होकर अपनी गली में अगल-बगल की दो-चार झोपड़ियों के दरवाज़े अपनी खोली के भ्रम में न खटखटा लेता। फ़ैक्टरी से छूटकर बाप सीधा कभी घर न आता, चाहे उसके काम की पहली पाली हो या दूसरी। अक्सर माँ जान ही नहीं पाती कि बाप कौन-सी पाली कर रहा है। समय-असमय आने पर जब कभी सशंकित होकर टोकती तो उलटा बाप उसी पर चढ़ बैठता कि वह 'ओवरटैम' करता है। फिर 'टैम' से कैसे घर पहुँचे?

इतना वह भी समझने लगा था कि जो कामगार 'ओवरटैम' करता है उसे पगार के अलावा अतिरिक्त आमदनी होती है। फिर तो माँ को बाप की ऊपरी कमाई से ख़ुशी होनी चाहिए थी; पर समझ में न आता कि 'ओवरटैम' की बात सुनकर माँ क्यों असहज हो उठती है! उन दोनों की झायँ-झायँ में कुछ गोलमाल लगता। दिमाग पर बहुत ज़ोर डालता पर हाथ कुछ न लगता! किशोर बुद्धि चकरा जाती।

जब छोटी बहन कमला घर पर ही थी, अक्सर आधी रात में उसकी और कमला की नींद माँ की हृदयविदारक चीखों और धमाधम कुटती देह की दहलाती कराहों से उचट जाती। वे आतंक से सहमे, अपनी दरी पर पड़े हुए, छाती में घुमड़ती, फूटने को व्याकुल हिचकियों को होंठों में भींच, विवश, मोम-से टपकते रहते। कुछ देर बाद वह पाता कि बेसुध-सी होती कमला उसकी पीठ से दुबकी, उसकी थर्राती रीढ़ में अपना चेहरा गड़ा लेती। पल-पल किसी अनहोनी की दहशत नुचे लहूलुहान पंखों-सी उन पर टूटने लगती...और वह सोचना शुरू कर देता।

जब भी माँ क्षुब्ध हो उसे कूटती, अपनी चोटों से न वह उस कदर आतंकित होता, न आहत, अवमानित! मगर जल्लादी बाप के प्रति उसके हृदय में प्रतिहिंसित आक्रोश सिर उठाने लगता। यहाँ तक कि वह रात से ख़ौफ़ खाने लगा। रात से शायद माँ भी ख़ौफ़ खाती। शायद इसीलिए वह उन्हें जल्दी खिला-पिलाकर सुला देती कि उनकी चैन की रात तभी तक है जब तक घर की कुंडी नहीं खड़कती। कुंडी खड़कने से उसकी नींद नहीं उचटती; नींद उचटती माँ की कलपती चीखों से! इधर कुछ दिनों से उसमें परिवर्तन आया है। माँ की भाँति उसकी भी नींद कच्ची हो गई है। कुंडी के खड़कते ही आँखें 'झप्प' से खुलकर किवाड़ों की ओर घूम जातीं। मगर वह खुली आँखों को किसी तेजाबी आँधी के भय से आशंकित हो करवट-भर, भींच लेता और साँस साधे चिर-परिचित अगले दृश्य की प्रतीक्षा करने लगता।

उस रात बाप की दरिंदगी की पराकाष्ठा ही हो गई। आवेश में काँपते हुए बाप ने मोरी की दीवार से टिका कपड़ा कूटने वाला धोक्का उठा लिया और उसे पूरी ताकत

से माँ के माथे पर दे मारा। माँ का माथा फट गया। उसका ख़ून से तर चेहरा और मूर्च्छा से मुँदती आँखें देख भय से काँपती कमला ने बाप की टाँगें जकड़ लीं और दोबारा माँ पर हाथ न उठाने की चिरौरी करने लगी। किन्तु पगलाए साँड़-से उन्मादी बाप ने उसे टाँग से एक ओर उछाल दिया और औंधी अचेत माँ की कमर पर एक लात हुमककर खोली से उड़नछू हो गया। तब तक आस-पास के लोग जाग चुके थे। भागते बाप को उन्होंने धर पकड़ने की कोशिश भी की, पर जाने कहाँ की ताकत उसमें आ समाई थी कि वह छः-साल लोगों के सँभाले न सँभला। छटपटाकर जो छूट भागा तो अब तक लौटकर शक्ल नहीं दिखाई उसने। माँ के माथे पर सात टाँके लगे थे।

आठ साल की कमला को बाप द्वारा टाँग से उछालकर फेंकना, माँ को जवान छोकरी पर हाथ उठाना लगा और यह भी लगा कि अगर उसका दुस्साहस इस सीमा तक बढ़ गया है तो क्या भरोसा, किसी रोज़ निर्दयी माँ के हिमायती बच्चों का गला ही घोंट दे! द्वंद्व में फँसी माँ इससे-उससे सलाह करती, अन्त में इसी नतीजे पर पहुँची कि कमला को अब वह घर में नहीं रखेगी। इसी दुश्चिन्ता में उसने बिल्डिंगवाली जोशी बाई का पुराना प्रस्ताव एकाएक मान लिया कि कमला जोशी बाई के पास रहेगी तो चिड़िया की-सी जान छोकरी इस नरक-कुंड से दूर और सुरक्षित रहेगी।

जोशी बाई काफ़ी दिनों से माँ के पीछे पड़ी हुई थीं कि वह कमला को टहल के लिए उनके घर रख दे। भांड़ी-कटका के लिए उनके पास बाई है ही। उसे फकत ऊपर का काम करना होगा, मसलन-मिंकू का ख़याल रखना, उसे प्रैम में नीचे घुमाना-फिराना। साग-सब्जी कटवा लेना। मेहमानों को पानी आदि पूछ लेना। ज़रूरत की छोटी-मोटी चीजें दौड़कर ला देना।

सुबह ग्यारह से लेकर शाम साढ़े चार बजे तक जोशी बाई की पाठशाला होती। घर लौटते वे ख़ूब थक जातीं। कमला से उन्हें बड़ी मदद हो जाएगी। खाना, कपड़ा, साबुन, तेल-सब उनका। ऊपर से महीने के तीस रुपए नकद। ज़्यादा पगार भी वे दे सकती हैं, लेकिन तब जब कमला ढंग से काम-धाम सीख जाए और ज़िम्मेदारी अपने-आप सँभालने लायक हो जाए। अभी तो वह बच्ची है। उलटा उन्हें ही लगातर उसके साथ लगकर उसे सब सिखाना-समझाना होगा। लेकिन रखेंगी वह उसे अपनी बेटी की तरह। कोई भेदभाव नहीं। जोशी बाई ने यह भी विश्वास दिलाया कि समय निकालकर वह उसे कुछ पढ़ा-लिखा दिया करेंगी और कोशिश करेंगी कि उसे रातवाली किसी पाठशाला में दाखिल करा दें-"मेरे लिए यह मुश्किल थोड़े ही है...झोपड़पट्टी के दूषित वातावरण में रहकर तो लड़की सलीकेदार होने से रही।"

जोशी बाई के इन तर्कों से माँ के उलझे, हताश मन में उत्साह का बीज अँकुआ आया था।

कमला को अपने संग बिल्डिंग में ले जाने से पहले जोशी बाई उसके लिए दो नई फ्राकें सिलवा लाईं। उन्हीं में से एक पहनाकर उसे अपने साथ ले गईं। उसने सुना, जाते-जाते वे माँ को चेतावनी भी दे गईं कि पैसों की खातिर घड़ी-घड़ी दरवाज़ा पकड़कर

मत खड़ी होना। बीस वे उसके हाथ में देंगी दस वे कमला के नाम पोस्ट ऑफिस में खाता खुलवाकर, उसके खाते में डलवा दिया करेंगी, जो उसके और कमला के–दोनों के हक़ में उचित है। किन्तु माँ इसके लिए राजी नहीं हुई। कड़की का रोना रोकर उसने उनसे आग्रह किया कि कमला की पूरी पगार वे उसके हाथ में ही दें।

साफ़–सुथरे कपड़े पहने जोशी बाई के साथ जाती हुई कमला अचानक उसे अजनबी–सी हो उठी लगी, ठीक बिल्डिंग में रहने वालों की तरह सुन्दर और अजनबी!

कमला की अनुपस्थिति उसे बहुत खली और अब तक खलती है। कमला होती तो हमेशा की तरह आज भी उसे पहले डपटती। बड़ी–बूढ़ी की तरह समझाती–मनाती "तू माँ की बात काय को नई सुनता, बंडू? गली के छोकरे पक्के मवाली, उनको घर से मतलब नईं, पन तू क्यों उनका चक्कर में पड़ता? मार खाने की आदत पड़ गई तेरे को, चल उठ...धो मूँ–हाथ। खाना निकालती मैं तेरे वासते।"

दुखते हाथ–पैरों को सिकोड़ता–फैलाता, माँ के ऊपर कुढ़ता वह उठ खड़ा हुआ। भूख से अन्तड़ियाँ कल्ला रहीं। पतीले का ढक्कन खोलकर भीतर झाँका। माँ ने खिचड़ी बनाई थी। पर खिचड़ी में करछुल नहीं लगी। इसका मतलब है माँ भूखी ही चली गई। मन खिन्न हो आया। सचमुच वह माँ को बहुत तंग करता है। दिन–दिन–भर माँ घरों में खटती है। किसके लिए? उसने मन–ही–मन निश्चय किया, आइंदा वह माँ को परेशान नहीं करेगा। पाठशाला से सीधा घर आएगा। घर के काम में हाथ बँटाएगा। पढ़ाई में मेहनत करेगा।

और सचमुच अगले ही रोज़ से वह अपने निश्चय के मुताबिक पढ़ाई में मन लगाने लगा। माँ उसे पुस्तकें खोले बैठे देखती तो प्रसन्न हो उठती। सब ठीक–ठाक चलने लगा।

एक दोपहर वह खाना खाकर अपनी थाली उठा ही रहा था कि खोली का दरवाज़ा अचानक भड़भड़ाया। भड़भड़ाहट की ताल ने क्षण–भर को उसकी देह से ख़ून निचोड़ लिया। उसने भीतर से चढ़ी कमज़ोर किवाड़ों की कुंडी को अविश्वास से देखा। समझ नहीं पाया कि क्या करे। तभी किवाड़ दोबारा भड़भड़ाए। अब की बार भड़भड़ाहट में बेसब्री थी। तुरन्त न खुलने पर तोड़ देने की उद्दंड बेसब्री! घर पर माँ का न होना खला। उठकर घबराए हुए मन से जूठी थाली उसने मोरी में खिसकाई और कमीज की नाख़ूनो से हाथ पोंछता कुंडी खोलने लपका। किवाड़ खोलते ही नशे में धुत्त यमदूत–से बाप को खोली में दाख़िल होते...नहीं, देसी का भभका छोड़ते हुए लगभग अपने ऊपर गिरते पाया। उसे सीधा करते हुए वह सहम उठा। बाप की अनुपस्थिति में बड़ी शान्ति थी। जब भी उसके बारे में सोचता, यही लगता कि अच्छा हो, बाप फिर कभी घर न लौटे। मगर उसके सोचने से क्या होता है, बाप साक्षात् मुसीबत बना उसके सामने मौजूद था।

खड़े न रह पाने की स्थिति में वह डगमगाता, धम्म–से लोहेवाले पलंग पर ढहकर पसर गया! वैसे माँ के लौटने का समय हो रहा था। किसी भी क्षण वह घर लौट सकती है। घर पर माँ का होना बहुत ज़रूरी लग रहा था। बाप की मौजूदगी सँभालना उसके

वश की नहीं। दूसरी ओर, आशंका से मन डर भी रहा था कि कहीं उन दोनों का आमना-सामना किसी जंग को आमंत्रण न दे बैठे!

अचानक भिड़े किवाड़ों पर लौटी माँ की चिरपरिचित हलकी थाप ने उसे जैसे मगरमच्छ के मुँह से छीन लिया। किवाड़ों पर कुंडी नहीं चढ़ी थी। पर माँ को इसकी जानकारी नहीं थी। वह लादी से उछली गेंद की भाँति उछलकर किवाड़ों के पास पहुँचा और माँ के भीतर पाँव देने से पहले उसने लोहे के पलंग पर पसरे बाप की ओर संकेत कर उसे उसकी मौजूदगी की सूचना दे दी। उसने बाप की वापसी की प्रतिक्रिया माँ के चेहरे पर पढ़नी चाही। किन्तु माँ का चेहरा उसे अनलिखी तख्ती-सा सपाट, शून्य लगा।

बाप मुँह पर भिनकती मक्खियों से तनिक परेशान हुआ। सिर झटकते हुए नशे में बड़बड़ाया, "कमली...पानी दे तो..."

अनिच्छा से हंडे से गिलास-भर पानी लेकर वह बाप के निकट पहुँचा-"पानी।"

बाप ने उसकी आवाज़ पर लाल आँखें खोलकर उसे ग़ौर से देखा-"कमली किदर हैय?"

"जोशी बाई के घर काम पर रख दिया।" उसकी बजाय माँ ने गुर्राकर जवाब दिया।

"कितना देगी?" बाप एकदम चैतन्य हो उठा।

"खाना-कपड़ा, ऊपर से तीस।"

"वो अँधेरीवाली मंगलोरियन बाई उसको माँगती होती...खाना-कपड़ा, ऊपर से साठ रुपया पगार, तभी ना क्यों पाड़ा?"

"पहले उससे नौकरी नई करानी होती, तू औकात में रेता तो कभी नई...ऊपर उस घर में मैं अपना छोकरी काम करने को भेजती? उसका मरद समन्दर (स्मगलिंग) का धन्धा करता...अक्खा दिन उदर दारू चलती। मालूम नई कइसा-कइसा लोग आते उसके घर कू? भरोसेवाली होती क्या वो?"

"ये तेरी भड़वी मास्टरनी भरोसेवाली है क्या?" पलंग से उठते हुए बाप गुस्से से दहाड़ा।

"जबान सँभाल, हाँ।" प्रत्युत्तर में क्षुब्ध माँ को जैसे चिनगारी लग गई, "पोरगी की (बेटी) फिकिर नई, पगार की बोत फिकिर हय तेरे को? हाँ! अपना कमाई में दारू के वास्ते नई पुरता! बोल तो खटिया डलवा दूँ तेरे वास्ते...फिर खा पोरगी की कमाई।"

"साआली राँड़, तू मेरे को गाली देती भड़वी! अबी ठिकाने करता तेरे को..." बाप ताव खा झपट पड़ा माँ पर।

माँ की जबान नहीं रुकी। वह गले तक अघा आई सारी तिलमिलाहट और भड़ास जैसे एकबारगी ख़ाली कर देना चाहती थी।

वह आशंकित हो काँप उठा। क्या हो रहा माँ को? बाप का स्वभाव जानती नहीं? चुप्पी मार लेती तो क्या था...उसे लगा, वह कमला के पास भाग जाए अभी, इसी क्षण।

अच्छा ही हुआ जो जोशी बाई कमला को ले गईं। उसे भी माँ किसी के घर काम के लिए क्यों नहीं रख देती?

बाप की धौंस से बेअसर माँ अब भी चुप नहीं हो रही, "भड़वा...एक पैसा नईं देता...मैं ख़ून पिला-पिला के बच्चे पालती और तू हरामखोर वो राँड़ के साथ मस्ती मारता...साआला, हाथ लगा के देख अभी मेरे को? देख?"

'राँड़ के साथ?' माँ क्या बोल रही है! उसके माथे से जैसे अचानक गरम सलाख छू गई। तभी नज़र बाप की ओर उठी। तमतमाया बाप बरतनों में से झुककर लोटा उठाता दिखा...उसकी ओर लोटा छीनने झपटे, तब तक तो माँ के सिर से ख़ून का फव्वारा फूट पड़ा। माँ 'देवाऽऽ' कहकर ईश्वर को पुकारती फ़र्श पर ढेर हो गई और तट पर पड़ी मछली-सी तड़फड़ाने लगी।

माँ के माथे पर टाँके लगे अभी ढाई-तीन महीने नहीं गुजरे थे कि जल्लाद बाप ने फिर उसका सिर फोड़ दिया।

उसका सिर घूमने लगा। बजाय माँ को सँभालने के वह विवश-अवश घुटनों में मुँह गड़ा, साँसें खींचता फफक पड़ा। उसके घर में तेज़ धारवाला रामपुरी चाकू क्यों नहीं? होता तो आज वह सीधा बाप की छाती में भोंक देता। एक बार, दो बार, तीन बार...'खच'...'खच'! ऐसे जानवर को ज़िन्दा छोड़ना खतरनाक है। छोड़ दिया तो वह कभी भी, किसी रोज़ पलटकर माँ की जान ले लेगा। माँ को मारकर उसकी! उसके बाद कमला की...कमला शायद उसके हाथ न लगे।

माँ का आर्तनाद सुनकर पड़ोसन लक्ष्मी अम्मा और सामनेवाले हसन काका घुस आए खोली में। बाप हमेशा की तरह मुँह छिपा, तीर-सा निकलकर भाग खड़ा हुआ!

हसन काका ने तड़पती माँ को ही डाँटा, "बंडू की माँ, क्यों इस बदज़ात के मुँह लगती है? जानती नहीं! कम्बख्त का मुँह नहीं, हाथ चलता है, हाथ..."

लक्ष्मी अम्मा लपककर अपनी खोली से हल्दी-चूना गरम कर लाई और घाव के आसपास के बाल कतरकर घावे पर लेप लगाने लगी। पट्टी बाँधने के लिए लक्ष्मी अम्मा ने उससे पुराना कपड़ा मांगा। वह कमला की पुरानी छोड़ी हुई फ्रॉक उठा लाया। हड़बड़ाहट में उसे कोई अन्य कपड़ा सूझा ही नहीं कि जिससे माँ के फटे सिर पर पट्टी बाँधी जा सके। वैसे भी कमला की यह फ्रॉक अब उसके किस काम की। जब से जोशी बाई के घर गई है, खोली के बीचोंबीच बँधे तार पर फ्रॉक ज्यों-की-त्यों टँगी हुई है।

"अइयो, बंडू! सुन..." लक्ष्मी अम्मा ने घाव पर पट्टी बाँधकर टेंट से एक अठन्नी निकालकर उसकी ओर बढ़ा दी, "फटाफट दौड़ के एक सेरीडून (सेरीडोन) तो ले के आ...वो नुक्कड़वाली पान की दुकान पर मिलेगी। सेरीडून नईं होना तो पिच्छू एनासिन का गोली ला। मैं तब्बी तलक माँ के लिए हल्दी डाल के चाय बनाती हो, बोत बच गई रे माँ...बोलेंगे तो वे टाँके का जागा पे नईं लगा, नई तो जान जाती...जा, तू जल्दी जा..."

वह आज्ञाकारी बालक की भाँति खोली के बाहर हो गया। पर मन में माँ की चोट की पीड़ा से ज़्यादा माँ के कहे वाक्य कोंचते, मँडराने लगे-'राँड़ के साथ मस्ती...'

कहने का क्या तात्पर्य था माँ का? विचित्र लगा माँ का ताना। उससे भी अधिक विचित्र लगा माँ का आज का व्यवहार! दूसरे दिनों की अपेक्षा इस बार बाप अपनी इच्छा के विरुद्ध कमला को जोशी बाई के यहाँ रखने से भड़का अवश्य, लेकिन उसके क्रोध को लगातार फूँक दी माँ ने। बाप से हमेशा डरने वाली और उसके डर से मुँहजोरी करने से मुँह चुराने वाली माँ का यह रूप निराला लगा–निडर, मुठभेड़ को कटिबद्ध! कहीं गड़बड़ ज़रूर है। बाप इधर रहता नहीं तो आख़िर भागकर जाता किधर है? एकाध रोज़ की बात हो तो वह सोच भी ले कि हो सकता है, बाप पी–पा दारू के अड्डे पर ही पड़ा रहता हो या किसी दोस्त के घर! महीनों कोई कैसे रख सकता है पियक्कड़ बाप को अपने पास?

पान की दुकान पर पहुँचकर उसने राहत की साँस ली। जैसे माँ के लिए संजीवनी बूटी पा लेने का आश्वासन पा लिया हो उसने...माँ से पूछे इस बारे में?

सुबह वह बड़ी मुश्किल से सोकर उठता। माँ आवाज़ें दे–देकर धमकाती रहती। अन्त में खीझकर हाथ पकड़ दरी पर बैठा देती, 'शाले को नई जाने, बंडू?' पर आज माँ की पहली ही पुकार पर चौकन्ना हो उठ बैठा।

"तू ठीक न?"

"ठीक मैं..." माँ ने उसे चिन्तित न होने के लिए आश्वस्त किया। बोली, "जा, भइयाजी की दुकान से पावली (चवन्नी) का दूध ले आ, चाय के वास्ते।"

वह बिना हील–हुज्जत किए गिलास और पावली लेकर झोपड़े से बाहर निकल आया। गली में अभी सुबह नहीं हुई थी। माँ ने कुछ जल्दी ही उठा दिया उसे। हो सकता है, वह दर्द के मारे सोई ही न हो रात–भर! झूठ–मूठ उसे बहलाने के लिए कह दिया कि मैं ठीक हूँ।

अगल–बगल की सारी दुकानों के शटर गिरे हुए थे। ख़ाली भइयाजी की दुकान खुली थी। दूध से भरा कड़ाह अधसुलगी हुई सिगड़ी की बगल में ही धरा हुआ था। क़रीब पहुँचा तो कोयले सुलगाने के उद्देश्य से उड़ेले गए मिट्टी के तेल का भभका लपटों के बावजूद नथुनों में दमघोंट बदबू भर गया। जी मितला उठा। उसे देख भइयाजी ऐंठी हुई मूँछों से कटाक्ष करते हुए मुस्कराए, "तू केसे आ गया रे, बंडू!...कहीं बाप ने कुटम्मस तो नहीं की महतारी (माँ) की?"

वह भइयाजी के कटाक्ष से कटकर रह गया। झूठ बोला, "ताप आ गया माँ को।"

"ताप?" भइयाजी हो–हो करते हुए हँसे।

उसने लपककर उनके हाथ से दूध का गिलास ले लिया और तेज़ी से दुकान के बरामदे की सीढ़ियाँ उतरने लगा।

क्षोभ से मुँह कड़ुवा आया। उसके घर के तमाशे किसी से छिपे नहीं! महसूस हुआ, जैसे सुबह–सुबह भइयाजी ने उसके किशोर गालों पर 'प्रश्न' नहीं, तमाचे जड़ दिए। उपहास उड़ाते तमाचे! उसने सुना, वे अपने नौकरों को सुनाकर बोले, "अक्खा

झोपड़पट्टी का ऐसन हाल बा...जोरू चार घरि चौका-बासन करति हय और इनके मरदुआ घाटी साले...दारू पी-पा के मेहरारू के हाड़-गोड़ तोरत हैं, राम-राम, कैसी जबराई!" उसका वश चलता तो वह हाथ में पकड़े दूध के गिलास को गोटी (कंचे) के अचूक निशाने-सा साधकर भइयाजी पर फेंक मारता। उनकी चटचटाती सहानुभूति की उसको और उसकी माँ को कतई ज़रूरत नहीं। बापू उसका नाकारा, बेईमान, दारूड़िया, जल्लाद सही, पर वह अपनी माँ को घर-घर भांड़ी नहीं धोने देगा।

'मैं पढ़ाई छोड़ देगा।' उसके भीतर के किशोर बंडू ने अचानक परिस्थितियों से लड़ने का फैसला किया।

पढ़कर करेगा भी क्या? जब तक पढ़-लिखकर कमाने-धमाने के काबिल बनेगा, चौबीसों घंटे मेहनत करती, बूँद-बूँद निचुड़ती माँ जीवित बचेगी? पीली, कमजोर-चलती है तो मन डरता है कि अगले ही डग ठोकर खाकर ढेर न हो जाए। वह माँ को जिन्दा रखेगा। कमाएगा। कमाएगा तो आराम करने के लिए माँ को घर बैठा देगा। पैसा जोड़कर कहीं अलग खोली ले लेगा, जहाँ दुष्ट बाप की परछाईं भी न पहुँच सके। माँ काम पर से लौटती है तो कटे वृक्ष-सी लोहेवाले पलंग पर ढेर हो जाती है। कुछ रौनक चेहरे पर आई है, जबसे कमला की पगार हाथ में आने लगी। वह भी कुछ करने लगेगा तो उनके चेहरे की गुम रौनक पूरी लौट आएगी।

सवाल उठता है-माँ सुख-चैन के दिन देख सकेगी? कैसे? वह करेगा क्या? क्यों...कोई छोटा-मोटा धन्धा। रफ़ीक करता है न! उसके जैसा ही कोई काम। दोस्तों के बीच रफ़ीक का धाँसू रौब है। दोस्तों को बीड़ी भी वही पिलाता है अपनी कमाई से। कभी-कभी तो निःसंकोच पूरा बंडल थमा देता उन्हें।

उससे मिलेगा फौरन...नक्कीच!

दरवाज़े पर पहुँचा ही था कि लक्ष्मी अम्मा ने पुकारा अपने ओटले (बरामदे) से, "माँ को कइसा है, बंडू...उठने को सकी?"

"नईं, अम्मा।" उसने उदास होकर जवाब दिया।

"मार जास्ती लगी, बेटा! हल्दी-चूना से घाव नईं पुरेगा। डाकदर के पास ले जाके सूई देना माँ को। और सुन, दो-तीन दिन घर में बैठने कू बोल उसको।"

"मेरा किदर सुनेगा, अम्मा!" उसने विवशता प्रकट की।

"अच्छा जा, मैं आती पिच्छू। मैं समझाएगी सीताबाई को। दो-तीन दिन के वास्ते अपना काम पर किसी को बदली में भेजेगी तो ठीक।"

चोट तो गहरी आई ही है। नहीं तो पाँच बजे बिस्तर छोड़ देने वाली माँ आज जगी हुई मिली, मगर उठकर दूध लाने की उसकी हिम्मत नहीं हुई।

बड़ी मुश्किल हुई चाय बनाने में। स्टोव जलाने की आदत जो नहीं। एक बार को मन में आया कि माँ से ही कहे कि वही स्टोव जला दे उठकर। फिर उसे तंग करना उचित नहीं लगा। वह जागती हुई होने के बावजूद बिलकुल मरणासन्न मुद्रा में निश्चेष्ट पड़ी दिखी-उसकी अनगढ़ खटर-पटर के बावजूद।

चाय की कप–बसी उठाए उसने आहिस्ता से माँ से उठने और चाय पी लेने का आग्रह किया। उसे लगा, माँ चाय लेकर उसकी चुस्ती–फुरती पर चकित–सी प्रसन्न हुए बिना नहीं रहेगी, लेकिन माँ के चेहरे पर कोई भाव नहीं उपजा। कहीं कुछ था तो पीड़ा की कराह–भरी सलवटें। वह उदास हो आया। माँ कुछ तो कहती, कुछ भी। प्रशंसा न सही, एक सहज निहार ही। पर चाय ख़त्म कर कहा भी तो इतना, ''दो–चार बाल्टी पानी भर ले, बंडू, नई तो अक्खा दिन पानी पीने का वांदा होएंगा।'' कहते–कहते वह तुरंत औंधी हो गई पलंग पर।

दोनों हाथों में बाल्टी लटकाए हुए वह नल पर पहुँचा तो वहाँ का सारा दृश्य देख अबूझ–सा ठिठक गया। लाइन में खड़ी दो औरतों में बेहयाई से ठनी हुई थी...

''ये लंबर तो मेरा होता, भरने तू लगी?''

''जबान सँभाल! चौबीस लंबरवाली के पिच्छू लंबर मेरा होता। वो भर चुकी, मैं भर रही। मंगता तो पूछ उसको! पूछ न!''

''मैं भर रई...रांड! सुबू चार बजे उठकर मैं लाइन लगाई, तेरी खपसूरती देखने का वास्ते?''

''काय के वास्ते उठी वो तू जान, पन गाली मत दे। समझी...नई तो थोबड़े पर लात दूँगी।''

''चल री 'समझी' की बच्ची! किसको समझाती तू? तीन–तीन खसम छोड़ के आई मेरे थोबड़े पर लात देने? आईना देख, कुतरी, आईना!''

''हज्जाम की...तू बिनब्याही बैठी मोहल्ला खराब करे। बोल तो तुझे भी करवा दूँ एक? बूता है सँभालने का?''

''ये ये...! सुबू–सुबू एहसा भांडण (झगड़ा)? रात पाली करके आया मैं। ख़ाली–पीली भंकस नई मँगता।'' अचानक अपनी खोली का दरवाज़ा खोलकर पाठक दादा शेर–सा दहाड़ा, ''गुपचुप पानी भरो, नईं तो सब साली का हंडा उठाकर फेंक दूँगा। एकदम बोमड़ी (शोर) नईं सोने का है मेरे को। समझा?''

नल पर सन्नाटा छा गया। सिर्फ़ पानी की पतली धार की आवाज़ ख़ामोशी तोड़ने लगी।

पाठक दादा के बारे में झोपड़पट्टी में तमाम नई–पुरानी अफ़वाहें हैं। जेब में नोट की गड्डी डालो और किसी की भी गरदन रेतवा लो। पाठक दादा की रात पाली का मतलब है–कहीं किसी के दिन पूरे हुए!

पाठक दादा की खोली का दरवाज़ा बन्द होते ही उसे लाइन में लगने की हिम्मत आई। औरतों की चकचक ने उसे सहमा ही दिया था।

उसे खड़े हुए दो–चार पल भी नहीं बीते होंगे कि अचानक रफ़ीक की अम्मी की नज़र उस पर पड़ी। अम्मो वहीं से चिल्लाई, ''बंडू, आ तू भर ले पहले।''

वह दुविधा में पड़ गया कि लाइन तोड़कर आगे बढ़े या अम्मी को मना कर दे। कहीं ऐसा न हो कि कुछ देर पहले खत्म हुई चख–चख पलटकर उस पर पिल पड़े।

पानी–वानी सब माँ ही भरती है। यहाँ के कायदे–कानून उसकी समझ से परे हैं। अम्मी ने शायद उसके संकोच को ताड़ लिया। उन्होंने उसे आगे बढ़ आने के लिए दोबारा पुकारा। उनके दोबारा पुकारने के बावजूद लाइन में लगी औरतों में से किसी ने आपत्ति नहीं प्रकट की तो उसका साहस बँधा। लाइन में लगके उसका नम्बर आने का मतलब है पूरे आधे घंटे का कुंडा। संकोच छोड़कर वह अपनी दोनों बाल्टियाँ उठाए अम्मी के निकट जा पहुँचा। रफ़ीक की माँ ने अपनी बाल्टी सरकाकर तत्काल उसकी बाल्टी नल के नीचे कर दी।

"पक्का ढाई महीने के बाद घर आया था खडूस। जालिम ने बहुत मारा सीताबाई को। सिर फट गया बेचारी का।" रफ़ीक की माँ पार्वती चाची को उसके घर की खबर दे रही थीं, "उसी छिनाल के पीछे..."

"अच्छा, कम्बख्त रेती किदर वो?"

"वहीं सफेद पुल के झोपड़पट्टी में। उसको भी पहले मरद से दो बच्चे हैं।"

माँ भी तो कल दोपहर...तो माँ के चिड़चिड़ाने की वजह सिर्फ़ बाप का पीना ही नहीं! बाल्टी अभी आधी भी नहीं भरी थी, पर उसका मन हुआ कि वह बाल्टियाँ छोड़–छाड़कर वहाँ से भाग ले! है कोई ठौर–ठिकाना जहाँ उसके घर की चर्चा न हो?

चार रोज़ बाद माँ आज चंगी लग रही।

सिर में लगी चोट की दूसरी दोपहर डॉ. जोगलेकर माँ के एकाएक तेज़ हो गए बुख़ार से घबरा गए थे। उन्होंने उससे कहा कि हो सकता है, माँ के सिर का एक्सरे निकलवाना पड़े। एक्सरे विलेपार्ले नानावटी में होगा। वे डॉ. दीक्षित के नाम पर चिट्ठी लिखकर दे देंगे। वह माँ को लेकर सुबह नौ बजे एक्सरे विभाग में पहुँच जाए। लेकिन तीसरी सुबह बुख़ार के एकदम नीचे आ जाने से उसने उनके चेहरे पर राहत देखी। राहत डॉ. जोगलेकर के चेहरे से होती हुई उसके दिमाग को भी सहज कर गई, वरना माँ की खोपड़ी में पहुँची चोट के भय से उसके प्राण सूखने लगे थे। सिर की पट्टी डॉ. जोगलेकर अलबत्ता रोज़ ही बदलते रहे। अन्नाबाई ने माँ के आग्रह पर चार रोज़ के लिए उनके पाँचों घरों में एक वक़्त काम करने का जिम्मा ले लिया। न कोई मिलता तो उसने माँ को आश्वस्त कर दिया था कि वह उनके घर बता दे। जैसा भी उससे बन पड़ेगा वह अपने अनाड़ी हाथों से भाँड़ी–कटका निपटा आएगा। मगर अन्नाबाई की सहानुभूति के चलते इसकी नौबत नहीं आई।

मौका तोड़कर उसने माँ के सामने फौरन अपने धंधे का प्रस्ताव रख दिया।

पिछले चार दिनों से वह पाठशाला भी नहीं गया। माँ की अस्वस्थता की वजह से नागा हुआ। पर आज सुबह आँखें खुलते ही माँ हाथ धोकर उसके पीछे पड़ गई कि अब वह ठीक है, वह उठे और नहा–धोके अपनी पाठशाला जाए। उसकी बीमारी के चलते उसकी पढ़ाई की कसकर उपेक्षा हुई। अब नुकसान नहीं होगा। लेकिन उसने माँ को अकेला छोड़कर पाठशाला जाने से साफ मना कर दिया।

धन्धे की बात सुनकर माँ उखड़ गईं। दुखी होते हुए बोली, "मैं सोचती कि तू लिख–पढ़के आदमी बने..."

"धन्धेवाले पढ़े–लिखे से जास्ती कमाते।" उसने तुनककर अपना तर्क प्रस्तुत किया, "तू फकत मेरे को पाँच रुपया दे, शाम को परत ले लेना। मैं केले की फेरी लगाएगा।"

"मेरे पास पईसा नईं।" माँ ने खीझकर साफ मना कर दिया।

"तेरे पास नईं तो पीछे एक काम कर। अपनी पंजाबन सेठानी से मांग के दे।" उसने लगभग चिरौरी–सी की।

"कइसा देगी सेठानी? उससे तो मैं अक्खा मेना का पगार एडवांस लिया।"

माँ की रुखाई के बावजूद उसने हिम्मत नहीं हारी–"जोशी बाई से माँग कर दे।"

"कमली को इंसल्ट लगता, दो–तीन दफे ज़रूरत पड़ने पर मैं उधर माँगने को गई होती। एक दफ़ा तो कारड पे राशन छुड़ाने को होती। बोली, ऐसा बीच में भीख माँगने को नईं आना, माँ..."

समझ गया।

माँ की लगातार बहानेबाज़ी ने उसे झुँझला दिया। पढ़ाई के लिए छोड़कर अन्य किसी काम की ख़ातिर वह उसे पैसे नहीं देगी। खैर, निरुत्साहित होने की ज़रूरत नहीं। जोड़ लेगा पैसे। एक तरकीब है उसके हाथ में। तीन बजे सोसाइटीवाली राशन की दुकान खुलती है। कार्ड पर भराए सामान को उठवाने के लिए लोग हमाल खोजते हैं। कुछेक लड़कों को उसने वहाँ खड़े हुए देखा है हमाली के लिए। वह भी उनके बीच जाकर खड़ा हो जाएगा। राशन की दुकान बन्द होने तक उसके पास केले की फेरी के लायक पैसे जुड़ ही जाएँगे।

दोपहर उतरनी शुरू भी नहीं हुई थी कि वह बन्द शटर के सामने चक्कर काटने लगा। कार्डधारियों की लाइन पहले से ही लग गई थी, जो उसके देखते–न–देखते हनुमान की पूँछ हो चली। तकरीबन घंटे भर बाद दुकान का शटर उठा। फुरती से परचियाँ कटने लगीं...चावल, गेहूँ, शक्कर...वह मुस्तैदी से एक भद्र महिला के पास जा खड़ा हुआ, जो थैलों में सामान भरवा रही थी।

"किदर ले चलना है, बाई?"

वे चौकन्नी हुईं। उन्होंने उसकी पतली हुलिया तौली। अपने झोलों पर सतर्क दृष्टि डाली। फिर तड़ाक से पूछा, "कितना लोगे? एक सौ बीस नम्बर में जाना है–"साहित्य सहवास'। लिफ़्ट है नहीं।"

"जो जी में आए, दे देना।" वह विनम्र हो आया।

"जो जी में आए नहीं, साफ़–साफ़ बता दो। बाद में बहुत टंटा करते हो तुम लोग। कौन दस घंटे चिक–चिक करता बैठेगा?"

"चलो, एक रुपया दे देना बाई।" उसने हँसकर झोलों की तरफ हाथ बढ़ाया।

"क्या? क्या बकते हो? खैरात बाँटने के लिए खड़ी हुई हूँ क्या मैं राशन की दुकान पर? चालीस पैसे में ले जाते हैं छोकरे। चालीस पैसे में ही ले चलना है तो उठा झोले नहीं तो छोड़ दे। किसी और से उठवा लूँगी मैं।"

"पच्चीस किलो वजन है, मेमसा'ब, कुछ तो सोचिए!"

"है तो क्या?" भद्र महिला की भृकुटियाँ चढ़ गईं।

बहस फिजूल है। उसने सोचा। यह भी देखा कि तीन-चार छोकरे आम की गुठली पर लपकती मक्खियों-से झोलों के क़रीब उसके हटने की ताक में आ खड़े हुए हैं। बिना चूँ-चपड़ किए उसने झोले उठाकर पीठ पर लाद लिए। हालाँकि मन प्रतिवाद करने को उबलने लगा-दोस्त फ़रीद ने कहा था, कुछ नहीं मिलेगा इधर, कहने को साले अपने को 'फिक्स्ड रेट' वाले बताते हैं और सच भी है कि बड़ी-बड़ी दुकानों में बिल पर लिखी रकम बड़ी शान से दे आएँगे, मगर ग़रीबों की मज़दूरी में मोल-भाव किए बिना इन्हें खाना नहीं पचने का। दस पैसे भी कम करा लिए नहीं कि ऐसे प्रसन्न होंगे ये बिल्डिंगवाले, जैसे बैंक उठकर ससुरों के घर आ गई हो।

वज़न बहुत है! पीठ और कन्धे टूटे जा रहे हैं। कन्धे उसके इतने नाजुक हैं कि पाठशाला की कॉपी-किताबें उठाते दुखते हैं। अपनी कॉपी-किताबों को दोगुना-तिगुना कर ले तब भी वे इतनी भारी नहीं होने की।

शाम तक पौने तीन रुपए इकट्ठे हो गए। चवन्नी बीड़ी के लिए छिपाकर बाकी रेज़गारी उसने माँ की हथेली पर रख दी। बीड़ी की आदत नहीं। कभी रफ़ीक उसे मिलने पर पकड़ा देता है तो एकाध सुट्टा वह नज़र बचाकर खींच-खाँच लेता है।

उसकी पहली कमाई माँ ने मुट्ठी में कस, आँखें मूँद माथे से लगाई, फिर फल्ले के एक कोने में विराजे गणपति बप्पा के सामने ले जाकर रख आई। उसके झाईं-खाए ताँबई चेहरे पर क्षण-भर को रोशनी की लपट-सी भभकी-सिर्फ़ क्षण-भर को। उसने देखा तो वह एक अव्यक्त किस्म की स्फूर्ति से भर उठा। राशन के झोलों का बोझ अचानक उसकी कॉपी-किताबों-सा हलका हो आया।

सुबह पाठशाला के लिए नहीं उठ पाया। बदन पके फोड़े-सा टीस रहा था। किसी हालत में आज दुकान पर खड़े हो हमाली नहीं होने की। ज़बरदस्ती खड़ा हुआ भी तो ज़रूर किसी सेठ-सेठानी का राशन गिरा देगा।

माँ उसकी हालत पर तरस उठी-"नई मँगता मेरे को ऐसा पइसा।"

उसने माँ के चेहरे की ओर ग़ौर से देखा। उसका ताँबई बैंगन-सा गोल चेहरा अचानक चूल्हे में भुना हुआ-सा, झुर्रियों-पटा महसूस हुआ।

देह के साथ उसके दिमाग की नसें भी टीस रहीं। पहली बार उसे अनुभव हो रहा देह ही नहीं दुखती, दिमाग भी दुखता है। खोपड़ी के अन्दर बैठा दिमाग रफ़ीक के शब्दों में-'भेजा'। 'अब भेजे से काम ले'-रफ़ीक का आम जुमला है। इसी जुमले से वह उसे लताड़ता रहता है। उसे ही नहीं, गली के बाकी छोकरों को भी आतंकित किए रहता है। उन सबको लगने लगा है कि निश्चित ही रफ़ीक की खोपड़ी में उन सबकी बनिस्बत

ज़्यादा बड़ा और तेज़ भेजा है। उसके बड़े और तेज़ भेजे ने उन्हें अपने भेजे से काम लेने की 'टिरेनिंग' दी है। मगर रफ़ीक ने यह नहीं बताया कि भेजा दुखता भी है और दुखता है तो कोई भी गोली घुटक लो, नहीं शान्त होता!

झोपड़ी की छत से उमस टपक रही है।

दोपहर में उसे सोने की आदत नहीं। सोने की कोशिश कर रहा है, मगर नींद नहीं आ रही। उसे अन्दाज़ा-भर था कि माँ आज बाप को ढूँढ़ने सफेद पुलवाली झोपड़पट्टी में उस औरत के घर भी गई है। बाप के पीछे माँ का इस तरह हैरान होना उसे तनिक नहीं पचा। क्यों गई? घबराकर? हारकर या कोई और बात है, जो उसे नहीं पता? इधर माँ के भांड़ी-कटका के दो घर छूट गए। एक सेठानी का तो तबादला हो गया, दूसरे ने तीन साल पुराना काम छीनकर नई बाई रख ली। माँ ने खोदने पर बताया कि चिकनाई के चलते हाथ से सेठानी के कीमती डिनर सेट के दो डोंगे रपटकर चूर हो गए।

बाप के पास गई थी क्या? पूछने पर माँ साफ़ मुकर गई।

वह ख़ुद भी परेशान है। हमाली वाकई उसके वश की नहीं। पिछले छः रोज़ से वह रफ़ीक के घर के चक्कर लगा रहा है। रफ़ीक न जाने कहाँ बिलाया हुआ है। भेंट ही नहीं हो पा रही। रफ़ीक से उसे बड़ी उम्मीदें हैं। पिछले हफ्ते रफ़ीक ने कहा था, ''एरी-फेरी लगाने का चक्कर छोड़, मेरे साथ धन्धे पर खप। माँ कसम, खीसे पत्थर के सिलवाने पड़ेंगे, पत्थर के।''

रफ़ीक का धन्धा क्या है, उसे खबर नहीं।

चलो, जो भी हो। मगजपच्ची से फायदा? करना है, तो करना है। आम बिना गुठली के आम नहीं। साथ उसको भी चाटना पड़ता है। आम खाना है, गुठली नहीं चाटनी, कैसे चलेगा? उधेड़-बुन खत्म हुई। अब रफ़ीक गधे के सिर से सींग-सा गायब है। हसन चाचा से भी कह रखा है कि उसके लायक कोई भी काम हो तो बेझिझक बताएँ। संगी-साथी भी जानते हैं। परसों बहराम पाड़ावाले चन्दू ने उसे घर आकर ख़बर दी थी कि उसके लायक एक नौकरी है। बांद्रा स्टेशन के तीन नम्बर प्लेटफॉर्म पर जो 'चा-पानी' की कैंटीन है, उसमें एक छोकरे की सख़्त ज़रूरत है। उसके मिलते ही नौकरी पक्की। वह फौरन मिलने गया। लेकिन कैंटीनवाला बेईमान लगा। पगार बीस से ऊपर एक पाई नहीं। खाना-नाश्ते के नाम पर सिर्फ़ चाय-पाव! ड्यूटी सुबह सात बजे से रात नौ बजे तक। उसे नहीं जमा। चाय-पाव पर दिन कैसे कटेगा?

घर की कुंडी खड़की। माँ नहीं, बाप नहीं, लक्ष्मी अम्मा नहीं, हसन चाचा नहीं। तब कौन हो सकता है?

''कौनऽऽऽ?'' वह किवाड़ों की ओर लपका। खोलते ही सामने रफ़ीक को खड़ा देख ख़ुशी से उछल पड़ा। उछलकर लिपट गया।

''अम्मा ने खबर दी कि तूने रोज़ चक्कर मारे।''

"मारे न!...पन तू किधर?"
"अपुन हफ्ता-भर के वास्ते अहमदाबाद होता।"
"अहमदाबाद?"
"तू नई समझेगा। वो छोड़ तू...काम की बोल?"
"क्या बोल? बात हुई थी न तेरे से?"
"हुँऽऽ, हुई।"
"मैं धन्धा करने को माँगता, पढ़ाई-वढ़ाई छोड़ दिया।"
"वारे मेरे राज्जाऽऽ, आया न लाईन पे। अबे, पहले नक्शा क्यों मारा? चल देर से आया, दुरुस्त आया...केले की फेरी करेगा। टिरेन में रूमाल, कंघी, अरसी बेचेगा। तो साऽऽला बेच कंघी, अरसी!" रफ़ीक ने मख़ौल उड़ाते हुए गरमजोशी से उसकी पीठ पर धौल जमाई। रफ़ीक की धौल से यारी टपकी।
वह खिसियाया, "केले की फेरी मारी न दो दिन लोकल में।"
"खुद खाया कि बेचा?"
"बेचा, पन..." जवाब में हँस पड़ा।
"देखो, धन्धा तो बोत धाँसू है, पन तू लल्लू के माफिक रहेगा तो नईं चलेगा।"
"तू बोल तो!" उसने चुनौती स्वीकारी।
"हिम्मत करेगा?"
"हिम्मत की मत पूछा।" उसे ताव चढ़ आया।
"तो सुन।" रफ़ीक उसका हाथ अपने हाथ में आत्मीयता से दबाकर कान में फुसफुसाया।
सुनते ही वह करेंट खाया-सा छिटककर अलग हो गया।
"पन पोलिस का लफड़ा?"
"हो गया, राजा तेरे से धन्धा..." रफ़ीक ने खिल्ली उड़ाई, "फिर तो बबुआ, मुँह में चुसनी डाल के बइठ...चुसनी! क्या?"
"काय को मेरी फिरकी लेता...कभी किया नईं, न, तो ज़रा लफड़ा-बिफड़ा से डर लगता। पन, करेगा मैं। जो बोलेगा, वो करेगा।"
"ये हुई न मरदवाली बात।" प्रसन्नता से उसके हाथ पर अपना हाथ पटकता हुआ रफ़ीक खिल आया। समझाता हुआ बोला, "रिसक तो है, पर तू ठहरा अपना पुराना यार। जमाएगा तुझको। ये सौ का पत्ता रख, खर्च-बिरच को।"
दूसरे रोज़ वह पूरी तरह हिम्मत बटोरकर, बताए हुए थिएटर की बुकिंग खिड़की पर ठीक साढ़े नौ बजे जा खड़ा हुआ। काफ़ी भीड़ थी। रफ़ीक ने कहा था कि खिड़की पर पहुँचकर वह बुकिंग क्लर्क के सामने तीन उँगलियाँ उठा दे। बीस टिकट उसके खीसे में होंगे। सब कुछ गुपचुप व होशियारी से होना चाहिए। बगलवाले को भनक न हो। चौकस सतर्कता बरती उसने। पलक झपकते बीस टिकट उसकी जेब में थे। दस तीन से छः के शो के, बाकी छः से नौ के। रफ़ीक ने यह भी कहा कि अभी इतनी

ही टिकटों से उसे बेचने का गुर सीखना होगा। गिराक को शेंडी लगाने का गुर सीखते ही उसे ज़्यादा टिकटें निकालने की ज़िम्मेवारी उठानी होगी।

टिकटें लेकर सिनेगा हॉल का बरामदा उतरते ही एक काले-से गट्टे छोकरे ने उँगली के इशारे से उसे अपनी ओर बुलाया।

"मैं?" उसने सकपकाकर अपनी अगल-बगल देखा।

"तू ही, आ इधर!"

"चल उदर बेकरी के पिच्छू चल...थिएटर में तेरा आज पहला दिन है न? यार लोग ने तेरे को दावत दिया!"

उसे लगा, रफ़ीक ने इनसे भी उसके बारे में कुछ कह रखा होगा, मगर इस कल्लू ने उसे तीन उँगली क्यों नहीं दिखाई? फिर भी वह बिना हील-हुज्जत के सहज भाव से उसके पीछे चल दिया। मगर सँकरी गली में पहुँचकर सनका। छः-सात छोकरे उसे चील-झपट्टावाली मुद्रा में तने खड़े दिखे। उनकी मंशा भाँपते देर नहीं लगी। वह भाग निकलने की सोचे न सोचे, तब तक उनमें से एक ने झपटककर उसकी गरदन माप ली-"बीस टिकट काय के वास्ते ख़रीदा, तेरे बाप की बारात आती पिक्चर कूँ?"

वह चुप रहा। खीझ हुई अपने पर। भयंकर असावधानी हो गई उससे।

"मूँ में जबान नईं?"

"खोल के देख!" दूसरे ने पहले को उकसाया।

"नया न, शरमाता। खोलेगा, अपने-आप खोलेगा।"

झूठ नहीं चलेगा। सब-के-सब दाढ़ी-मूँछवाले। उससे तगड़े, मज़बूत। उसकी मसें-भर भीगी हैं। बोला, "बिलैक के वास्ते..."

"बिलैक के वास्ते?" उसका ही वाक्य दोहराने के साथ उसे एक ने कालर पकड़कर उठाया और तड़ से ज़मीन पर पटक दिया। उसके जमीन पर औंधे होते ही लात-घूँसों की बौछार होने लगी। वे उसकी देह से गेंद की तरह खेलने लगे। कंकड़ियों और तीखे डगढ़ों (पत्थरों के छोड़े टुकड़ों) से होंठ कट गए। कुहनियाँ छिल गईं। ख़ून से भर उठा।" दाएँ घुटने की हड्डी उतर गई-सी लगी।

उसे शिथिल हो लुढ़कते-ढुलकते, प्रतिवाद न करते देख उनके क्रोध पर छींटे पड़े। उन्होंने हाथ-पाँव चलाने बन्द कर दिए। एक ने उसकी बुश्शर्ट में से टिकट निकाल लिए। दूसरे ने हुमककर आख़िरी लात जमाई।

"फूट...कल से कंपाउंड में नहीं दिखना। दिखा तो एकच टाँग पे घूमता दिखेगा। रफ़ीक के बाप का थिएटर नईं।" चेतावनी देकर सातों फुर्र हो गए।

दूसरे रोज़ ख़ासा हंगामा हुआ। रफ़ीक ने उनके गैंग लीडर नारायना से बात की। दोनों तरफ के छोकरों की भिड़ंत होते-होते बची। किसी तरह मामला रफ़ा-दफ़ा हुआ। पैसे वापस मिल गए। मुनाफ़े के साथ टिकट तो उन्होंने बेच ही लिए थे। यह भी समझौता हो गया कि वह फिलहाल उसी सिनेमा हॉल पर खड़ा होगा। नारायना को कमाई में से उसका हिस्सा देना होगा। रफ़ीक को नहीं। नारायना को क्यों, रफ़ीक को क्यों नहीं?

रफ़ीक ने उसके खरोंच-खाए कन्धे को थपकाया-"वो सब पचड़े में मत पड़ तू, फकत अपना काम देख।"

वह भी उनकी तरह चूहे को छोहती बिल्ली-सा भीड़ में चक्कर काटने लगा, "तीन का छः, तीन का छः... बालकनी दस, बालकनी दस..."

पच्चीस-तीस रुपए रोज़ रात को उसके हाथ में आने लगे-नारायना और खिड़कीवाले क्लर्क श्रीवास्तव बाबू का हिस्सा पहुँचाकर। इतवार की बात कुछ और होती। चारों 'शो' में कहीं 'हाउस फुल' या पाटिया टँग जाए तो पौ बारह। प्रेम में पड़े छोकरे-छोकरियाँ पचास तक देने को राज़ी हो जाते। औरों का भी यही हाल। टैक्सी में पैसे फूँककर आने वाले बिना फिल्म देखे लौटें कैसे?

लेकिन ऐसे 'हाउस फुल' और 'पेशल संडे' हफ्तों से ठंडे चल रहे। कोई धाँसू पिक्चर ही थिएटर पर नहीं चढ़ रही।

बुकिंग खिड़की के लिए निकलने से पहले, वह माँ के हाथ में बीस रुपए रख देता। शुरू में अविश्वास और संकोच से घिरी माँ उससे पैसे के विषय में बार-बार पूछती कि आख़िर इतने पैसे कहाँ से और कैसे आए उसके पास? वह झूठ बोलता कि 'कंट्राज' पर काम कर रहा है। ट्रक लोड करने के उसे पच्चीस रुपए रोज़ मिलते हैं।

माँ को उसके पैसों की आदत पड़ने लगी। कभी दस व पाँच कम देता तो उसे सँभालकर खर्च करने का उपदेश पिलाने लगती। आगाह करती कि काम से जी न चुराए, आज नियमित काम मिल रहा है, कल मिले, न मिले! एक बात और। अपनी फिजूल चाटचूट की आदत से भी बाज आए। जो खाना है, उसे घर में बनवाकर खाए।

दूसरी बीड़ी ख़त्म कर, टोंटे को पाँव से रगड़कर वह दबे पाँव खोली में घुसा। सिटकनी चढ़ाई और चटाई पर पड़ गया।

अचरज हुआ सिटकनी न चढ़ी होने पर। भूल गई शायद माँ? वैसे भूलती नहीं कभी। हाथ बढ़ाकर धीमी कर दी लालटेन की धीमी लौ दीवारों पर लुपलुपाती, भूरी उजास लिए थर्राने लगी। माँ को आज जल्दी नींद लग भी गई। जल्दी नींद आती नहीं उसे इधर। इस बात का भी विस्मय हुआ। हो सकता है, आज अधिक थक गई हो। अचानक महसूस हुआ, वह जो समझ रहा है कि माँ गहरी नींद में पड़ी सो रही है, उसका भ्रम है। लोहे के पलंग की चरमराहट में उसे किसी तड़फड़ाती बेचैनी की आहट मिली। क्या बात हो सकती है?

उसने करवट भर गरदन उचकाई। स्तब्ध रह गया। अनुमान सही था। पलंग पर उठकर बैठी माँ घुटनों पर ठुड्डी टिकाए, टाँगों को बाँहों से घेरे, झोपड़ी की दीवार को एकटक ताकती मिली। माँ की आँखों की पनीली उदासी आँखों में सीधे न देख पाने के बावजूद उसे साफ़ दिखाई दी। माँ उसे लेकर तो परेशान नहीं? हो सकता है, उसके धन्धे की खबर कहीं से लग गई हो उसके। आजकल उसका इलाका बदला हुआ है।

वह रोटी, गैलेक्सी छोड़कर मलाड के एक नए थियेटर पर धन्धा करने लगा है। याद नहीं पड़ता कि वह कभी किसी परिचित से टकराया हो।

हाथ बढ़ाकर उसने लालटेन की बत्ती उकसाई।

रोशनी कुछ ज़्यादा हो जाने से माँ पर कोई असर नहीं हुआ। माँ पूर्ववत बैठी रही। यह भी हो सकता है कि बाप घर आया हो? बाप घर आया होता तो माँ साबुत बैठी नहीं दिखाई देती। उसने भेदती नज़र से माँ की देह को टोहने की कोशिश की। कोशिश व्यर्थ गई। बाप के घर आने का कोई अवशेष जख्म के रूप में माँ की देह पर मौजूद नहीं। ओह, कैसी अनाप-शनाप अटकलें लगा रहा है। भूल गया कि कल माँ ने ही उसे बताया था कि आज दोपहर वह कमली के घर जाएगी, जोशी बाई सपरिवार तीन-चार रोज़ के लिए अपनी ननद के घर पुणे जाने वाली हैं। उनके ननदोई की मौत हो गई है। जोशी बाई के वापस लौटने तक कमली उनके पास ही आकर रहेगी। कमली कहाँ है? कमली को घर पर ही होना चाहिए? माँ कल कितनी ख़ुश थी-उमंग से भरी हुई कि वह कमली के सूने पाँवों के लिए चाँदी की तोड़ियाँ ख़रीदकर लाना चाहती है। सयानी हो रही है पोरगी। अब तक कुछ कान-गले नहीं डाला। निर्धन-से-निर्धन अपनी बेटी को छूँछा नहीं रखता।

उसे माँ की उमंग से ख़ुशी हुई। कमली के आने की खबर सुनकर तो और भी।

"हमेशा के जैसा देर नहीं करना।" हिदायत नहीं, इसरार किया था माँ ने। चलते-फिरते यह सूचना भी दे दी थी उसे कि 'सीपी' और 'कोलमी' (चावल की किस्म) भात पकाएगी-कमला की पसन्द का खाना। बस, भागा-दौड़ी के चक्कर में याद नहीं रहा कि वह सुबह माँ से जल्दी आने की हामी भर गया था। पुरानी हिट फिल्म लगी हुई है थिएटर में 'संगम'। राजकपूर, वैजयंतीमाला, राजेन्द्रकुमार को देखने के लिए टूट पड़ रहे हैं लोग। माँ की लम्बी नि:श्वास की दस्तक से उसकी सोच का तार टूटा।

"कमला आने वाली थी न?"

माँ ने कोई उत्तर नहीं दिया। जैसे उसका प्रश्न कानों में पड़ा ही न हो। उसने संकोच के साथ अपना प्रश्न दोहराया।

"नहीं आई।"

"काय को?"

उत्तर में चुप्पी।

"काय को नईं आई?" उसके स्वर में उतावली थी।

"उसको इदर नईं आने का है!" माँ का स्वर काँपा।

"क्या?"

माँ सचमुच रो रही थी। अवरुद्ध कंठ से बोली, "कमलाच इदर रैने को तैयार नईं। जिद करके वो उनके साथ पूने को गई। मैं लेने को गई तो बोली, 'मैं बाई के साथ जाएगी। मेरे कू झोपड़ी में नींद नहीं आने का। पंखा नईं न उदर। ऊपर से संडास में लाइन लगाने का लफड़ा...तुमपे आदत पड़ गई मोरी में पिशाब करने की, मेरी

आदत छूट गई। उसी में पिशाब करना, उसी में बरतन घिसना, उसी में नहाना, हमकं नई चलता...' "

'हमको' सुनकर वह चौंका। यह माँ का शब्द नहीं। यह अपनी औक़ात भूल बिल्डिंगवालों की बिरादरी में स्वयं को शामिल कर लेने के मुगालते की छूत है। सुख-सुविधाएँ खैर, उसे क्या मिलनीं। सुख-सुविधाओं से अटे घर के पाखाने के सामने शतरंजी बिछाकर सो रहने की छूट ही कमली के लिए घी के स्वाद की बनिस्बत, उसकी तेज महक पीकर स्वाद पाने की सन्तुष्टि है, और कुछ नहीं। आम दिखा और गुठली चुसाकर कुत्ता बनाने की कला कोई इनसे सीखे! साआल्ली नाटकबाज मास्टरनी जोशी बाई! घी सुँघा-सुँघाकर उल्लू की पट्ठी कमली को ऐसी कुतिया बना देगी कि कमली जीवन-भर ऊँची इमारतोंवालियों की देहरी पर उनकी भांडी घिस, जूठन चाट-चूट कुतिया-सी परकी रहेगी।

मामला समझ में आ गया।

माँ की पीड़ा बड़ी विदारक है-कुछ छूट जाने, कुछ खो जाने की। दारुड़िए पति के घोर तिरस्कार से बित्ता-बित्ता छलनी हुई माँ अपनी चहेती औलाद की अप्रत्याशित उपेक्षा बरदाश्त नहीं कर पा रही...

"दिमाग ठिकाने नईं कमली का, हरामखोर को चरबी चढ़ गई...झापड़ क्यों नई चढ़ा के दिया जोशी बाई के सामनेच? स्टैंडर्ड भरती माँ का सामने?" वह क्षुब्ध हो उठा। उसे लगा, कमली ने उसके मुँह पर भी थूक दिया। हर समय 'दादा, दादा' करने वाली कमली के दिल में उससे मिलने की कोई ललक शेष नहीं? तू कुछ भी बोल ये मास्टरनी पर अपने को खातरी की नईं।

"आने दे लौट के पुने से, मैं देखता।" उसके स्वर में आग थी।

माँ ने गरदन घुमाई, "फायदा नईं, अपना सिक्काच खोटा।"

"अब्बी तू रोने का नई, तेरे को मेरा शपथ! सो जा! कल सुबू मेरे को अपने साथेच उठाना, जल्दी बुलाया सेठ।" कहकर उसने अपने चेहरे को कोहनी से ढक लिया।

काफ़ी देर बाद माँ के लेटने की आहट हुई। उनके करवट भर लेने के बावजूद उसने महसूस किया कि माँ सो नहीं पा रही। घुमड़-घुमड़कर सिसकियाँ भरने लगती। उसे परेशानी हुई। उठकर उसे मनाए? मनाए कैसे? कहे क्या? जो थोड़ा-बहुत दुःख का आवेग कम हुआ है, फिर न पलट पड़े! अपने बिस्तर पर उठ बैठा। कुछ देर बैठा रहा। माँ की सिसकियों का अन्तराल बढ़ रहा है। बड़ी देर तक कोई सिसकी नहीं आई तो बिस्तर पर ढीला हो गया।

कल बड़ी धाँधल है। अमिताभ बच्चन की फिलिम का रिलीज है। खिड़की पर टूटने वाली भीड़ को होशियारी से सँभालना है। रात का रोना-धोना सुबू पनवती साबित होता है धन्धे में। माँ क्या समझेगी? मलाड के लिए निकलने से पहले वह हनुमानजी के मन्दिर में सिर झुकाना नहीं भूलता। धन्धे पर कृपा होनी चाहिए न। उसके टेंशन की खबर नहीं माँ को। टिकट मुफ्त में भी लेने वाला नहीं मिलता कभी-कभी, ऊपर से

आपसी मारा–मारी। सभी चाहते हैं कि उनको उसी थिएटर पर धन्धा करने का चांस मिले जिसमें अमिताभ बच्चन की फिलिम लगने वाली है। थिएटर की अदला–बदली के कायदे–कानून भी भूल जाते। छुरा–चाकू निकाल लेते। माँ का क्या! चार घंटों का भांडी–कटका निबटाया और चल दी मावसी (मौसी) के घर तफरीह करने। आजकल मावसी से बहुत पटने लगी है। पहले दोनों एक–दूसरे का मुँह देखना तक बरदाश्त नहीं कर पाते थे। चलो, ठीक है। जहाँ भी माँ का मन लगे। चैन मिले। बारह से पहले वह भी घर नहीं लौट पाता!

'तीन का तीस...तीन का तीस...बालकनी, पचास, बालकनी पचास...''

लोगों के चेहरों पर बुदबुदाता हुआ वह चक्कर–पर–चक्कर मार रहा है। पसीने छूट रहे हैं। पब्लिक एकदम ठंडी है। अमिताभ की फिलिम है, टिकट–खिड़की बन्द है, फिर भी लोग टिकट बिलेक में लेने को तैयार नहीं। चिन्ता की बात यह है कि बरामदे में हाउस फुल का पाटिया लगा हुआ है, मगर भीतर हॉल ख़ाली है। वैसे यह धन्धे की चाल है, पर आज दाना फिट नहीं बैठ रहा। पब्लिक झाँसे में नहीं आ रही है। घूम-फिरकर लौट रही है। शो शुरू हुए भी दस मिनट हो चुके हैं। जबरदस्त फटका लगने वाला है। उसके पास इस शो के पचास टिकट हैं, माथा घूम रहा है उसका। होगा क्या! इसीलिए चिढ़ रहा था रात माँ के रोने पर। कलह से कभी कुछ अच्छा हुआ है? काम बना किसी का?

एक युवक उसके क़रीब आया, ''टिकट है?''

''कितना माँगता?'' उसके चेहरे पर चमक दौड़ी।

''तीस टिकट! बालकनी के। छः का तीन के भाव से दे दो–तो ले लूँ।

वह दुविधा में पड़ गया। आधे दाम में? अमिताभ की फिलिम के टिकट आधे दाम में! कैसा अन्धेर है। ऐसा पहले कभी नहीं हुआ। अमिताभ की फिलिम माने जैक पाट! आँख मूँदकर लगा दो पैसा! महीने–भर की कमाई हफ्ते–भर में! टिकट रद्दी में जाने वाले हैं, यह तो तय है। पर बुद्धिमानी इसी में है कि भागे भूत की लँगोटी भली। जो भी निकल आए। दिमाग में कौंधा कि एक साथी से मशविरा कर ले।

''ज़रा मिनट इदरीच ठैरना।'' कहकर वह भीड़ में गुम हो गया। अपने एक साथी के पास पहुँचकर पूछा, ''एक गिराक बालकनी का तीस टिकट आधी कीमत में माँगता। दे दूँ?''

''थोड़ा रास्ता देख।''

''रास्ता क्या देखूँ? पब्लिक साऽऽली वापस जा रही है। मुद्दल भी नईं निकलने का।''

साथी उसकी बेसब्री से चिढ़ गया, ''अबे, धन्धे का कुछ उसूल होता...''

''चुप वे, उसूल गया तेल लगाने। इतना खोट में जो निकलेगा, वो निकलता।'' वह स्वयं निर्णय लेता हुआ–सा उसके पास से हट आया और उसी युवक के क़रीब

पहुँचा। उसने इशारा किया कि वह टिकट देने को तैयार है, पर यहाँ नहीं, वह पैसे निकालकर सामनेवाली मटन शॉप के पीछे आ जाए।

फुरती से उसने हिप पॉकेट से टिकट निकाले, गिने और युवक की ओर बढ़ा दिए। युवक के हाथ से पैसे लेकर जेब में रख ही रहा था कि अचानक एक अजनबी उस पर पीछे से आकर टूट पड़ा। उसने अजनबी के चंगुल से छूटने की जानमार कोशिश की, ख़ूब छटपटाया, पर तब तक उसे कई अन्य लोगों ने घेरकर दबोच लिया। समझ गया। छूट भागने की कोशिश करना बेकार है आज चढ़ गया सीआईडी के हत्थे।

थिएटर पर भी जबरदस्त छापा पड़ा। अन्दर सीटें ख़ाली और बाहर हाउसफुल का पटिया। उसके तीन अन्य साथी छोकरे पकड़े गए। बाकी सात छिटक गए।

हवा थी कि सीआईडी ने घूम-घूमकर पब्लिक को टिकट न ख़रीदने के लिए दबाव डाला, ताकि वह थिएटर के कर्मचारियों और काला धन्धा करने वालों की मिली-भगत को रँगे हाथों पकड़ सके।

वह बन्द हो गया।

मलाड पुलिस चौकी में रात-भर उनकी खाल उधेड़ी गई। इंस्पेक्टर सामन्त लगातार पूछता रहा कि वह भकुर दे कि वास्तव में उनका सरगना कौन है और किस-किस सिनेमा हॉल पर उनके मुर्गे सिनेमा टिकटों की कालाबाज़ारी करते हैं। दूसरे रोज़ कुछ साथियों ने जबानें खोल दीं। नारायना पकड़ा गया। रफ़ीक फरार हो गया। गिरगाँव का पाटिल और साकीनाका का फिलिप्स भी पकड़े गए।

माँ को खबर भेजी गई। माँ जामिन (जमानत) के लिए नहीं आई। रफ़ीक के दोस्तों ने छुड़ाने की पूरी कोशिश की, पर ऊपर से बात आई थी, नीचेवालों ने छोड़ने में मजबूरी जाहिर की। बस इतना हुआ, उम्र छोटी थी, अतः उसे 'डोंगरी बाल-सुधारगृह' भेज दिया गया। तीन दिन खोपड़ी के पीछे टमाटर-भर गुम्मा लिये वह कराहता चटाई पर बिलबिलाता पड़ा रहा। एक बाई डॉक्टर ने आकर जाँच की। सुई लगाई तब कहीं जाकर चौथी रात ठीक से सो पाया। इस दुर्गति और नरक की कल्पना सपने में भी नहीं की थी। बस, आँखों के सामने क्षुब्ध माँ का चेहरा डोलता रहा। सच्चाई कैसे पचा पा रही होगी? कैसे चला रही होगी उसके पीछे घर?

रफ़ीक का छोटा भाई एक शाम अचानक 'डोंगरी बाल-सुधारगृह' में उससे मिलने आया। उसी ने माँ के बारे में खबर दी कि वह उसकी अम्मी से लड़ने आई थी। जबरदस्त गाली-गलौज किया अम्मी से कि रफ़ीक की गलत सोहबत ने उसके सीधे छोकरे को बरगला दिया। तबाह कर दिया। उसका बंडू ऐसा नहीं था, ख़ूब पढ़ता था। अच्छे नम्बर लाता था। कहना मानता था।

सुनकर वह फीकी हँसी हँस दिया।

माँ उससे मिलने तो आई नहीं। तीन महीने की सज़ा हुई उसे। रहना उसे 'बाल-सुधारगृह' के नरक में ही था। ऊँचे अहाते के किनारे लगे गुलाब के फूलोंवाला नरक! उस नरक में एक नहीं, बेसींग सैकड़ों यमराज घूमते-टहलते नज़र आते। उन दैत्यों

के बीच एक लम्बे स्कर्टवाली भली-सी रेखा ताई भी उनसे मिलने आतीं। उससे उसके अपराधी होने के कारणों तथा दबावों के बारे में पूछतीं। साथ-साथ कॉपी में कुछ लिखती भी जातीं। उसे समझातीं थी। साथ के कादर ने रेखा ताई का वास्तविक परिचय दिया। 'डॉक्टर नई रेखा ताई, कूंसीलर हैं, कूंसीलर! (काउन्सिलर) खोपड़ी का डॉक्टर! हम लोगों का साआला खोपड़ी पढ़ने को आती है।''

''ऐसी तफरी तो इस धन्धे में चलती रेती है यार! कभी-कभी मलाई में मक्खी भी गिरती, तू घबराना नईं। ज़रूरत का सामान में पोंचाऊँगा...'' रफ़ीक के भाई का संकेत उसकी बीड़ी-पानी के खर्चे से था, कुछ नोट दिए भी उसे-''इदर का सुपरिटेंडेंट द्विवेदी अपुन को बोत मानता है।''

चटाई की झिरझिरी तीखी तीलियाँ पीठ पर कुँच रहीं।

नींद नहीं आ रही। ऊपर से मच्छर ख़ून पी रहे। नींद आ जाए तो यही चटाई उसके लिए डनलप का गद्दा साबित हो। पर हो तो हो कैसे! उस लंबोतरे कमरे में उसे मिलाकर कुल इक्कीस लड़के हैं। कुछेक नाटे, कुछ बड़े। ठसे-मुसे। एक-दूसरे की टाँग-पर-टाँग चढ़ाए। उन्हें सोता हुआ पाकर उसे विस्मय होता। घर की चटाई और इन नरक की चटाई में उन्हें कोई अन्तर महसूस नहीं हो रहा? क्यों? क्या वे सब जानवाले मुरदे हैं? और वह जानवाले मुरदों के क़ब्रिस्तान में रह रहा? क़ब्रिस्तान की सफ़ेद दीवारें देखकर उसे कितना डर लगता था! और यहाँ क़ब्रिस्तान में ही रहने को मजबूर है वह। उसे अपने रोंगटे खड़े होते महसूस हुए।

अचानक एक छोकरा नींद में चीखा। उसकी देह भय से एकबारगी काँप उठी। ठंडे पसीने से नहाती। नींद में क्या देखा होगा उस छोकरे ने? क्यों चीखा वह? शायद चीखें ही शेष हैं उनके पास जागते-सोते। चीखें-ही-चीखें, किस्म-किस्म की। सभी इतने खौफ़नाक माहौल से आए हैं कि नींद में भी वे उन चीखों के प्रभाव से मुक्त नहीं हो पाते। उन्हीं में दलते-पिसते। कादर ने कल दोपहर अपना किस्सा सुनाया था। सुनकर वह अविश्वास से पलकें पटपटाता, माथे पर बल डाले घूरता रहा।

''बाप मेरा सिद्दा था। गऊ सरीखा। माँ का इश्क हो गया साऽऽला बनिए से। उसके संग भाग के उसके घर बैठ गई। बोत समझाया बाप ने। हाथ-पाँव जोड़ा। पन माँ के मगज में कुछ नईं चढ़ा, मेरा हवाला भी नईं। इज्जत-आबरू मिट्टी हुई। बाप का भेजा घूम गया। एक रोज़ माँ को अपना सामान उठाके ले जाने के बहाने घर कू लाया और पिलान के मुताबिक घासलेट डालकर फूँक दिया! पन वो मरी नईं। हस्पताल में उसने 'पोलिस' को बयान दिया कि स्टोब नईं फटा। बाप-बेटे ने मिलकर मेरे को फूँक दिया।''

''पिच्छू...?'' भय से उसकी आँखें फट गईं।

''पिच्छू क्या?'' कादर ने लापरवाही से सिर झटका, ''बाप यरवदा जेल में और मैं इदर...''

उसे अचरज हुआ। कादर अपनी सगी माँ के बारे में कितने निर्मम भाव से बातें कर रहा था मानो वह अपनी माँ की करुण आपबीती नहीं, मोहल्ले के किसी घर में

हुई दुर्घटना का बयान कर रहा हो–निष्ठुर, लगावहीन, बदले से भरा! क्यों घृणा से भर उठा कादर माँ के प्रति? क्यों नहीं हो सकता? अत्याचार दिल और आँखों का पानी मार देता है। मर गया कादर की आँखों का पानी? मिट्टी हो गई माया–ममता।

कनपटियाँ पसीने से चुहचुहाने लगीं। क्यों याद करता है कादर का किस्सा! जबसे कादर ने सुनाया, भूल नहीं पा रहा। त्रस्त माँ याद आ रही है, जल्लाद बाप याद आ रहा है। किस्सा सुना सभी ने, पर सब बेखबर खर्राटे भर रहे हैं। एक वही...

अन्तर्द्वन्द्व चकिया में अँजुरी–अँजुरी अनाज–सा पीस रहा है...कादर ने ठीक किया? ठीक नहीं किया...नहीं, ठीक किया...उसे यही करना चाहिए था। बाप की इज्जत–आबरू भी तो कोई चीज़ थी। बच्चे की माया–ममता सब झटक...

अपनी माँ की यातना बिच्छू के विष–सी दिमाग में लहरें भरने लगी।

उसे भी बाप से नफ़रत है। बाप को माफ़ नहीं करेगा वह। उसी के चलते माँ और गुड़िया–सी कमली को गुड़िया खेलने की उम्र में मास्टरनी के घर चाकरी करनी पड़ी। उसे बिलैक के धन्धे में मुँह काला करना पड़ा। कम कमाता है बाप?

कादर की माँ की तरह उसके बाप के ऊपर भी इश्क का भूत सवार है...रेखा और अमिताभ बच्चन सरीखा। इस नरक से छूटते ही वह सीधा सफेद पुलवाली झोपड़पट्टी का रास्ता पकड़ेगा। रफ़ीक की अम्मी ने बताया था उसे कि कोई पुन्नपा की चाली है। तय है कि बाप उसी के घर मिलेगा। खलास करके छोड़ेगा उसको। टंटा खत्म। माँ का क्या, जबसे उसने आँखें खोली हैं, उसे भांडी–कटका करके पेट पालते पाया। आगे भी पेट भर लेगी। मर्द का वजूद उसके लिए है ही कहाँ?

नसें तनाव से तड़कने लगीं।

छूटा तो पूर्व–निर्णय के मुताबिक घर न जाकर सीधा सफेद पुल पर आया। परली तरफ़ वाली झोपड़पट्टी पुल पर से स्पष्ट दिखाई दे रही थी। वहीं कहीं है पुन्नपा की चाली। चाली की एक खोली में वह औरत और उसका बाप! अभी नहीं भी मिला, तो वह उससे निबटे बग़ैर माँ के पास नहीं जाएगा। निबटने का सामान है उसकी कमीज के नीचे!

रेलिंग छोड़कर वह भीड़ में शामिल हो गया। तभी अचानक, भीड़ में उसे पड़ोसन लक्ष्मी अम्मा दिखाई दे गईं। वह अनायास उनकी ओर लपका। माँ के हाल–चाल जान लेने की उत्सुकता दबा नहीं पाया। पीछे से पुकारा, "लक्ष्मी अम्मा! लक्ष्मी अम्मा!"

लक्ष्मी अम्मा उसकी गुहार सुन चौंककर पलटीं। उसे सामने खड़ा पा प्रसन्नता से पुलकीं, "अइयो बंडू! तू? कब छूटा? दुबला बोत हो गया। खाने को नईं देते होते जेल में?" वे एक साथ तमाम प्रश्न कर बैठीं।

उसने अपने बारे में जवाब न देते हुए, अधीर हो, माँ के बारे में जानना चाहा, "माँ...माँ कैसी है, अम्मा?"

"माँ?" लक्ष्मी अम्मा की भौहों में बल सिमट आए। पल–भर वह उसे ख़ामोशी से

ताकती रहीं, फिर विस्मय से भरकर बोलीं, ''तेरे को नईं पत्ता? मिली नईं तेरे को वो?''

अनिष्ट की आशंका से उसका जी धड़का–''क्या हुआ माँ को? बोल अम्मा!''

''सीताबाई ने नया नौरा (दूल्हा) बनाया! वो तेरी मावसी का देवर होता न, नारायण शिंदे...उसी के साथ...मेरे को लगता, आज उसका रात पाली होएगा, तेरे कू घरमेच मिलेगा।''

सुनकर वह जड़ हो उठा।

लक्ष्मी अम्मा उसकी बाँह पकड़कर झकझोरती हुई कुछ पूछ रही थीं उससे, पर उसे कुछ सुनाई नहीं दिया। वह एकाएक मुड़ा और पलटकर भीड़ को धकियाता हुआ तेजी से पुल उतरने लगा।

(1979)

लाक्षागृह

सुन्नी लिफ़्ट से बाहर आई।

लिफ़्ट के दोनों दरवाज़ों से सटे, जूट के सस्ते किस्म के कार्पेट से ढके हुए फ़र्श के छोटे टुकड़े दाहिनी तथा बाईं ओर लम्बी राहदरी की शक्ल में विभक्त हो गए थे।

राहदरी से जुड़े हुए थे हॉलनुमा कमरे। कमरों में सूखे अटे-सटे दर्जनों चेहरे, उससे भी ज़्यादा मेज-कुर्सियाँ। संग कतारबद्ध फ़ाइलों के बोझ से बदरंग हुए कपबोर्ड।

सुन्नी को एकांट्स विभाग में जाना था। हाथ के काग़ज़ों पर दृष्टि डालकर जैसे ही वह बाईं ओर को मुड़ी, राहदरी में सिन्हा और स्वामीनाथन की बातचीत में अपना ज़िक्र सुनकर ठिठक गई। मोड़ पर बढ़ा हुआ पैर उसने पीछे खींच लिया। आँखों के समक्ष पेमेंट्स लिस्ट फैलाकर पढ़ने का उपक्रम करने लगी। लिफ़्ट से आने-जाने वालों की दृष्टि उस पर पड़ सकती थी। राहदरी से गुजरने वालों की भी। यही सोचकर यह नाटक आवश्यक लगा।

चश्मे के काँच पर जम आई बरसाती नमी की-सी धुन्ध एकाएक उसकी आँखों में उतर आई।

उसे दिखाई देना बन्द हो गया। सुन्नी को महसूस हुआ–वह ज़्यादा देर यहाँ खड़ी नहीं रह सकती, न पसीजती बेजान टाँगों को एक-एक डग घसीटती एकाउंट्स विभाग तक पहुँच सकती है। जो कुछ उसने सुना, वह उसके लिए अपने विषय में कोई नई प्रतिक्रिया नहीं थी, किन्तु जिसके द्वारा व्यक्त की गई, अवश्य अप्रत्याशित थी–धमनियों पर सहसा ब्लेड रेत देने जैसी।

लिफ़्ट के लाल तीर के संकेत द्वारा उसके ग्यारहवें माले पर होने की सूचना के बावजूद पूरी ताकत से उसने काल बटन पर अँगूठा दबा दिया।

राहदरी में उसकी उपस्थिति से अनभिज्ञ, अपनी रौ में बोलते सिन्हा की भारी, आकर्षक आवाज़ और उस पर प्रतिक्रियास्वरूप स्वामीनाथन का कटाक्षपूर्ण फूहड़ ठहाका

पिघले हुए सीसे-सा कानों में टपकता परदों पर फफोलों-सा फूलता, मांस के गहरे धँसकर रह गए बबूल के काँटे-सा टीसता, समूची देह को लँगड़ाहट में बदलता, लिपटा-लिपटा उसकी सीट तक चला आया।

दोनों हाथों के अँगूठे से उसने भौहों के नीचे छिपी हुई माथे की हड्डियों को हल्के-हल्के चाँपा। थोड़ी सहज हुई तो चपरासी रामलाल को आवाज़ दी और पेमेंट्स लिस्ट उसके हाथों में थमाकर एकाउंट्स में मि. शर्मा को दे आने के लिए कहा।

रामलाल उसकी मेज से लगा क्षण-भर रुका रहा।

''शर्मा सा'ब कुछ पुच्चेगा तो?''

सुन्नी ने दृष्टि नहीं उठाई, ''कह देना, मुझसे फ़ोन पर बात कर लें।'' आँखें उठा रामलाल की ओर देख पाना और देखने के बाद उसकी आँखों में उभरे प्रश्नों को सन्तुष्ट कर पाना उसके वश में नहीं।

लंच के बाद का वक़्त था।

सुबह से टाले जा रहे सरकारी काम का कुछ अंश निपटाने में पूरा हॉल मुस्तैदी की नाटकीय हबड़ा-तबड़ी ओढ़े तकरीबन व्यक्त था।

उसने टाइपराइटर पर नया रिबन चढ़ाया और अपनी तेरह साल पुरानी नौकरी से त्यागपत्र टाइप करने बैठ गई। अब वह नौकरी नहीं करना चाहती। वह नौकरी नहीं, नौकरी उसे जीने लगी है। उसके अस्तित्व का पर्याय-उसकी शिनाख़्त बन गई है, जिसे वह कभी स्वीकार नहीं कर सकती।

अक्षरों पर नर्तन करती-सी, शब्द उगलती उसकी उँगलियाँ, शब्द नहीं, उसके भीतर खौलते लावे का द्रव्य उगल रही हैं। अचानक गति में व्यवधान पड़ा। चेहरा उठाया उसने। उसकी मेज से सटे खड़े मि. भार्गव उससे किसी ज़रूरी फ़ाइल के विषय में पूछ रहे थे। मि. भार्गव क्या पूछ रहे हैं, वह कुछ सुन नहीं पा रही। उसे लग रहा है, मि. भार्गव अचानक गूँगे हो उठे हैं और महज होंठों की हरकत से अपना अभिप्राय समझाने की कोशिश कर रहे हैं।

उसके कानों में भानूबेन के शब्द साँय-साँय उड़ रहे हैं-''देवेन्द्र तो खुदिच छः-सात सौ रुपिया मैना लाता घर में। सुनिता को नोकरी-चाकरी नईं करने देगा। हमारा गुज़राती लोग में सासरे जाकर छोकरी का नोकरी करना पसन्द नईं करते!''

अति व्यस्त भाव से गरदन उठाकर उसने शून्य दृष्टि से उनकी ओर देखा।

भार्गव साहब उलझन में फँस गए, ''कुछ ज़रूरी टाइप कर रही हैं?''

''जी।'' वह टाइपराइटर से उँगलियाँ हटाकर मेज को अस्त-व्यस्त बना रहे काग़ज़ों के पुलिंदे को इधर-उधर सरकाने, सरियाने लगी।

''अस्वस्थ लग रहीं आप, फ़ाइल कोई ऐसी ज़रूरी नहीं। चाय पीना चाहें तो आइए कैंटीन चलें। शायद कुछ आराम मिले।''

इस कार्यालय में आदमी नहीं, बरैया रहती हैं जो लाख भगाने, दरवाज़े, खिड़कियाँ

बन्द करने के बावजूद सिर पर भन्नाती–मँडराती रहती हैं।

उसने भार्गव साहब को उनके चाय के प्रस्ताव के लिए धन्यवाद कहा और अपने काम में लगती–सी टाइपराइटर पर आधे टंकित पत्र की इबारत ग़ौर से पढ़ने लगी। अचानक उसे ख़याल आया कि वह यह क्या कर रही है? पत्र की ओर भार्गव साहब का ध्यान आकर्षित कर रही है! भार्गव साहब को उसके त्यागपत्र के विषय में पता लग गया तो निश्चित ही वह आज कार्यालय की सनसनीख़ेजज ताज़ा ख़बर होगी। होती रहे। ताजा खबर किसी लड़की के त्यागपत्र देने पर ज़रूर बनती; अगर उसकी जगह बीना वर्मा या सुधा अखिल जैसी विभागीय सुन्दरियाँ होतीं।

भार्गव ने वही किया जिसका उसे अन्देशा था।

लटके पत्र को ग़ौर से पढ़ते हुए उन्होंने प्रश्न किया, ''किसका त्यागपत्र टाइप कर रही हैं आप?''

झूठ बोलने या बातों की जलेबी बनाने का कोई अर्थ नहीं, ''अपना।''

''अपना! क्यों?''

''क्योंकि मैं शादी करने जा रही हूँ।'' कहकर वह टाइपराइट पर लगा अधूरा पत्र पूरा करने में जुट गई।

पत्र पूरा कर उसने टाइपराइटर से अलग किया। दराज में से एक ख़ाली लिफ़ाफ़ा निकाला। निदेशक को सम्बोधित कर कार्यालय का पता टाइप किया। पत्र पर्स में रखकर उठ खड़ी हुई। मेज जैसी थी वैसी ही छोड़ अपनी सीट पर खड़े–खड़े पीछे घूमी, ''मिश्राजी, सुनिए।''

पीछे की मेज पर सिर झुकाए बैठे मिश्राजी ने फैली हुई फ़ाइलों में से सिर उठाया। उनके निंदाए चेहरे पर अप्रसन्नता गहराई। लंच करने के बाद का समय जब औरों के लिए काम को हाथ लगा देने की औपचारिकता का होता है, मिश्राजी के लिए कुछ सुस्ता लेने का। अपने हिस्से की अधिकांश फ़ाइलें वे कार्यालय में दाखिल होते ही सूँघ–सूँघकर निपटा डालते। सुबह की ताज़गी दिन चढ़े कहाँ?

''मैं ज़रा घर जा रही हूँ।''

उन्होंने 'शौक से' वाली भंगिमा में सिर हिलाया और पुनः फ़ाइलों में गरदन गड़ा अन्तर्धान हो गए।

वह बाहर आई। आकर स्टूल पर बैठे हुए रामलाल से उसने पूछा, ''साहब केबिन में हैं?''

''हैं न, मैडम!'' सदैव की भाँति चुस्त रामलाल तत्परता से स्टूल छोड़कर उठ खड़ा हुआ।

एक पल के लिए असमंजस से घिरी वह दरवाज़े का हैंडिल पकड़े हुए ठिठकी, फिर दरवाज़ा ठेलकर भीतर दाखिल हो गई।

प्लेटफॉर्म पर बंबई घूमने और बाज़ार करने आए गृहस्थों और सैलानियों की भीड़ थी।

स्कूली किशोर–किशोरियों की भी।

लगी हुई ट्रेन के तमाम डिब्बों को पार करती हुई वह बीच के 'महिलाओं के लिए' डिब्बे में चढ़ी और बीचवाली सीट की बड़ी खिड़की से सटकर बैठ गई। दीवार के सहारे सिर टेक लिया।

दौड़ती हुई ट्रेन के विशाल डिब्बे में उसे लगा कि वह बुक्का फाड़, सिर धुनकर रोए–डिब्बे में यत्र–तत्र बैठी हुई महिला यात्रियों की परवाह छोड़कर! सिक्के का एक पहलू उसे यह भी लगा कि अकेले में, निपट अकेले में रोना मन के गुबारों को हलका नहीं करता? जैसे अकेले बैठकर हँसना न अवसाद की गाँठें खोलने में समर्थ होता है, न मनोरंजन प्रदान करने में।

हींग और मिर्च–मसालों की तीखी धाँस ने इत्तिला दी कि गाड़ी मस्जिद बन्द पर पहुँच रही है। उसने दरवाज़े की ओर देखा, दड़बे से छूटी मुरगियों की भाँति धकियाती–मुकियाती महिलाओं की रंग–बिरंगी भीड़ डिब्बे में दाख़िल हो रही थी।

याद आया, पिछले आठ–दस महीनों का जादुई समय चालीस साल की प्रौढ़ा को अपना औक़ात भुलाने को विवश कर कैसे उदरस्थ कर गया कि वह पाँव के नीचे की धरती छोड़, तैरती–फुदकती अल्हड़ किशोरी–सी सिन्हा...सिन्हामय हो उठी।

घर बहुत छोटा–सा था, गृह–निर्माण भवन का दो कमरों का फ़्लैट। पिता सचिवालय में क्लर्क थे। पिछले महीने हेडक्लर्क बनकर सेवानिवृत्त हुए। चार दिन घर में बैठे तो ऊब उठे। पहले से भी कोशिशें कर रखी थीं। बाद में दौड़–धूप तेज कर दी। दो साल का एक्सटेंशन मिल गया। इतने ख़ुश हुए कि माँ के साथ शिरडी जाकर आए।

घर उसे हमेशा शान्त, ठहरा–ठहरा–सा लगा। अभाव में दिन नहीं बीते किन्तु भरा–पूरा–पन भी–लोहे की दो पुरानी खाटों, पुराने किस्म का अलमारीनुमा शोकेस, फल्ली पर रखा बड़ा–सा रेडियो, जिसे माँ ने अपने हाथों से बुने क्रोशिए के सुन्दर मेजपोश से ढक रखा था–दो मैले कपड़ोंवाली आरामकुर्सियों से अधिक नहीं हो पाया।

क्रोशिए की कंगूरेदार झालर सिर्फ़ धोने–भर के लिए दरवाज़ों के चौखटों से अलग की जाती। माँ ने उस झालर में छोटे–छोटे हाथी बुने थे, जो बचपन में उसे हवा में झूलते बहुत अच्छे लगते थे। बड़े होने पर मूर्खता की सीमा तक हास्यास्पद! हाँ, माँ का रसोईघर भरापूरा था। नीले आइल पेंट से रंगी हुई धुँआई फल्लियों पर कतार से सजे हुए स्टील के डिब्बे, कटोरियाँ, थालियाँ, पतीले उसे हमेशा बरतनों की सुसज्जित दुकान–से प्रतीत होते।

मैट्रिक पास करने के बाद जैसे ही उसे रेलवे की नौकरी मिली, उसने बरसों पुराने घर के पुरानेपन को बदलने की मुहिम शुरू कर दी।

नई तिपाई, कुछ सलीके की बाँस की कुर्सियाँ, अँगीठी के धुएँ से मटमैली पड़ी दीवारों पर हल्का सफेद डिस्टेम्पर, हैंडलूम के छूट के परदे...उसकी योजना सुनकर माँ एकदम संजीदा हो उठीं–"तुम्हार काय करायचा ते तुम्हीं स्वत:चया घरी जाऊन करा!" (तुम्हें जो भी करना है, वह अपने घर जाकर करना)। तीनों लड़कियों के लिए

यह उनका ब्रह्मवाक्य था। उनकी गृहस्थी में हस्तक्षेप करने की सोचते ही वे ढाल-तलवार उठा अपनी सत्ता की हिफ़ाज़त के लिए लक्ष्मीबाई का रूप धर लेतीं। माँ की सन्तुष्टि तीनों को अखरती; मगर वह यही सोचकर विस्मित हो उठती कि अभावों के वार को वे अपनी आत्मसन्तुष्टि की ढाल से कितनी सहजता से ध्वस्त-निरस्त्र कर देतीं कि उन्हें कहीं किसी चीज की कमी ही न सालती।

लेकिन कहीं कोई कमी उसे खलती। शुभा, मालिनी यहाँ तक कि दादा (बड़े भाई)- सब अपनी-अपनी घर-गृहस्थी में अपनी सत्ता जीते हुए, अपना मनपसन्द करने के लिए चले गए। एक वही बच रही-सिर्फ़ वही-माँ की सत्ता-तले। उनके नियम-धैर्य के अंकुश में। जहाँ अब भी मात्र एक कैलेंडर टाँग देने पर माँ घिसे रिकार्ड-सी वही वाक्य दोहराने लगतीं। और वह स्वयं को दूध से निकली मक्खी की भाँति फिंकी पाती।

दादा की शादी के बाद उसका नम्बर था, लेकिन हर बार बात बिगड़ गई। माँ जगह-जगह उसे ले जाकर लड़कों को दिखातीं और लोग थे कि छोटी शुभा और मँझली मालू का रिश्ता माँगने लगते। उसके लम्बोतरे चेहरे ने, ऊँची नाक के नीचे धँसी-धँसी आँखों ने, होंठों से हमेशा बाहर निकले रहने वाले दाँतों ने, उसे कभी साखर पूड़ा (सगाई) की सम्भावनाओं तक नहीं पहुँचने दिया। माँ शुभा और मालू को कब तक रोकतीं! जबकि हर जगह इस बात का दाना डालना न भूलतीं कि रेलवे की पक्की नौकरी में सुन्नी साढ़े पाँच सौ रुपए महीने कमा रही है। भायखला में उसे एक कमरे का रेलवे क्वार्टर भी मिला हुआ है, जिसका कि उसे सवा दो सौ रुपए भाड़ा मिल रहा है। किन्तु घर और नौकरी का जबरदस्त प्रलोभन भी उसके लिए वर हासिल करने में असमर्थ रहा।

हालाँकि कइयों ने मौके-बेमौके इस ढीलेपन की ओर दबा-दबा संकेत भी किया कि मँझली और छोटी के ब्याह से निपट जाने के उपरान्त पिताजी ने उसके ब्याह के लिए अपेक्षित परिश्रम नहीं किया। घर में प्रतिस्पर्धियों के अभाव में रिश्ता पटना मुश्किल नहीं। मावसी (मौसी) ने तो खुलकर कटाक्ष किया कि भूख में टेढ़ी-मेढ़ी चपातियों के बीच में नर्म, मुलायम, गोल चपाती खींच लेना लोगों का स्वभाव है, मगर शेष टेढ़ी-मेढ़ी के बीच कौन-सा विकल्प बचता है?

मालू की विदा-विदाईवाली साँझ का वह जहरीला दंश नीले चकत्ते-सा फैलता उसकी समूची देह और चेतना को अपनी गिरफ़्त में लेता, उसे अचानक टीसों के जंगल में लावारिस छोड़ गया था!

वह चिवड़ा और लड्डू की तश्तरी मालू की सास को साग्रह थमाकर अन्य मेहमानों की ख़ातिरदारी के लिए आगे बढ़ी ही थी कि माँ से किए गए मालू की सास के प्रश्न के उत्तर में माँ का तर्क सुन उसके तश्तरी बढ़ाते हाथ काँप गए-"ज़िद्दी है, ब्याह के लिए तैयार ही नहीं होती। बिरादरी में पचासों लड़के देखे हमने, मगर इसकी 'ना' तो ना!"

माँ ने इस झूठ के सहारे अपनी विवशता या अकर्मण्यता छिपाई या उन तिरस्कारियों की जमात में पैंतरा बदल स्वयं भी खड़ी हो गईं, जिन्होंने उसकी बदसूरती के बहाने उसे

सामान्य–स्त्री जीवन के अधिकारों से वंचित कर, ठीकरे सदृश रास्ते से दूर फेंक दिया!

वाशबेसिन पर आँसू धोने आई तो एक क्षण को विवेक ने धिक्कारा कि क्या वह माँ के प्रति कठोर और दुराग्रही होकर नहीं सोच रही? लोकापवादों से बचने और उसे बचाने के लिए उनके पास और कौन–सा अस्त्र शेष है?

उसने सोचा। बहुत सोचा। मानसिक क्लेशों और लोकापवादों से स्वयं और माँ–पिताजी को मुक्त रखने के लिए वह स्त्रीत्व की सार्थकता की निहायत दकियानूसी और पारम्परिक परिभाषा से अलग हो पूर्णत: नई दिशाओं का अन्वेषण करेगी।

वह आत्मनिर्भर है। अपनी बचत से एक छोटा, सुन्दर–सा घर ख़रीदेगी। नहीं भी ख़रीद पाई तो सरकारी क्वार्टर है उसके पास। फिर भी अपना निजी घर होना महत्त्व रखता है। भविष्यगत सुरक्षा की दृष्टि से भी। उस घर के आँगन की रौनक के लिए अनाथाश्रम से बेहद बदशक्ल बच्ची को गोद लेगी। वह माँ बनेगी। स्त्रीत्व के इस पक्ष से वह वंचित नहीं रहेगी। बच्ची को पालेगी–पोसेगी, उसकी फुँदने जैसी चोटियों में सेवंती की वेणी गूँथेगी। उसके लिए रंग–बिरंगे परकर–पोलकर (लहंगा–चोली) सिलवाएगी। चीनी गुड़िया–सी उसकी बिटिया आँगन में रुनझुन करती थिरकेगी–"नाचे रे मूरा अवै चवै नाच।"

मन दृढ़ हो उठा। एक सुखद तन्मयता उसके चेहरे पर आब–सी उतर आई। उसी रोज़ रात को उसने माँ और पिताजी को अपने निश्चय से अवगत कराया। बता दिया कि अपने इस निर्णय की जानकारी उसने चिट्ठी लिखकर दादा को पहले ही दे दी है।

आरामकुर्सी पर अधलेटे पिता मुँह में पान भरे हुए, 'स्त्री' का दीपावली विशेषांक पढ़ रहे थे। यह उनकी तीस साल पुरानी आदत थी–खाना खा चुकने के उपरान्त पत्रिका या अख़बार पढ़ना। बाहर घूमना उन्हें विशेष पसन्द नहीं। उनकी इसी आदत से ऊबकर माँ उन्हें 'घर–घुसरा' विशेषण से विभूषित करती रहतीं।

"तुम्हारी बात सुन ली।"

आरामकुर्सी में हल्की चरमराहट हुई। सीधे होते हुए उन्होंने पत्रिका अपनी लम्बी जाँघियावाली खुली टाँगों पर औंधाई। आँखों का चश्मा जाँघिए की नाख़ूनी से रगड़ा और बोले, "मैं तुमसे एक बेहद ज़रूरी बात करना चाह रहा। माँ ने तुम्हें उस बाबत कुछ बताया?"

यह उसके निर्णय की प्रतिक्रिया नहीं।

सुन्नी ने माँ की ओर साभिप्राय देखा। पिता के कहने के बावजूद माँ का चेहरा निर्विकार दिखा। बस, इतना महसूस हुआ कि उनका चेहरा कुछ ज़र्द है और गालों के नीचे की ख़ुदी हुई–सी दो–तीन झुर्रियाँ और दिनों की अपेक्षा अधिक गहरा आई हैं। उसे यह भी लगा कि इसकी वजह उसका निश्चय भी हो सकता है या कमरे की पीली रोशनी।

माँ की यह आदत उसे बड़ी अजीब लगती है, अखरने की सीमा तक कि अक्सर जो बातें उन्हें स्वयं बतानी या कहनी चाहिए, वे पिताजी से कहलवाती हैं।

चश्मा काफ़ी देर तक रगड़ने के पश्चात् पिताजी ने नाक पर चढ़ा लिया, "देवेन्द्र

से तो तुम परिचित हो न?'' कहकर वे रुके। चश्मे के भीतर से उनकी मुँह चुराती दृष्टि ने उसके चेहरे को अपनी वृद्ध, नसें उभरी उँगलियों से टटोला। वह सिर झुकाए, सरौते से सुपारी कतरती माँ को देखने लगी। माँ उसे दिखाई नहीं पड़ रहीं। आँखों के सामने साबुनी बुलबुलों के छत्ते दौड़ रहे। एक साथ तमाम रोलरों का दबाव उसकी गरदन पर उतर आया। पिताजी का तात्पर्य? देवेन्द्र को वह भली-भाँति जानती है। पड़ोस की भानूबेन का वह मँझला देवर है। जन्म से ही एक टाँग से लाचार।

''उसके लिए भानूबेन एक अच्छी उम्र की लड़की खोज रहीं। तुम्हारे विषय में भानूबेन ने ख़ुद प्रस्ताव रखा है। लड़का पढ़ा-लिखा कम सही, लेकिन सात-आठ सौ महीने कमा रहा। बोरीवली में अपना घर भी ले लिया। तुम्हें पसन्द भी बहुत करता है।'' कहते-कहते वे एकाएक रुक गए। चश्मा उतारकर उन्होंने फिर से उसके काँच को जाँघिए की नाख़ूनी से रगड़ा-''लँगड़ापन कोई ऐसा ऐब नहीं, सुन्नी। गल्ले की एक दुकान उसकी अपनी है। एक में बड़े भाई के संग साझेदारी है। अपने मामूली-से खोट से दुखी वह तुझे हमेशा सिर-आँखों पर रखेगा।''

लोहे की चारपाई के सिरहाने टिकी उसकी पीठ जैसे गरम चिमटे की छुअन से तड़की। पिताजी को एक्सटेंशन कैसे मिला? उनका दिमाग अब सोचने-समझने के काबिल नहीं रहा, वरना वह उसे किसी लूले-लँगड़े की बैसाखी बनाने पर न उतर आते।

बिल्डिंग की सीढ़ियों पर, जब कभी देवेन्द्र उसकी बगल से गुज़रा, मिर्च-मसालों की तेज़ गंध और गल्लों की मटियाई सीलन उसकी नाक को बिदका गई। अक्सर उसका मन किया कि वह पर्स में से रूमाल निकालकर नाक पर रख ले और तेज़ी से चढ़ती अपने घर में दाखिल हो जाए। पायजामे पर कमीज़...यह भी कोई पहनावा है। वह बदशक्ल ज़रूर है, किनतु पढ़ी-लिखी और अच्छी पोस्ट की बदशकली इतनी आम भी नहीं कि कोई भी ऐरा-गैरा-नत्थू-खैरा अपनी औक़ात भूलकर उससे शादी का ख़्वाब देखने लगे।

वह उफनी-उफनी बदहवास-सी बालकनी में चली आई। ग्रिल से चेहरा टिका फफक पड़ी। माँ-पिता क्यों...क्यों उसे अनपढ़, गँवार, मिर्च-मसालों से भरी बोरी में बन्द कर देना चाहते हैं? क्यों नहीं उसके निश्चय की पीठ थपथपाते कि हुई न यह एक बात लीक से हटकर हिम्मत करने और जीने की! उत्तरदायित्व न निभा पाने की ग्लानि उन्हें जिस-तिस के सिर मढ़ देने के लिए अन्धा कर देगी, इसकी कल्पना नहीं थी उसे। मावसी (मौसी) ने कितनी बार जोर दिया कि अख़बार में उसके ब्याह का विज्ञापन दे दो, ढाई-तीन सौ खर्चा आएगा, मगर हो सकता है, कोई माफिक परिणाम निकल आए। मगर 'जाऊँगा, जाऊँगा' कहने वाले पिता उठकर कभी किसी अख़बार के दफ़्तर नहीं गए।

उन्हीं दिनों सिन्हा उसके विभाग में आया।

मिसेज पंजवानी उसे तीन-चार विदेशी साड़ियाँ दिखा रही थीं। उनके भाई हांगकांग से आए थे और बेचने के ख़याल से काफ़ी विदेशी सामान अपने संग लाए थे। पंजवानी कुछ साड़ियाँ नाइटियाँ उन लोगों को दिखाने और बेचने के लिए कार्यालय लाई थीं।

यह एक बैंजनी रंग की सादी आकर्षक साड़ी को बार–बार उलट–पुलट रही थी और अपने मन को तोल रही थी कि अचानक एक मर्दाने भारी स्वर ने उसे सम्बोधित किया, ''मुझे सिन्हा कहते हैं, सुनिताजी!''

साड़ी छोड़कर वह शिष्टता निभाने के लिए कुर्सी से उठ खड़ी हुई।

हाथ जोड़ते ही आँखों में ताज़गी घुल गई। लम्बा छरहरा कद। चौड़े कन्धे। गेहुँआ रंग चमकीली भेदती आँखों पर गोल्डन फ्रेम का बायफोकल चश्मा। कुल मिलाकर आकर्षक आवाज़ और अन्दाज़ से सठा–गठा व्यक्तित्व। विभाग के बुसियाएपन को झाड़ता, स्फूर्ति देता। मिलकर ख़ूब भला लगा।

सहकर्मी गुप्ताजी और भार्गव साहब विभागीय सदस्यों से परिचय की औपचारिकता पूरी करवाने सिन्हा को लेकर निकले थे। श्रीमती पंजवानी की जिज्ञासा पर कि विभाग में सिन्हा की नई नियुक्ति हुई है या वे तबादले पर आए हैं, सिन्हा ने तपाक से उतर दिया कि वह सरकारी मेहरबानी से तबादले पर आया है और जब तक उस पर सरकारी मेहरबानी बनी रहेगी, वह उनके बीच काम करने का सौभाग्य हासिल करता, धन्य होता रहेगा।

भार्गव साहब ने सिन्हा की विनम्रता पर चुटकी–सी ली–'साहब, बम्बई का तबादला भाग्य की लॉटरी है। जिसकी निकल आए वह टिकट ख़रीदना बन्द कर देता है। जिसकी न निकले वह अपने नम्बर की उम्मीद में थोक में टिकट ख़रीदकर भाग्य आजमाता रहता है, बन्धु। आ गए हो तो घाटे में नहीं रहोगे, लिख लो।'

''तो मैं टिकट ख़रीदना बन्द कर दूँ न, भार्गव साहब!''

''पक्का! समझिए, लग गई।'' और वह भी उनके ठहाकों में शरीक हो बड़ी देर तक हँसती रही। गुप्ताजी के आग्रह पर उसने अपनी मेज पर चाय मँगवाई। साथ में उम्दा बटाटा–बड़ा भी।

सिन्हा को बटाटा–बड़ा ख़ूब भाया। उसने इच्छा प्रकट की कि वह बंबई का प्रसिद्ध ऊसल–पाव खिलाने गिरगाँव के एक ईरानी रेस्टोरेंट में ले चलेगी, जहाँ बहुत स्वादिष्ट ऊसल बनता है और आज भी डेढ़ रुपए में आदमी आराम से अपना पेट–भर सकता है!

बच्ची और देवेन्द्र का फितूर, दोनों ही दिमाग से खिसक गए।

सिन्हा के साथ मिलना–जुलना पहले विभागीय शिष्टतावश हुआ। फिर साथ–साथ चाय पीने का सिलसिला शुरू हो गया। लंच भी वे अकसर साथ खाने लगे। कार्यालय छूटते ही चारों लिफ़्टों के सामने लम्बी–लम्बी पंक्ति होती। वे बजाय पंक्ति में खड़े हों, समय गँवाने के लिए आपस में बतियाते हुए, सीढ़ियाँ उतर लेते। यह रोज़ की बात हो गई। घनिष्ठता कुछ और बढ़ी। वे 'ओपन एयर कैफ़ेटेरिया' में एस्प्रेसो पीते या गेटवे तक पैदल घूमते हुए वापस स्टेशन।

कार्यालय ही नहीं, घर में भी उसके भीतर के बदलाव को माँ और पिता ने लक्ष्य किया। हालाँकि उन दोनों के मध्य अभी तक ऐसा कुछ नहीं घटा, जिसे वह आसक्ति का नाम देती। अलबत्ता सिन्हा की मित्रता ने उसे अपने प्रति सजग अवश्य कर दिया। वह अपने 'लुक' का ख़याल रखने लगी। चेहरे के उन तमाम अभिशापों को, जिन्हें

वह चालीस वर्षों से हीनता के रूप में ढोए रही, ब्यूटी पार्लर के वातानुकूलित कमरों में परिष्कृत करने लगी। अपने बढ़े हुए दाँतों पर उसने तार का फ्रेम चढ़वा लिया। हालाँकि दंत-चिकित्सक का कहना था कि यह फ्रेम उसने उसके जोखिम पर चढ़ाया है। इस उम्र में दाँतों पर फ्रेम चढ़ाने से जड़ें ढीली पड़ जाने की सौ फीसदी आशंका होती है। आइब्रोज, फेशियल, स्टीम बाथ के लिए वह नियमित जाने लगी। कुछ रोज़ 'फ़िगरेट' भी गई-देह की फालतू मांसलता कम करने के ख़याल से। अपने रख-रखाव के प्रति अब तक बरती गई उपेक्षा उसे अपनी मूर्खता और अनाड़ीपन प्रतीत हुई। एक सबसे महत्त्वपूर्ण काम उसने यह किया कि घर में ड्रेसिंग टेबल ख़रीद लाई।

सिन्हा को उसने माँ और पिताजी से भी मिलवाया। प्रतिक्रिया में माँ मौन साधे रहीं। पिता बहुत ख़ुश हुए। अत: कार्यालय में अपने सन्दर्भ में चल रही कानाफूसी के प्रति वह लापरवाह बनी रही।

सिन्हा के विषय में, उसके घर के विषय में वह सिन्हा की ज़बानी सब कुछ जान गई।

सिन्हा चौदह वर्ष का था तो उसके पिताजी नहीं रहे। माँ की घर से, पिताजी के रहते ही नहीं पटी, न रहने के बाद सारी स्थितियाँ प्रतिकूल हो उठीं। माँ उसे, नीलू और बबलू को लेकर विधवा मौसी के घर चली आई। एक छोटे-से कस्बे में मौसी का दोमंजिला मकान था। ऊपर का हिस्सा उन्होंने किराये पर उठा रखा था। नीचे तीन-चार कमरों में उनकी गृहस्थी मिसटी-फैली हुई थी। दालान में वे अपनी हाथ की मशीन चौकी पर रखे, मोहल्ले में सिलाई-स्कूल चलातीं।

डिग्री लेने के पश्चात उसे रेलवे में सहायक हिन्दी अफ़सर की पोस्ट मिल गई। वह कस्बे से शहर चला आया। रेलवे क्वार्टर मिलते ही पूरे परिवार को लिवा लाया। मौसी को भी वह ज़िद करके अपने साथ लाया। उनकी दोनों आँखों में मोतियाबिन्द पक रहा था। मौसी के पास जो कुछ था, इन्हीं लोगों के पीछे स्वाहा हो गया। यहाँ-वहाँ से उधार-उधूर करके उसने उनकी आँखों का ऑपरेशन ही नहीं करवाया, विदेशी लेंस भी लगवाया। मौसी लाल-लाल आँखों से ख़ूब रोईं...

नीलू को मेडिकल में दाखिला मिल जाने से तंगी का असमाप्त सिलसिला उसकी उम्र निगलने लगा। मौसी उसके लिए अक्सर दुखी हो उठतीं थी कि कस्बे में होता तो अब तक वे पोतों-पोतिनों का मुँह देख लेतीं।

नीलू के मेडिकल को तीसरा साल लगा नहीं कि उसका तबादला लखनऊ से इगतपुरी हो गया। ठीक वर्ष-भर बाद पदोन्नत होकर बंबई। नीलू के होस्टल का खर्च ही झेल पाना मुश्किल हो रहा था कि यहाँ आकर बबलू को गणित और मराठी में ट्यूशन की आवश्यकता अनुभव होने लगी। खर्च में कहाँ से कतर-ब्योंत करे, समझ नहीं पा रहा। बहरहाल ज़िम्मेदारियों से वह नहीं घबराता, न आन पड़ी समस्या से पीठ दिखाने की आदत है उसकी।

"तुम बताओ, सुन्नी, मैं अपने बारे में कब सोचता! कब अपने-आपको अपने

लिए नितान्त वैयक्तिक होकर जीता?''

उस शाम न जाने उसे क्या हुआ कि वह एकदम से भावुक हो उठा। मेज पर अनर्गल लकीरें खींच रही सुन्नी की उँगलियों को उसने अपनी हथेलियों में अचानक भींच लिया, ''मैं तुमसे शादी करना चाहता हूँ, सुन्नी! तुम...''

सिहरन का ज्वार उसकी तिरस्कृत देह में चैती के नशीले आरोह-अवरोह की भाँति संचरित होने लगा। वे कैपिटल सिनेमा के निकट 'ओपन एयर कैफ़ेटेरिया' में बैठे हुए थे। अचानक उसे महसूस हुआ कि सिन्हा ने उसकी हथेली को नहीं, भीड़ में उसके समूचे अस्तित्व को सँदली बाँहों के घेरे दे दिए। सहमति की हज़ार-हज़ार घुँघरुओं की रुनझुन उसके तन-मन में झनक उठी। शब्द भीतर-ही-भीतर गले में घुमड़कर रह गए। अनिश्चय नहीं था, न कोई धुँधलका। उसने हामी में हौले-से सिर को जुम्बिश दी।

उत्साहित पिता ने उमंग से सारे रिश्तेदारों को उसके और सिन्हा के बारे में लिख दिया। दादा ने 'साखरपूड़ा' (सगाई) की ज़िद की, किन्तु सिन्हा ने एकदम मना कर दिया, ''रिवाज न मैं अपने यहाँ के करूँगा, न तुम्हारे यहाँ के मानूँगा।''

कार्यालय में लोगों ने उन्हें नहीं छोड़ा। जिस दिन लोगों को उनके निर्णय के विषय में ज्ञात हुआ, कैंटीन में जबरदस्ती चार-पाँच क्रेट सॉफ्ट ड्रिंक का ऑर्डर हो गया। सिन्हा बार-बार कहता रहा, ''भैया, अभी से हमारा दिवाला क्यों पीट रहे हो? शादी पर पी लेना।'' मगर किसी ने उसकी एक नहीं सुनी। मिसेज पंजवानी ने 'पेस्ट्री' का ऑर्डर ऊपर से भिजवा दिया-''वरी, सुनिता की तरफ से भी तो कुछ होना चाहिए।'' फिर देसाई की ओर बाईं आँख दबाकर खुसफुसाईं, ''डबल स्वीट सिक्सटीन होने के बाद शादी कर रही है सुनीता। कंजूसी काहे की!''

हफ़्तों वे मकान खोजते रहे।

किराये पर उठाए रेलवे क्वार्टर में रहना सिन्हा को पसन्द नहीं था। न आस-पड़ोस ढंग का, न रहन-सहन स्तर का। गोरेगाँव की चाली में वह उसे ब्याह कर ले जाने को वैसे ही राजी नहीं था। पूरे परिवार के साथ डेढ़ कमरे के घर में गुजर होगी भी तो कैसे? ब्याह से पहले ही कोई अच्छी, स्थायी जगह हल के रूप में खोज लेना ज़रूरी लगा। हारकर उन्होंने मलाड में एक थ्री रूम फ़्लैट ओनरशिप पर बुक कर लिया। बारह हज़ार की पहली किस्त सुन्नी ने अपने बैंक-बैलेंस से भर दी। सिन्हा के पास मात्र मेम्बरशिप-भर के लिए रुपए निकले। वे भी उसे इन्तज़ाम करने पड़े। माँ सारे प्रकरण में कुछ उलझी-उलझी-सी बेचैन नज़र आईं। अभी से ओनरशिप पर मकान बुक करने की तुक? पैसा जोड़कर रखो। पैसा टेंट में हो तो दरवाज़े, हाथी बँधते समय नहीं लगता। आगे तुम लोगों की मरज़ी! उन्होंने सिन्हा से भी आपत्ति प्रकट की-''तबादलेवाली नौकरी है तुम लोगों की। फिर हो सकता है, प्रयत्न करने और सिफ़ारिश आदि के बूते

पर तुम्हें जल्दी ही स्टाफ क्वार्टर मिल जाए।''

सुनकर सिन्हा ने प्रतिवाद किया कि ''कई बैंकों में मैंने हिन्दी अधिकारी के पद के लिए आवेदन कर रखा है। रेलवे की नौकरी में आख़िर रखा ही क्या है। इसलिए स्टाफ क्वार्टर के चक्कर में मैं पड़ना ही नहीं चाहता। जो भी करना है, भविष्य की सोचकर करना है।''

सिन्हा मौसी और माँ को भी उसकी माँ और पिताजी से मिलाने के लिए घर लाया। एक बात उसे करकी–सिन्हा के प्रति पिताजी का दामादीय उत्साह जैसा कुछ उसे अपने सन्दर्भ में उसकी मौसी और माँ के चेहरे पर कहीं नज़र नहीं आया।

तभी अचानक, हवाओं की महकती हुई खुनकी अन्धड़ के प्रलयंकारी तेज थपेड़ों में लहूलुहान हो उसके रोम–रोम में क्रन्दन कर उठी।

कैसे वह बर्फीले शिलाखंड की ढलान पर आत्मघाती गति से दौड़ रही थी। वजह शायद या पूरी तरह से पुरुष सहवास से अस्पर्शित, बावली हो उठी प्रौढ़ता थी, जो अपने ही कगार ढह, ज्वार से उतराई विध्वंसकारी मोड़ मुड़ने लगी। मकान के पीछे उसने अपना बैंक–बैलेंस खत्म कर दिया, प्रॉविडेंट फंड से पैसा निकाल लिया। पॉलिसी के विरुद्ध क़र्ज़। फिर भी सिन्हा ने सोसाइटी में मेम्बरशिप ली तो अपने नाम से ली। वह चुप रही। माँ की कुनमुनाहट के बावजूद–'मकान तेरे नाम लेने में हर्ज? तू मुझे एक छोटा–सा कारण दे?'

कल दुःस्वप्न–सी दोपहर कैसे उसके लिए प्राणलेवा हादसा हो उठी!

पेमेंट्स लिस्ट पहुँचाने वह एकान्ट्स विभाग में जा रही थी कि अचानक सिन्हा और स्वामीनाथन की पारस्परिक बातचीत ने भरे गिलास–सा उसे जमीन पर पटक दिया।

''कमाल है तेरा! शादी करने के लिए तुझे कोई और लड़की नहीं मिली? शी लुक्स लाइक पक्का तालीवाला! तेरह साल हो गए रेलवे में नौकरी करते। विभाग में से कोई चाय पीने का वक़्त भी ज़ाया नहीं करना चाहता उसके साथ और एक तू...मुझे भार्गव ने बताया तेरी शादी के बारे में!''

''छोड़, यार! तालीवाली ही सही। घर की हालत तुझसे छिपी नहीं।'' प्रतिवाद करते हुए सिन्हा क्षणांश झिझका।

सुन्नी की काँपती टाँगें देह का बोझ उठाने से इन्कार करने लगीं।

''सोच, आठ सौ रुपए महीने कमाने वाली कहाँ मिलेगी? सौदे की कोई शक्ल–सूरत नहीं होती, मेरे यार। मैं जीवन और व्यावहारिकता को एक–दूसरे का पूरक मानता हूँ। नहीं तो देखने में ठीक–ठाक आशा घर चलाने के मामले में अधिक सही लड़की है। मौसी अभी भी चाहती है कि मैं आशा से ब्याह कर लूँ।''

आगे वह सुन भी नहीं सकती थी। खड़ी भी नहीं रह सकती थी।

ऊपर आने तक उसने निर्णय ले लिया था कि वह सिन्हा से ब्याह नहीं करेगी।

और यह नौकरी भी नहीं!

"क्या बात है, सुनीता? बड़ी परेशान नज़र आ रही हो?" उसके केबिन में दाखिल होते ही उसके उड़े हुए चेहरे को देखकर, निदेशक मिश्राजी ने चिन्तित होकर प्रश्न किया था।

उनके शब्दों की वजनी सहानुभूति ने उसे रुआँसा कर दिया। फिर जवाब में क्या कहती? न सूखे होंठों में कोई हरकत पैदा हुई, न तालू से जा चिपकी ज़बान ही ढीली। बस, साहस संजो, त्यागपत्र अवश्य उसने उनकी ओर बढ़ा दिया। ऐसा एकदम से न कर डालती तो शायद त्यागपत्र तहाए हुए रूमाल–सा मुट्ठी में पसीजता उसके संग लौट जाता।

मिश्राजी ने पत्र पर सरसरी निगाह डाली और विस्मय से भर उठे, "त्यागपत्र क्यों?"

जवाब में वह सिर झुकाए खड़ी रही।

"विभाग से कोई शिकायत? किसी प्रकार की प्रताड़ना? निस्संकोच कहो!"

कैसे कहे! उसका हृदय उमड़ा चला आ रहा था–बाढ़ के बढ़ते जल–स्तर की भाँति इंच–इंच अपने में डुबोता। उसकी सँजोई सारी दृढ़ता, निश्चय, आत्मविश्वास इस्तेमाल न होने की जागरूकता ठीक ऐन मौके पर दग़ा दे, उसे निहायत कमज़ोर साबित कर, दयनीय बनाकर छोड़ गई। इस तरह वह मिश्राजी के किसी सवाल का कोई जवाब नहीं दे पाएगी। कोई–न–कोई कारण बताना ही होगा।

प्रकृतिस्थ होने की पूरी कोशिश की उसने, "सर! मैं शादी करने जा रही हूँ।"

उनकी अनुभवी आँखों ने फौरन भाँप लिया कि सुनीता के इस्तीफ़े के पीछे कहीं कुछ गड़बड़ है। अभी छः महीने पहले एकाउन्ट्स की वाणी मजूमदार ने नौकरी से त्यागपत्र दिया। मगर वाणी लजाती, झिझकती उनके केबिन में आई और मिठाई के एक बड़े–से डिब्बे के ऊपर त्यागपत्र रखकर उसने उनकी ओर बढ़ाया था–"सर, शादी के बाद ज़िम्मेदारियाँ बढ़ जाएँगी। नौकरी सम्भव नहीं होगी।"

सिन्हा और उसके सम्बन्धों की चर्चा से वे अनभिज्ञ नहीं थे, बल्कि सुनीता की शादी की बात सुनकर उन्हें हार्दिक प्रसन्नता हुई थी। इस वक़्त सुनीता काफ़ी घुमड़ी–घुमड़ी, असहज लग रही। उन्हें लगा, उनके हाथों में थमाया गया सुनीता का इस्तीफ़ा किसी भावावेश में आकर लिया गया निर्णय है–किसी अप्रत्याशित ठेस और उससे उत्पन्न उत्तेजना का प्रतिकार पत्र!

"पत्र मेरे पास सुरक्षित रहेगा।" वे कवर बन्द करते हुए बोले, "चार–पाँच दिन की छुट्टी ले लो तो बेहतर है। ठीक से सोच लो। जल्दबाज़ी उचित नहीं। शादी के बाद भी कई लड़कियाँ नौकरी कर रही हैं, बी ईजी...ओ.के.!"

वह उठकर केबिन से बाहर आ गई। जानती थी, एक सेकंड के लिए भी और रुक जाती, तो सर के सामने ही फूट पड़ती।

उसके जल्दी घर चले जाने पर माँ को तनिक कौतूहल हुआ, यही अनुमान लगाया

कि सुन्नी की तबीयत शायद ठीक नहीं।

वे ख़ुद लेटी हुई आराम कर रही थीं। ज़्यादा कुछ पूछना उन्हें उचित नहीं लगा। लेटे–लेटे ख़याल आया–तबीयत ठीक नहीं तो तनिक चाय के लिए तो पूछ ही लें। अब क्या लेटना! साढ़े चार वैसे भी हो रहे। बरतन करने बाई भी आ ही रही होगी। उठकर रसोई की ओर मुड़ीं। रसोई की कुंडी खोली ही थी कि सहसा दरवाज़े की घंटी बजी।

दरवाज़ा खोला तो सामने ऊपर की छोटी मीनू को खड़ी पाया–''आंटी, सुनिता दीदी का फ़ोन है...हैं...घर में?''

दरवाज़ा ज्यों–का–त्यों खुला छोड़कर उन्होंने कमरे में लोहे के पलंग पर कोहनी से चेहरा ढाँपे लेटी सुन्नी को पुकारा, ''सुन्नी, तुझा फ़ोन आला!'' (सुन्नी, तुम्हारा फ़ोन आया)।

वह समझ गई कि फ़ोन किसका होगा। एक बार को मन में आया कि माँ से कह दे कि मीनू से फ़ोन के लिए मना कर दें। फिर सोचा, पीठ दिखाने से समस्या हल नहीं होगी। सामना करना ही एकमात्र विकल्प है। मिलने को वह कार्यालय में उससे मिलती हुई आ सकती थी, लेकिन कार्यालय में किसी प्रकार की आपसी कटुता या आरोप–प्रत्यारोप के नंगे नाटक से बचना चाहती थी। फ़ोन पर ऐसी कोई अड़चन नहीं। शायद अपनी बात अधिक ठोस तरीके से व्यक्त कर पाएगी।

चिपचिपाती हथेलियों से उसने रिसीवर उठाकर कानों से लगा लिया। अनुमान सही था–सिन्हा ही था। एकदम उत्तेजित।

''तुम बदशक्ल ही नहीं, बेअक्ल भी हो! रिज़ाइन क्यों कर दिया? घर पर बैठी भाड़ झोंकोगी? और मुझसे बिना पूछे? कोई ज़िक्र नहीं। बोलतीं क्यों नहीं? शादी के बाद भी तुम्हें नौकरी करनी है, सुन्नी। पारिवारिक ज़िम्मेदारियाँ मैं अकेले नहीं ढो सकता, सुन रही हो...हैलो! हैलो...''

''मुझे शादी नहीं करनी है तुमसे! नौकरी इसीलिए छोड़ दी।'' सुन्नी ने रिसीवर क्रेडल से लगा दिया। सीढ़ियाँ उतरकर घर आई तो माँ आँखों में तमाम प्रश्न भरे, चाय का प्याला लिए उसकी प्रतीक्षा कर रही थीं।

''कोणाचा फ़ोन होता?'' (किसका फ़ोन था?)

वह सूखते होंठों और पनियाई मिचमिची आँखों से उन्हें ताकती रही।

साँसें भीतर समा नहीं पा रही। दम बाहर को आ रहा। सहसा वह माँ के कन्धे से लगकर फफक पड़ी। हिचकियों से उसका समूचा शरीर हिलने लगा। उसके टूटे–टूटे–से शब्द भुरभुरी बर्फ–से माँ के कानों में गलने लगे, ''मैं देवेन्द्र से ब्याह के लिए तैयार हूँ अभी जाकर तुम भानूबेन से कह दो। उन्होंने कहा था न कि देवेन्द्र नौकरी नहीं करवाएगा! मैं नौकरी छोड़ आई हूँ माँ, मैं अब...''

माँ अवाक्–सी उसके बालों को, पीठ को सहलाती रहीं। कैसे कहें, और किस ज़बान से कहें कि देवेन्द्र की सगाई हो चुकी है...कि आठ–दस दिन के भीतर उसकी शादी होने वाली है....

इस हमाम में

आज उसकी घंटी नहीं बजी, न ही आवाज़ सुनाई दी।

रोज़ सुबह दरवाज़े के बाहर से उसकी आवाज़ सुनाई पड़ती–'बाई, कचरा!' इसी तर्ज़ में वह यानी अंजा हमारे लम्बे कॉरीडोर से जुड़े हुए हर फ़्लैट की घंटी बजाती हुई 'कचरा' शब्द का उच्चारण करती, फिर कचरा लेने उसी फ़्लैट के सामने पहुँच जाती जिसकी घंटी उसने सबसे पहले बजाई थी। ऐसा शायद वह सुविधा के लिए करती थी कि तब तक हर फ़्लैट का बाशिंदा अपने-अपने कचरे का डिब्बा दरवाज़े के बाहर रख दे और अंजा को व्यर्थ प्रतीक्षा न करनी पड़े। दस माले की ऊँची इमारत के हर घर से उसे कचरा इकट्ठा करना पड़ता था। लोगों को भी आदत हो गई थी। वे उसकी घंटी पहचानते थे। सुबह दूधवाले की घंटी, पेपरवाले की घंटी और अंजा की। सुबह की व्यस्तता के बावजूद लोग उसकी आवाज़ सुनते ही दरवाज़ा खोल अपना कचरे का डिब्बा बाहर रख देते और बिना अंजा की प्रतीक्षा किए हुए अपने काम में लग जाते। अंजा एक-एक का कचरा क्रमशः अपने प्लास्टिक के भारी झाबे में उड़ेलती, ख़ाली डिब्बा यथास्थान रखकर दूसरे फ़्लैट के दरवाज़े पर पहुँच जाती। बाद में लोग अपना-अपना डिब्बा सुविधानुसार उठा लिया करते। शुरुआत के दिनों में मैं भी ऐसा ही करती थी।

ठीक पौने नौ बजे घड़ी देखकर सोमेश दफ़्तर के लिए निकल पड़ते। मैं बैग उठाकर उन्हें लिफ़्ट तक छोड़ने के लिए दरवाज़ा खोलती तो ख़ाली कचरे का डिब्बा घर की देहरी से सटा रखा होता। शायद यह बात सोमेश कई दिनों से ग़ौर कर रहे थे कि कचरेवाली कचरा तो लेकर चली जाती है, मगर मैं इस बीच ख़ाली डिब्बा ज्यों-का-त्यों पड़ा रहने देती हूँ। घर से निकलते ही सबसे पहले ख़ाली डिब्बे का दर्शन उन्हें अपशकुन प्रतीत होता। उनके इस वहम से परिचित होते ही मैंने अपनी आदत बदल ली थी और ऐसी स्थिति में मेरे और अंजा के औपचारिक परिचय ने आत्मीयता की प्रगाढ़ता ग्रहण कर ली थी।

अब होता यह था, जैसे ही उसकी घंटी बजती, मैं फ़ौरन अपनी व्यस्तता झटककर, डिब्बा उठा, अंजा के सामने पहुँच जाती और उसे तुरन्त ख़ाली कर देने के लिए कहती। एक-आध रोज़ तो इस परिवर्तन से उसे परेशानी हुई थी। कचरे का 'झाबा' अट्ठावन नम्बरवाले फ़्लैट के सामने ही वह हमेशा की तरह रखा छोड़ आती थी। पूछे बिना उससे रहा भी न गया था। मुहाँसे-भरे साँवले गालों की उभरी गोलाइयों के नीचे कुछ अधिक फटे होंठों में वह अर्थपूर्ण ढंग से मुस्कराई थी–"इधर कचरे का डिब्बा चोरी नईं होता।"

उसके गलत मतलब निकालने पर एकाएक दिमाग भन्ना उठा था। सुबह का वक़्त था, संयत होकर जवाब दिया, "यह बात नहीं है, अंजा। असल में, सा'ब को दरवाज़े पर पड़ा हुआ खाली कचरे का डिब्बा अपशकुन लगता है, बस इसीलिए..."

"क्या?" उसका मुँह अचरज से खुल गया। आँखें पटपटाकर बोली, "सा'ब इतना शिखेला-पढ़ेला मानुस होकर ये सब बात मानता है क्या? आजकल तो अपुन लोग भी ऐसा बात पे इस्वास नहीं करता, फिर..."

क्षण-भर निर्विकार भाव से देखा मैंने उसे, फिर ख़ाली डिब्बा लगभग उसके हाथ से झटककर अपना दरवाज़ा बन्द कर लिया। इस प्रश्न का जवाब भी क्या था मेरे पास? जबरन सहेजा हुआ तटस्थ भाव रसोई तक पहुँचते-पहुँचते मोम-सा पिघलने लगा। एक तरह से मुझे उसका यह कटाक्षपूर्ण प्रश्न अच्छा लगा था, क्योंकि उसके प्रश्न में जिज्ञासा की तीव्रता के अलावा सोमेश के वहमी व्यक्तित्व के प्रति तिरस्कार का भाव भी था।

'इतना शिखेला-पढ़ेला मानुस...'

अंजा के ये शब्द व्यस्तता के बावजूद मस्तिस्क के संवेदन-तन्तुओं में दुबके, हथौड़े की धमक-से निरन्तर बजते रहे। लगा था, कभी अंजा को अपने क़रीब बैठाकर वह सब बता दूँ, मैं एक नहीं, कई-कई वहमों की चोट से छिदी हुई हूँ और शुष्कता की हद तक जीवन-मोह से विमुक्त। और जब अंजा की आँखों का प्रतिपल गहरा होता विस्मय एकाएक उपहास बनकर सोमेश के व्यक्तित्व पर गिट्टियाँ उछालेगा तो शायद मैं एक सुखद राहत महसूस करूँगी। एक मामूली कचरेवाली का उपहास मेरी अपनी टीसों पर ठंडा फाहा होगा।

ऐसा हो नहीं पाया। उसे अपने क़रीब फ़ुरसत से बैठा तो नहीं पाई। बस, परस्पर बोल-चाल निश्चय ही बढ़ गई। यह भी सोमेश से छिपा नहीं रहा। अपनी नाराज़गी वे दबा नहीं सके। एक रोज़ झुँझलाकर बिफरे, "कचरा देने में इतना समय लगता है?"

बात सुनकर भी मैंने अनसुनी कर दी।

मेरी यह ढिठाई उन्हें बेहद नागवार गुज़री, "मेरा नहीं तो पास-पड़ोसवालों का तो लिहाज़ करो।"

सुनकर विद्रोह की एक तड़प-सी कौंधी। चीखों का ढका-दबा सैलाब फट पड़ने को हुआ, किन्तु हमेशा की तरह सब भीतर-ही-भीतर अन्तस् की गहराइयों में फूटता रहा...बहता रहा। बहुत पहले अपनी घुटन को अभिव्यक्ति दी थी, चश्मा उतारकर अपनी आँखें दिखाई थीं। इन आँखों में देखने की शक्ति है...मस्तिष्क सोचता भी है...हृदय में संवेदनशीलता भी है।

सुनकर सोमेश हँस दिए थे, "तुम्हारी आँखें सचमुच ख़ूबसूरत हैं, दिवा, पर देखने के लिए उन्हें चश्मे के सहारे की ज़रूरत है।"

फिर जो निर्णय लादने का सिलसिला शुरू हुआ, उसने शायद मेरे कन्धों की मज़बूती पहचान ली थी...शादी के चार साल बाद समीप हुआ था।

मेरी ख़रीदी हुई स्लेट तथा रंगीन चाकों का डिब्बा न जाने कहाँ पड़ा होगा! सुन्दर जिल्दवाली अक्षर-ज्ञान की किताबें अपने ऊपर रखी जाने वाली नन्हीं कोमल उँगलियों के स्पर्श से वंचित न जाने किस दराज में पड़ी धूल खा रही होंगी। पाँच साल का समीप मेरी काँपती हुई टाँगों से लिपटा चीखें मारता रहा, मदर ने अंक में भरकर उसे बहलाते हुए गोद में उठा लिया था और सांत्वना से मेरे कन्धे थपथपाते हुए कहा था-कीप पेशंस...

भाभी–भैया सोमेश को देखकर लौटे थे। भाभी ने कहा था, 'उन्हें तो एम.ए. या पी–एच.डी. से नीचे पढ़ी–लिखी लड़की चाहिए ही नहीं।' कई महीनों तक मुझे देख–दाख आने के बावजूद सोमेश के घरवालों ने मेरे सम्बन्ध में ब्याह का निर्णय लटकाए रखा था। शादी हो जाने के काफ़ी अरसे बाद मौसी ने बताया था–चश्मे के बावजूद, उन्हें इतनी सुन्दर लड़की ढूँढ़े नहीं मिली थी। लड़कियाँ तो बहुत देखी गई थीं, पर सुन्दरता, शिक्षा तथा जन्मपत्री का मिलना और बत्तीस गुणों तक मिलना मेरे साथ ही सम्भव हो पाया था और इसीलिए निर्णय में समय तो ज़रूर लगा, पर हुआ मेरे पक्ष में।

उस रोज़ की घटना...सालों हो गए, मगर आज भी याद करते हुए सिहरती हूँ। सोमेश दफ़्तर के लिए निकल रहे थे और सहसा उनके दरवाज़े के बाहर होते ही मुझे याद आया था कि मैं जल्दबाज़ी में उन्हें रूमाल देना भूल गई हूँ। लपककर दरवाज़ा खोल कॉरीडोर में पहुँची तो पाया कि ये लिफ़्ट के सामने खड़े उसके ऊपर आने की प्रतीक्षा कर रहे थे।

'सुनिए!' मैंने रूमालवाला हाथ आगे बढ़ाकर उन्हें पुकारा तो वे एकाएक मुड़े और तमतमाए–से मेरे क़रीब आकर तक़रीबन बाँह से घसीटते हुए भीतर खींच ले गए। और इतनी जोर का धक्का मारा कि मेरा पूरा शरीर जड़ से उखड़े पेड़ की तरह ड्राइंगरूम की दीवार से टकरा गया। सुन्न होती देह काले–काले धब्बों से भर गई। आँखों से मैंने उनका चेहरा कोशिश कर देखा था। वे लगभग चीख़–से रहे थे, 'आइन्दा ऐसी हरकत मत दोहराना, समझी? कितना भी ज़रूरी काम क्यों न हो–एक बार मैं घर से निकल गया तो समझो, निकल गया। पीछे से कभी न बुलाना। दफ़्तर में फ़ोन भले ही कर देना!'

उस वक़्त अम्मा कुछ दिनों के लिए हमारे साथ थीं। मेरे प्रकृतिस्थ होते ही उन्होंने मुझे सोमेश के वहमी प्रकृति–पक्ष और उसकी प्रामाणिकता पर लम्बा–चौड़ा भाषण दे डाला था कि ऐसी टोका–टाकी से किस तरह बनते हुए काम बिगड़ जाते हैं–'इन सब बातों का तुम्हें ध्यान रखना होगा, बहू। सोच–विचारकर चलने की हमारी कुल–परम्परा है। हम बीस बिसुआवाले कान्यकुब्ज जो ठहरे!'

रूढ़ि और पाखंड के बवंडर में घिरा आहत मन क्षोभ और पीड़ा से छटपटा उठा था। भैया–भाभी के प्रति आक्रोश की उभरी चिनगारी शनैःशनैः जवान आग की शक्ल अख़्तियार करती जा रही थी कि तभी अचानक अंजा से भेंट हो गई थी और जान–बूझकर मैंने उससे संसर्ग बढ़ाना शुरू कर दिया था, ताकि ऊँच–नीच की कुलीनता–अकुलीनता से प्रभावित रहने वाली सोमेश की भावनाओं का मुँह बिरा सकूँ।

एक दोपहर गहरी नींद में घंटी की आवाज़ सुनकर जब मैंने दरवाज़ा खोला तो पाया, सामने कचरेवाली अंजा खड़ी है। समझ में नहीं आया, इस वक़्त वह क्योंकर आ सकती है। उसके असमय आने का प्रयोजन पूछना ही चाहती थी कि तब तक वह साधिकार भीतर दाखिल हो गई। पता नहीं क्यों, मुझे उसका आना अच्छा लगा।

उससे बैठने के लिए कहकर सोत्साह वाशबेसिन पर जाकर मुँह–हाथ धोने लगी। फिर चाय बनाकर, उसे दो कपों में छान, एक कप अंजा को थमा, उसके निकट आकर बैठ गई। अक्सर जब कभी उसे सुबह 'फ्रिज' का ठंडा पानी पीना होता तो वह मुझसे ही माँगती थी। मैं निस्संकोच पानी गिलास में ढाल उसे थमा देती। गिलास में पानी लेते हुए वह संकोच से सिकुड़ उठती। कहती–'बाई, एक तुमहीच हो जो अपुन को बोईच बरतन में पानी पिलाता है जिसमें तुम ख़ुद पीता है। नईं तो अपुन को तो लोग असीच कप में पानी देता है जो कचरे में फेंकने वाला होता है। समझते हैं, हम इन्सान नईं, मैला हैं, मैला।'

वह बिना कुछ बोले फौरन चाय सुड़कने में तन्मय हो उठी। उसके द्वारा ही कुछ कहे जाने की प्रतीक्षा करती रही। उसका चिन्तामग्न चेहरा काफ़ी उदास लग रहा था। मैंने उसे हमेशा हँसते हुए, मज़ाक करते हुए देखा है। बल्कि सुबह मुझे उसके रसीले बतकहाव की वजह से ही प्रतीक्षा रहती थी कि भेंट होते ही वह कोई–न–कोई टीका–टिप्पणी–भरी बात करेगी, या फिर कुछ फूहड़ किस्म के मज़ाक, जो मुझे वस्तुतः अच्छे लगते थे। हमारे बीच दुबकी बैठी चुप्पी मैंने ही तोड़ी।

"क्या बात है, अंजा? आज तुम बड़ी परेशान नज़र आ रही हो?"

"हाँ...वो...बाई! मेरे को कुछ रुपया चइए था।" वह संकोच से सहमती हुई साहस कर बोली।

"रुपये! क्या ज़रूरत आ पड़ी तुम्हें?"

"झोंपड़ा लेने का मेरे को।"

उसकी बात सुनकर मुझे अचरज हुआ। अपनी जिज्ञासा दबा नहीं पाई, "घर नहीं है क्या तेरे पास?"

"है, पन..." कहकर वह अपने मन की दुविधा झेलती कुछ पल मौन हो आई। लेकिन चाय खत्म होते–न–होते वह अपनी सारी परेशानी ब्योरेवार बता गई। उसने तथा उसके तीसरे पति ने मिलकर खार झोंपड़पट्टी में एक झोंपड़ी ली है, जिसके लिए उसे डेढ़ सौ रुपया डिपॉजिट और पन्द्रह रुपए चालू भाड़े का जुगाड़ करना था। मैंने देखा, घर के विषय में बताते हुए उसका उदास चेहरा खिले फूलों–सा निखर आया है।

"अभी वाला घर में नल भी है, म्यूनिसपेलिटी का संडास भी है। पिच्छू जहाँ हम रहता था न, वहाँ पानी का बोत दिक्कत था। बम्बा से पानी भर के लाना पड़ता था। और संडास...सुनेगा तो तुम हँसेगा। इश्वास नईं करेगा। एकदम सुबू को उठकर सड़क का बाजू में..."

ऐसी दयनीय स्थिति सुनकर भी मैं अपनी हँसी रोक नहीं सकी थी।

जाने के पहले डेढ़ सौ रुपए मैंने उसकी हथेली पर धर दिए थे। अंजा की आँखें अनायास स्नेहिल कृतज्ञता से भीग आई थीं। अचानक झुकी तो उसका हाथ मेरे पैरों पर टिक गया–"बाई! आपका जैसा दिल किसी का नईं देखा अपुन।"

घर! मुझे अंजा को मनपसंद घर मिल जाने की ख़ुशी हुई थी। अपना यह फ़्लैट मुझे कभी घर की तरह नहीं लगा। किसी दौड़ती हुई ट्रेन के स्लीपर कम्पार्टमेंट का हिस्सा-भर महसूस हुआ, जिसका फ़र्श दूसरों के घर की छत है और छत किसी और के घर की ज़मीन।

दो-तीन कहानियाँ लगातार पढ़ गई थी। आँखों में दर्द-सा महसूस होने लगा था। पता नहीं, चश्मे का नम्बर बढ़ गया है या दोपहर-भर लगातार पढ़ने का नतीजा था। कहानी की पत्रिका सिरहाने उठाकर रख दी। चश्मा उतारकर दोनों हथेलियों से दुखती आँखों को हल्के-हल्के दबाया। एक सुखद राहत से पलकें तंद्रिल हो उठीं। नहीं-नहीं, मैं सोना नहीं चाहती...

सोमेश महसूस ही नहीं करते कि अब मैं पढ़ते-पढ़ते थक गई हूँ, सोते-सोते थक गई हूँ, दिन-भर टेबल-कुर्सियाँ, कुशन झाड़ते-पोंछते थक गई हूँ...सिर्फ़ उनकी और उनकी ही बातें सुनते-सुनते थक गई हूँ। न किसी के संग उठना-बैठना, न कहीं मन-मुताबिक आना-जाना। आना-जाना भी हो तो सोमेश की उपस्थिति का दबाव हर पल किसी पीछा करते हुए व्यक्ति की कड़ी निगरानी के आतंक-सा मन को बंधक बनाए रहता।

अंजा से मैंने अपनी इस ऊबन का ज़िक्र किया तो वह सुझाव देती-सी बोली थी, "बाई, अक्खा दिन काय कू घर में पड़ा सड़ता है! दूर किसी ऑफिस-वाफिस में काम-धन्धा देख लो न। साब जो भी बोलता हय, तुम गुप-चुप काय को मान लेता हय? तुम शिखेला-पढ़ेला हे न, परवा मत करो। जितना परवा करेगा न उतनाच वो तुमको आँख दिखाएगा, समझा। फिर बाबा का भी तो काम नईं है। वो उधर शाणा में और तुम इधर घर में अकेला भूत सरखा।"

उसकी बातों ने सचमुच घेरे को तोड़ने का विद्रोह पैदा कर दिया था। सोमेश को बिना बताए एक स्कूल में मैंने अध्यापिका के लिए प्रार्थना-पत्र भेज दिया। साक्षात्कार का बुलावा आने पर चुपचाप साक्षात्कार भी दे आई। अचानक एक दोपहर मुझे स्कूल के अधिकारियों का पत्र प्राप्त हुआ कि मुझे वहाँ एक हफ़्ते के भीतर ज्वाइन कर लेना है।

सुबह नाश्ते की टेबल पर सोमेश को जब मैंने यह ख़ुशखबरी दी तो प्रत्युत्तर में उनका क्षण-भर पहले का मीठा स्वर चिड़चिड़ाहट में बदल गया।

"नौकरी की तुम्हें क्या ज़रूरत आ पड़ी?"

"समीप के चले जाने के बाद से मैं दिन-भर अकेली पड़ी ऊबी रहती हूँ। बस, यही सोचकर आवेदन-पत्र भेज दिया था।"

"समय ही काटना है न! लिख-पढ़कर भी तो समय गुज़ारा जा सकता है।"

"कितना?"

"औरतें और भी बहुत-से काम घरों में करती हैं। तुम उनसे निराली हो?"

"निराली नहीं हूँ, मगर वे बच्चे भी तो पालती हैं।"

''दिवा!'' उनकी आवाज़ उत्तेजना से काँपने लगी, ''तुम्हारे वाहियात तर्कों के फेर में मैं नहीं आने वाला। घर में रखकर समीप की ज़िन्दगी नहीं बिगाड़नी है मुझे।''

''मुझे क्यों घर में रख छोड़ा है?''

मेरे इस दुस्साहस की उन्हें रंचमात्र भी कल्पना नहीं थी। दाढ़ी का 'ब्रुश' गुस्से से बेसिन पर पटकते हुए वे तौलिया उठा, भन्नाते हुए बाथरूम की ओर मुड़ गए–''पता नहीं हराम...क्या चाहती है? पाँच लाख का फ़्लैट है, बच्चा आराम से सिंधिया में पढ़ रहा है, ख़्वाहमख़्वाह आँसू टपकाने की आदत पड़ गई है। वह भी ठीक ऑफ़िस के लिए तैयार होने के समय ही...रेड़ मारकर रख दी....मल्होत्रा वाला अनुबन्ध आज तय होने से रहा।''

बाथरूम का दरवाज़ा बन्द करने से पहले उन्होंने मुझे आग्नेय नेत्रों से घूरा, फिर आदेश–भरे स्वर में बोले, ''फिजूल के तेवर दिखाने की ज़रूरत नहीं है। उन्हें अभी इसी वक़्त पत्र लिखकर मना कर दो, ताकि वे किसी और को तुम्हारी जगह नियुक्त कर लें, समझी!''

क्या मैं मात्र सोमेश की उँगलियों का संकेत–भर हूँ? यही और बस, इतनी ही मेरी पहचान है और मेरे होने की शर्त? अंजा ने तीसरे आदमी के साथ घर बसाया है...मैं...इस कँटीली फेंसिंग को सुरक्षा की चारदीवारी का भ्रम बनाए क्यों पेट में निवाले डालने की मजबूरी को जीवन का तालमेल और आपसी समझदारी जैसे अर्थहीन शब्दों की आड़ में जी रही हूँ? अंजा के लिए...नहीं...उसका और मेरा समाज–समाज का जीवन–दर्शन अलग–अलग है।

बाथरूम से बाहर आकर सब कुछ पटका–पटकीवाले मूड में स्वत: किया गया। मेरे निकाले हुए कपड़े न पहनकर दूसरे निकाल लिए गए। पॉलिशवाले जूतों को परे सरकाकर गन्दे सैंडिल पहने गए। रूमाल भी दूसरा ढूँढ़ा गया, पर शायद मिला नहीं, अत: रोष में वह भी साथ नहीं रखा गया।

दरवाज़ा इतनी जोर से बन्द किया गया कि बड़ी देर तक कानों में एक अजीब–सी भन्नाहट गूँजती रही।

उठकर दरवाज़े तक मैं भी नहीं गई। हमेशा ही समझौते को प्रस्तुत रहने वाली मेरी आदत ने एकाएक रुख पलटा था और इस ढिठाई के लिए मन को पछतावे जैसी भावना ने उद्वेलित भी नहीं किया। बस, आक्रोश का ज्वार निरन्तर मन को बेधता रहा। कब तक यह सब सहना है? छह सौ रुपए की यह नौकरी मुझे अपने ढंग से खड़ा तो रहने दे सकती है। फिर...

घृणा...घृणा...घृणा का अविराम बहाव कब से अन्तर की अनदेखी गुहाओं में अबाध बहता रहा था, मुझे आभास ही नहीं हुआ! एक शख़्स के इतने हिस्से कैसे कर दिए जाते हैं? बेटी, बहू, पत्नी, माँ–नारी...पैदा होते ही उसे समझाना शुरू कर दिया जाता है कि उम्र के हर टुकड़े को दूसरों की सुविधाओं के अनुकूल आत्मसात करके जीने में ही उसका जीना है–एक निर्धारित स्वीकार...क्यों? आख़िर क्यों?

तकिया अमीबा की शक्ल में कई जगह से भीग गया।

उठकर मैंने दीवारों, दरवाज़ों के उन हिस्सों को बार-बार छुआ था, पढ़ा था, जिन पर पिछली क्रिसमस की छुट्टियों में आए हुए समीप ने कहीं ए-बी-सी-डी लिख दी थी तो कहीं सेब का अंडाकार आकार खींचकर 'ए फॉर एप्पल' लिख दिया था, कहीं वन, टू, थ्री, फोर...

रात को सोमेश मेहमानों के कमरे में ही सो गए, सुबह पता नहीं कब उठकर चले गए। दो बजे तक नींद ही नहीं आई। उठी, मेडीसिन बॉक्स से काम्पोज निकालकर खाई तब कहीं जाकर आँख लगी।

किसी भी काम के लिए उठने की इच्छा नहीं हो रही थी, लेकिन कचरेवाली अंजा की घंटी और साथ-साथ ऊँची हुई लहकदार आवाज़ ने चुम्बक-सा खींच लिया। उठकर रसोई में आई तो हाथ यंत्रचालित-से फ्रिज पर चले गए। देखा, दूध की चारों बोतलें स्टैंड में करीने से लगी हुई हैं। सोमेश ने उठकर ले ली होंगी। मुझे तो पता ही नहीं चला कि कब दूधवाले की घंटी बजी, कब पेपरवाले की। रसोई के प्लेटफॉर्म पर चायदानी तथा एक जूठा कप भी पड़ा हुआ दिखा। परन्तु मन को ग्लानि नहीं हुई। यह सब मुझे तकलीफ न पहुँचाने की भावना से नहीं किया गया है, बल्कि यह दरशाने का प्रयास है कि तुम्हारे बग़ैर भी इस घर में पत्ता खड़क सकता है। तभी मन को मथते तर्क-वितर्क को परे झटक, मैं कचरे का डिब्बा उठाकर फुरती से बाहर आई। बाहर खड़ी वह मेरी प्रतीक्षा कर रही थी।

कचरे का डिब्बा जैसे ही मैंने उसकी ओर बढ़ाया, तेज-तर्रार अंजा ने किसी अप्रिय घटना की परछाईं मेरी आँखों में पढ़ ली।

"क्या बात है, बाई? आँख तो ऐसा सुझेला हय जैसा रात को तुम बेवड़ा मारकर सोया हो।" मजाक करके वह ख़ुद ही 'हो-हो' करके हँस दी। परन्तु मैं न हँस सकी। शून्य दृष्टि से उसके कचरे के झाबे को घूरती भर रही।

"रात सा'ब से लफड़ा हो गया था?" अंजा मेरी ख़ामोशी पर तिक्त होती गम्भीर हो आई।

"हाँ।" मैंने संक्षिप्त-सा उत्तर दिया।

"मरद जात...कोई-कोई छोड़ के बोलेंगे तो...पक्का भड़ुआ होता है। अपन ने हिम्मत छोड़ी कि समझो उनके खीसे में।" उसने हिकारत से मुँह बिचकाया।

उसकी इस गाली में शायद मिला-जुला आक्रोश था। सुनकर मैं अचकचा उठी। उसे शायद इस बात की परवाह नहीं थी कि इस तरह की कड़वाहट हमारे भीतर भी उठती है; किन्तु ऐसी अशालीन शब्दाभिव्यक्ति में हम उसे सुनने-कहने के आदी नहीं होते।

अंजा का आक्रोश पीछे लौटता कहीं अपनी यंत्रणाओं की गलियों में भटकने लगा था।

"हम तो पहलेवाले मर्द को छोड़ा इसीलिए, अक्खा दिन किटकिट। जितना पगार उठाता था, सब दारू में खलास। तीन साल में तीन बच्चा। बोत मुश्किल से एक गेस्ट

हाउस में झाड़ू-कचरा उठाने का नौकरी मिला। पगार बोलेंगे तो फकत अस्सी रुपया...साला, जब देखो तब भेज देता था गेस्ट हाउस के मेम सा'ब के पास-'अंजा, पाँच रुपया उधार माँगकर ला न मेम सा'ब से...' दारू भी मेरे पैसे की पीता और धुत्त होकर हड्डी भी मेरी तोड़ता...बच्चा लोग दो जून पेट भरने को तरसता...छह साल खड़ूस के संग कैसा निकला, बोलने को नईं सकता। फिर सोचा, मर्द के साथ भी तो अपने हाथ का कमा के खाना पड़ता है। अकेला ही बच्चा लोग को पालेगा...

"पन बाई, जात-बिरादरीवाला अकेला भी तो नईं रहने देता।" कहते-कहते अंजा की आँखें पनिया आईं-"एक दिन हम भट्ठीवाला सेठ सद्धू के घर अपना तीनों बच्चा लेकर आ गया। कुछ दिन तलक तो वो हमकू बड़ा चाव से रखा। फिर लगा दिया भट्ठी के काम में। मैं नौसादर और गुड़ सड़ा के दारू बनाने लगी और वह हरामखोर, रात-दिन जुआ खेलने को लगा। बाद को पता लगा, एक रंडी पन रखेली होती उसकी, वहीं अक्खा रात-दिन पड़ा रहता। झगड़ा करने से भड़ुआ मेरीच पिटाई करता...

"कितना दुःख रोएगा...सद्धू ने मेरे दोनों छोकरों को दारू पहुँचाने के काम में भिड़ा दिया। एक रोज़ दोनों मोटर का टियूब में दारू भरकर अँधेरी स्टेशन का पिच्छू एक होटल में पहुँचाने गया होता, तभी पोलिस का हाथ पड़ गया और वो कुतरा...जामिन के वास्ते भी नहीं गया। बचा वो भी नईं। एक दिन अक्खा झोंपड़पट्टी पर पोलिस का धाड़ पड़ा। खोद-खोद के माल बाहर निकाला। सद्धू को भी पकड़ा। छोटेवाले बच्चे को लेकर मैं कइसा भी बच के भाग निकली। मंगतराम पेट्रोल पंपवाली झोंपड़पट्टी में एक रिश्ते की भावज थी, उसी के पास। भावज बड़ा-बड़ा बिल्डिंग में कचरेवाली का काम करती थी। मैंने भी पेट पालने के लिए दो-चार घर पकड़ लिये। बाद में खबर लगा था, सद्धू को साल-भर का तड़ीपार मिला है।"

सहसा बगलवाले फ़्लैट का दरवाज़ा खुलने से हमारी बातचीत में व्यवधान पड़ा। अंजा एकाएक ख़ामोश हो गई। फ़्लैट के मालिक मिस्टर पंजवानी बाहर निकल रहे थे। अंजा बड़े सहज भाव से चुपचाप अन्य घरों की ओर बढ़ती हुई उनकी घंटी बजाने लगी।

मिस्टर पंजवानी ने मेरे क़रीब ठहरकर मुझसे 'हलो' की। प्रत्युत्तर में मैंने अपनी अटपटी स्थिति को ढकते हुए मुस्कराकर उनसे प्रतिप्रश्न किया, "बहुत दिनों से आप दिखाई नहीं दिए?"

"जी, मैं क़रीब तीन महीने के लिए यूरोप की यात्रा पर था।"

"अच्छा!" मैंने स्वर में भरसक विस्मय भरकर कहा।

वे मुस्कराते हुए लिफ़्ट की तरफ बढ़ लिए। उनके जाते ही अंजा दरवाज़े से बाहर प्रतीक्षा करते कचरों के डिब्बे की उपेक्षा कर पुनः मेरे क़रीब आ खड़ी हुई।

"बाई!" उसका स्वर मेरी ओर झुकता हुआ अचानक खुसफुसाहट में बदल गया, "बाहर-बीहर कहीं नईं गया था। तीन महीना जेल काट के आया है ये सा'ब, मालूम क्या!"

"क्या!" उसकी करुण कथा से अभिभूत मेरा हृदय एकाएक किसी सनसनीखेज घटना को जान लेने को तीव्र उत्सुकता में परिवर्तित हो उठा।

"बोत बड़ा स्मगलर है ये, पकड़ा गया था...बचा नई...तुमको पता नई?"

"नहीं?" मेरे विस्मय का पारावार नहीं था।

"बोत ऊँचा-ऊँचा लोग रहता है आपके पड़ोस में। चौंतीस लम्बरवाली वो केशव मेम सा'ब हैं न। आपको तो यईच पत्ता होगा कि वो नाच-वाच सिखाती हय...डांस का किलास चलता है उसका। पर असल में..." कहते-कहते अंजा संकोचवश तनिक ठिठकी, "धन्धा करती है छोकरियों का! उनका घर का कचरे के साथ बोत सारा फैमिली प्लानिंग पड़ा रेता हय...क्या बोलेगा, छिह!" घृणा से मुँह बिचकाकर उसने जैसे किसी से त्रस्त होकर नाक सिकोड़ी।

"तुम्हें ये बातें कैसे मालूम पड़ जाती हैं?" मैंने अचरज से पूछा, "जबकि मैं पड़ोस में रहती हूँ!"

"तुम भी बाई, बुद्धू सरीखी बात करती। कचरा के साथ बहुत सारी बातें ये लोग ख़ुद ही बाहर फेंक देता हय।"

मेरा मन उसकी कुशाग्रता पर हतप्रभ हो उठा। कैसी आत्मविश्वास से पगी औरत है? कितनी तेज बुद्धि! कितने आँधी-तूफ़ान झेले, मगर छीज-छीजकर भी लड़ाई लड़ रही है...

आज वो घंटी नहीं बजी, न वो लहकदार आवाज़ ही सुनाई पड़ी, जिसकी मुझे बेचैनी से प्रतीक्षा रहती थी।

घंटी तो बजी थी और कचरे के लिए पुकार भी आई थी, लेकिन घंटी का अन्दाज़ रोज़वाला नहीं था। आवाज़ किसी आदमी की थी। मुझे बेहद आश्चर्य हुआ। कचरे का डिब्बा उठाकर मैं हतोत्साहित-सी दरवाज़ा खोलकर खड़ी हो गई। मैंने अंजा की जगह एक बूढ़े को खड़ा पाया।

"आज अंजा नहीं आई? तबीयत ठीक नहीं है क्या उसकी?" मैं अपनी जिज्ञासा कोशिश करके भी दबा नहीं पाई।

प्रत्युत्तर में बूढे ने बुरा-सा मुँह बनाया और कटाक्ष-भरे स्वर में बोला, "तबीयत क्या, बीबीजी! जिसकी एक के साथ नहीं निभी, दस के साथ क्या निभेगी! फिर आदमी और जगह बदल लेने से ज़िन्दगी थोड़े ही बदल जाती है।"

"क्यों? ऐसा क्या हुआ?" मैंने आशंका से भरकर पूछा।

"होना क्या था, बीबीजी। रात मियाँ-बीबी में ख़ूब झगड़ा हुआ। मरदजात, लुगाई की सहन नहीं हुई, हाथ उठ गया सो उठ गया। अंजा ने ताव में कुछ खा-पी लिया। वाडिया अस्पताल में पड़ी है। अभी तक होश नहीं आया है। मुझे उसके मरद ने बदले में काम सँभालने के लिए भेजा है।"

सुनकर मैं अवाक् हो उठी हूँ। काम में मन नहीं लग रहा। दिमाग में निरन्तर बूढ़े की आवाज़ गूँज रही है-'आदमी और जगह बदल लेने से ज़िन्दगी थोड़े ही बदल जाती है...'

(1980)

भूख

आहट सुन लक्ष्मा ने सूप से गरदन ऊपर उठाई। सावित्री अक्का झोंपड़ी के किवाड़ों से लगी भीतर झाँकती दिखी। सूप फटकारना छोड़कर वह उठ खड़ी हुई–''आ, अन्दर कू आ, अक्का।'' उसने साग्रह सावित्री को भीतर बुलाया। फिर झोंपड़ी के एक कोने से टिकी झिरझिरी चटाई कनस्तर के क़रीब बिछाते हुए उस पर बैठने का आग्रह करती, स्वयं सूप के निकट पसर गई।

सावित्री ने सूप में पड़ी ज्वार को अँजुरी में भरकर ग़ौर से देखा–''राशन से लिया?''

''कारड किदर मेरा!''

''नईं?'' सावित्री को विश्वास नहीं हुआ।

''नईं।''

''अब्बी बना लो।''

''मुश्किल न पन।''

''कइसा? अरे, टरमपरेरी बनता न। अपना मुकादम है न परमेश्वरन, उसका पास जाना। कागद पर नाम–वाम लिख के देने को होता। पिच्छू झोंपड़ी तेरा किसका? गनेसी का न! उसको बोलना कि वो पन तेरे को कागद पे लिख के देने का कि तू उसका भड़ोतरी...ताबड़तोड़ बनेगा तेरा कारड।''

उसने पास ही चीकट गुदड़ी पर पड़े कुनमुनाए छोटू को हाथ लम्बा कर थपकी देते हुए गहरा निःश्वास भरा–''जाएगी।''

''जाएगी नईं, कलीच जाना!'' सावित्री ने सयानों–सी ताकीद की। फिर सूप में पड़ी गुलाबी ज्वार की ओर संकेत कर बोली, ''ये दो बीस किल्लो ख़रीदा न! कारड पे एक साठ मिलता।''

छोटू फिर कुनमुनाया। पर अबकी थपकियाने के बावजूद चौंककर रोने लगा। उसने गोद में लेकर स्तन उसके मुँह में दे दिया। कुछ क्षण चुकरने के बाद बच्चा स्तन छोड़ रिझाया–सा चीखने लगा–''क्या, आताच नई।'' उसने असहाय दृष्टि सावित्री पर डाली।

''कांजी दे।''

''वोईच देती पन...''

''मैं भेजती एक वाटी तांदुल।'' सावित्री उसका आशय समझ उठ खड़ी हुई, ''तेरा बड़ा किदर? और मझला किस्तू?''

''खेलते होंएँगे किदर।''

उसने मनुहारपूर्वक सावित्री की बाँहें पकड़कर बैठाते हुए कहा, ''थोड़ा देर बइठ न अक्का, मैं इसको भाकरी देती।'' कुछ सोचती–सी सावित्री बैठ गई। वह उठकर ज्वार की रोटी का एक सूखा टुकड़ा ले आई और छोटू के मुँह में मींस–मींसकर डालने लगी। छोटू मजे से मुँह चलाने लगा।

"कालोनी गई होती?"

सावित्री ने पूछा तो प्रत्युत्तर में लक्ष्मा का चेहरा उतर आया।

"दरवाज़ा किदर खोलते फिलाटवाले? एक-दो ने खोला तो पिच्छू पूछी मैं कि भांडी-कटका के वासते बाई मँगता तो बोलने को लगे कि किदर रेती? किदर से आई? तेरा पेचानवाली कोई बाई आजू-बाजू में काम करती क्या? करती तो उसको साथ ले के आना। हम तुमको पेचानते नईं, कैसा रक्खेगां और पूछा, ये गोदी का बच्चा किसका पास रक्खेगी जब काम कू आएगी? मैं बोली, बाकी दोनों बच्चा पन मेरा छोटा-छोटा। सँभालने कू घर में कोई नई। साथेच रक्खेगी। तो दरवाज़ा वो मेरा मूंपेच बन्द कर दिए।" लक्ष्मा का गला भर्रा आया।

"सुबुर कर, सुबुर कर, काम मिलेगा। किदर-न-किदर मिलेगा। मैं पता लगाती। कोई अपना पेचानवाली बाई मिलेगी तो पूछेगी उसको। ये फिलाटवाले चोरी-वोरी से बोत डरते! कालोनी में काम करती क्या वो!" सावित्री ने कन्धे थपका उसे ढाढ़स बँधाया। उसका चेहरा घुमाकर आँसू पोंछे। अपना उदाहरण देकर भर आए मन से हिम्मत बँधाने लगी कि तनिक सोचे, उसके तो फिर तीन-तीन औलादें हैं। वह अकेली किसका मुँह देखकर जिन्दा रहे? मुलुक में, समुद्र तट पर बसे उसके पूरे कुटुम्ब को अचानक एक दोपहर उन्मादी तूफान लील गया था और घर में दीया जलाने वाला भी कोई नहीं बचा।

"मैं मरी क्या सबके साथ? देख!"

अपना दु:ख तसल्ली नहीं देता। दूसरों का दु:ख ज़रूर साहस पिरो देता है। यह सोचकर सावित्री ने अपनी पीड़ा की गाँठ खुरच दी। लक्ष्मा ने विह्वल होकर अक्का की हथेली भींच ली।

"कल मेरा दुकान पर आना। सेठ बोत हरामी हय, पन मैं हाथ-पाँव जोड़ेगी तेरे को रखने के वासते। अउर हाँ, बड़े को ताबड़तोड़ भेजना तांदुल के वास्ते।"

उसने स्वीकृति में सिर हिला दिया।

सावित्री झोंपड़े से बाहर आई तो लक्ष्मा की दयनीय स्थिति से मन चिन्तित हो आया। मजे में गृहस्थी कट रही थी। ऐसी पनवती लगी कि सब उजड़ गया। मरद मिस्त्री था। तीस रुपया दिहाड़ी लेता। एक सुबू पच्चीस माले ऊँची इमारत में काम शुरू किया ही था कि बँधे बाँसों के सहारे फल्ली पर टिके पाँव बालकनी पर पलस्तर चढ़ाते फिसल गए। पन्द्रहवें माले से जो पके कटहल-सा चुआ तो 'आह' भी नहीं भर पाया गुंडप्पा। सेठ खड़ूस था। साबित कर दिया कि मिस्त्री बाटली चढ़ाए हुए था। अलबत्ता रात को ज़रूर वह बोतल चढ़ा के सोया था, पर सुबू एकदम होश में काम पर गया। मुँह से दारू की बास नहीं गई तो और बात। हज़ार रुपया लक्ष्मा को टिका के टरका दिया हरामी ने।

सबने बोला ठेकेदार सेठ को, मगर उसने लक्ष्मा को काम पर नहीं रखा। बोला, इसका तो पेट फूला है। बैठ के मजूरी लेगी। बैठ के मजूरी देने को उसके पास पैसा नहीं। मिस्त्री मरा तो वह पेट से थी। सातवाँ महीना चढ़ा हुआ था।

बुरा वक़्त। एक काम, दस मजूर। काम मिले भी तो कैसे? ऊपर से मुसीबत का रोना एक से एक बेईमान ओढ़कर निकलते। किसी के पास कोई असली ज़रूरतमन्द पहुँचे भी तो कोई विश्वास कैसे करे?

छोटे को कमर पर लादे लक्ष्मा बनिए की दुकान के सामने जा खड़ी हुई। सावित्री की नज़र उस पर पड़ी तो वह काम से हाथ खींच, बनिए के पास पहुँची और लक्ष्मा की मुसीबतों का रोना रोकर उस पर दया करने की सिफ़ारिश करने लगी। लेकिन बनिए के डपटने पर कि जाओ, जाकर अपना काम देखो–वह विवश–सी एक बड़े से झारे से अनाज चालने बैठ गई। उसकी बगल में चादरनुमा टाट पर पंजाबी गेहूँ की ढेरियाँ लगी हुई थीं। पहले सेठ से उसके मेहनताने का करार गोनी पीछे दो रुपया था। फिर सेठ को लगा कि इस सौदे में उसका नुकसान यूँ है कि नौकर गोनियाँ जल्दी–जल्दी निपटाने की मंशा से बीनने–चुनने में मक्कारी बरतते और उसके फ़्लैटवाले ग्राहक अनाज में कंकड़–पत्थर निकलने पर उससे प्राय: झिक–झिक पर उतर आते हैं कि उसकी दुकान पर जिस मुताबिक दाम लिए जाते हैं, सामान उतना साफ़–सुथरा नहीं मिलता। सेठ ने फिर दिन के हिसाब से मजूरी तय कर दी। अब स्थिति बेहतर है। दोनों नौकरानियाँ और नौकर मन लगा के काम कर रहे हैं।

सेठ ने ग्राहकों से फ़ुरसत पाई तो लक्ष्मा की ओर मुखातिब हुआ। उससे पूछा कि वह पहले कहाँ काम करती थी। उसके बताने पर कि जब मिस्त्री पति जिन्दा था तो वह भी उसके साथ बेगारी करती थी, ईंट–गारे के तसले ढोती थी और पिछले डेढ़ साल से वह बाकायदा किसी काम पर नहीं है, सेठ ने उसे सन्दिग्ध नज़रों से देखा और एक भौंह टेढ़ी कर सवाल किया कि क्या उसके यही एक बच्चा है जो गोदी में है? लक्ष्मा के यह बताने पर कि इसके अलावा उसके दो बच्चे और हैं, सेठ ने उन बच्चों की उम्र जाननी चाही। उसने बेझिझक बता दिया कि बड़ावाला छह का है और मझला चार का।

सेठ ने छूटते ही उसे टका–सा जवाब दिया, "कइया रक्खेगा तुमेरा को? बड़ा बच्चावाली औरत को पड़वड़ता नई। पीछे एक बच्चेवाली औरत को रक्खा होता, उसने इतना घोटाला किया कि क्या बोलूँ। वो काम पर बइठती नईं कि उसका एक–न–एक बच्चा मिलने को आताच रैता। पता नईं कैसा होशियारी से वो दो–दो, चार–चार किलो अनाज गायब कर देती कि मेरा मगज फिर जाता। पूछने पर शेंडी लगाती–सेठ, कचरा बोत निकला।" फिर थोड़ा उठकर अर्थपूर्ण ढंग से उसके चेहरे को टटोलते हुए बेशर्मी से मुस्कराया और बोला, "काम पर रखने को सकता पन गारंटी के वास्ते कोई दागिना–बीगिना डिपोजिट रखो। कारण कि गोनी पीछे किलो–डेढ़ किलो कचरा निकलता है। उससे जास्ती कचरा निकलेगा तो डिपोजिट में से कीमत कट जाएगा। मंजूर तो बोलो?"

क्या बोले? टेंट में दागिना होता तो आज उसकी दुकान पर उससे मजूरी माँगने आती? छेनी–हथौड़ी न ख़रीद लेती और गली–गली हाँक लगाती घूमती कि 'टाँकी लगवा लो, टाँकी!' कोई नहीं जानता कि छैनी–हथौड़ी हाथ में आते ही सिलबट्टे पर उसके हाथ किस मुस्तैदी से थिरकने लगते हैं। छोटू कमरे पे लदा उसकी पकड़ से नीचे

खिसकता महसूस हुआ। सँभली और मुड़कर बिना सावित्री अक्का की ओर देखे चल दी। उनकी ओर देख सकने का साहस जुटा नहीं पाई। सावित्री अक्का को ज़रूर लगा होगा कि सेठ ने उसको इन्कार नहीं किया, बल्कि जैसे उसे ही झोंटा पकड़ नौकरी पर से बाहर कर दिया। जो औरत अनाज के कचरे में से उसके बच्चों के लिए घुघुरी बताने के लिए अन्न के दाने चुनकर लाती है, उसके कलेजे की लाचारगी और पीड़ा निश्चित ही उसकी छाती पर धँसी अवमानना की कीलों से कम गहरी और छरछराहट पैदा करती हुई न होगी। लेकिन जानती है, यही औरत दीया-बाती के समय अनाज की गोनियों के मुँह पर तागे दे जब झोंपड़ी में लौटेगी तो उसे हिम्मत न हारने की घुट्टी पिलाने उसकी खोली पर ज़रूर आएगी।

झोंपड़ी पर पहुँची तो दोनों बच्चों को घर से नदारद पा, क्षुब्ध मन की हताशा गुस्से, खीझ और चिड़चिड़ाहट में बदल गई। उलटे पाँव उन्हें गली में खोजने लपकी। वे सड़क के किनारे गटर में धँसे हमजोलियों के साथ मछलियाँ पकड़ते दिखाई दिए। उन्हें लगभग घसीटते हुए खोली में लाई और लादी पर पटक मोंगरी से पीटने लगी, मानो वह बच्चों की देह नहीं, बल्कि उस मोटे सेठ की थुलथुल देह हो, जिसने उन्हीं के चलते नौकरी पर रखने से इन्कार कर दिया। जान बचाने को बिलबिलाते, छटपटाते, मुरगों की भाँति प्राण छूटते ही बेहरकत हुए वे बच्चे लादी पर सिसकते औंधे पड़े रहे; जैसे भयभीत हों कि उठकर बैठते ही अम्मा उन्हें फिर रेतने लगेगी। उन्हें निश्चेष्ट पड़ा देख वह ग्लानि और क्षोभ से विगलित हो भुभुआकर रो पड़ी। क्या करे? कैसे जिए? कैसे इन्हें जिलाए?

पिछले महीने जब उसका मन बहुत विचलित हो उठा, उसने तय कर लिया कि वह सावित्री अक्का से चिरौरी करेगी कि उसे कुछ पैसे किराये-भाड़े के लिए उधार दे दे, वह बच्चों समेत गाँव चली जाएगी। ससुराल में गुजर सम्भव नहीं। मायके में बड़े भाई हैं। उन्हीं के पास रहकर खेतों में मजूरी कर लेगी। मगर सावित्री अक्का ने उसे दीन-दुनिया समझाई कि जो वह सोच रही है, अब गाँवों में सम्भव नहीं। गाँवों की हालत तो यहाँ से भी बदतर है। मजूरी, वह भी दो पाव चावल पर। यहाँ तो फिर भी गनीमत है। देर-सबेर कुछ-न-कुछ जुगाड़ हो जाएगा। यूँ छिटपिट कुछ-न-कुछ वह कर ही रही है। फिर भाई भी बाल-बच्चेवाला है। महीने-दो-महीने की बात हो तो सभी रिश्तेदारी निबाहेंगे। लेकिन जब उन्हें अनुमान हो जाएगा कि वह सपरिवार हमेशा के लिए रोटी तोड़ने उनकी छाती पर आ बैठी है तो पलक झपकते माया-ममता खुले कपूर-सी छू हो जाएगी। उसे सावित्री अक्का की बात व्यावहारिक लगी।

अपने बारे में भी ख़ूब सोचा तो पाया कि गाँव जाने की इच्छा स्वयं उसकी भी नहीं; किन्तु पता नहीं क्यों जब भी वह टूटने-हारने लगती, स्वयं को गाँव के भरोसे ही भुलावा देने की कोशिश करती कि ऐसा नहीं है कि इस दुनिया-जहान में उसका अपना कहने लायक कोई नहीं। उसने पाया कि मुलुक के भरम ने कई दफ़े उसे ताकत दी है और समेटे रखा है। निकट जाने से यह भरम टूट सकता है और वह इस भरम को टूटने देकर बिखरना और अनाथ होना नहीं चाहती।

बच्चे लादी पर सुबकते–सुबकते ही सो गए। छोटू को भी गुदड़ी पर थपकाकर वह उठ खड़ी हुई कि जब तक वे सो रहे हैं, वह भाकरी थाप ले। जैसे ही उठेंगे, भूख–भूख चिल्लाएँगे।

दोपहर के बाद मुकादम अंजैया के पास जाएगी। एक तो राशन कारड के बारे में पूछेगी कि क्या वाकई उसका कारड बन सकता है? दूसरे उसने हाइवे पर बन रही सड़क के ठेकेदार से उसकी मजूरी के बारे में बातचीत करने का जो आश्वासन दे रखा है, उसका क्या हुआ? यह भी ख़याल आया कि पड़ोसी की भैयानी उसे अपने खल–बट्टे सहित एक किलो हल्दी कूटने को दे गई थी, जिसकी कुटाई वह ख़र्च के लिए उससे पहले ही ले चुकी है। उसे भी निपटाना होगा। खैर, भाकरी से निपटकर ओटले पर बैठ के कूट देगी। भीतर धमक से सोते बच्चे जग जाएँगे।

मुकादम के यहाँ से उत्साहित और प्रसन्न मन लौटी।

दोनों काम हो गए। कारड के लिए वह गनेसी से लिखवाकर दे आई कि वह उसकी भाड़ोतरी है और उसका कहीं भी कोई कारड नहीं। मुकादम ने यह भी कहा कि उसने ठेकेदार से उसके काम की भी बात कर ली है। कल सुबह वह उसे ठेकेदार से मिलवा देगा। सात रुपए रोज़ मिलेंगे। सड़क पर पत्थर कूटने होंगे। जब डामर पड़ने लगेगा तब काम खत्म हो जाएगा। फिर यह उसकी मेहनत और स्वभाव पर निर्भर करता है कि वह ठेकेदार के अगले काम में मजूरी पाती है या नहीं। अगर पा गई तो जहाँ भी ठेका होगा, वह भी अन्य मजदूरों की टोली के साथ वहीं अपना डेरा बनाकर निश्चिन्त हो, रह सकेगी। किराये–भाड़े का भी झंझट नहीं। खैर, यह आगे की बात है।

उसने निश्चय किया कि वह तीनों बच्चों को संग ही ले जाया करेगी। अन्य मजदूरिनों के बच्चे भी तो साथ आते होंगे। यहाँ उसके सामने ही नहीं टिकते हरामी तो पीछे कैसे घर बैठेंगे? आँखों के सामने रहेंगे तो तसल्ली रहेगी। साथ रखने की ज़रूरत भी होगी। छोटू को जहाँ भी बैठाएगी, कोई देखभाल करने वाला भी तो चाहिए होगा। खाना वह सुबू ही बनाकर पोटली में बाँध लिया करेगी।

गली में मुड़ने लगी तो एकाएक ख़याल आया कि टेंट में जो एक रुपया सहेजा हुआ है, उसमें से दोनों बच्चों के लिए दस–दस पैसेवाली मीठी गोली लिए चले और चार आने की चाय की पत्ती। बड़े से चार आने का दूध भी मँगा लेगी। गुड़ थोड़ा–सा रक्खा ही हुआ है। सावित्री अक्का को 'चा' के लिए लिवा जाएगी। चिन्ता कैसी! कल से मजूरी उसे मिलने ही लगेगी। कितना अरसा हो गया है छह–सात रुपल्ली इकट्ठा देखे हुए।

घर पहुँची तो बच्चे हमेशा की तरह नदारद मिले। मगर आज उन पर गुस्सा नहीं आया; सोचा, बेचारे घर में बँधें भी तो कैसे? कोई उन्हें बैठाने वाला तो हो।

सिगड़ी सुलगाकर कनस्तर से कुल जमा तीन मुट्ठी आटा झाड़कर माँड़ने बैठ गई। एक–दो भाकरी ज़्यादा ही बना लेगी–एक लोई से दो। सावित्री अक्का को भी खा लेने के लिए जबरन बैठा लेगी। मगर अगले ही पल मन 'घुप्प' से बुझ गया। दावत

देने की सोच तो रही, खिलाएगी काहे से? उनकी दाढ़ें भी कमजोर हैं। सूखी भाकरी चबाने में भी दिक़्क़त होगी। देखेगी। कोई उपाय सोचेगी। बना तो लेती ही हूँ, अपने मन की उमंग को कैसे और कहाँ दबाए? और इस निर्धन उमंग की साक्षी सावित्री अक्का से बढ़कर और कौन हो सकता है? अचानक याद आया। फोकट में हैरान हो रही। 'चा' के वास्ते थोड़ा–सा गुड़ रखा हुआ है। एक डली पानी में भिगो चटनी सरखी बना लेगी।

काम निपटाकर, बच्चों को ढूँढ़–ढाँढ़कर पकड़ लाई। उन्हें मीठी गोली देकर, छोटे को खिलाने की ताकीद कर सावित्री अक्का के झोंपड़े की ओर चल दी। वह बस पहुँची ही थी कि उसने अक्का को अपनी झोंपड़ी की कुंडी खोलते हुए पाया।

"आ लक्ष्मा, आ।" सावित्री अक्का ने तनिक बुझे हुए स्वर में उसे भीतर बुलाया। उसके कुछ बोलने से पहले ही कहने लगी सफ़ाई देते हुए, "मेरे को भोत दुख हुआ, सेठ ने तेरे को काम के वास्ते ना बोला न!"

"अक्का, मैं..." वह उन्हें सुबह के वाकये पर खिन्न न होने देने के आशय से तुरन्त ख़ुशखबरी सुना देने को उतावली हो आई। अक्का अपनी ही धुन में डूबी हुई उसके उत्साह को अधैर्य के अर्थ में लेकर धैर्य बँधाती–सी बोलीं, 'देख, तू घबरा नईं! एक अऊर भी रास्ता हय। मेरे को कलाबाई बोली कि एक औरत हय, वो छोटे बच्चे को गोद लेती हय, सँभालती हय। शाम कू बच्चा परत देती। साथ में पइसा भी देती। मेरे को बात जमा। बच्चे का वास्ते तेरे को काम नईं मिलता न। फिर काम करने को सकेगी। मैं सुबूच उसको अपने झोंपड़े पर बुलाई। कलाबाई साथ लेके आएगी। उसको ले के मैं ताबड़तोड़ तेरा पास आएगी। बच्चे को वो औरत भोत अच्छे से रखती। कलाबाई को मालूम!"

वह कुछ भी समझ नहीं पाई, सावित्री अक्का का क्या मतलब है? कौन–सी ऐसी अच्छी औरत है, जो बच्चे को अक्खा दिन अपने पास रखेगी, सँभालेगी और शाम को उसे लौटाएगी तो साथ पैसे भी देगी! पर इस वक़्त उसने सावित्री अक्का को अधिक छेड़ना उपयुक्त नहीं समझा। सुबह उसे लेकर वे झोंपड़े पर आएँगी ही, तभी असलियत स्वयं पता चल जाएगी।

उनको ढिबरी जलाते हुए देखकर वह उठकर उनके निकट आ खड़ी हुई और उतावली–भरे स्वर में बोली, "अक्का, घर कू चल न। तेरे वास्ते मैं चा करेगी, खाना पन तू बच्चा लोगों के साथेच खाना। भाकरी करके आई मैं अऊर गुड़ का चटनी पन।"

सावित्री अबूझ–सी उसकी ओर मुड़ी।

"हाँ, अक्का, मुकादम बोला कि वो मेरा कारड पन बनाएगा और कल से मेरे को काम पर भी जाना।"

"अइयो!" सावित्री अक्का की आँखों में हुलसा विस्मय छलछला आया।

उसने एक साँस में सारी बात उन्हें सुना डाली और पाया कि ख़ुशी से अक्का की आँखों में गीली चमक पैदा हो आई है।

रास्ता कट नहीं रहा। वैसे भी सांताक्रुज हाइवे कोई नजदीक नहीं। उसकी झोंपड़पट्टी से कोई डेढ़ कोस से कम नहीं होगा। लेकिन यह दूरी जाते वक़्त फर्लांग-भर भी नहीं लगी थी और अब वापसी में सुरसा का मुँह हो रही है।

ठेकेदार ने कहा था, जिस मजदूरिन को वह काम छोड़ गया समझा था और जो पिछले हफ्ते-भर से बिना किसी सूचना के लापता थी, आज सुबह अचानक मजूरी पर लौट आई। उसकी जगह पर उसने मुकादम से कह रखा था कि वह उसे कोई मजूर दे दे। अब जब वह लौट आई है तो बदले में किसी और को काम पर रखना मुमकिन नहीं। हाँ, हफ्ते-डेढ़-हफ्ते बाद उसकी मरजी हो तो चक्कर मार ले। कंतू शायद छुट्टी पर जाए। इधर उसकी माँ को लकवा मार गया है।

समझ गई कि आग-लगे पेट की सूखी अन्तड़ियाँ निकालकर ठेकेदार के सामने रख दे, फिर भी कोई गुंजाइश पैदा होने से रही।

स्वयं मुकादम का चेहरा उतर गया। दुःखी स्वर में बोला, "घबरा नईं, लक्ष्मा! मैं दूसरा जागा पन कोसिस करेगा।"

सभी उसके लिए सोच रहे हैं कि किसी उपाय से दो जून रूखे-सूखे का ही जुगाड़ हो जाए, मगर उसकी ही किस्मत फूटी है तो कुछ कैसे जुटे?

सुबह कितने ताव से सावित्री अक्का से ऐंठ गई थी कि अक्का ने उसकी मदद की ख़ातिर इतना कमीना रास्ता कैसे सोचा? क्यों ले आई उस बदज़ात औरत को उसके पास? सुनकर अक्का ने बग़ैर चिढ़े हुए उत्तर दिया कि वह उसकी दुश्मन नहीं, न बच्चों की। मगर बच्चों का दाने-दाने को तरसना उससे झेला नहीं जाता। क्या वह नहीं जानती कि वह रात-दिन दौड़-धूप के बावजूद-कांजी तक तो चार दाने भात के साथ उन्हें पिला नहीं पाती! कुछ दिनों तक यही हाल रहा तो सोचे कि बच्चों की क्या गति होगी! उन्हें भी कलाबाई के मुँह से पहले-पहल यह प्रस्ताव सुनकर अचरज हुआ था कि कोई अपने कलेजे के टुकड़ों को भीख माँगने वाली औरत को किराये पर कैसे दे सकता है? ऐसी गलीज़ हरकत से तो डूब मरना अच्छा। इसी उधेड़बुन के चलते सच्चाई जानते हुए भी उसने कल शाम को लक्ष्मा को वास्तविकता नहीं बताई। पूरी रात करवटें बदलते सोचती रही थी कि उचित-अनुचित क्या है? आख़िर यही लगा कि जैसी कठिन परीक्षा की घड़ी लक्ष्मा की चल रही उसमें अधिक सोच-विचार की गुंजाइश नहीं। हाँ, कल अगर उसे कोई मिल जाता है और वह अपने बच्चों को आराम से पाल-पोस सकती है तो अपना बच्चा उससे वापस लेने में कौन-सी दिक्कत?

"ज़रा ठंडे दिमाग से सोच, लक्ष्मा! भीख तो वह माँगेगी, छोटू से थोड़ी ही मँगवाएगी। बच्चा तो सिर्फ़ उसकी गोदी में रहेगा।"

"इसमें कोई गलत नईं।" कलाबाई ने उसका संकोच तोड़ना चाहा।

वह अवाक्-सी सबके तर्क सुनती रही। साथ आई औरत ने अतिरिक्त उत्साह प्रदर्शित करते हुए अपनी बगल में लटके चीकट थैले में से एक लुभावनी प्लास्टिक की दूध की बोतल निकालकर उसे दिखाई और कहा कि वह बड़े बच्चों को नहीं, गोदीवाले

को ही किराये पर लेती है। उसकी देख-रेख की पूरी ज़िम्मेवारी उठाती है। चूँकि छोटे बच्चे के दूध, बिस्कुट आदि पर ज़्यादा खर्च आता है, इसलिए उसी हिसाब से उसका किराया कम हो जाता है। किराया वह दो रुपए मात्र देगी, जिसे वह हर शाम बिना नागा थमा दिया करेगी। बच्चे की किस्मत से अगर कमाई ज़्यादा होने लगेगी तो वह उसका किराया भी बढ़ा देगी। बच्चों की कमी नहीं उसे—एक ढूँढो, हज़ार मिलते हैं, पर कलाबाई ने उसकी विशेष सिफ़ारिश की तो वह लक्ष्मा से मिलने चली आई। अगर उसे सौदा नहीं पड़वड़ता तो वांदा नई। मगर उसे ज़लील क्यों कर रही? उसे क्या पता कि भीख माँगना कितना कठिन काम है और इस काम में उसे कितनी जिल्लतें उठानी पड़ती हैं? विरार से चर्चगेट, चर्चगेट से विरार...घंटों डिब्बे-डिब्बे, खड़े-खड़े यात्रा करनी पड़ती है। सवारी-सवारी गिड़गिड़ाना पड़ता है। बच्चे को उठाए-उठाए बाज़ू दुख जाते हैं। उसका हगना-मूतना धोते रहो...

वह आपे से बाहर हो उठी। उसने लगभग धक्का देते हुए उस औरत को झोंपड़े से बाहर खदेड़ दिया और भरसक शिष्ट हो सावित्री अक्का से बोली कि वे अब उस पर मेहरबानी करें और उसे उसके हाल पर छोड़ दें। वैसे आज से वह मजूरी को जा ही रही है। सब सँभल जाएगा।

लेकिन...बँधी हुई उम्मीद कुछ ही घंटों में दम तोड़ बैठी। यह कैसी अन्तहीन परीक्षा है! थक गई है, बहुत। अब और नहीं चल सकती। हताश मन में एक भयानक विचार ने आहिस्ता से सिर उठाया। तीनों बच्चे साथ हैं। ज़िन्दा भी मुर्दा समान। क्यों न तीनों सहित सड़क के उस पार समन्दर में पाँव दे दे? टंटा खतम!

उफ् यह क्या सोच रही है? उसने अपने को बुरी तरह झिड़का। धिक्कारा कि इन मासूमों का भला क्या दोष? क्यों उन्हें मार डालना चाहती है? इसलिए न कि वे मुट्ठी-भर भात के मोहताज हैं...हफ्ते-भर की ही तो बात है। ठेकेदार ने फिर बुलाया है। भगवान् करे, कंतू की लकवा-पिटी माँ ठीक न हो...फिर मुकादम ने भी आस बँधाई है। समय एक-सा नहीं रहता, बदलता है। उसका भी बदल सकता है। आख़िर इतने दिन किसी-न-किसी तरह कटे ही। लेकिन किस तरह से कटे! सुबह कटी तो दोपहर भारी हो गई...दोपहर कटी तो रात!

बच्चों समेत मरने की क्या पहली बार सोची है? एक रात जब पेट में पानी उड़ेलकर भी बच्चों से भूख सहन नहीं हुई तो बिरझाई-सी तीनों को घसीटती करीमन चाली के पिछवाड़े, अँधेरे में डूबी बावड़ी पर छलाँग लगाने नहीं जा खड़ी हुई थी... और उस दोपहर भी तो अपनी हड़ियल देह से तीनों को चिपकाए पिघलते कोलतार वाले हाइवे पर पहुँची ही थी प्रण करके कि जैसे ही दैत्याकार ट्रक या दो मालेवाली बस आती दिखाई देगी, वह बच्चों समेत झपटकर सामने हो जाएगी...

ऐसे मरें या वैसे, मरेंगे ज़रूर एक दिन। और वह भी हत्या ही होगी और वह हत्यारिन! सुलगती पेट की आँतों को उनकी खुराक न देकर, उन्हें तरसा-तरसाकर मारना हत्या नहीं?

जिस आस के छोर को मुट्ठी में भींचे वह अपने को ढाढ़स बँधा रही है, अगर उसी कंतू की माँ एक रोज़ ठीक हो उठ खड़ी हुई तो क्या ठेकेदार उसे मजूरी पर रखेगा? नहीं, हरगिज़ नहीं। आज की तरह ही उसे टरका देगा। कितना गिड़गिड़ाई थी वह मुकादम के सामने ही कि जहाँ इतने मजूर खपे हुए हैं, एक उसे भी रख ले–भले आधी मजूरी पर सही।

मगर ठेकेदार ने बेअसर होकर टका–सा जवाब पकड़ा दिया–"वो पन भोत मुश्किल है। वैसे नई बात नईं। आधे से भी जास्ती मजूर इधर आधी दिहाड़ी पे काम करते। पूरी, दिहाड़ी कौन देता? टिरेनिंग में सरकार देती?"

लगा कि चिलचिलाती धूप में वह जिस कुटती–पिसती सड़क को अपने पीछे छोड़ आई है, वह पीछे कहाँ छूटी है? सड़क की छाती उसके सीने से चिपकी उसके संग चली आई है और पत्थरों से लदे ट्रक लगातार वहाँ ख़ाली हो रहे हैं और सैकड़ों हथौड़े एक साथ 'ठक्क' 'ठक्क' उसकी छाती कूट रहे...

सहसा बिजली–सा एक विचार दिमाग में तड़का। बच्चे बच सकते हैं। उपाय है–अगर वह छोटू को उस भिखमंगी औरत को किराये पर उठा दे तो? छोटू का पेट भरेगा–ही–भरेगा, दो रुपए जो ऊपर से मिला करेंगे। उसमें किल्लो–भर मोटा चावल आ जाएगा। बड़े और मझले के पेट में भी दाने पड़ जाएँगे। फिर कौन उसे हमेशा के लिए किराये पर उठाएगी! कुछ ही दिन की तो बात है। ठेकेदार ने मजूरी नहीं भी दी तो देर–सबेर कहीं–न–कहीं जुगाड़ लग ही जाएगा। मजूरी मिलते ही वह ताबड़तोड़ छोटू को उस औरत के चंगुल से छुड़ा लेगी। किसी को पता भी नहीं चलेगा। सावित्री अक्का की बात अलहदा है। वे तो उसकी ढके–फटे की साथिन हैं ही।

संध्या को अक्का से जाकर कह देगी कि उसे उस औरत की बात मंजूर है। संध्या को ही क्यों, अभी ही क्यों नहीं? यहाँ से सीधा सावित्री अक्का की दुकान पर ही न चली जाए? कहीं ऐसा न हो कि वह औरत अपने धन्धे के लिए कोई दूसरा बच्चा तय कर ले। अभी मिल लेगी तो सावित्री अक्का कलाबाई के हाथों फौरन उसके पास खबर भिजवा देंगी कि उसे बच्चा देने में कोई एतराज़ नहीं...

छोटू पेट में आया तो उसका सपना था कि उसके होने पर वह मिस्त्री से जिद्द कर फिलाटवालों जैसी रंग–बिरंगी दूध की बोतल ख़रीदेगी। भले उसकी छातियों से बालटियों दूध उतरे...

वह सिगड़ी पर से गीला भात उतारकर सूखी बोमबिल (सूखी मछली) का सालन छौंकने जा रही है; लेकिन उचाट मन हाथों का साथ नहीं दे रहा।

अँधेरा गाढ़ा हो रहा। मगर अब तक छोटू को लेकर जग्गूबाई खोली नहीं लौटी। छोटू को धन्धे पर ले जाते उसे तीसरा महीना पूरा होने को आया, पर कभी लौटने में इतनी देर नहीं हुई। अँधेरा घिरने से पहले वह छोटू को उसके हवाले कर जाती है और बिना नागा दो रुपए के चिल्लर हथेली पर रख देती है। मन अनेक अनहोनियों में घुमड़ रहा।

कहीं भीड़-भड़क्के में चढ़ते-उतरते धक्का न खा गई हो! बिना टिकस के तो नहीं फिरती-घूमती कि पकड़ी गई हो और जेहल में बन्द हो? फिर? कुछ सूझ नहीं रहा कि क्या करे! रहती कहाँ है, यह भी तो उसे ठीक से पता नहीं कि वहीं चक्कर मारकर खोज-खबर ले ले। कहीं वह सीधे अपनी खोली पर तो नहीं चली गई? हालाँकि बग़ैर छोटू को उसके हवाले किए वह सीधे अपनी खोली नहीं जाएगी। कभी गई नहीं। लेकिन जाने को जा भी सकती है! उस जैसी सिरफिरी माँ कोई होगी। जिसको अपने कलेजे का टुकड़ा सौंपा उसका पता-ठिकाना नहीं रखना चाहिए? माना कि सौदा सावित्री अक्का ने पटाया, लेकिन ख़ुद उसकी ज़िम्मेदारी नहीं बनती...सावित्री अक्का को खबर कर दे?

सालन पर ढक्कन देकर उठने को ही थी कि झोंपड़ी के दरवाज़े पर किसी के नंगे पैरों की आहट सुनाई दी और दूसरे ही पल लस्त-पस्त जग्गूबाई सोते हुए छोटू को गोदी में उठाए भीतर दाखिल होती दिखी। उसकी जान में जान आई। कुछ पूछने से पहले ही जग्गूबाई ने छोटू को उसकी गोदी में उतारते हुए आँखों को नचाकर संकेत किया कि पहले बच्चे को वह चटाई पर थपका दे, बड़ी मुश्किल से सोया है। बहुत बोमड़ी मारता!

छोटू को लेते हुए उससे सबुर नहीं हुआ—"कुच्छ लफड़े-बिफड़े में फँसी क्या?"

उसकी नादानी पर जग्गूबाई फिक् से हँस दी—"मेरे को लगा कि तू येइच सोच के घबराती होएगी। मैं धाई-धाई में फास्ट टिरेन में चढ़ी...पिच्छू वो खार किदर रुकने की? बोरीवली उतरी कि ताबड़तोड़ सिलो टिरेन पकड़ी, अऊर अब्बी इधर पोंची। ले, फटाफट तेरा हिसाब ले।" उसने टेंट खोलकर दो रुपए की चिल्लर गिनी और उसकी ओर बढ़ा दी। फिर अल्मुनियम का पिचका कटोरा औंधा कर दिखाती हुई ठेना मारती-सी बोली, "ज़रा पन धन्धा नईं हुआ, पर तेरे को जो ठेराया वो देनाच न।"

लक्ष्मा ने निःशब्द चिल्लर की ढेरी बनाई और धोती किनारी में जतनपूर्वक लपेटकर टेंट में खोंस ली। धन्धा हुआ कि नहीं, भला इससे उसको क्या लेना-देना! वह ज़्यादा-कम के टंटे में पड़ती ही नहीं...

इधर जग्गूबाई छोटू को लेने झोंपड़े में घुसती नहीं कि उसके जाते ही वह बड़े और मझले को सामने ही खेलते रहने की धमकी देकर घर से बाहर हो लेती। जहाँ भी जो बताता, पता लगाने पहुँच जाती कि क्या उसके लायक कोई काम वहाँ निकल सकता है। कल सुबह ठेकेदार के पास मुकादम को लेकर फिर चक्कर मार आई है...कंतू की माँ ठीक नहीं है, फिर भी वह छुट्टी पर नहीं जा रहा।

सालन की फदकन से पतीली का ढक्कन भक्क-भक्क कर रहा है। आँचल से ढक्कन खींचकर देखा तो सुगन्ध से अन्दाज़ा हो गया कि बोमबिल पक गई। उसे बच्चों का ख़याल हो आया। बेचारे संध्या से ही भूख-भूख की रट लगाए, सिर पर कूदम-कूद मचाए हुए थे। मझले किस्तू ने आकर कई बार पूछा, 'छोटू धन्धे पर से नईं आया? आएगा तो पिच्छू भाकरी देगी?' किसी प्रकार उन्हें बहला-फुसलाकर बाहर भेज दिया था। करती क्या, छोटू की चिन्ता किसी काम में रमने ही नहीं दे रही थी। खैर, अब

तो छोटू घर आ गया और खाना भी पक गया। उठी और बच्चों को बुलाने के लिए बाहर लपकी।

अभी उसने झोंपड़े से बाहर पाँव दिया ही था कि अचानक छोटू चिहुँककर जाग गया और चीखें मार-मारकर रोने लगा, जैसे किसी ने उसे सोते में चिकोटी भर ली हो और वह पीड़ा से बिलबिलाकर चीख पड़ा हो। वह पलटकर घबराई हुई-सी उसकी ओर दौड़ी। उसे गोदी में उठाकर पुचकारा, दुलराया। फिर कटोरी-चम्मच उसके सामने रख टनटनाकर बहलाया कि कुछ देर किसी भी प्रकार छोटू बहल जाए और कटोरी-चम्मच के संग खेले तो वह बड़े और मझले को लिवा लाए। मगर उसने पाया कि छोटू किसी तरह चुप होने को तैयार नहीं है। शंका हुई-कीड़े-वीड़े ने तो कहीं नहीं काट खाया? चौकन्नी नज़र से उसने लादी टोही। उसे कुछ नहीं दिखा।

खीझकर वह उसे ज्यों-का-त्यों छोड़कर बाहर हो गई। इधर छोटू बहुत चीं-चीं करने लगा है। उसे लगता है कि दिन-भर जग्गूबाई की गोदी चढ़े रहने और घर से बाहर रहने के कारण छोटू को घुमक्कड़ी की बुरी लत हो गई। यही वजह है कि घर में घुसते ही वह लगातार मिमियाता रहता है और चाहता है कि कोई-न-कोई उसे गोदी में उठाए ही रहे।

दिन-भर की मगजमारी के बाद बचता है बूता कि छोटू को गोदी में टाँगे डोले? जिद्द की आदत छुटानी होगी। बड़े और किस्तू को लेकर घर में घुसी तो छोटू को पूर्ववत् चिंचियाता पाया। अबकी उसने ध्यान ही नहीं दिया। किस्तू उसे गोदी में उठाने लपका तो उसे भी डपट दिया, "पड़ा रहने दे!"

छोटे को अनदेखा करते हुए बड़े और किस्तू के लिए भात और बोमबिल परोसकर थाली उनके सामने सरकाई कि तभी दृष्टि उनके चीकट हाथ-पाँव पर गई। खीझती हुई उठी और उन्हें लगभग घसीटते हुए मोरी के निकट ले जाकर भुनभुनाती, हाथ-पाँव धुलाने लगी। सुबू बावड़ी से पानी खींच भरपूर दोनों को नहला-धुलाकर छोड़ गई थी। कैसे गटर में लोटे सुअर सरीखे थाण हो रहे! पल्ले से बड़े का मुँह पोंछ ही रही थी कि अचानक पलटी थाली की झन्नाहट सुन मुड़कर देखा, पाया कि बैंया-बैंया निकट जाकर छोटू ने झपट्टा मारकर भात की थाली लादी पर उलट दी। वह क्रोध से बावली हो उठी। 'ताड़' 'ताड़' उसने लपककर छोटू को थप्पड़ जड़ दिए-"तेरे को दूध होना, बिस्कुट होना...अक्खा दिन पेट-भर खाना होना...पन घर में आ के हर रोज़ बोमाबोम करना। येई वास्ते च तू वैसा का वैसाच बोमबिल सरखा हरामखोर! सत्यानाश किया न इतना भात!"

छोटू मार खाकर आँखें उलट बैठा। उसके सींक-से हाथ-पाँव तकली में बँटते सूत-से ऐंठने लगे। वह घबरा गई। यह क्या हो गया अचानक छोटू को? हाथ-भर की गेहुंई काया नीली पड़ रही। कभी तो ऐसा नहीं हुआ उसे। कोई पहली बार पिटाई की उसकी? कई दफे भिन्नाकर उसने छोटू को उठाकर पटक तक दिया है...और घंटे-खांड़ सुबकियाँ खींच-खींचकर छोटू औंधा गया। उसे रुआँस छूटने लगी।

हाथ–पाँव मल–मलकर देह गरमाने की कोशिश की कि वह होश में आए, पर उसने महसूस किया, उसकी पसीजती हथेलियों की आँच सोखने के बावजूद छोटू की देह निरन्तर ठंडी ही पड़ती जा रही है। नीले पड़ रहे होंठों के बाएँ कोने पर अचानक सफेद बज्जे से फूटने लगे। अकड़ी देह छटपट करने लगी। भड़भड़ाकर उसने छोटू को गोदी में उठा झकझोरा।

अचानक उसे याद आया–रामदेव भैयानी के इकलौते बेटे बचुवा को साँसें बाँध लेने की बीमारी है। डॉक्टर ने भैयानी को चेतावनी दी है कि जैसे ही बचुआ रोते–रोते साँस बाँध ले, वह तुरन्त अंजुली–भर पानी 'छपाक' से उसके मुँह पर मार दे। पानी पास में न हो तो जोरदार थप्पड़ रसीद दे, पट्ट से माँस ढील देगा बचुवा। रोग कोई नहीं बचुवा को। फकत जिद्द चढ़ती है, जिद्द। छोटू के लक्षण भी मिलते–जुलते लगे। उसने जी मज़बूत कर छोटू के गाल पर जोर का थप्पड़ जड़ दिया...असर दिखा। ऐंठी देह कुछ ढीली हुई। छटपटाहट भी।

"हिलने का नईं छोटू के पास से! देख इसको, मैं अब्बी आई।" बड़े और किस्तू को हिदायत दे वह उसे ज्यों–का–त्यों छोड़कर बदहवास सावित्री अक्का के झोंपड़े की ओर दौड़ी। अक्का को संग लेकर लौटी तो पाया कि मझले और बड़े के रोने का स्वर सुनकर तमाम पड़ोसी छोटे के इर्द–गिर्द घिर आए। छोटू की नाजुक हालत देखकर सभी ने सुझाव दिया कि देशी इलाज में समय गँवाना मुनासिब नहीं।

अक्का ने छोटे को लपककर गोद में उठाया और सड़क पर स्थित डॉ. चिरवलकर के दवाखाने की ओर दौड़ी। पीछे–पीछे आशंकित–से कुछ अड़ोसी–पड़ोसी भी।

डॉ. चिरवलकर ने बच्चे की नाजुक हालत देखते ही हथियार डाल दिए कि बच्चे का इलाज उनके वश का नहीं। उसे फौरन भाभा अस्पताल ले जाना होगा। बच्चे को ग्लूकोज चढ़ाना पड़ेगा, ख़ून देना होगा। लक्ष्मा ने घबराकर सावित्री अक्का की ओर देखा तो सावित्री अक्का ने उसका आशय भाँप सांत्वना दी कि चिन्ता न करे और तुरन्त एक टैक्सी रोक ले। पैसे हैं उनके पास।

सयानी अक्का छोटू को सीधा उसी वार्ड में ले गई जहाँ गम्भीर मरीज को दाखिल किया जाता है। जहाँ परची बाद में कटती है, डॉ. पहले देखते हैं। तकरीबन पाँच मिनट बाद अचेत पड़े हुए छोटू को बड़ी नर्स देखने आई तो उसकी मरणासन्न हालत देखकर चिन्तित हो उठी। बिगड़ी कि बच्चे को तुम लोग अस्पताल तभी लाता जब बच्चा मरने कू होता है! क्यों लाया इसको अभी इधर? फिर उसने तुरन्त डॉक्टर के पास खबर भिजवाई और बाबा नर्स को बच्चे को फटाफट इमरजेंसी वार्ड में ले चलने की ताकीद की।

दीवार से टिकी खड़ी अडोल लक्ष्मा की सूनी आँखें वार्ड के बन्द दरवाज़े को सूजे–सी छेदती, आर–पार देख पाने को छटपटाती–सी लगीं।

धीमे-से अक्का ने निढाल लक्ष्मा को छुआ–"ग्लूकोज का एकच बाटली को ख़ाली होते चार तास (घंटे) लगते। अक्खा रात एइसा खड़ा होने से चलेगा? सोच, तेरी तबीयत बिगड़ी न, पिच्छू तेरे को देखना कि छोटू को सँभालना..."

"डॉक्टर बोत हुश्यार इधर के। सब ठीक होएगा।" अक्का ने ढाढ़स बँधाया।

जैसे ही कोई नर्स वार्ड से बाहर आती दिखती, अधीर लक्ष्मा आशास्पद भाव से उसकी ओर लपक पड़ती। तकरीबन ढाई घंटे की असाध्य प्रतीक्षा के बाद डॉक्टर वार्ड से उनकी ओर आते हुए दिखे। उन्होंने निकट पहुँचकर सबसे पहला सवाल पूछा कि उन चारों में से बच्चे की माँ कौन है?

साथ आई काँबले ताई ने लक्ष्मा की ओर संकेत किया।

डॉक्टर ने पल-भर लक्ष्मा को भेदती नज़रों से देखा, फिर रुक्ष स्वर में बोले, "बच्चे को खाने को नहीं देती थी क्या? बच्चा भूख से मर गया...उसकी आँतें सूखकर चिपक गई थीं।"

"क्या?" लक्ष्मा के गले से आरी-सी काटती एक करुण चीख फूट पड़ी-"पन कइसा? यो तो बोलती होती कि वो उसको दूध देती, बिस्कुट खिलाती..." उस पर बेहोशी-सी छाने लगी।

साथ आई औरतों ने लपककर लक्ष्मा को सहारा दिया।

समय-कुसमय का संकोच त्याग काँबले ताई अपना क्षोभ नहीं रोक पाई। भर्त्सना-भरे स्वर में बोली, "अब रोने से क्या! भिकारिन ने बच्चा पूजा के वास्ते नईं लिया होता। वो छिनाल बच्चे का पेट भरती तो बच्चा आराम से गोदी में सोता, पिच्छू उसको भीक कौन देता? अरे, वो बच्चे को फकत भुक्काच नईं रक्खते, रोता नई तो चिकोटी काट-काट के रुलाते कि लोगों का दिल पिघलना...अभागिन, काय कूँ दी तू उसको अपना छोटू रे?"

ढह रही लक्ष्मा को कुछ सुनाई नहीं दे रहा। उसे सिर्फ़ दिखाई दे रही है दूध-भरी बोतल...बिस्कुट का डब्बा...चिपकी आँतें...और एक बच्चे की लाश!

(1984)

जगदम्बा बाबू गाँव आ रहे हैं

परात में जगह-जगह सूख गए आटे को करछुल से खुरच-खुरचकर छुड़ाती हुई सुक्खन भौजी खीजती हुई बड़बड़ाए जा रही है कि भला इन आजकल की दुलहिनों को हो क्या गया है! चूल्हा-चौका निपटाकर बासन समेटती हैं तो कोई पूछे इनसे कि बरतनों को भिगोकर क्यों नहीं रखतीं? रगड़ते-छुड़ाते उसकी गदेलियाँ छरछराने लगती हैं। तिस पर कभी भूले-भटके परात, बटलोई में अन्न का दाना चिपका रह गया तो समझ लो, कटिया-जुद्ध! बरैया-सी बर्राने लगेंगी-'अई सुक्खन भौजी, बासन खँगाल के धरि गई हो का? तनिक जाँगर चलावा करो? सेंत-मेत में तो मंजतिव नहीं, बीस ठो नकद, कलेवा ऊपर से अउ तीज-त्योहार का नेग, कोंछु सो अलग! कहौ तो दोना-पतरिन पर खवावे लगी?' मँझली दीनापुरवाली के व्यंग्य-बाण कलेजे को छलनी कर देते हैं। जुबान न हुई 'खच्च-खच्च' कटिया काटती हुई गँड़ासी हो गई। देहरी की परजा हैं

जो मुँह सिए, गर्दन झुकाए हाथ चलाती रहती हैं, नहीं तो एक वह भी जमाना था कि बहुरियों की हँसी–ठिठोली में उखड़ी साँसें सधती नहीं थीं कि चटपट टहल पूरी। कहते हैं, सिपाहियों के घर की धिरिया है दीनापुरवाली! सो इसी से तिलुवा दूसरों की मीन–मेख निकालने में ही जुटा रहता है। वही निहाद है–'पीतर की नथनी पे इत्ता गुमान, सोने की होती तो चलती उतान, हुँह!'

मँजे बासन झाबे में समेट सुक्खन भौजी नर्दवा पर से पलट ही रही थी कि देहरी से ठाकुर सुमेर सिंह की खँखार कानों में पड़ते ही जहाँ की तहाँ पीठ फेरकर ठिठक गई। काम–काज को डोलती दुलहिनें झपटकर खमसार की ओट हो लीं। उनकी खँखार पर्दाधारियों के लिए संकेत होती है कि वे सावधान हो जाएँ, मालिक घर में दाखिल हो रहे हैं। बलिष्ठ सुदीर्घ काया वाले ठाकुर सुमेर सिंह बैसवाड़ा के प्रतिष्ठित ठाकुरों में से हैं। पक्की चार गोंईवाले। लेकिन अब न वह तालुकेदारी रही, न वह शानोशौक़त! फिर भी 'हाथी मरा तो सवा लाख' वाला दबदबा जवार में कायम है। पिछले वर्ष तक वे लगातार गाँव के प्रधान चुने जाते रहे हैं। इस साल जनता पार्टी के पंडित भुवनेश्वर वाजपेयी से मात खा गए। अब बीस बिसुआई ऐंठ और बैसवाड़ी ठकुराई में गले–गले तक ठनी हुई है, मजाल कि ठाकुर सुमेर सिंह की मूँछों की तुर्राहट कहीं से ढीली नज़र आ जाए! गाँव की प्रधानी हाथ से सरकी तो सरकी, युवा कांग्रेस के पिछड़े वर्ग के प्रान्तीय सचिव तो वे हैं ही। पीठ पीछे हाथ बाँधे हुए वे दाहिनी खमसार के विशाल दालान को पार करते हुए, कठौते में रखी मिर्चों में सींक से मसाला भरती हुई दिद्दा के निकट जा खड़े हुए–"अम्मा! सुक्खन भौजी से कहना कि टहल निपटाकर जाते हुए वह हमसे बैठक में मिलकर जाए, ज़रूरी बातें करनी हैं उससे..."

"ललौना की बाबत बड़कऊ! सहर से डाकदर आ रहे हैं का?" दिद्दा ने प्रयोजन का अनुमान लगाना चाहा।

प्रत्युत्तर में ठाकुर सुमेर सिंह ने 'हाँ, अम्मा' कहकर अनुमोदन में सिर हिलाया और लौटने को मुड़ने लगे कि अनायास दिद्दा को कुछ स्मरण हो आया, "कालि पूरनमासी है बड़कऊ, चंदिकन स्वामीजी के दर्शन के बरे जाए चहित हन हम। गाड़ी नहबाय देहो तड़के?"

"चली जाइएगा!"

आगे न उन्होंने दिद्दा को किसी प्रश्न का अवसर दिया, न स्वयं कोई जिज्ञासा व्यक्त की कि सुबह उनके संग और कौन–कौन जाएगा। जिस तेज़ी से वे घर के भीतर दाख़िल हुए थे उसी तेजी से खड़ाऊँ की 'ठक्–ठक्' पीछे छोड़ते हुए, देहरी लाँघ बाहर हो लिए।

नर्दवा के इर्द–गिर्द जूठन और राख की गन्दगी बुहारती हुई सुक्खन भौजी के अन्तस् में क्षण–भर पहले दीनापुरवाली की प्रताड़ना का मलाल एकाएक शीतल धार पड़ी लपट–सा शान्त हो गया। दिद्दा और ठाकुर सुमेर सिंह के मध्य हुई बातचीत उसके चौकन्ने कानों में पड़ चुकी थी। ठाकुर सुमेर सिंह का हृदय ठीक बड़े मालिक पर गया है! कठोर

धरती में छिपे जल-सा। बड़े मालिक जब तक जिए, जन-मजूरों को अपनी परजा समान पाला। उनका उसूल था कि उनकी जी-हजूरी बजाने वाला भूखा-नंगा न सोए। कैसे भूल सकती है वह कि ललौना के पैदा होने की ख़ुशी में चाँदी की तोड़ी नेग दी थी उसे! शेष तीनों भाइयों में मँझले तर-ऊपर के सुभग सिंह और सुखदेव सिंह प्रदेश की राजधानी में ही अधिक समय बिताते हैं। कहते हैं कि वहाँ वे कारतूसों का कारख़ाना चला रहे हैं। महानगरीय संस्कृति के अनुपयुक्त करार देकर सुभग सिंह ने शेरागढ़वाली को छोड़कर दूसरा ब्याह रचा लिया है। शेरागढ़वाली जब से गौने में विदा होकर आई है, कंगन खुलने वाली रात भी उसे पति-सुख नसीब नहीं हुआ। शहरवाली के तीन बच्चे हैं। सुखदेव सिंह बराबर घर आते-जाते हैं। सबसे छोटे पेटपोंछन नरेन्द्र सिंह सेना में हैं। न जाने कहाँ-कहाँ से उनके ब्याह के प्रस्ताव आ रहे हैं। लेकिन दिद्दा की ज़िद के बावजूद नरेना टाले जा रहा है। ठाकुर सुमेर सिंह दिद्दा को अक्सर समझाते रहते हैं-आजकल के लड़कों पर जबरदस्ती उचित नहीं, सुभग के मामले से चेत जाओ। दिद्दा बिथा से विचलित हो उठती हैं-'नरेना के सिर पर मौर देखै की आस लिए लम्बरदार चले गए। लागत है, हमरेउ भाग्य में छोटकी दुलहिन की मुँहदिखाई नहीं बदी...' अपनी बात की मर्यादा न रखे जाने का दुःख ठाकुर सुमेर सिंह को भी सालता होगा। मगर पुजते वट-वृक्ष सृदश जैसे परिन्दों को रैन-बसेरा दिए, अपने तन-मन पर आँधी-पानी-घाम झेलते अडोल-से खड़े हुए हैं...

टहल निपटाकर, आँचल से हाथ पोंछती हुई नित्य की भाँति सुक्खन भौजी दिद्दा के खटोले के निकट भूमि पर आ बैठी और हलकी मुट्ठी से उनकी खाल छोड़ रही टाँगें चाँपने लगी।

"कइसे हय तोर ललौना, सुक्खन की दुलहिन?" मिर्चों से भरा कठौता एक ओर सरका दिद्दा ने हाथ रोक दिए।

सहानुभूति पा सुक्खन भौजी की पीड़ा पित्ती-सी उछल आई-"का कहीं, चलै-फिरै ठीक से पावत नहीं...बबूल की बकुलिन की बैसाखी बनाइस है...वही के टेका लइ-लइ के मदरसे जाइ क बरे सौखियात हय...काल कहिसि..." सहसा नम हो आई आँखों को आँचल में पोंछते हुए अपने को संयमित करने की कोशिश की सुक्खन भौजी ने, "काँख पिराति है, अम्मा! देखा तो पावा मोरी मलकिन! काँख छिलि के घाव हुई गई हय..."

उसकी व्यथा से विचलित हो आई दिद्दा ने कन्धे पर हाथ रख ढाँढस बँधाया-"च्, च्, च्, सोवत बेरिया तनिक हल्दी तता के धर दीन्हों काखन पे, धीरज धरो! लँगड़य सही, बेटवा तो हय मरत बिरिया मुँह में गंगाजल डारे क बरे...?" फिर पल-भर मौन साध अवरुद्ध कंठ से बोलीं, "शेरागढ़वाली कइसे धीरज धरै, सोच सुक्खन की दुलहिन!"

सुक्खन भौजी दहलीज पारकर दाईं ओर बनी बड़ी-सी चौपालनुमा बैठक के सामने तनिक आड़ लेकर जा खड़ी हुई। भीतर से आती बतकही और ठहाकों से अनुमान हुआ

कि बैठक में काफ़ी लोग जमे हुए हैं। व्यग्र हो आई कि ठाकुर सुमेर सिंह को कैसे खबर हो कि वह मोहारे पर खड़ी उनकी प्रतीक्षा कर रही है। घर के किसी बच्चे को न गुहार ले ताकि जल्दी भेंट हो जाए! ऐसे तो खड़े-खड़े दिन चढ़ जाएगा और मुलाक़ात नहीं हो पाएगी। सोचकर मुड़ने को ही हुई कि तभी किसी ने भीतर से उसे देख लिया, क्योंकि दुक्खी ने फ़ौरन बाहर आकर उसे रुकने का संकेत किया, "मालिक आ रहे, सुक्खन भौजी!"

निकट आती खड़ाऊँ की आहट से सतर्क हो सुक्खन भौजी ने नाक तक आँचल खींच लिया। धड़धड़ाती भागी जा रही लढ़िहा के चक्कों-सी धड़कनें तेज हो उठीं। हालाँकि दिद्दा से हुई उनकी संक्षिप्त बातचीत के समय वह भेंट का सन्दर्भ अपने कानों सुन चुकी थी, फिर भी ठाकुर सुमेर सिंह से एकान्त में बात करने का अवसर सुक्खन भौजी के लिए पहला ही था। साहस पसीज रहा है...

"गाँव में भूतपूर्व स्वास्थ्य मंत्री जगदम्बा बाबू आने वाले हैं। जनता के कष्टों की जानकारी लेने...उनको सुनने..." बिना किसी पूर्व भूमिका के ठाकुर सुमेर सिंह ने अपनी बात शुरू कर दी-"उन्होंने 'विकलांग उद्धार समिति' गठित की है। 'विकलांग उद्धार समिति' विकलांगों को स्वावलम्बी बनाने का प्रयास कर रही है। लूले-लँगड़े लोग भी समाज में बराबरी का जीवन जी सकें, यह उनका लक्ष्य है। मैंने आसपास के गाँवों से अपाहिजों का विवरण भिजवाया है। जिला अस्पताल के विकलांग-विशेषज्ञ उन्हें देख रहे हैं। डॉक्टरी परीक्षण के आधार पर जिसकी जैसी आवश्यकता होगी, सहायता की जाएगी।"

अपनी बात अधिक स्पष्ट करने की मंशा से उन्होंने वाक्यों को तनिक सरल बनाकर समझाया, "अगर किसी के पाँव लग सकते हैं, नकली पाँव लगवाए जाएँगे...किसी के पाँव नहीं लग सकते, उसे पहियोंवाली गाड़ी प्रदान की जाएगी, जिसे वह अपने हाथों से चला सकेगा। अपने गाँव से मैंने तुम्हारे बेटे का नाम भेजा है। कल डॉक्टर आ रहे हैं। सुबह दस बजे के आस-पास ललौना को बैठक में ले आना। कुछ दिनों बाद दंगल वाले मैदान में एक समारोह होगा, उसी समारोह में जगदम्बा बाबू अपाहिजों को ये उपहार वितरित करेंगे..."

अविश्वास से भरा सुक्खन भौजी का भावाकुल हृदय कृतज्ञता से अवनत हो ठाकुर सुमेर सिंह के चरणों में झुक गया। भूमि पर से उसका माथा उठा भी नहीं कि वे आगे कुछ कहे बिना मुड़कर बैठक की ओर बढ़ दिए। विह्वल सुक्खन भौजी को यही प्रतीत हुआ कि क्षण-भर पूर्व उससे कुछ डग दूर ठाकुर सुमेर सिंह नहीं, बल्कि कोई चमत्कारी सिद्ध महात्मा खड़े हुए थे।

उठी तो महसूस हुआ कि उसकी टहल से थकी-टूटी देह एकाएक फुनगी पर हिलोर लेता फूल हो आई है। पन्दरह बरस होने को आए, ललौना को, सहज चलता-डोलता देख पाने की लालसा करेजे की हूक-सी हुहुआती न ख़ुशी से मुँह में कौर देने देती है, न खुलकर हँसने-बोलने!

कौन–से जतन नहीं किए। वैद्य, हकीम, झड़वइए–फुँकवइए, टोने–टोटके–सब आज़मा लिये, पर ललौना की निर्जीव टाँगों पर किसी जड़ी–बूटी, मानता–मनौती का परताप नहीं चढ़ा।

टोले में कदम रखते ही पाटी–बस्ता लटकाए हुए बच्चों की टोली देख उसकी निष्प्रभ आँखों में हसरत–भरी चमक कौंध गई। ललौना भी हठ करके मदरसे गया है बकरिहाइन काकी के नाती भग्गू के संग। बकुलियों के सहारे कढ़िलते–कढ़िलते। भग्गू ने उसके आशंकित मन को आश्वस्त किया था–'डरो न ननिया, साथ हन ना हम।' ललौना की पाटी, बुदिक्का वही उठाकर ले गया है। पहले वह ले जाके छोड़ आया करती थी, पर रोज़–रोज़ कब तक दौड़ लगाती। पल–भर की अबेर हुई नहीं कि दुलहिनों की जुबान तेल–पिए कोड़े–सी अँगनई में दाख़िल होते ही सड़सड़ाने लगती।

कैसे अच्छे लग रहे हैं बच्चे! उनकी काँख में बड़ी–सी पाटी दबी है। दूसरे हाथ में छुहिया भीगा बुदिक्का! धींगामुश्ती करते, चहकते–बतियाते ऐसे बढ़े आ रहे हैं जैसे हिरन–शावकों का चौकड़ी भरता झुंड। सहसा उसे लगता है कि गलियारे के दाहिनी ओर चली आ रही टोली में जो सबसे ऊँचा, तंदुरुस्त, भरी–भरी जाँघोंवाला बस्ता लटकाए लड़का झूमता चला आ रहा है, उसका ललौना ही तो है! गलियारे की धुनकी कपास जैसी भुसभुसी धूल में उसके नंगे पाँव धूसरित हो रहे हैं...बस, जाँघों पर झूलती पटरे की जाँघिया उसके सुन्दर तन और पैबन्द–सी अखर रही है। अब जाँघिया पहनकर मदरसे नहीं जाने देगी। उसकी बराबरी के लड़के पायजामा पहनने लगे हैं। पाई–पाई बचा के कुछ रुपए कुजिया में दबा के चौके में गाड़ रखे हैं। सोचकर कि आड़े वक़्त काम आएँगे, मगर यों बच्चे की शोभा बिगाड़कर पैसों का क्या सुख!...शौक मर गया तो फिर वही निहाद–उपासे के आगे मोदक!

निकट आती टोली के बावजूद उसका अधीर हृदय हुड़क रहा है कि खूँटा–तुड़ाई गइया–सी दौड़ वह अपने ललौना को अंक में कोरिया ले। उसे बता दे–वह शीघ्र ही उसके लिए लट्ठे का पायजामा और मारकीन की कमीज सिलवा देगी। पाँवों में चट्टी भी पहनवा देगी। धनुहीखेड़ा की हाट इसी बिफ्फे (बृहस्पति) की ही तो है...

''चचिया, पायँ लागी।

''चचिया, चचिया, ललौना की कक्षा के बड़े पंडितजी दंड दिहिनन हयँ...पूरी कक्षा घामे म खड़ी हय...घंटा भर से पहले न छोड़िहैं....कोऊ सरौना पानी पियके मटका तोड़ दिहिस रहय...''

ललौना के मुख से अपने लिए 'चचिया' सम्बोधन सुनकर वह जैसे गहरी नींद से चौंकी। यह तो ललौना नहीं, अपनी सुभागी दिदिया का बचई है! क्या वह दिवास्वप्न देख रही थी!

दंड की बात सुनकर क्षण–भर पहले का कुलाँचें भरता हुआ मन खिन्न हो आया। बासी पनेथी बुकुनू चुपड़ के खा के गया है। भूख के मारे आँतें कुलबुला रही होंगीं तिस पर आग–लगी छिली काँख की पीर। कब से सोच रही है कि दोनों बकुलियों

के गुलेल के मुख पर उतरी हुई धोती की गुँडरी–सी बना के अटका देगी, ताकि काँखें काठ की कोंच और छीलन से तनिक बची रहें। मगर ठाकुर सुमेर सिंह के घर से प्राप्त उतरन की हर धोती उसकी अपनी हीं आबरू को आड़ देने में होम हो जाती है। छिली काँखों को मरहम लगे तो कौन जतन लगे!

आँचल में बँधी कुंजी से घर का ताला खोल, भीतर प्रवेश करते ही सुक्खन भौजी का अन्तर्मन फिर से आशा–निराशा के गर्त में गोते लगाने लगा है। उसे बुलाकर ठाकुर सुमेर सिंह ने जो आस की लौ की तीली दिखाई है, सचमुच पूरी होगी? हो सकता है,, कोई चमत्कार घट ही जाए! आजकल माने हुए हकीम, वैद्य, सिद्ध, तांत्रिक जो नहीं कर पाते, वह शहर के आला लगाए डॉक्टर कर दिखाते हैं। बातें सुनने में आती ही रहती हैं। पिछले साल की ही तो बात है–परधान पंडित भुवनेश्वर बाबू की जीप दौड़ाने वाला कालीचरना अपनी सुना रहा था कि यह जो हमारी बाईं टाँग भली–चंगी देख रही हो न, सुक्खन भौजी! असली नहीं है, बस ऊपर से माँस–मज्जा असली है। एक रोज़ ठेला से टकरा टूटकर झूल गई। हमने उम्मीद छोड़ दी कि अब परवश हो गए। रोज़ी–रोटी के काबिल नहीं रहे। लेकिन भौजी, मान गए लोकनायक अस्पताल वालों को। टाँग में हड्डी की जगह स्टील की सरिया इतनी सफाई से बैठाई है कि दूसरों पर आश्रित होने की गलाज़त से बच गए। कालीचरना गपोड़ी नहीं है। टाँग उघाड़कर उसने उसे एक लम्बी–सी चीर दिखाई थी और चीर देखते ही उसके मुँह से करुणा की सिसकारी फूट पड़ी थी...कालीचरना ठीक हो सकता है तो उसका ललौना ठीक नहीं हो सकता?

कौतूहल से भरे ललौना को मेज पर चित लेट जाने का आदेश देते हुए, गले में आला लटकाए डॉक्टर बाबू उसकी मैल–अटी देह पर झुक आए। वे कभी उसकी सूखी टँगों को तनिक ऊँचा उठाते, कभी टखनों से मोड़ने की कोशिश करते, कभी सूखी सेम की फलियों–सी ऐंठी उँगलियों, अँगूठों को चुटकी से खींचते, दबाते। बीच–बीच में वे ललौना के मुख पर प्रतिक्रिया भाँपने की कोशिश करते, पूछते भी चल रहे थे कि उँगलियाँ खींचने, दबाने, टाँगों को मोड़ने, उठाने या उठाकर अचानक छोड़ देने से क्या उसे किसी प्रकार का स्पर्श महसूस हो रहा है?

''पैदाइश से ही इसकी टाँगें बेजान हैं?''

सारी कार्रवाई से विस्मित सुक्खन भौजी प्रश्न सुन संकोच से गड़ गई। वह पर्दाधारी मेहरिया, पराये मनई से उसकी बतकही कभी हुई नहीं। होती भी है तो सम्बन्धों में लहुरे लगने वालों के संग भर। और यहाँ तख़्त पर ठाकुर सुमेर सिंह समेत मंजकुरिया टोला के लम्बरदार पुतन सिंह, पंडित मातादीन तिवारी, रजऊ काका, जेठ, ससुर लगते सभी आसीन हैं। मुँह खोलने का दुस्साहस कहाँ से जुटाए!

गाहे–बगाहे गलियारे–दुआरे सामने पड़ भी गई होगी तो उनके निकलने तक मुँह मूँदे, पीठ किए हुए ही खड़ी रही होगी।

डॉक्टर ने फौरन सुक्खन भौजी का संकोच ताड़ लिया। मुलायम स्वर में साहस बँधाते हुए बोले, "संकोच करोगी तो किसी नतीजे पर पहुँच पाना मुश्किल होगा...इलाज में भी देर लगेगी...दूसरा कोई ठीक-ठीक बात भी नहीं कर सकेगा..."

तभी रजऊ काका का ध्यान उसकी ओर गया। चल रही चर्चा से उचट वहीं से बैठे-बैठे उन्होंने ऊँचे स्वर में सुक्खन भौजी को डपटा, "काहे दिक्क कर रही हो डॉक्टर बाबू को...जो पूछ रहे हैं, बताती चलो।"

डॉक्टर साहब ने अपनी जिज्ञासा दोहराई, "लड़के की टाँगें पैदाइश से ही बेजान हैं?"

अबकी साहस कर सुक्खन भौजी ने इनकार में सिर हिला दिया।

आशय समझ डॉक्टर साहब ने दूसरा सवाल किया, "कैसे कह सकती हो कि पहले इसकी टाँगों में जान थी?"

"पैयाँ-पैयाँ अँगनई में डोलत रहय!" कहते हुए सुक्खन भौजी का कंठ भर आया। भावनाओं पर काबू नहीं रख पाई। बरसों पूर्व दिठौना-लगे ललौना की मोहनी बालछवि आँखों में तैर गई...

"तो...कब महसूस हुआ कि बच्चे की टाँगें काम नहीं कर रहीं?"

अकुलाए हृदय को सहेजने की चेष्टा करती हुई वह अवरुद्ध कंठ से बताने लगी कि बैंया-बैंया चलते हुए एक रोज़ ललौना अचानक पेट के बल हो गया और उसी मुद्रा में पड़ा रहा। कड़वे तेल से लेकर न जाने किस-किस तेल से उसकी टाँगों की मालिश की, मगर लुंज हुई टाँगों में पिरान नहीं लौटे तो नहीं लौटे।

"पोलियो का मामला है।" निकट खड़े हुए ठाकुर सुमेर सिंह से उन्मुख होते हुए विचारमग्न डॉक्टर साहब ने जाँच का निचोड़ स्पष्ट किया।

"मामला हाथ से निकल चुका है। समय पर इलाज के अभाव ने गुंजाइश नहीं छोड़ी, टाँगें कट गई होतीं, टूट गई होतीं तो भी इलाज सम्भव था। नकली टाँगें लगवाई जा सकती थीं...एक ही उपाय शेष है-बैसाखियाँ या फिर पहियोंवाली गाड़ी। मैं जगदम्बा बाबू से सिफ़ारिश करूँगा।"

"सुबह ज़िला कार्यालय में मेरी मुलाक़ात भी जगदम्बा बाबू से होगी, परसों पार्टी के महासचिव दिल्ली से आ रहे हैं। पार्टी संगठन को लेकर विशद चर्चा होगी। बात करूँगा...कितने गाँव निबट गए हैं?"

"आपके निकट धनुहीखेड़ा से लेकर बारा तक अधिक मामले नहीं हैं विकलांगों के। बच्चों की संख्या ज़्यादा है। देहात की यह विडम्बना है। अधिकांश बच्चे पोलियो-ग्रस्त होकर अपंगतता भोगने को बाध्य हैं।"

प्रतिक्रिया में ठाकुर सुमेर सिंह गम्भीर हो आए-"ठीक कह रहे हैं। अशिक्षा ने इन्हें अन्धविश्वासों में जकड़ रखा है। सहायता उपलब्ध होते हुए भी ये टीका लगवाने में विश्वास नहीं करते...चाय-नाश्ते के बाद यहाँ से सीधे भरतीपुर निकल लें?"

"चाय-नाश्ता वासुदेव बाबू के यहाँ सही। अच्छा हो, शाम तक इस ब्लॉक के शेष तीनों गाँव निपट जाएँ।"

ठाकुर सुमेर सिंह के बैठक से निकलते ही डॉक्टर बकुलियों के सहारे झूलती-सी ललौना की कृशकाय देह पर करुण दृष्टि डालते हुए सुक्खन भौजी की ओर मुड़े-"चिन्ता छोड़ दीजिए। शीघ्र ही आपका बेटा अपने हमजोलियों की तरह घूमता-फिरता नज़र आएगा...अब टाँगें नहीं लौट सकतीं, पर जब निराश होने की ज़रूरत नहीं। मैं जगदम्बा बाबू से सिफ़ारिश करूँगा, इसे हाथ से चलने वाली पहियोंवाली गाड़ी दी जाए।"

आगे बढ़कर उन्होंने सहमे खड़े ललौना के कन्धे हौसला बढ़ाने वाले अन्दाज़ में थपथपाए-"ये दोनों हाथ दोनों टाँगों का भी काम करेंगे। बस, अपनी सेहत का ध्यान रखो, बरख़ुरदार!"

डॉक्टर बाबू का आश्वासन पाकर सुक्खन भौजी का हृदय उम्मीद से विह्वल हो आया। अनदेखे जगदम्बा बाबू की छवि एकाएक उसके निष्कलुष सरल हिया में किसी देवता की मूरत-सी साकार हो आँखों के आगे झिलमिलाने लगी। आँखें भादों हो आईं और कृतकृत्य-सी ढुलकते हुए अश्रुओं से देवता की मूरत का अभिषेक करने लगीं। सेहत का उलाहना डाकदर बाबू ने झूठ नहीं दिया। बकरियाँ पालीं किसकी खातिर हैं। पर कभी-कभी नीयत डोल जाती है। चार पैसों का मोह गठिया, बेचने को खोवा अऊट लेती है। आँखिन किरिया जो अब वह दूध औटने कढ़इया में भूले से भी चढ़ाए।

घर के रास्ते बढ़ी तो पाया कि सलोने भाई की नौटंकी के आगमन की रोमांचित ख़ुशी की तरह उसके ललौना की टाँगों के इलाज की ख़बर आनन-फानन गाँव डोल आई है और सभी को उद्वेलित किए हुए है। लोगों की इस टिप्पणी पर कि, 'चौदह वर्ष में तो घूरे के दिन भी फिरते हैं, चलो दुखियारी महतारी की भी भोले बाबा ने सुध ली'-वह आँखें पोंछने लगती और प्रत्युत्तर में ठाकुर सुमेर सिंह की महानता के बखान के संग जगदम्बा बाबू का जस गाते, कृतज्ञता से दोहरी होने लगती। लोगों ने उसकी हाँ में हाँ मिलाई। कलयुग में गांधी बाबा ने दुखियारों की सुध ली थी, सुराज दिलाया। उनके बाद विनोबा बाबा लँगोटी धरे गाँव-गाँव बेसहारों के लिए दौड़ते रहे। जगदम्बा बाबू वैसे ही महात्मा अवतारी पुरुष लगते हैं, वरना कौन गरीब-गुरबा के कष्टों पर पुलटिस बाँधता है?

"सब ठाकुर सुमेर सिंह की महिमा का परताप है। एक परधान पंडित भुवनेश्वर बाबू हैं जो परधानी घोंट-घोंट छानि रहय हैं मस्ती। गरी-गुरुबा का ध्यान तबै तक रहय जबै तलक परधानी के बोटन की दरकार रहय! अब तो भैया गाँव में जौन कुछ हुइ रहा है ठाकुर सुमेर सिंह की बदौलत।"

प्रदेश कांग्रेस की महिला कार्यकर्ता कुर्सी पर बैठने के लिए हिचकिचाती सुक्खन भौजी को बड़े अनुनय के बाद राज़ी कर पाई। कुर्सी वह भी एक एकदम अगली पाँत में। गेंदे की लड़ियों से आच्छादित मचान से बने मंच से यही कोई पन्द्रह-बीस हाथ पर। गनीमत थी कि पोलका पर बिल्ला टाँक अगल-बगल अन्य स्त्रियाँ सिर उघाड़े बैठी

हुई थीं। नखलऊ (लखनऊ) से आई थीं। उन्हें देख सुक्खन भौजी बैठने का साहस सँजो पाई। वरना उसे याद नहीं पड़ता–खटोला, मचिया या टाट छोड़ वह कभी किसी ऊँचे आसन पर बैठी हो। वह भी अपनी बिरादरी में। बाभन–ठकुरन के घर तो कच्ची–पक्की भूमि की उदारता ही सिंहासन समझो।

अव्यक्त आनन्द से हुलसित उसकी दृष्टि घूँघट की ओट फलाँगती, मंच के दाहिनी ओर विशेष रूप से लगाई गई कुर्सियों पर बैठे हुए अपंगों की ओर उठ गई। जगदम्बा बाबू स्मरण हो आए। कह रहे हैं, जगदम्बा बाबू जनता के सेवक हैं। दीन–दुखियारों के रक्षक। प्रजा के कष्टों को पहचानने वाले गुप्ताजी के मत्रिमंडल में वे राज्य के स्वास्थ्य मंत्री थे। पिछले चुनाव में ग्रहों ने कुछ ऐसी खुराफ़ात दिखाई कि अपने बरसों पुराने इसी गढ़ से जनता पार्टी के गयादीन जैसे लम्पट उम्मीदवार से मात्र सात सौ वोटों से पटखनी खा गए। उनके जैसा पुन्न–परतापी ऐसे चिरकुट से मात खाने वाला थोड़े ही था, वो तो लाठी–बल्लम के बूते वोटों के बक्से बदल दिए गए! सोने पे सुहागा यों हुआ कि कलेक्टर से लेकर एस.पी. दोनों ससुरे उसकी बिरादरी के निकले, वरना कोई चरित्र है गयादीन का। शिवलाल की बिटिया सुखनी के साथ भुसौर में केलि–क्रीड़ा करते हुए रँगे हाथों धर लिए गए थे। कटिया काटने का गँड़ासा ताने सुखनी के लालभभूका भाई ने बड़ी–नहर तक तरिया लिया था उन्हें। बाद में भरतीपुर के ठाकुर शिवबली सिंह के घर फ़र्जी सेंध के मामले में फँसाकर उन्होंने उसे जेल भिजवाकर ही दम लिया। ऐसा अधर्मी जगदम्बा बाबू के मुक़ाबले विजयी हुआ तो जबरई के ही चलते न। कह रहे हैं, तिया–पाँचा से विधानसभा में गयादीन पहुँच तो गए, मगर तीन बरस में तीन से अधिक मुँहदिखाई नहीं की अपने इलाके की। इष्ट, सगे–सम्बन्धियों को ठेका दिलवाने, भट्ठा खुलवाने, परमिट जारी करवाने और कुछेक सड़कों पर मामूली बजरी बिछवाने तक ही उनकी जनसेवा का प्रण रेवड़ियाँ बाँटता रहा। धनुहीखेड़ा में बड़ा अस्पताल खुलवाने का दम भरा था कि औरतों की जचगी के लिए विशेष रूप से इस अस्पताल में तीसेक खटिया डलवाएँगे, ताकि जच्चा–बच्चा की हिफ़ाज़त की सुविधा हो, सो आज तक नींव भी नहीं ख़ुदी। उनकी पार्टी की सरकार नहीं है तो क्या उनकी बात का वजन फूँक हो गया? कह रहे हैं असहाय सुदामाओं की सुध लेने जो जगदम्बा बाबू गाँव आ रहे हैं, कोई सरकार के खर्चे पर थोड़े ही सदाव्रत खोलने निकले हैं। वो तो अपनी टेंट से लूले, लँगड़ों को सिलाई की मशीनें, बैसाखियाँ और पहियेवाली गाड़ियाँ बाँटेंगे। गरीबों की सेवा का व्रत है उनका।

कैसा भव्य मेला जुड़ा है! ठीक महावीरन के मेले जैसा कोस–भर लम्बा दंगल का मैदान फुलवारी–सा झंडियों और झंडों से सजा है। भोंपू से गाँधी बाबा की रामधुन–'रघुपति राघव राजा राम' गूँज रही है। सुरगवासी होने से पहले दिया गया इन्दिरा मैया का भाषण भी बीच–बीच में बज रहा है। कोसों दूर–दूर से जनता पैदल, लढ़िया, जीप, ठेला में उमड़ी चली आ रही है। कह रहे हैं–न जाने कहाँ–कहाँ से छापाखाना वाले ख़बर लेने और फोटू खींचने आ रहे हैं, सबकी फोटू और खबर छापा में छपेगी।

सुक्खन भौजी का मन ललक रहा है पोलके पर फीते का बिल्ला टाँके, इन्तज़ाम में व्यस्त किसी बहनजी से विनती करे कि उसे निकट से पहियोंवाली गाड़ी दिखा दे। तनिक छूकर देखे, ललौना उस पर किस विधि बैठेगा, चलेगा–फिरेगा कि उसकी छरछराती काँखों पर अब उसे हल्दी तपाकर नहीं लेपनी पड़ेगी। उसकी घायल काँखें इतनी हल्दी सोख लेती हैं कि अक्सर दाल में चुटकी–भर छिड़कने की गुंजाइश भी नहीं बचती।

दृष्टि घूम–फिरकर मंच की बगल में बैठे अपने ललौना पर जा टिक गई। मारकीन की नई कमीज और खाकी नेकर पहने, सूखी टाँगों पर बकुलियाँ टिकाए ललौना एकदम किसी किस्से वाला राजकुमार प्रतीत हो रहा है। बकरिहाइन काकी से मुट्ठी–भर सरसों माँगकर लाई थी। ख़ूब महीन उबटन पीसा था। देह रगड़–रगड़कर मैल की बत्तियाँ झाड़ी थीं। नहलाकर नई नेकर–कमीज पहनाई तो बेटे की छवि पर न्यौछावर होता चित्त सहसा उसके बप्पा का स्मरण कर भावुक हो आया। ललौना को अपने पाँवों पर चलता देखने की हौंस कलेजे में दबाए हुए ही वह अचानक नाता तोड़कर चल दिए थे!

सिर पर चढ़ता घाम धीरे–धीरे चटक होने लगा है। कह रहे हैं कि ग्यारह बजे तक जगदम्बा बाबू दंगल वाले मैदान पहुँच जाएँगे। कार्यक्रम ख़त्म होने के बाद वे गाँव के परधान पंडित भुवनेश्वर बाबू से भेंट करेंगे। अकेले में लोगों के कष्ट सुनेंगे। कष्टों को वे सीधे सरकार तक पहुँचाएँगे, एड़ी–चोटी का ज़ोर लगा देंगे कि जल्दी उन पर कार्यवाही हो, तत्पश्चात् मदरसे में दल–बल सहित उनका भोजन होगा।

पक्के ताल वाली सड़क पर अचानक धूल के बादल फन फैलाने लगे। कार्यकर्ता सतर्क हो उठे। मंच पर चढ़कर उत्साहित स्वर में ठाकुर सुमेर सिंह ने घोषणा की कि अब धैर्य की परीक्षा ख़त्म हुई। कुछ ही पलों में सुप्रसिद्ध समाज–सेवक 'विकलांग उद्धार समिति' के जनमदाता बाबू जगदम्बा प्रसाद सभा–स्थल पर पधारने वाले हैं। कृपया अपने–अपने स्थान पर बैठे हुए ही शान्तिपूर्ण उत्साह के साथ उनका स्वागत करें।

सभा–स्थल के इर्द–गिर्द कुछ लठैत किस्म के पहरेदारों की भी व्यवस्था थी ताकि विरोधी पार्टी के लोग, विशेष रूप से परधान पंडित भुवनेश्वर बाबू के चमचे कार्यवाही में अव्यवस्था न पैदा कर सकें।

जगदम्बा बाबू की जीप रुकते ही विशाल जनसमूह ने हर्ष–ध्वनि से उनकी अगवानी की। ठाकुर सुमेर सिंह लपककर उन्हें मंच पर ले जाने लगे। उनके साथ ब्लाक के बी.डी.ओ. से लेकर तमाम सरकारी, अर्द्धसरकारी अधिकारियों का काफ़िला आया हुआ था। मंत्री पद पर न रहने के बावजूद जगदम्बा बाबू का दबदबा सत्तारूढ़ पार्टी के संगठनकर्त्ता के रूप में कम नहीं था। ऊपर तक उनकी पहुँच सर्वविदित थी।

उत्सव–सी यह सरगर्मी सुक्खन भौजी को रोमांचित कर गई। एक तो पहली बार ऊँच–नीच का भेदभाव छोड़, राव–उमरावों के बीच बैठने का सम्मान प्राप्त हुआ था–वह भी अपने अपाहिज बालक के चलते, जो बड़े–से–बड़े कमाऊ सपूतों वाली महतारी के भाग में भी दुर्लभ होता है। दूसरे–उसका आश्रित पूत आज से अपने पाँव पर खड़ा हो सेगा! यह सुखानुभूति उसके रोम–रोम में किलकती फिर रही है। आँखें कभी मंच

पर अनेक मालाएँ धारण किए हुए जगदम्बा बाबू के ओजस्वी मुखमंडल पर लोट जातीं तो कभी अचम्भित ललौना के मुख पर।

"भाइयो ! अब जगदम्बा बाबू शारीरिक अक्षमतानुसार विकलांगों को स्वावलम्बित बनाने हेतु उपहार भेंट करेंगे।" ठाकुर सुमेर सिंह की उद्घोषणा का उपस्थित जनसमूह ने करतल-ध्वनि से स्वागत किया।

मंच से उतरकर जगदम्बा बाबू उस स्थान की ओर बढ़े जहाँ वितरित होने वाले उपहार सजाए हुए थे। विकलांगों के मलिन चेहरों पर सघनाती संध्या बेला गंगा में सिराये जाने वाले सैकड़ों दीपमालाओं की हिचकोले खाती उजास हिलोरें लेने लगी। एक के बाद एक नाम पुकारे जाने लगे।

सगवर का संकठा प्रसाद दाएँ हाथ से लूला ! जगदम्बा बाबू ने उसे पैरों वाली सिलाई की मशीन भेंट की। संकठा प्रसाद जुम्मन मियाँ की सिलाई की दुकान में मजूरी करता है, अब अपना अलग काम शुरू कर सकेगा। इतना नाता जुम्मन मियाँ निबाहेंगे ही कि उसके लिए पोशाकें काट दिया करेंगे। सिलाई मशीन की एक ओर जगदम्बा बाबू खड़े हुए हैं तो दूसरी ओर संकठा। सुक्खन भौजी का हृदय अधीर हो आया कि बारी-बारी से सभी के नाम पुकारे जा रहे हैं, उनके ललौना को अब तक क्यों नहीं बुलाया गया? कहीं ऐसा तो नहीं कि सब कुछ बँट जाए और उनके ललौना के हाथ कुछ भी न लगे ! नामों की घोषणा बदस्तूर जारी है। वह सुन रही है। अब फिर किसी का नाम बार-बार दोहराया जा रहा है–'मोरी दय्या, ई तो मोरे ललौना का नाम हय !' अकस्मात् बोध हुआ तो षोडशियों की तरह लज्जित हो अपने ओंठ काट लेती है। प्रतिपल 'ललौना-ललौना' सम्बोधन की आदी उसकी बेसुध मनश्चेतना को भान ही नहीं हुआ कि बिसनूकुमार बारी अन्य कोई नहीं, उसका छौना ललौना ही तो है।

इत्ता बल कहाँ से आ गया मुँहझौसे में। बकुलियों का टेका लिए धमर-धमर चलता हुआ ललौना जगदम्बा बाबू की ओर बढ़ रहा है, जहाँ वे एक साइकिलनुमा हैंडिल वाली गाड़ी के निकट खड़े हुए हैं। फुर्ती से बिल्लेवाला कार्यकर्त्ता आगे बढ़ ललौना को जगदम्बा बाबू से मिलाता है। ललौना ने दोनों हाथ जोड़कर जगदम्बा बाबू को नमस्ते की। 'च्-च्' नासिका टेक पैलगी कहैके चाही कि बाबुन की भाँति हाथ जोड़ि रहा हय? सुक्खन भौजी का दिमाग भन्ना उठा। किन्तु अगले ही पल अपनी भूल का एहसास हुआ। बकुलियों के सहारे टिके खड़े ललौना के लिए एकाएक झुकना कष्टकर ही नहीं, मुश्किल भी है।

प्रसन्न जगदम्बा बाबू हाथ में कैंची लिए पता नहीं ललौना को धीमे-धीमे गाड़ी दिखाते हुए क्या समझा-बतिया रहे हैं? तभी ठाकुर सुमेर सिंह आगे बढ़ उन्हें पहियेवाली गाड़ी पर बँधे गुलाबी फीते की ओर संकेत कर काटने का आग्रह करते हैं। फीता कटते ही तालियों की तुमुल गड़गड़ाहट पलों वातावरण में उत्तेजना फैलाए रखती है। एक कार्यकर्ता ललौना को स्वयंमेव गाड़ी में बैठने और उसे हैंडिल द्वारा संचालित करने की विधि समझा रहा है। ललौना की अचम्भित आँखों में आत्मविश्वास-भरी चमक

अँकुआ रही है। उसने अपने गाँव में अनगिनत साइकिलें दौड़ती देखी हैं, पैडल मारते पाँवों को बड़ी हसरत से देखता रहा है वह। उसे महसूस होता है, उसके हाथ सहसा पाँवों में परिवर्तित हो उठे हैं। और गाड़ी का हैंडिल पैडल में और पैडल पर उसके पाँव तेजी से घूमने लगते हैं।

ललौना की गाड़ी ऊबड़–खाबड़ मैदान में झकझोले खाती तीव्रता से आगे बढ़ी जा रही है। प्रतिक्रिया में रोमांचित जन–समुदाय निरन्तर हर्ष–ध्वनि से आकाश गुँजाए दे रहा है।

लम्बा गोल चक्कर मारकर उसी स्थान पर लौटते ही जगदम्बा बाबू ललौना की पीठ थपथपाकर उसे हार्दिक बधाई देने लगे। छायाकारों की भीड़ ने दोनों को चारों ओर से घेर लिया। सीधे–सरल ग्रामवासियों के लिए यह अद्‌भुत दृश्य है। एक उदार महिला कार्यकर्त्ता को अचानक सुक्खन भौजी का समरण हो आया। वे जबरन उसे उठाकर, भीड़ को चीरती हुई ले जाकर, ललौना के निकट खड़ा कर जगदम्बा बाबू और छायाकारों से उसका परिचय करवाती हैं कि यही बिसनू बारी की माँ है। छायाकार ललौना और गाड़ी के संग सुक्खन भौजी की तसवीर खींचना चाहते हैं। आग्रह करते हैं कि वह ज़रा–सा मुँह खोल ले लेकिन उनके लगातार आग्रह के बावजूद सुक्खन भौजी का आँचल उँगली–भर पीछे नहीं सरका। अच्छा ही किया, वरना अपनी मूसलाधार बरसती आँखों को लोगों की नज़र से कैसे छिपाती। लोग धिक्कारने लगते, कैसी अपशकुनी मेहरिया है! शुभ कारज पर टेसुए ढुलकाए जा रही है...

बचा–खुचा खाना बिलइरया के भय से सिकहरे में टाँगते हुए सुक्खन भौजी को चिन्ता हो आई कि ललौना को पहले दूध दे दे। कुम्भकरना खटिया पर पड़ते ही नाक बजाने लगता है। बासन बाद में निपटा लेगी। महतारी–बेटवा, दुइ प्राणी के होते ही कितने हैं? परन्तु कल के लिए टालना ठीक नहीं होगा। कल एकादशी है। घर लीपने के लिए गली–गलियारों से गोबर इकट्ठा किया रखा है। मुँह–अँधेरे उठकर लीपना शुरू करेगी, तब कहीं जाकर सूरज उगे तक निपटा पाएगी। टहल के लिए निकलने में अबेर हो गई तो दुलहिनें लत्ता लेने से चूकेंगी?

अँगनई के दाहिने कोने में जहाँ पुदीना बोया हुआ है और माटी की ऊँची बेडौल भीति पर तुरई की बेल चढ़ा रखी है, वहीं ललौना की गाड़ी खड़ी हुई है। गाड़ी सुक्खन भौजी दुआर पर नहीं छोड़ती। भीतर लाने के उपक्रम में देहरी तुड़वाकर समतल करवानी पड़ी, ताकि गाड़ी भीतर आ सके। उसने करवाई। ललौना कम दुष्ट है! फर्राटे से गाड़ी अँगनई में ले आता है और चक्करघन्नी देते हुए उसे ख़ूब दिक्क करता है। बिरझाई सुक्खन भौजी उसे गरियाती जाती है–'कूकर नाहिकै...पुदीने की क्यारी रौंदि डारेव? अबकी जौ तुम मोटाई छँटिहौ नासिकटौनू, तो खाल उधेड़ के धरि देब!'

वह अम्मा की बिरझाहट का मजा लेते हुए तभी थमता है जब उसे अनुमान हो जाता है कि अब वे गाली से नहीं, चैले से काम लेंगी।

दुधहड़ी से गिलास में दूध डाल और उस पर मोटी साढ़ी का टुकड़ा रखकर, गुनगुना आए गिलास को आँचल से दबाए हुए सुक्खन भौजी ललौना के खटोले की ओर बढ़ ही रही थीं कि साँकल खड़कने की ध्वनि सुन, चौकन्नी हो थम गई। ध्वनि-भ्रम तो नहीं हुआ उसे? नहीं, ध्वनि-भ्रम नहीं, सचमुच साँकल खड़की है। दुआरे पर कोई है! गिलास खटोले के पाये के पास रखकर, वह आले से ढिबरी उठा किवाड़ों की ओर बढ़ी। शर्तिया बकरिहाइन काकी होंगी। बहुरिया पूरे दिनों से है। हो सकता है, सौरि में जाने की नौबत आ गई हो और वे उसे सहायता के लिए बुलाने आई हों?

"ककिया, तुम हो का?" सुक्खन भौजी ने निधड़क होकर भीतर से दरियाफ़्त की।

"हम हैं ठाकुर सुमेर सिंह!" प्रत्युत्तर में गर्जन-भरी आवाज़ कानों से टकराई। सुक्खन भौजी को पहचानते देर नहीं लगी। प्राण सूख गए। मालिक और इतनी अँधेरिया में? कहीं कुछ अघटित तो नहीं घटित हो गया। कहीं...दिद्दा? लेकिन फिर भी, उसे बुलाने के लिए भला उनको आने की क्या आवश्यकता थी? दुक्खी, भरोसे, दुलारे किसी को भी सरपट दौड़ा दिया होता। हाथ की ढिबरी ऊँची उठा, पंजों के बल उचककर वह साँकल खोल, दरवाज़े की आड़ में घूँघट काढ़ खड़ी हो गई। समझ में नहीं आया, देहरी पर पहली बेर आए ठाकुर सुमेर सिंह का स्वागत-सत्कार किस विधि करे। बैठाए तो कहाँ? जिज्ञासा करे तो कैसे? तभी मालिक ने उसे संकट से उबार लिया।

"ज़रूरी बात करनी है।"

सुक्खन भौजी की देह का रक्त-प्रवाह तीव्र हो उठा।

"दरअसल कल बीघापुर में 'विकलांग उद्धार समिति' का दूसरा समारोह है। जगदम्बा बाबू को पहले ही की तरह अपाहिजों को उपहार वितरित करने हैं। केन्द्र से सम्भवत: ऊर्जा मंत्री कार्यक्रम को सुशोभित करने आ रहे हैं। लेकिन प्रदान की जाने वाली गाड़ियाँ अब तक नहीं आ पाई हैं। कार्यक्रम घोषित हो चुका है। दूरदर्शन और अख़बारवालों से लेकर तमाम प्रतिष्ठित लोगों को आमन्त्रित किया जा चुका है। आस-पास के इलाकों से हज़ारों की तादाद में जनता पहुँच रही है। चुनाव निकट हैं। कार्यक्रम स्थगित करना असम्भव है...जो गाड़ी ललौना को भेंट की गई है, वापस चाहिए।" कहकर उन्होंने ढिबरी की काँपती लौ से धुँधलाए अँधेरे में टटोलती दृष्टि इधर-उधर दौड़ाई। आँगन के एक कोने में खड़ी गाड़ी को देख वह अपेक्षाकृत मुलायम स्वर में बोले, "एकाध रोज़ में ललौना के लिए मज़बूत बैसाखियाँ बनवा देंगे। वह आराम से चल-फिर सके, यही हमारा उद्‌देश्य है।"

सुक्खन भौजी के सिर पर मानो बिजली गिर पड़ी। वह उँगलियों में कसी ढिबरी फेंक कटे वृक्ष-सी मालिक के चरणों में ढह जाना चाह रही हैं-'मालिक! मोरे बचौना की जिनगी न छीनो, पहिया वाली गाड़ी पाय के वह हिरन की नाईं चौकड़ी भरत फिरत हय...राँड मेहरिया की बुढ़ौती की आस है अभागा...गाड़ी छीन लैहो तौ कइसे जिई मोर ललौना! कइसे जिई...'

लेकिन प्रतिवाद में भीतर फूटता आर्तनाद ठाकुर सुमेर सिंह की उपस्थिति के आतंक में मूरत बन गया।

ठाकुर सुमेर सिंह उसे मूरत बनी छोड़ देहरी के निकट आए। संकेत की प्रतीक्षा में बाहर खड़े तीनों व्यक्तियों को उन्होंने अस्फुट स्वर में भीतर बुलाया और सुक्खन भौजी की परवाह किए बग़ैर गाड़ी दिखाकर आदेशात्मक स्वर में बोले, ''गाड़ी सावधानीपूर्वक उठाकर वैन में रख दो, वैन इधर गलियारे से नहीं, ऊसरवाली सड़क पर से निकाल ले जाओ।''

पेट से गले और गले से पेट के भीतर पछाड़ खाते रुदन को मुँह तक न आने देने के प्रयास में थर्राती सुक्खन भौजी की ओर मुड़कर ठाकुर सुमेर सिंह मात्र इतना-भर बोलकर देहरी की ओर बढ़ दिए, ''पूछा-पाछी होने पर कह देना, गाड़ी चोरी चली गई।''

काँपती टाँगों से सुक्खन भौजी ने किवाड़ों की साँकल चढ़ाई और पलटकर कुठरिया के भीतर दाखिल हो, हाथ में कसी ढिबरी उस दीवार की ओर उठा दी जिस पर पंचायतघर से प्राप्त अख़बार की वह कतरन चिपकाई हुई थी, जिसमें गाड़ी पर बैठे हुए ललौना और बगल में हर्षित मुद्रा में ताली बजाते हुए जगदम्बा बाबू की तसवीर छपी हुई थी।

(1987)

फ़ातिमाबाई कोठे पर ही नहीं रहती

उसे लगा कि बरसों पुरानी घिसन से चिकनी हो आई लकड़ी की सीढ़ियों में रपटन हो रही है। पैर सावधानी से जमा-जमाकर नहीं रखे और बाईं तरफ जो ढबढबाते अँधेरे में काली चादर-सी तनी दीवार है, उस पर टेक के लिए पंजा नहीं जमाया तो निश्चित ही किसी भी क्षण दुर्घटना से उसकी मुठभेड़ हो सकती है। दीवार से पंजा छूते ही एक लिसलिसी चिकनाहट हथेलियों को भेदती पूरे शरीर में सिहर गई। मन एकबारगी घिना आया। न जाने कितनी और कैसी-कैसी हथेलियाँ टेक की खातिर इन दीवारों से चिपकी होंगी और...उसे टॉर्च साथ लेकर आना चाहिए था। लेकिन उसे क्या पता था कि इतनी ख़स्ताहाल सीढ़ियों और हिकाते अँधेरे से उसका पाला पड़ेगा।

''मैं साथ में टॉर्च लाना भूल गया। दिन पाली में ज़रूरत भी नईं पड़ता न।'' कुछेक सीढ़ियाँ उससे ऊपर अभ्यस्त अन्दाज़ में चढ़ते हवलदार पवार ने उसकी परेशानी भाँपते हुए संकोचपूर्वक सफ़ाई दी।

हवलदार पवार की बात सुनकर उसने कोई प्रतिक्रिया व्यक्त नहीं की। उसे सीढ़ियाँ किसी दुर्गम पहाड़ी रास्ते की कठिन चढ़ाई की सतर्कता से जकड़े हुए थीं। ध्यान बँटाकर वह किसी प्रकार का ख़तरा आमन्त्रित करने के मूड में नहीं थी। यहाँ तक आने का निश्चय ही अपने-आपमें एक ललकारती चुनौती थी। वह चाहती तो कुछेक खोजी

पत्रकारों के लेखों और विश्लेषणों के आधार पर बड़ी आसानी से देह–व्यापार की दुनिया अपने इर्द–गिर्द बुन लेती और उसकी रिपोर्टिंग तैयार हो जाती। मगर रह–रहकर उसके अन्तर्मन को यही प्रश्न उमेठता रहा कि क्या वह दूसरों के गढ़े आईनों में मनुष्यता की देह पर कोढ़ सदृश गल रही इन विद्रूप सच्चाइयों के वास्तविक चेहरे टटोल पाएगी?

'खरर!' अचानक अँधेरे में माचिस की तीली सुलगी। उसके और हवलदार पवार के बीच की दूरी तय करती कुछेक सीढ़ियाँ पीली काँपती लौ में क्षणांश उजिया आईं। पता नहीं कैसे उसकी असुविधा का यह समाधान हवलदार पवार को सहसा सूझ आया। उसे अच्छा लगा। एक तीली बुझती कि तुरन्त पवार दूसरी सुलगा के उसके सामने कर देता।

"हमें कोई आपत्ति नहीं। आप जाना ही चाहती हैं तो एक हवलदार संग किए देते हैं। वह आपको रेड लाइट एरिया का कुछ हिस्सा दिखा देगा।" कहकर पुलिस उपायुक्त श्री श्यामसुन्दर सिन्हा पल–भर को कारुणिक ख़ामोशी में उतर गए प्रतीत हुए। दोबारा दृष्टि उसके चेहरे पर टिकी तो वे उसके मनोभावों की दृढ़ता तौलते हुए बोले, "उनकी अभावग्रस्त ज़िन्दगी वाकई नरक है, नरक! आप चाहें तो एकाध औरत को हम यहीं बुलवाकर आपसे मुलाकात करवाए देते हैं।"

"इतने से काम चल जाता तो आपके पास आने की ज़रूरत न पड़ती।" कटाक्ष उसके स्वर में स्पष्ट हो आया था।

"अभी अपुन आ गए।" सीढ़ियों का एक घुमावदार मोड़ मुड़ते ही प्रसन्नचित्त पवार का स्वर उसे भी उत्फुल्ल कर गया। अपनी फूलती साँसों को काबू करने का प्रयास करते हुए पवार ने बताया कि हमें चौथे माले पर ही पहुँचना था और अब हम चौथे माले पर पहुँच गए हैं। फ़ातिमाबाई पच्चीस नम्बर में रहती है।

पवार का प्रसन्न होना स्वाभाविक लगा। लग रहा था कि वे वस्तुत: किसी दुर्गम गुफा को पारकर गन्तव्य तक पहुँच पाने में सफल हुए हैं।

सीढ़ियों से लगा एक लम्बा सहन था, जिसके चारों ओर चालनुमा खोलियाँ फैली हुई थीं। उसे अन्दाज़ा हो आया–इन्हीं खोलियों की पिछली दीवारों पर, जिनमें जंगलेनुमा खिड़कियाँ सड़क की दाहिनी ओर खुलती हैं, लड़कियाँ उत्तेजक भाव–भंगिमाओं में खड़ी हुई ग्राहकों को अपनी ओर आकर्षित करने का प्रयास करती दिखती हैं।

पवार ने गलियारे में प्रवेश करने से पहले उसे ठहरने का संकेत किया–"मैडम, मैं ज़रा फातिमाबाई का पता लगा के आता।"

मिनट–भर भी नहीं गुज़रा होगा कि वह चेहरे पर फ़तह भाव चुपड़े, मुस्कराता उसके पास आ खड़ा हुआ, "फातिमाबाई जग गई हैं।"

चीकट परदे को एक ओर सरकाते ही पलंग पर से जैसे किसी औंधे घड़े ने गरदन उठाई हो, "आओ पवार, सुब–सुब कैसे तकलीफ की?"

समझ गई कि सवाल पवार के बहाने उससे ही किया गया है। पवार तो उनसे मिनट-भर पहले ही मिलकर गया है। उद्‌देश्य भी उसने ज़रूर स्पष्ट कर दिया होगा। उत्तर उसी ने दिया, ''अपनी कुछ लड़कियों से बात करवा देंगी?''

फातिमाबाई की सुरमा-लिपी, मिचमिची आँखों ने दाहिनी भौं चढ़ाकर पवार को साभिप्राय देखा-''करवाना ही पड़ेगा। मगर एक बात बता दूँ आपको, यहाँ गैर-कानूनी धन्धा नहीं होता। हम लड़की बाद में लाते, लाइसेंस पहले बनवा लेते।'' फिर बिस्तर पर से उतरते हुए उससे कुर्सी पर बैठने का आग्रह करती, ताना मारते-से स्वर में कहने लगी, ''बोलो मेम सा'ब! ये पोलिसवाले तो सुबू-शाम अपनी हाजिरी लेते ही हैं...अब अख़बारवाले भी चक्कर लगाने को लगते हैं। बाकी सब तो खैरियत हैं, पर मैं बोलती कि कुछ इसके बारे में भी आप लोग लिखिए कि सरकार हमारी इमारतें भी थोड़ा दुरुस्त कराए...पानी हफ्ते-हफ्ते ऊपर नहीं चढ़ता, संडास भर रहे हैं। टूटे पाइप से अक्खा दिन मैला रिसता रहता है। बदबू के मारे गिराक ऊपर नईं चढ़ता। धन्धे का खोटी कैसे सहन करें, आप ही बोलो!''

शिकायत करते-करते अचानक फ़ातिमाबाई को चेत आया कि अपना दुखड़ा रोने के पीछे अब तक उन्होंने उसकी आवभगत का कोई उपक्रम नहीं किया। फ़ौरन आवाज़ देकर, एक छोकरे को पास बुलाया। गुर्राए हुए स्वर में आदेश देती बोलीं, 'लौंडे! जा, फटाफट लिम्का की दो ठंडी बोतलें ले आ।'' लड़के को भेज एक सायास विनम्र मुस्कराहट उछालती वे उसकी ओर पलटीं, ''अभी बुलाती छोकरियों को।''

''बुलाती क्यों हैं, वहीं चलकर मिलवा दीजिए जहाँ वे रह रही हैं।''

उसका अभिप्राय भाँपकर फ़ातिमाबाई क्षणांश विचारमग्न हुईं। फिर सहज होकर बोलीं, ''ठीक है, चलिए।''

उसने उठते हुए हवलदार पवार को संकेत से वहीं ठहरने का इशारा किया और स्वयं फ़ातिमाबाई के पीछे हो ली।

''ये बड़ा खोली है। इसमें चार छोकरी एक साथ रहती हैं। सबको किलास (क्लास) के मुताबिक रखते हैं। हमारे पास अच्छे गिराक भी आते हैं न! जागा तो आपने देखा, कितना घाण है। सरकार बोलती जास्ती, कुछ करने के नाम पर इल्ले। हमने कई दफे लिख के भेजा भी है कि सरकार को हमारे वास्ते किदर भी एक अच्छा कालोनी बना के देना चाहिए। हम कोई भेड़-बकरी तो नहीं हैं।'' वे पुनः अपनी परेशानियों का रोना दोहराती, आगे बढ़ती सहसा एक खोली के सामने रुकीं। दरवाज़े पर पड़ा चीकट परदा एक ओर सरकाकर भीतर झाँकती अचानक चीखीं, ''उठने को नईं भो...बोत हरामी है ये छोकरी लोग, सीधे बोलने से सिर चढ़ते हैं।''

उसके कान गरम हो उठे।

लड़कियाँ सचमुच सोकर उठी थीं। उनके चेहरों पर रात का अँधेरा बदरंग धब्बों में पुता हुआ था।

"ये जरीना, ये रेशमा, ये केतकी, ये शहनाज...शहनाज नेपाली है।" उनके परिचय के बाद वे उन्हें उसका परिचय देती बोलीं, "ये मेम अख़बार में तुम्हारी बातचीत लिखेंगी। इनको जो पूछें वो साफ–साफ बोलना।"

वह संकेतों में चाबुक फिराने की चतुराई भाँप गई। लड़कियों के लिए स्पष्ट चेतावनी थी कि जो भी बोलना, सोच–समझकर बोलना, वरना परिणाम भुगतने के लिए तैयार रहना।

वह बिस्तर पर बैठती सकुचाई तो केतकी ने अपने गोद के बच्चे को सिरहाने लिटाते हुए व्यंग्य कसा, "गिराहक को हम इधर नहीं निपटाते। आराम से बैठिए।"

वह कटकर रह गई।

फ़ातिमाबाई थोड़ी हड़बड़ी में दिखीं–"आप बात करो, मैं अभी आई।"

फ़ातिमाबाई के खोली से बाहर होते ही एकाएक वातावरण दबावमुक्त हो आया। उसे यही दुविधा सता रही थी कि अगर उनके बीच फ़ातिमाबाई डटी रहीं तो वह न उनसे खुलकर मिल पाएगी, न बात ही कर पाएगी। लड़कियों के तो सहज होने का प्रश्न ही नहीं उठता।

रेशमा ने बताया कि वह बेहद ग़रीब घर की लड़की थी। यहाँ तक कि दो–दो दिन हो जाते रोटी का मुँह देखे। सौतेली अम्मी के पहले मर्द से चार बच्चे थे, तीन हम। गुज़र हो तो कैसे, एक रोज़ अम्मी बोली कि चल, तुझे काम पर लगाना है। काम कुछ नहीं है, फ़क़त एक बूढ़ा–बुढ़िया को पानी–वानी देते रहना है। बुढ़िया तो ठीक थी; मगर जैसे ही वह घर से बाहर जाती, बूढ़ा उससे फ्रॉक उतार देने को कहता। अम्मी को बताया। पर उलटा वे उसे ही धाँधने लगी थीं कि ख़बरदार जो वह काम छोड़कर आई...और किसी से उसने इस बात की चर्चा की तो! अम्मी ने ही सिखलाया कि आइन्दा जब वह बूढ़ा उससे फ्रॉक उतारने को कहे तो मचल जाना कि पहले हाथ में कुछ रुपए रखे।

दिन बीतते रहे। लेकिन एक दिन उसे महसूस हुआ कि पैसे अम्मी के हाथ पर रखने के बावजूद उसके लिए रोटी नहीं बचती। उन्हीं दिनों वह फ़्लैट की अन्य नौकरानियों के सम्पर्क में आई। उन्होंने उसकी भेंट एक फ़्लैट की मालकिन से करवाई, जो दलाली लेकर लड़कियों से धन्धा कराती थी। वहीं से फिर फ़ातिमाबाई से भेंट हुई। तब से यहीं पर है। जिस घोर नरक को मँझाती वह यहाँ तक पहुँची थी, तसल्ली इस बात की है कि यहाँ वे मुखौटे नहीं हैं, जो अम्मी और अब्बा की पाक सूरत की आड़ में नीच कर्म को विवश करते हैं।

"मान लो, तुम्हें कल एक बेहतर सामाजिक ज़िन्दगी जीने का आश्वासन मिले, तो क्या यह जगह छोड़ सकोगी?" उसने उद्वेलित स्वर में रेशमा से सवाल किया।

"नहीं।" एक निःश्वास उसकी ओर उछला।

उसके चेहरे पर विस्मय रेंग आया।

रेशमा की आवाज़ उसे किसी गहरे कुएँ से आती प्रतीत हुई–"बेहतर ज़िन्दगी... अच्छी जगह, साफ–सुथरे कपड़े...क्या यही बेहतर ज़िन्दगी की उम्मीदें हैं? क्या साफ़–

सुथरे कपड़ों के नीचे मर्द के हाथ औरत का जिस्म टटोलने से ठिठकते हैं? यहाँ, अपने भरोसे मैं ज़्यादा सुरक्षित और सुखी हूँ।''

''हरामजादी डायलॉग मारती, हाँ! झूठ बोलती, झूठ!'' अचानक केतकी गुस्से से बिफरती उस पर झपटी।

वह केतकी के इस अप्रत्याशित हमले से हतप्रभ रह गई। अन्य लड़कियों ने उसे इस अभद्र हरकत के लिए लताड़ा, फिर समझा-बुझाकर शान्त किया। मगर केतकी का आक्रोश शान्त नहीं हुआ। वह रेशमा को चुनौती देती-सी बोली, ''सुख की बात करती...इदर सुखी है? ऐसे बोलती है जैसे इदर आने वाले राजा राम के अवतार हैं। अरे, कोई निकल के जाना भी चाहे तो कैसे पाँव उठा सकती है? खाल उधेड़ के भूसा नहीं भर देंगे! दिखाऊँ? दिखाऊँ इस नरक की सड़न को? देख!'' उसने आँचल हटा अपने ब्लाउज के बटन 'चट-चट' खोल दिए। उसके मातृत्व से भरे-भरे उघड़े स्तन नील और खरोचों से क्षत-विक्षत बाहर लटक आए।

पीड़ा से सिहरकर उसने आँखें मींच लीं। 'उफ़' तक होंठों पर आने से पहले ही शर्म से घुट गईं।

केतकी पर तो जैसे कोई उन्माद तारी हो उठा। वह भूल ही गई कि भले इस क्षण फ़ातिमाबाई खोली में मौजूद नहीं है, किन्तु उसकी उद्दंडता की खबर उनसे छिपी नहीं रहेगी। वह किसी भी आतंक और दबाव से निर्भय होकर बताने लगी कि अभी उसकी जँचगी हुए तीसरा महीना भी पूरा नहीं हुआ है कि निर्दयी फ़ातिमाबाई ने उसे धन्धे के लिए विवश कर दिया। उसका एक चहेता ग्राहक है भट्ठी चलाने वाला जोसफ़। लगभग हर रात वह धुत होकर उसके पास पहुँचता है। रात गुज़ारता है, वह तो कोई बात नहीं, मगर जिस नृशंसता और कामुकता से वह उसकी देह से खिलवाड़ करता है, उसकी गवाह ये छातियाँ हैं...और तो और, हरामखोर छातियाँ चूस...वह तड़पकर रह जाती है। चिरौरी करती है, गिड़गिड़ाती है, अपने दुधमुँहे बच्चे का वास्ता देती है, लेकिन वह एक नहीं सुनता। जब तक स्वयं बिस्तर नहीं छोड़ देता, उसे भी नहीं हिलने देता। सुबह जब वह अपने बच्चे के पास पहुँचती है, बच्चा निचुड़ी छातियों से मुँह नहीं लगाता। फातिमाबाई से कितनी दफे रोई है, पर वो उलटे हो घुड़क देती है कि एक रात के पन्द्रह रुपल्ली थमाता है जोसफ़। उसके जैसी एक बच्चे की अम्मा को तो कोई टके को न पूछे। और बच्चा रात-भर उसका दूध नहीं चिंचोरेगा तो क्या उसके प्राण निकल जाएँगे? पूरे साढ़े तीन महीने महारानी ने खटिया तोड़ी है। नुकसान कौन भरेगा?

केतकी की तरल आँखें प्रश्नों की बौछार करती सीधे उस पर टिक गईं। पुतलियों के चारों ओर झल-झल करता गहरा नीला वृत्त मानो किसी लपलपाते अग्नि गोले में परिवर्तित हो उठा। एक क्षण को उसे लगा कि इन पुतलियों से वह परिचित है-नीले वृत्त से घिरी पुतलियाँ, जो आम आँखों से अपने को अलग खड़ा कर लेती हैं! अलग से याद भी रहती हैं मगर कहाँ देखा है इन्हें? कब? शायद उसे भ्रम हो रहा है। केतकी से कहीं मिलना सम्भव भी कैसे हो सकता है? मगर नहीं। दोबारा दृष्टि टकराई तो फिर

यही एहसास कुनमुनाया–परिचय है! मस्तिष्क को खँगालना शुरू किया तो सहसा बिजली–सा एक किशोर चेहरा मानस–पट पर कौंधा। एक नाम होंठों पर कुनमुनाया–"शैला!"

केतकी चौंक गई। जलती आँखें झुककर फ़र्श कुरेदने लगीं।

"क्या मैं केतकी से अकेले..." उसने आग्रह किया तो तीनों लड़कियाँ उठकर खोली से बाहर हो गईं।

उसके बाद चुप्पी शब्द खोजने लगी।

एक–एक सेकेंड महीने–दर–महीने की लम्बाई फलाँगता हुआ पीछे लौट रहा है–आठ साल पीछे...

वह पंजाब मेल की यात्रा थी। वह अपनी बीमार छोटी बहन को देखकर ग्वालियर से मुम्बई लौट रही थी। आरक्षण न हो पाने पर उसे महिलाओं के चालू डिब्बे में बहनोई ने इस आश्वासन के साथ दाख़िल करा दिया था कि इस ठुसमठूस से घबराने की कोई बात नहीं है। झाँसी आते ही डिब्बा ख़ाली हो जाएगा। हुआ भी ऐसा ही। झाँसी पर लगभग आधा डिब्बा ख़ाली हो गया। अच्छी तरह से बैठने की जगह ही नहीं मिल गई, अपितु ऊपरवाली बर्थ पर उसने तुरन्त अपना बिस्तर खोल, सोने की सुविधा भी जुटा ली। झाँसी से जैसे ही गाड़ी आगे सरकी, अचानक टिकट चेकर ने प्रकट होकर जाँच–पड़ताल शुरू कर दी। उसकी सीट के निकट पहुँचकर उसने भौंहें उछालकर टिकट दिखाने का इशारा किया। उसने टिकट आगे बढ़ा दिया।

"लड़की का?"

"कौन लड़की?"

"यह लड़की आपके साथ नहीं है?"

उसने लड़की की ओर दृष्टि घुमाई–यह तो वही लड़की थी जिसके साथ वह पिछले रास्ते मज़े से गप्पें मानती चली आ रही थी, इस भ्रम में कि वह सामनेवाली थुलथुल महिला यात्री की अपनी बेटी है। उसने स्पष्ट मना कर दिया कि वह लड़की कतई उसके साथ नहीं है।

"मगर यह तो कहती है कि यह आपके साथ है!"

उसने पाया कि गाड़ी की तेज रफ़्तार से ऊँघ रही आस–पास की मुँदी दृष्टियाँ अचानक चौकन्नी हो उस पर टिक गईं। अच्छा लफड़ा है। मगर अपने को संयत रखकर बोली, "जनाब, मेरा परिचय तो इस लड़की से डिब्बे में ही हुआ है। इसके कहने से क्या होता है! सोचने की बात है, अगर यह मेरे साथ होती तो जब मैं अपना टिकट ख़रीद सकती हूँ, तो इसका नहीं?"

उसका झुँझलाना था कि लड़की आहिस्ता से उसके निकट आ बैठी और सहमे चेहरे से बोली, "प्लीज आंटी, प्लीज! कह दीजिए न कि मैं आपके साथ हूँ...नहीं तो यह मुझे उतार देगा।"

"कैसे कह दूँ! तुम्हारे पास टिकट तो है नहीं।" उसने खीझकर कहा।

प्रत्युत्तर में लड़की ने गरदन झुका ली।

"सफ़र में क्या कोई तुम्हारे साथ है?"

उसने इनकार में सिर हिलाया।

"तो?"

"आप मेरा मुम्बई तक का टिकट ले लीजिए। स्टेशन पर मुझे लेने मेरे अंकल आएँगे ही। मैं आपके पैसे दिलवा दूँगी।" उसका स्वर रुँध आया।

यह पूछने पर कि उसके साथ हुआ क्या, लडकी ने बताया कि भीड़ में किसी ने उसका बटुआ मार दिया है। बटुए में ही टिकट था, पैसे थे, पता था।

"मुम्बई में किधर रहते हैं अंकल?"

"वरली में।"

"पता क्या है?"

"मालूम नहीं।"

"मान लो, स्टेशन पर तुम्हारे अंकल नहीं पहुँचे तो तुम घर कैसे पहुँच पाओगी?"

"अंकल को बाबूजी ने पहले ही तार कर दिया है।"

"काम कहाँ करते हैं?"

"ग्लैक्सो लेबोरेटरीज में।"

तब तो अंकल का पता लगाना मुश्किल नहीं होगा। वह उधेड़-बुन में पड़ गई कि क्या करे। यात्राएँ अब निरापद नहीं रहीं और यह भी अविश्वास के लायक बात नहीं है कि तकरीबन चौदह-पन्द्रह साल की लड़की गाड़ी में अकेले यात्रा नहीं कर सकती। पिछले दिनों ही अपनी आठ वर्षीय भतीजी को उन्होंने एयर इंडिया के विमान द्वारा अकेले लन्दन भेजा है। भाई-भाभी पहले ही रवाना हो चुके थे।

लड़की देखने-सुनने, पहनावे-उढ़ावे से तो भले घर की प्रतीत हो रही है। अगर वह उसकी मदद नहीं करती और टिकट चेकर उसे शेष यात्रा पूरी नहीं करने देगा तो निश्चय ही स्टेशन पर उसे लिवाने आए अंकल दुश्चिन्ता में पड़ जाएँगे। उधर घरवाले परेशान होंगे सो अलग। क्या फ़र्क पड़ता है सत्तर-अस्सी रुपयों में। ज़्यादा-से-ज़्यादा यही होगा न कि पैसे वापस नहीं मिलेंगे, जिसकी सम्भावना कम है। अंकल ग्लैक्सो में काम करते हैं। अच्छी स्थिति में ही होंगे और नहीं भी मिले तो कौन-सा अंटी से हाथी निकल जाएगा। सोच लेगी कि खाने-पीने में खर्च हो गए।

उसने देखा कि लड़की की भयभीत दृष्टि टिकट चेकर की पीठ पर टिकी हुई है। लग रहा है कि पीठ जैसे ही इस ओर मुड़ेगी, उसका दम निकल जाएगा। करुणा उमड़ पड़ी। उसने होले से उसके कन्धे थपथपाए-"घबराओ नहीं, मैं तुम्हारे टिकट के पैसे भर दूँगी।" लड़की ने पल-भर को उसे अविश्वास से देखा, फिर विभोर होकर उसके कन्धे से अपना सिर सटाकर कृतज्ञता व्यक्त की।

मगर तभी निरपेक्ष ख़ामोशी से उनकी बातचीत सुन रही सामने बैठी थुलथुल महिला एकाएक जैसे नींद से जागी और सयानों-सी सीख देती बोली, "कहाँ फँस रही हैं, बहनजी ! आप तो पढ़ी-लिखी हैं। दिमाग लड़ाइए कि इसके माँ-बाप ने अगर इसे अकेला ही भेजना होता तो चालू डिब्बे में बैठा देते छोरी को? साथ खाना-पीना न बाँधते? कपड़ा-लत्ता न देते?"

थुलथुल महिला के दख़ल देते ही एकाएक वातावरण चैतन्य हो उठा।

"ठीक कह रही हैं।" सामनेवाली सीट पर घुटने पर घुटना चढ़ाए बैठी महिला ने उनका समर्थन किया, "अभी आधा घंटे पहले की बात है। मैंने इससे पूछा था कि बेटी कहाँ से चढ़ी? तो बोली-दिल्ली से, आंटी। किसके साथ हो? तो कहने लगी कि बाबूजी मर्दाना डिब्बे में बैठे हैं। अब किस बात का विश्वास करें?" फिर सहसा सतर्क मुद्रा बनाकर उसकी ओर झुकती हुई कुछ इस अन्दाज़ में फुसफुसाई कि आसपास के सभी लोग सुन लें, "अख़बार में पढ़ा ही होगा आपने। पिछले दिनों ललितपुर में जो डकैती पड़ी थी उसमें सबसे पहले एक छोरी ने ही चिरौरी-बिनती करके डिब्बे का दरवाज़ा खुलवाया था। पीछे गवालों के वेश में धड़धड़ाते हुए डाकू डिब्बे में घुस आए। क्या पता इसके साथ भी कोई टोली होवे। रात तो अभी पड़ेगी। आप टिकट-विकट के फेर में न पड़ो। टिकट तो हम भी ले के दे देवें, मगर इसकी तो गारंटी होवे कि जो बोल रही है, सही बोले। ऊपर से ये जनाना डिब्बा। जनानी नंगी तो रहें नहीं। सभी ने कुछ-न-कुछ पहन-ओढ़ रखा है।"

उसने प्रतिवाद किया, "होने को तो कुछ भी हो सकता है; मगर जान-बूझकर एक बच्ची को मुसीबत में छोड़ देना..."

"और अगर सब मुसीबत में पड़ गए तो?" थुलथुल देह ने नथने फुलाकर भौंहें कपाल पर चढ़ाईं।

"पड़ सकते हैं जी, ज़रूर पड़ सकते हैं।" एक और ने अपनी हथेली पर हथेली पटककर शर्त-सी बदी, "हमें टिकट चेकर पर भरोसा करना चाहिए। वह तो मिनटों में अता-पता उगलवाकर इसे इसके माँ-बाप के सुपुर्द कर देगा। कोई ऊँच-नीच मामला होगा, वह भी निबटाएगा। सरकारी ज़िम्मेदारी है। कोई मज़ाक़ है।" फिर लड़की को सन्देह-भरी नज़रों से घूरती हुई बोली, "ज़रा ग़ौर कीजिए। लड़की अच्छे नयन-नक्श की है। हो सकता है, सिनेमा-विनेमा के चक्कर में घर से भागी हो। कहीं माँ-बाप ने आप पर बरगलाने का आरोप ठोंक दिया तो सफाई देते नहीं बनेगी। पुलिस-कचहरी में...परली बहनजी गलत नहीं कह रहीं, बटुआ गुम हो गया, सो माना, पर साथ का सामान कहाँ गायब हो गया?"

वे पलांश जैसे साँस लेने को ठहरीं, फिर अपने तर्कों के प्रमाण में 'मनोहर कहानियाँ' का ताजा अंक उसके सामने खोलती हुई बोलीं, "यह देखिए, हू-ब-हू ऐसा ही केस। एक डॉक्टर की ख़ूबसूरत बीवी फ़िल्मों के चक्कर में भागकर मुम्बई पहुँची। मुम्बई में बाल-बच्चेवाली जिस महिला ने उसे घर में आसरा दिया, उसके पति ने उसी पर

जालसाज़ी का मुकदमा ठोंक दिया। औरत पुलिस की आए दिन होने वाली पूछताछ और अख़बारों में उछले नाम की वजह से पुलिस के नाम एक ख़त लिखकर, खटमल मारनेवाली दवा पीकर हमेशा के लिए सो गई।''

वह चारों ओर से निरन्तर बढ़ रहे दबाव को झेलती निरस्त हो आई। तर्क अपनी जगह थे। जनमत लड़की को टिकट चेकर को सौंप देने के पक्ष में था। उसे वही करना चाहिए। यह सही है कि जान–बूझकर संकट न्योतना बुद्धिमानी की बात नहीं होगी–उस लड़की के पीछे, जिसके बारे में वह स्वयं भी आश्वस्त नहीं है कि वह वास्तव में सच बोल रही है या झूठ? झंझट में पड़ना फ़िजूल है। टिकट चेकर पर उसे भी भरोसा करना चाहिए। उसे समय नहीं लगेगा अभिभावकों से सम्पर्क करते।

उसने फौरन दुविधा झटककर अन्तर्द्वंद्व के कपाट बन्द कर दिए और चेहरे पर सख़्त अपरिचित भाव ओढ़कर उस महिला पत्रिका में अपने को तल्लीन कर लिया, जिसमें आदिवासी महिलाओं के बीच प्रगति कर रहे साक्षरता अभियान को उसने अपने एक खोजपूर्ण, लम्बे विवेचनात्मक लेख में बड़ी गहराई से रेखांकित किया था।

फ़ातिमाबाई के द्वारा भिजवाया गया लिम्का वह आधा भी नहीं पी पाई। छोटे–छोटे घूँट जैसे दीर्घ असमंजस बनकर उन दोनों के मध्य एक विशाल शून्यवृत्त खींच रहे हैं, जिसके एक छोर पर शैला है और दूसरे पर वह। वह शैला को देख नहीं रही, किन्तु अनुभूत कर रही है कि वह शिथिल हाथों से अपने अब तक खुले पड़े ब्लाउज के बटन लगा रही है।

केतकी को प्रश्नोत्तरों से जोड़ना मुश्किल न था, मगर शैला के सामने उसकी हतप्रभ वाक्शक्ति संवाद के लिए जैसे मनोबल जुटा रही है। कोशिश कर इतना ही पूछ पाई, ''तुमने मुझे पहचान लिया?''

नि:शब्द शैला ने स्वीकृति में सिर हिलाया।

''तो तुम्हारा सम्बन्ध वाक़ई ग़लत लोगों के साथ था?''

''नहीं।''

''फिर यहाँ कैसे?''

''आपकी कृपा से।''

''मेरी!'' उसने अविश्वास और अचरज से शैला को देखा।

''जी, आप ही की।'' शैला का आहत तिक्त स्वर अनायास भर्रा आया, ''आप अगर उस दिन मुझे अपने साथ लिए जातीं तो आज मैं यहाँ हरगिज़ न दिखाई देती।''

और शैला ने भीगे, करुण स्वर में दिल दहला देने वाले जिस वीभत्स सत्य का उद्‌घाटन किया, उसे सुनकर उसका रोम–रोम स्वयं को धिक्कार उठा।

टिकट चेकर ने शैला का केस रेलवे मजिस्ट्रेट के समक्ष विचारार्थ रख दिया था। वह आतंक और भय से मन–ही–मन काँप रही थी। सोच रही थी कि फेल होने पर अपनी माँ की जिस निर्मम पिटाई से ख़फ़ा होकर वह विरोधस्वरूप घर से भागी थी,

ज़रूर उसे वहीं वापस भेज दिया जाएगा। अब तो उसकी ख़ैर नहीं। चार लड़कियों के बोझ से त्रस्त माँ उसका गला ही घोंट देंगी। बाबूजी दारू पीकर उसे ही नहीं, उसकी ख़ातिर माँ की भी पिटाई करेंगे। वह शौचालय जाने के बहाने महिला पुलिसकर्मी को चकमा देकर भाग ली थी। फिर आगे का घटनाक्रम...

उफ़! उसे सुनना भी एक असहनीय यंत्रणा थी। किस तरह वह ग़लत लोगों की सहानुभूति का शिकार होकर, काम दिलाए जाने के प्रलोभन में दलालों के शिकंजे में फँस गई। ऐसी ही एक रात उसने अपने को फ़ातिमाबाई के कोठे पर पाया।

फ़ातिमाबाई ने उसे ख़रीदा था।

अपनी नादानी पर पश्चाताप करते हुए उसने चुपके से माँ-बाबूजी को कई पत्र लिखे कि वे आएँ और पुलिस की सहायता से उसे इस नरक से मुक्त कराएँ। लम्बी प्रतीक्षा के बाद चन्द लाइनें बाबूजी ने लिखकर भेजी थीं कि अब तुम हमारे लिए मामा-मामी के गाँव के तालाब में नहाते हुए अचानक डूबकर मर चुकी हो!

बड़ी मुश्किल से पूछ पाई, ''यह बच्चा?''

''जोसफ़ से पहलेवाले बनिए का है।''

उसके भीतर कुछ चटख रहा है। प्रश्नों के पैने तीर रोम-रोम में बिंध रहे हैं-वह शैला को बचा सकती थी...उसे बहला-फुसलाकर अपने विश्वास में ले सकती थी, सच्चाई उगलवा सकती थी, उसके समाजभीरु माँ-बाप को समझा-बुझा सकती थी, डिब्बे में मौजूद औरतों की बनिस्बत वह निश्चय ही सुशिक्षित, संवेदनशील और जागरुक विचारोंवाली थी, लेकिन...

आहट पर नज़र उठी तो परदा सरकाकर फ़ातिमाबाई को प्रवेश करते देख वह अपने भीतर चौंक पड़ी। वह तो बैठी है, फिर कमरे में कैसे प्रवेश कर रही है?

जिनावर

''ताँगेवालेऽऽऽऽ...रुकना भईऽऽऽऽऽ!''

पुकार पीछे से आई थी। हल्की लगाम खींचकर उसने सरवरी को रोका। दो-चार डग भरकर सरवरी ढीली-सी खड़ी हो गई। बाईं टाँग को उठाकर झटका देती-सी, मानो टाँग पर चढ़े आ रहे किसी कीड़े-मकोड़े को झटककर परे फेंक देने को व्याकुल हो। गली से मुख्य सड़क तक आते हुए ऐसी कोई हरकत उसने नहीं की। बस अभी ही उसने बाईं टाँग झटकनी शुरू की। उतरकर देख लेना चाहिए उसे। लेकिन किसी सवारी की पीछे से आई पुकार ने उसे अपनी गद्दी से हिलने नहीं दिया। आगे को झुककर, उसने गर्दन मोड़कर पीछे की ओर देखा। पाँच बुरकेवालियाँ कनिया में दो औलादें दबाए, तीन को कन्धे से दबोच उन्हें लगभग घसीटती हुई-सी 'फद-फद' करती ताँगे की ओर दौड़ी चली आ रही दिखीं।

उनमें से ठमके कद वाली ने अपनी हाँफ को नियंत्रित करने की चेष्टा करते हुए गर्दन ऊँची तानी–"चलेंगे, भाई जान?"

"जाना किधर है, बीबी?"

"बगल में चावड़ी बाज़ार।" कनिया से खिसकती औलाद को उचकाकर उसने बाजू में कसा।

असलम कुछ सोच में पड़ गया। पाँच ख़ासी तन्दुरुस्त ज़नानी; कनिया में दो; उँगलियाँ धरे दो–कुल जमा नौ सवारी! चार आधी ही सही। नामुमकिन। छूँछा ताँगा ही सरवरी कढ़िलती हुई–सी ढो पा रही। सवारियों की बारात दम निचोड़ लेगी? न, कुल्हाड़ी नहीं देनी टखनों पर।

टालने के लिए अनिच्छा से मुँह घुमा लिया सीध में–"दस रुपए लगेंगे...बीबी।"

"दस रुपये...लो सुनो इनकी अति!" ठमके कदवाली ने मुँह बाकर अपनी संगवालियों से आँखें उचकाईं। फिर तमककर उसकी ओर देखा–"नए लगते हो शहर में? जाना कितना? ये सामने रहा पुल के नीचे चौरास्ता...चौरास्ता पार करते ही जामा मस्जिद वाली गली...गली लाँघ के मुड़े नहीं कि मस्जिद के पीछे वो रहा चावड़ी बाज़ार। सोच–समझकर तो मुँह खोलो, मियाँ।"

"सोच–समझकर ही बोल रहा बीबी, रोज़ का धन्धा है। सवारियाँ भी तो देखो!" जाना नहीं था उसे। पक्का। फ़िज़ूल की बहस में फँस गया। लगता था कि दस की बात सुनते ही जनानियाँ मुँह बिदकाकर आगे बढ़ लेंगी।

"चलो, आठ ले लो, आग बरस रही सिर पर..बच्चे झुलस रहे।" उनमें से लम्बे क़दवाली ने ऊबकर 'न तेरी न मेरी' वाले लहजे में उसे पटाना चाहा।

"सवाल ही नहीं उठता, बीबी।" वहाँ से हटने से ख़याल से उसने सरवरी की लगाम खींची। सवारियों के लिए ही निकला है घर से। तय करके कि सिंगल या ज़्यादा–से–ज़्यादा डबल सवारी ही बिठाएगा ताँगे पर। हालाँकि सिंगल या डबल सवारी रिक्शा छोड़ ताँगे पर मुश्किल से ही बैठती हैं। कुनबा संग हो तो ताँगा किफ़ायती पड़ता है!

"मिज़ाज न दिखाओ, मियाँ, ठहरो, ठहरो..." उसी ठमके कदवाली ने उसकी उद्दंडता बरदाश्त करते हुए अपना ग़ुस्सा चबाया और साथवालियों की ओर मुड़ी– "जुदा–जुदा रिक्शे के झमेले में पड़ने से बेहतर होगा ताँगा..." वाक्य अधूरा छोड़कर उसने गर्दन नीचे किए हुए हथियार डाले–"चलो मियाँ, तुम्हारी ही ज़िद्द सही..." आगे बढ़कर उसने औलादों को ताँगे पर चढ़ने का इशारा किया।

लो, फँसे! अब छुटकारा नहीं। मजबूरन उसने सरवरी की लगाम खींची।

खड़ी सरवरी अब तक बाईं टाँग झटक रही है। ज़नानियों से झिक–झिक में लगा रहा। उतरकर उसकी टाँग नहीं देख सकता था? कुछ उसे हो ज़रूर रहा है। कभी नहीं देखा इस तरह से टाँग झटकते। बढ़ते बोझ से ताँगा हिल रहा। उसका आशंकित हृदय काँप उठा। कहीं ऐसा न हो कि अशक्त सरवरी बीच सड़क पर चक्कर खाकर

बैठ जाए और सवारियाँ धक्का खाए भेट के ठेले-सी लुढ़ककर रास्ते पर हों। आगे को झुककर उसने सरवरी के पुट्ठे सहलाए। सहलाहट के संग पुचकारा-उँगलियों में गूँगी चिरौरी भर।

फिर वही भ्रम। ताँगा हिल रहा है या सरवरी की टाँग काँप रही?

उसके बोल सुनते ही सरवरी 'झप्प' से आगे को बढ़ दी। सुस्त चाल चलती हुई। साफ़ ज़ाहिर हो रहा है कि चलने में उसे भयंकर तकलीफ़ हो रही। लेकिन वह भी जैसे मालिक के नमक का हक़ अदा करने को कटिबद्ध हो। असलम बेबसी से तप आया। उसके पास काश कोई जादुई चिराग़ होता तो वह तत्काल अपनी सरवरी को अपनी जगह बिठाकर ख़ुद ताँगे में जुत जाता। सरवरी की सुस्त टापें उसके कलेजे को खूँद रही हैं। ख़ुदा का शुक्र है, पुल तक खींच लाई है वह ताँगा। आगे भी खींच ले जाए तो ग़नीमत समझो...

जुबैदा की नाबदानी जुबान को क्या कहे! न जाने कौन-से जन्म की दुश्मनी निकाल रही है कमज़ात उसके और सरवरी के संग।

बीस-बाईस रोज़ से ज़मीन पर औंधी पड़ी तड़फड़ा रही है सरवरी। पुचकारकर खड़ा रहता है तो घंटे खांड बाद ही पसर लेती है घुटने मोड़। कीच-भरी आँखें मींच। घरेलू उपाय आज़माकर थक गया। जिस-तिस के नुस्खे भी बेअसर रहे। घबराकर वज़ीराबाद पुल के उस पार की बस्ती में रह रहे जुम्मन हकीम के पाँव पकड़ लिए। कोई भी उपाय करें! बस, उसकी सरवरी को चंगा कर दें। पहले नथुनों में छाले फदके, देखते-देखते टखनों में उतर आए। देह निचुड़ने लगी। रोज़ी-रोटी है। उठकर खड़ी नहीं होगी तो उसके लौंडे-लौंडिया भूखों मरेंगे। जुम्मन मियाँ ने ढाढ़स बँधाया और उम्मीद दी कि वह धैर्य रखे। मर्ज़ उनकी पकड़ में आ गया है। ख़ुदा ने चाहा तो हफ्ते-भर में उठ खड़ी होगी उसकी सरवरी।

जुम्मन मियाँ ने उसे एक और सलाह दी-जामा मस्जिद की सीढ़ियों पर काला कम्बल ओढ़े एक अधनंगा फ़क़ीर बैठता है। असाध्य रोगियों और दुखियों को गालियों-भीगी दुआओं का काला तागा बाँटता है। बहुतों का कष्ट दूर हुआ है उस चमत्कारी काले तागे से। फकीर से दुआओं का काला तागा लाकर वह फौरन सरवरी की किसी टाँग से बाँध दे। दुआ और सही दवा ही अब सरवरी का इलाज है।

जुम्मन मियाँ की जड़ी-बूटी के काढ़े पिलाते हफ़्ता और निकल गया। सरवरी के टखनों के छाले पीप उगलने लगे। लक्षण शुभ नहीं थे। बगल के करीम ने उसे सलाह दी कि नीम-हकीम के चक्करों में पड़ा हुआ वह समय और पैसा नष्ट न करे। जुम्मन मियाँ के वश का नहीं सरवरी का रोग। फौरन जाकर वह किसी जानवर के डॉक्टर को दिखलाए। वैसे तो जमुनापार लक्ष्मीनगर में कहीं है जानवरों के इलाज के लिए कोई सरकारी अस्पताल या दवाख़ाना। लेकिन बेहतर यही होगा कि वह किसी प्राइवेट डॉक्टर को ही दिखलाए। पैसे का मुँह न जोहे। पैसा ज़रूर ख़र्च होगा तगड़ा, मगर एक-दो सुई लगते ही शर्तिया उठ खड़ी होगी सरवरी।

उसकी उम्मीद के जुगनुओं में रोशनी टिमटिमाने लगी। घर में फ़ाक़े पड़ रहे थे। जुबैदा के पाँव पकड़ लिए उसने। मायके की पाव-भर की झाँझें थीं उसकी। फुसलाया, बहलाया। रोज़ी-रोटी का वास्ता दिया। झाँझें ले जाकर मोहल्ले के परली तरफ़ वाले सुनार को अधिये-तिहाये भाव में बेचकर डॉक्टर की फीस भरी, और सुइयाँ लगवाईं सरवरी को। असर न होते देख चौथे रोज़ डॉक्टर ने हाथ झाड़ लिए। सरवरी को 'ग्लेन्डरासन धोक्या' रोग हुआ है। रोग बिगड़ गया है। सरवरी को उनके पास पहले न लाकर उसने भयंकर भूल की। अब दवा नहीं, कोई चमत्कार ही उसे बचा सकता है।

सुनकर वह बेजान हो आया। कहाँ क्या कसर रह गई सरवरी के इलाज में उससे! कुछ तो हुआ ही है। देशी दवाइयाँ आदमी ही नहीं, अब जिनावरों पर भी बेअसर होने लगी हैं। वरना पुरखों ने कौन सुइयाँ लगवाकर परवरिश की इनकी? महीना निकल गया सरवरी की तीमारदारी में। हाथ लग रही है नाउम्मीदी। कोठरी में पाँव देते हुए कलेजा काँपता है उसका। जुबैदा की जुबान चोर-देखे कुत्ते-सी उसे देखते ही बेतहाशा भौंकने लगती है। तरियाई हुई-"नामुरादो! कहाँ से लाऊँ दोनों जून तुम्हारे पेट में डालने को...एक मैं ही साबुत बची हूँ इस घर में, सो कहो तो अपनी बोटियाँ काट के चढ़ा दूँ हाँडी में पकने? मति मारी गई है। उसी मरी राँड की...सहलाता रहता है रात-दिन। बर्तन-भाँडे तक फूँक दिए इलाज में। सबको डकारकर ही मरेगी डायन। अरे, और भी जानें हैं कुनबे में कम्बख़्त! उनकी है परवाह मर्दुए? आख़िर इन आठ-आठ पिल्लुओं को क्या दूँ मुँह में-अंगारे? घोड़ी...घोड़ी...घोड़ी न हो गई रंडी सौत हो गई मेरी। नहीं रही ताँगा खींचने के क़ाबिल तो घर क्यूँ फूँक रहा उसके पीछे? लात लगा हरामज़ादी को और परे कर! मर्द है मर्द! दिहाड़ी कर कहीं...रिक्शा खींच किराये पर। मगर तू है कि दिन-भर उसकी टाँगों में घुसा उसके पुट्ठे सहलाता रहेगा कमीने..."

"तड़ाक! तड़ाक!" अपना हाथ नहीं रोक पाया था सुबह-"ख़ुदा का ख़ौफ़ खा, बदजुबान! आग लगे तेरी गज-भर की जुबान को, कुतिया! जिस रोज़ बैठ गई न ये तेरी सौत, संखिया खाने की नौबत आ जाएगी पूरे कुनबे की, अनाप-शनाप न बकाकर...समझी।"

"क्यों, क्या हमारे हाड़-गोड़ भी संग ले जाएगी राँड?"

"मुँह बन्द कर, जुबैदा..."

"मुँह सी तू, और सँभाल अपने इन पिल्लुओं को...बैठा लेना इनके लिए कोई दूसरी अम्मा, जो पानी घूँट-घूँट के तेरी देह भी गरमाती रहे और ससुरे पिल्लुओं को भी पालती रहे...अपने बस की नहीं तेरी ये फ़ाक़ेमस्ती...पहली जा के दूसरे के क्यों बैठ गई...अब समझ में आ रहा।"

'तड़', 'तड़', 'तड़',! उसका झन्नाटेदार हाथ खाकर बुंबुआती हुई जुबैदा फ़र्श पर पलट औंधी हो गई।

कच्चे बरामदे में एक ओर खड़े ताँगे की ओट में बँधी सरवरी पर निगाह गई असलम की। पता नही मन में क्या आया कि वह सीधा सरवरी की ओर बढ़ गया।

कुछ देर उसे सहलाता–घूरता रहा। फिर खूँटे से खोलकर उसे बलात खड़ा करने की चेष्टा करने लगा। अशक्त सरवरी ने जैसे उसके मनोभाव पढ़ लिए। उसने स्वयंमेव उठने की असफल कोशिश की कि घुटने लड़खड़ाए। वह बैठ गई, लेकिन अपनी कोशिश उसने नहीं छोड़ी। कुछ पलों बाद मवाद से चटचटाते टखनों पर जोर दे उचकती हुई–सी दोबारा खड़े होने के अपने प्रयास में एकाएक सफल हो वह एकदम से तनकर सीधी खड़ी हो गई।

उसके कान के निकट मुँह से जाकर असलम लगभग काँपती आवाज़ में फुसफुसाया–"एकाध फेरा हो जाए, सरवरी! दो रोज़ से चूल्हे में आग नहीं पड़ी!"

उसे अचरज हुआ। ताँगे में जुती हुई सरवरी ने मोहल्ले की गली पार करते हुए राई–रत्ती यह आभास नहीं होने दिया कि वह महीने–भर से बीमार चल रही है और दो डग भरने में भी उसे घोर कष्ट हो रहा।

जुबैदा का गुस्सा अनुचित नहीं। लेकिन वह करे भी तो क्या करे? ईंट–गारा ढोना उसके बूते का नहीं। ताँगे की गद्दी से लगातार चिपकी देह को जंग लग चुका है। हाथ चाबुक उठा हवा में हाथ–भर से ज़्यादा डोल–फिर नहीं पाते। अपनी टाँगों के इस्तेमाल की उसे आदत नहीं रही। सरवरी ने कभी मौका ही नहीं दिया। कोठरी के अहाते से, कोठरी के भीतर तक–वह यही महसूस करता कि उतने कदम भी जो वह चलकर भीतर आता है, अपनी नहीं, सरवरी की ही टाँगों से। आँखें खोलते ही ताँगा देखा। लोरी की जगह घोड़ों की हिनहिनाहट सुनी। उन्हीं की टाँगों के बीच गुल्ली–डंडा खेला। लीद से लफोंदी जमीन पर फिरकियाँ नचाईं। अब्बा ताँगा चलाते थे। अब्बा के अब्बू ताँगा चलाते थे बूढ़ों की उभरी नसों–सी आगरे की तंग गलियों में। उसकी नसें भीगते ही अब्बा परिवार समेत दिल्ली आ गए। एक रोज़ बोले उससे–'नई चली फिटफिटिया पर बैठने को शौकिया रही हैं सवारियाँ इधर। दिल्ली चलते हैं, बरखुरदार! बड़ा शहर है। वहाँ फिटफिटिया ही फिटफिटिया भरी हुई हैं सड़कों पर। सवारियाँ ताँगा देख ललकती हैं बैठने को। सुना है, किराया भी मुँहमाँगा मिलता है...'

"बस, बस...यहीं रोकना मियाँ, कहाँ ऊँट की तरह मुँह उठाए चले जा रहे! कानों में तेल डाल रखा है क्या?" ठमके कदवाली ने झुँझलाकर उलाहना दिया तो उसने फ़ौरन लगाम खींची और छह–सात डग भर, सरवरी के खड़े होते ही ख़ुदा को शुक्रिया देने वाले अन्दाज़ में चौंध फेंक रहे आसमान की ओर आँखें उठा दीं। भीगी मया से आगे झुक सरवरी के पुट्ठे सहलाए–इज़्ज़त मिट्टी होने से बचा ली ग़रीब की।

औलादों को उतारते हुए कोई दूसरी ज़नानी तुनकी–"मील–भर आगे घसीट लाए मियाँ, अब पलटकर टाँगें तोड़ो...ताँगा करने का फायदा?"

सामने आ, ठमके क़दवाली ने अपने गोल चेहरे को गुस्से से झटका और फिर बटुआ खोल दस का नोट निकालकर उसकी ओर यूँ तान दिया जैसे वह ताँगे का किराया नहीं, जबरन पीछे पड़े किसी भिखारी को भीख दे रही हो। उसने ज़नानी के चेहरे के

भावों को अनदेखा कर नोट भूखे को दिखी रोटी–सा लपक लिया और उसे कृतज्ञता से दोनों आँखों से छुआता, अस्फुट होंठों से पता नहीं क्या बुदबुदाया।

लौटते में जामा मस्जिद के सामने से किलो–भर बड़े गोश्त की बिरियानी बँधवा लेगा। हफ्ते–भर से बच्चों को बोटी नसीब नहीं हुई। किन्तु अगले ही पल बिरियानी बँधवा ले चलने की बात उसे मुनासिब नहीं लगी। यह नोट उसके ख़र्च के हक़ का नहीं। सीधे घर पहुँचकर जुबैदा के हाथ पर रख देगा। ठीक–ठाक मिजाज हुए तो हँसकर चुटकी ले डालेगा–'रख अपनी सौत की कमाई! चार कदम चलने–भर की भी ताक़त नहीं सरवरी के जिस्म में, फिर भी नौ–नौ सवारियाँ ढोकर चली आ रही है तेरी ख़ातिर...' रौनक़ तब भी नहीं फूटेगी कम्बख़्त के उबले आलू से थोबड़े पर! जब से आई है, न सावन सूखे, न भादो हरे वाले मिज़ाज में ही पाया। अब क्या उम्मीद करे? ठीक है, जैसी भी सही, उसकी जोरू है। जैसे–तैसे उसकी गृहस्थी का जुआ खींच रही। पहली तो बड़ी बेमुरव्वती से पाँच औलादें पटक चलती बनी थी। तीन जुबैदा से हुए। कम कुनबा पड़ा सिर पर? भेद बरतती ज़रूर है अपने–पराये का, मगर छाती पर साँप नहीं लोटाती। जुबान का क्या करे उसकी। नाबदान है ससुरी, नाबदान...यही एक ऐब मानकर ग़म खा लिया उसने।

सरवरी को जानलेवा हालत में इतना दौड़ा लिया, काफ़ी है। मुनासिब यही होगा कि कमाई का अधिक लालच न कर वह बिना सवारी के ही घर लौट चले। ख़ुद भी ताँगे से उतर ले, मगर कुछ देर सरवरी को सुस्ता ज़रूर लेने दे। ख़याल दुरुस्त लगा। ताँगा सड़क के एक किनारे लगा, उतरकर वह नीचे आ खड़ा हुआ। उसे दुलराने के ख़याल से वह उसके आगे आया। उसका चेहरा दोनों हाथों में लेकर करुणा से उसकी आँखों में झाँका। झाँकते ही कलेजा मुँह को आ गया। सरवरी की कीच–भरी निस्तेज डूबती आँखों में बुझने से पूर्व की लौ धधकती दिखी! डॉ. सक्सेना का वाक्य दिमाग में हथौड़ा–सा लहराया–'एकाध रोज़ भी निकाल दे सरवरी, तो क़िस्मत समझो अपनी...'

उसे ख़ाली ताँगा लिए खड़ा देख सवारियों ने जिज्ञासा प्रकट की–"चाँदनी चौक चलेंगे, भाई...हनुमान मन्दिर...लाल क़िला..."

पहले तीन थे। दूसरे, पूरा परिवार...तीसरे, सिर्फ़ दो।

डाँवाडोल हो रही अपनी नीयत को उसने हड़काया। आदमी हो या राक्षस! मरणासन्न जिनावर की परवाह न कर एकाध सवारियाँ ढो–ढा पाँच–दस और काट लोगे तो क्या ज़िन्दगी बसर हो जाएगी? सब्र से काम लो। जितनी दिहाड़ी बन पड़ी है उसी पर सन्तोष करो। कितना लम्बा साथ रहा है तुम्हारा और सरवरी का! हरी खाई तब भी ख़ुश, सूखी नसीब हुई तब भी कोई गिला नहीं।

नौचन्दी के मेले से अब्बा ख़रीदकर लाए थे बछड़ी जैसी...बख़्तावर के न रहने पर।

चिलचिलाती धूप सहन नहीं हो पा रही है शायद सरवरी को।

चेहरे को सुस्कारते हुए रह–रहकर झटक रही है। बाईं टाँग का झटकना बन्द हो गया है। हो सकता है, झटक भी रही हो तो उसका ध्यान न गया हो। घर को पलट चले। यहाँ खड़े होकर सुस्ता भी ले दस–पन्द्रह मिनट, फिर भी उसे घर जैसा आराम कहाँ।

पानी–पानी भी तो नहीं पिला सकता यहाँ। चलें...क्यों? उसकी आँखों में एक बार फिर देखा उसने। नज़र घूम गई उसकी। दिल दहल उठा। कैसी अजनबी नज़रों से देख रही है? लगता है, तबीयत अधिक बिगड़ रही है सरवरी की। आँखें पानी–भरी कटोरी में तैर रही हैं जैसे।

"हैप्पी स्कूल चलोगे?" एक जनानी ने पूछा। अकेली सवारी। आगे–पीछे कोई नहीं दिखा। अपने मोहल्ले की ओर जाते हुए ही पड़ेगा बीच रास्ते हैप्पी स्कूल। बस, ज़रा घूमकर जाना होगा। बैठा न ले? दूर भी नहीं। चौरस्ता पार करते ही बाएँ मुड़े कि आगरा होटल के ऐन सामने पड़ता है हैप्पी स्कूल! सवारी उतार, कोतवाली का ढलान उतरते ही सड़क पार है अपना मोहल्ला। उतनी दूर तक सरवरी को चलना तो पड़ेगा ही। सवारी के साथ सही।

उसे विचारमग्न पाकर ज़नानी ने अगला सवाल किया–"बैठूँ?"

"बैठिए..."

"पहले तय कर लो, लोगे क्या?"

"चार..."

"तीन होते हैं अकेली सवारी के!"

उसने कोई बहस नहीं की। उचककर अपनी जगह हो लिया। सरवरी के पुट्ठे सहलाने की हिम्मत नहीं हुई, उसके बैठते ही चल दी। डगमगाती हुई–सी सुस्त चाल। सवारी को कोई हड़बड़ी नहीं दिखी। कई ऊबकर टोक देती हैं कि इस कछुआ चाल से चलना होता तो हम पैदल ही न निकल लेतीं! हाथ में किताब थी कोई। खोल ली होगी पढ़ने को। स्कूल के सामने उतरना है, अध्यापिका ही होगी निश्चित।

हैप्पी स्कूल के सामने उसने सरवरी की लगाम खींची। न भी खींचता तो शायद वह अपने–आप ही खड़ी हो जाती। उसके खड़े हो जाने के अन्दाज़ से यही प्रतीत हुआ उसे। गलानि हुई। जिनावर उसकी ज़रूरत समझ ही नहीं रहा, एक के बाद एक सहयोग भी कर रहा है और एक वह है कि सब कुछ जानते–बूझते हुए भी उसके कष्टों से मुँह फेरे, उसके ताप में अपनी रोटी सेंक रहा!

किराया तहमत की अंटी में खोस कनखियों से उसने सरवरी का चेहरा देखा। माथा ठनका। उसकी टँगती हुई आँखें और बजबजाते हुए जबड़े ने उसे सहमा दिया। सरवरी की टाँगें काँप रही हैं। जूड़ी–चढ़ी देह की भाँति। यही आभास हो रहा है कि वह अपनी पूरी ताक़त–भर खड़े रहने की कोशिश कर रही और किसी भी क्षण उसकी निष्प्राण देह सड़क पर ढेर हो सकती है। आज रात मुश्किल है कटनी, क्या करेगा वह सरवरी के बिना! पेट में डालने को दाने नहीं जुट रहे, ताँगे में जोतने को नई घोड़ी कहाँ से ख़रीदेगा! दोस्त–पड़ोसी सभी की तो जेबें खँगाल चुका–सरवरी के इलाज और घर की हाँडी...

सरवरी के बिना चूँ–चम्मर करता हुआ खस्ताहाल ताँगा क्या कीमत देगा? कम्बख्त कितनी मरम्मत खा चुका! कबाड़ के भाव लगाएँगे लोग! एक वक़्त था, रिक्शे रोज़–ब–रोज़ किराये पर मिल जाया करते थे। अब सेठ लोग चालाक हो गए, डिपाजिट

माँगते हैं अच्छा-ख़ासा। बिहार से नया आया खुर्रम नहीं कह रहा था कि अग्रवाल सेठ ने उससे पाँच सौ रुपये बतौर डिपॉजिट रखवा लिये थे, यह कहकर कि इस शहर में तेरा आगा न पीछा, भरोसा कैसे हो कि तू रिक्शा लेकर रफ़ूचक्कर न हो जाए?

उसे पता नहीं कि कब वह ताँगे पर जा चढ़ा और काँपती टाँगें लिए सरवरी उसके बैठते ही डग भरने लगी। उसके हृदय में ज्वार उठ रहा। उसकी आँतों में तेजाब से भरा भीमकाय देग खौल रहा। देग से लपटों-सी उठती भाप में सबसे पहले उसकी खोपड़ी झुलसी। भीतर का भेजा पिघली हुई रबड़-सा कनपटियों से चूने लगा।

भयावह भविष्य! आठ औलादें, बर्रों-सी भनभनाती हुई! नागिन की जीभ-सी प्रतिपल उसकी ओर लपलपाती हुई जुबैदा की जुबान। ज़हरीली काली जुबान! कैसे सामना कर पाएगा वह?

सरवरी के लिए क्या नहीं किया उसने...बीवी कह लो, प्रेमिका कह लो, बहन कह लो, बेटी कह लो...अपने को बेचकर भी उसके हाड़-माँस बचा पाने की गारंटी होती तो बेझिझक बेचकर उसे बचा लेता।

सामने कोतवाली के मोड़ से तेजी से मुड़ रही एक सफेद फिएट, जिसे एक लड़की चला रही थी, रास्ता पाने के लिए उसे लक्ष्य को हॉर्न पर हॉर्न दिए जा रही। उसे पता नहीं लगा कि वह अचानक सड़क के बीचोंबीच आ गया है और नाक की सीध पर बढ़ा जा रहा है। फिएट के बाईं ओर भारी-भरकम डीटीसी की बस फँसी हुई चल रही, जो फिएट को सड़क पर कुछ और सहूलियत देने को राज़ी नहीं दिखी। सामने से चले आ रहे एक पर एक वाहनों का बढ़ता दबाव, पास आते-जाते लड़की ने दोबारा हॉर्न पर हॉर्न दे अपनी गाड़ी ताँगा बचाते हुए काट ले जाने की सतर्क चेष्टा की, किन्तु उसके ब्रेक पर पाँव देने के बावजूद गाड़ी के दाहिने मडगार्ड का कोना सरवरी की बाईं टाँग को टक्कर देता हुआ कुछ आगे जाकर झटके से रुक गया। पों-पों-पों का कर्णभेदी प्रदूषण फैलाते दोनों ओर के वाहन अकस्मात हुई इस दुर्घटना से स्तम्भित हो अपनी-अपनी जगह ठिठक गए। आगे वालों ने देखा-पलक झपकते सरवरी सड़क के बीचोंबीच ढेर हो गई और झुलसी देह-सी छटपटाने लगी। उसके जबड़ों से बजबजाता फेचकुर बहने लगा। आँखें टँग गईं। टूटी हुई बाईं टाँग सड़क पर ख़ून की पतली धाराएँ बनाती हुई रह-रहकर चिहुँकते उसके शरीर के साथ काँप उठती। जुड़ती उत्सुक भीड़ ने सरवरी के इर्द-गिर्द कौतूहल का घेरा डाल दिया।

ताँगा बचाने में अपनी पूरी चालकीय कुशलता लगा देने के बावजूद दुर्घटना बचा पाने में असमर्थ लड़की अपनी साथ वाली महिला के संग घबराई हुई-सी, लोगों के घेरे को तोड़कर सरवरी के निकट पहुँची। सरवरी की नाजुक हालत देख लड़की की चीख़ निकलते-निकलते बची। सहमकर उसने अपनी आँखें मींच लीं।

लड़की राजस्थानी लहँगानुमा स्कर्ट और ब्लाउज़ पहने हुए थी। खूबसूरत, लम्बी, छरहरी। उम्र होगी यही कोई अठारह-उन्नीस। बावजूद इसके, चेहरे पर एक किस्म की अबोध कोमलता।

लड़की को देखते ही अब तक माथा पकड़े उकड़ूँ बैठा हुआ अवाक् असलम अचानक बुक्का फाड़कर रोते, हुए रक्तरंजित औंधी पड़ी सरवरी की देह पर सियापा करता हुआ-सा, सीने पे मुक्के मारता, कटे वृक्ष-सा ढेर हो गया-"हाय, हाय रे, मैं कहीं का नहीं रहा! क़हर टूट पड़ा मुझ गरीब पर...बरबाद हो गया, बरबाद...मार डाला मेरी सरवरी को...हाय मेरी रोज़ी-रोटी! पिछली नौचन्दी में पूरे आठ हज़ार गिने थे बाकर मियाँ को...गाड़ी नहीं चलानी आती तो क्यों लेकर निकल पड़ती हैं औरों की हत्या करने...हायऽऽऽऽ, हायऽऽऽ..."

लड़की के साथ वाली महिला से असलम का आक्षेप बरदाश्त नहीं हुआ। वह धैर्य खो एकाएक उत्तेजित हो आई-"क्या बक रहे हो? हमने मार डाला? बहरे थे क्या? हॉर्न पर हॉर्न दिए जा रही थी शीना, हटे क्यों नहीं रास्ते से? सड़क इठलाकर चलने के लिए बनी है तुम्हारे? जो जी में आया, उगले जा रहे हो तब से...तुम्हारी घोड़ी बीच सड़क बेकाबू होकर भिड़ जाए गाड़ी से तो दोष हमारा? कयों? अपनी गलती मानो और हमें कोसना छोड़ो। पता नहीं बेवकूफ़ ट्रैफिक वाले भरी सड़कों पर बैलगाड़ी, घोड़ागाड़ी, भैंसागाड़ी क्यूँ छोड़ देते हैं टक्कर मारने..."

दुर्घटना से आतंकित लड़की को आंटी के तर्कों ने कोई बल नहीं दिया। उसने कम्पित स्वर में उपस्थित लोगों को सम्बोधित कर प्रतिवाद किया-"न, मैं बाएँ हो सकती थी न दाएँ...बाएँ डीटीसी की बस बराबर दबाए हुए थी, दाएँ ताँगा!"

"सौ-डेढ़ सौ रुपए लो और पिंड छोड़ो। पलस्तर चढ़वा लेना इसकी टाँग पर।"

महिला की नरमाई का उलटा असर हुआ असलम पर-"क्यों ग़रीब से मज़ाक़ कर रही हो, बीबी! सौ-डेढ़ सौ में पलस्तर चढ़ भी जाए तो क्या जान बच जाएगी इसकी? हालत देख रहीं जिनावर की? हायऽऽ! कैसे औलादें पलेंगी...कहाँ से ख़रीदूँगा नई घोड़ी...पुराना क़र्ज़ ही अब तक अदा नहीं हुआ! मैं लुट गया मेरे ख़ुदा! लुट गया..." उसने दोनों हथेलियों से अपना माथा कूटा।

असलम के कारुणिक विलाप से भीड़ की सहानुभूति तर्कों से परे हो, उसके लिए पसीजी।

"दूध के दाँत टूटे नहीं, अमीरज़ादी निकल पड़ी हवाई जहाज़ उड़ाने।"

"भई, कारवालों के कारनामे कोई नए ठहरे? आदमी कुचलते देर नहीं लगती, जानवर की बिसात!"

"उठ! जा! जाके चौकी में रपट लिखवा! इनका क्या, प्राण निकल रहे होते तेरे तब भी ये सौ का पत्ता बढ़ाकर यही कहतीं...जाके प्लास्टर चढ़वा लो टाँग पे।"

कोतवाली बगल में ही थी। दुर्घटना का शोर-शराबा वहाँ तक पहुँच गया।

दो हवलदारों के संग छोटे दरोगा तत्काल घटनास्थल पर पहुँच गए। पहुँचते ही अवरुद्ध यातायात के भारी जमाव को सुचारु करने के लिए सबसे उन्होंने ताँगे और घायल घोड़ी के इर्द-गिर्द इकट्ठी तमाशबीन भीड़ को डाँट-डपटकर भगाया। फिर दोनों दिशाओं से आने-जाने वाली फँसी गाड़ियों के आगे निकलने का रास्ता बनाया।

छोटे दरोगा इस बीच मामले की जानकारी हेतु लड़की और महिला की ओर मुख़ातिब हुए। पक्ष सुना। लाइसेंस देखा। फिर असलम से वास्तविकता जाननी चाही। असलम विचलित-सा दरोगा के पाँवों में लोट गया-"तबाह हो गया सरकार! जीते-जी दफ़न हो गया...मार डाला इन बीबियों ने मेरी सरवरी को..."

"चुप बेहूदे! जो पूछा जाए वही बता।" हवलदार ने डंडा उठा उसे लड़की और महिला की ओर अभद्र तरीके से इंगित करने पर घुड़का।

"मैं क्या करूँ, सरकार! मैंने बहुत बचने की कोशिश की..."

"वो तो बीच सड़क पर खड़ा तेरा ताँगा ही बता रहा है कि तूने कितना बचने की कोशिश की...हरामज़ादे!"

"सरकार..."

"अब मिमियाता ही रहेगा कि कुछ भकुरेगा भी।"

"सब बताऊँगा सरकार, मेरी रपट लिख लो...मैं तबाह हो गया..." असलम की रपट लिखने की बात सुनते ही लड़की का चेहरा सूखे पत्ते-सा टूटा।

"तू घबराती क्यों है, साँच को आँच क्या!" महिला ने अपने कन्धे पर कसते लड़की के पंजे को थपथपाकर ढाढ़स बँधाया। फिर दरोगा की ओर मुड़कर उनसे अंग्रेज़ी में कुछ परामर्श करने लगीं। उनका आशय भाँप दरोगा ने उन्हें स्पष्ट किया कि ताँगेवाले से वे स्वयं बात करके देखें। वह उनका कहा मान जाए तो उन्हें कोई आपत्ति नहीं होगी, हालाँकि उन्हें उममीद नहीं है कि ताँगेवाला इतनी आसानी से उनका पिंड छोड़ देगा। ग़लती उसकी हो न हो, रपट लिखवाए बिना वह नहीं मानेगा। सड़क पार ही इन लोगों की सघन बस्ती है। इसकी एक हाँक पर आनन-फानन कोतवाली घिर जाएगी।

"देखिए, आकर खड़े हो गए कि नहीं पाँच-छह ख़ैरख़्वाह!" निकट आ खड़े हुए रिक्शेवालों की ओर इशारा किया उन्होंने।

हवलदार को कुछ हिदायतें देकर दरोगा पुन: उनके निकट आए-"आइए, कोतवाली चलते हैं।" दरोगा के स्वर में अबकी नरमाई की जगह आदेशात्मक पुट था। लड़की कोतवाली चलने के नाम से और दरोगा के स्वर में अनपेक्षित आए परिवर्तन से भयभीत हो उठी। दरअसल उसे और महिला को अब तक उम्मीद थी कि चूँकि दोष उनका नहीं है, अत: मामला सड़क पर ही कुछ दे-दिलाकर रफ़ा-दफ़ा हो जाएगा। लेकिन आसार जटिल से जटिलतर होते दृष्टिगत हुए। एक थी वे स्त्रियाँ, ऊपर से पुलिस के संग कोतवाली जाना उन्हें अटपटा ही नहीं लग रहा था, बल्कि आरोपित अभियुक्त-भाव से भी आतंकित किए हुए था। रास्ते चलते लोग उन्हें कौतुक से देख अटक रहे थे।

कोतवाली पहुँचकर महिला ने विवेक से काम लिया-"शीना, पापा को फ़ोन कर लो। उनसे कह दो कि वे तुरन्त दरियागंज की कोतवाली पहुँच जाएँ।" प्रतिक्रिया में लड़की के चेहरे पर गहराए असमंजस और संकोच-भाव ने उन्हें पाया कि लड़की की मन:स्थिति इस समय इस योग्य नहीं है कि वह अपने द्वारा हुई आकस्मिक दुर्घटना

की सूचना स्वयं पिता को दे सके। गाड़ी बढ़िया चलाने आती है तो क्या, है तो वह अभी बच्ची ही।

थाना प्रभारी की अनुमति लेकर उन्होंने फ़ोन अपने समक्ष खींच लिया और लड़की के पिता के कार्यालय का नम्बर डायल करने लगीं। उन्हें आशंका थी कि दोपहर के एक बजने वाले हैं। कहीं वे लंच के लिए अपनी सीट से न उठ दिए हों। किन्तु उधर से हुई 'हैलो' से उनके चेहरे पर आश्वस्ति-भाव गहराया। धीमे और सन्तुलित स्वर में उन्होंने उन्हें संक्षेप में स्थिति स्पष्ट कर दी और चेतावनी-भरा आग्रह दोहराया-"बस, चल दो, भैया! हाँ, तकरीबन दसेक मिनट तो लग ही जाएँगे तुम्हें दरियागंज पहुँचते..."

जब तक लड़की के पिता कोतवाली पहुँचे, घटनास्थल से साथ आया दरोगा ताँगेवाले की रिपोर्ट लिख चुका था।

थाना प्रभारी मि. गहलोत ने लड़की के पिता मि. तिवारी का तपाक से उठकर स्वागत किया। उनका परिचय कार्ड पढ़कर वे व्यवहार में अतिरिक्त सहज हो आए। तत्काल सबके लिए चाय मँगवाई। लड़की से उन्होंने विशेष रूप से 'कोल्ड ड्रिंक' के लिए पूछा। उसके इनकार में सिर हिलाने पर दोबारा आग्रह किया।

चाय पीते हुए दुर्घटना के विषय में उनके दरमियान विस्तृत बातचीत हुई।

"ऐसा है तिवारीजी, मामला थोड़ा पेचीदा है। दोष चाहे आपकी बेटी का हो, न हो, चूँकि दुर्घटना में घोड़ी की टाँग टूट चुकी है और इस समय उसकी जो नाजुक अवस्था है उससे यही आशंका हो रही है कि वह बचेगी नहीं...घंटे-डेढ़ घंटे भले और खींच ले। यानी नुकसान ताँगेवाले का ही हुआ!

"और उसकी रिपोर्ट पर हमें लड़की को गिरफ्तार करना ही पड़ेगा। कोई समस्या नहीं है, उसमें काग़ज़ी कार्रवाई होगी। चाहें तो अभी ही गाड़ी और बच्ची को घर ले जा सकते हैं। घर पर आदमी पहुँच जाएगा आपके और जमानत हो जाएगी कि कार प्राप्त की और छोड़ दी, यह भी कि कार चलाने वाली लड़की को गिरफ़्तार किया और ज़मानत पर छोड़ दिया।

"हाँ, न्यायालय इसे जाना ही पड़ेगा।" अपना वाक्य पूरा करते हुए मि. गहलोत ने साभिप्राय शीना की ओर देखा।

उनकी बात सुन मि. तिवारी चिन्तित हो आए। कुछ सोचते हुए-से बोले, "ऐसा नहीं हो सकता, गहलोत साहब कि शीना को न्यायालय न जाना पड़े?"

"न्यायालय तो जाना ही पड़ेगा।"

"मान लीजिए, मामला कुछ इस तरह से बना दिया जाए कि शीना की जगह मैं गाड़ी चला रहा था?"

मि. गहलोत मि. तिवारी का आशय भाँप गए। प्रतिक्रिया में अर्थपूर्ण मुस्कान मुस्कराए-"रिपोर्ट नहीं बदल सकती।"

"परेशानी आप समझ रहे हैं न, लड़की का मामला है! कोई अन्य गुंजाइश, जिससे शीना को कोर्ट-कचहरी के चक्करों से मुक्त रखा जा सके?"

"मैं आपकी परेशानी समझ रहा हूँ...गुंजाइश सिर्फ़ एक है।"

"बताइए?"

"ताँगेवाला बच्ची के विरुद्ध दर्ज कराई रिपोर्ट वापस ले ले।"

"सम्भव है...?"

"दोनों पक्ष कोई निजी समझौता कर लें, सम्भव हो जाएगा।"

मि. तिवारी विचारमग्न हो उठे। शीना की ग़लती भले ही न हो, लेकिन सच्चाई यही है कि ताँगेवाले की घोड़ी की टाँग टूट चुकी है और किसी भी क्षण वह दम तोड़ सकती है। न भी मरे तब भी वह ताँगे में जुतने से रही। नुकसान उसका हुआ ही है। निजी समझौते का अर्थ होगा लेन-देन। यही उचित होगा कि मामला यहीं सुलट जाए। दिल के मरीज ठहरे, कोर्ट-कचहरी उनके वश की भी नहीं। समय और पैसा दोनों ही नष्ट होंगे। शीना को मानसिक क्लेश पहुँचेगा। आत्मविश्वास डिगेगा, सो अलग।

"निजी समझौते की गुंजाइश बता रहे हैं न आप। करवा दीजिए, गहलोत साहब, कृपा होगी।"

"देखिए तिवारीजी, यह हम नहीं करवा सकते। हमारा हस्तक्षेप दबाव माना जा सकता है। आप दोनों पक्ष एक ओर जाकर आपस में बात कर लें और जो भी तय करें, हमें आकर बता दें। ताँगेवाले को मैं बुलवाए दे रहा हूँ।" उन्होंने एक हवलदार बिशन सिंह को आवाज़ देकर बाहर बरामदे में बैठे हुए ताँगेवाले को उनके कमरे में भेज देने के लिए कहा।

उसके आते ही वे उससे बोले, "असलम मियाँ, तिवारी साहब आपसे अकेले में कुछ बातें करना चाहते हैं..."

"मेहरबानी सरकार! ग़रीब घर से बेघर हो गया, सरकार पूरे आठ हज़ार नौचन्दी के मेले में गिने थे अपनी घोड़ी के लिए, मैं लुट..." लपककर असलम ने गहलोत साहब के पाँव धर लिए।

"अबे, यह नौटंकी बन्द कर! जो साहब कह रहे हैं उसे ग़ौर से सुन।" हवलदार बिशन सिंह ने असलम को डपटा।

"ऐसा है, रिपोर्ट तुम्हारी लिख ली गई है, अब जो होना होगा, न्यायालय में ही होगा। वैसे तिवारीजी का कहना है कि कोर्ट-कचहरी के चक्कर में दोनों ही पक्ष परेशान होंगे, तो तुम्हें अगर उचित लगता है तो बात कर लो उनसे।" गहलोत साहब ने बड़ी चतुराई से ताँगेवाले पर अपनी मंशा अप्रकट रहने देते हुए भी दबाव का पेपरवेट रख दिया।

"अन्धा क्या माँगे, दो आँखें! सरकार, घोड़ी मेरी नहीं बचेगी, बस घोड़ी की क़ीमत दिलवा दीजिए, साहब..." ताँगेवाला पुनः गहलोत साहब के पाँवों की ओर बढ़ा।

"नहीं बचेगी तो कोई क्या करे, सड़क अपने बाप की समझ के क्यूँ चलता है बे? हैं! हरामजादे, तेरी नस-नस से वाक़िफ़ हैं हम, औक़ात में रह अपनी।" हवलदार बिशन सिंह ने असलम के कमान हुए शरीर को गर्दन से दबोचकर सीधा किया।

"चल बाहर..."

असलम के मुड़ते ही गहलोत साहब ने मि. तिवारी से उठने का संकेत किया।

मि. तिवारी कमरे से बाहर आकर खुले बरामदे में दाहिने कोने में दिखाई दिए हवलदार और ताँगेवाले की ओर बढ़ गए। वह ताँगेवाले के अधिक मुँह नहीं लगना चाह रहे थे। हवलदार बिशन सिंह को उन्होंने एक ओर बुलाकर उससे कुछ कहा और फिर उसकी मुट्ठी में कुछ दबा दिया।

"देखो असलम मियाँ, गलती चाहे मेरी बेटी की हो या तुम्हारी, अगर हम अभी ही मामला सुलझा लें तो दोनों लोग कचहरी के झंझटों से मुक्त रहेंगे। मैं चाहता हूँ कि तुम कुछ पैसे लेकर इसी समय मेरी बेटी के ख़िलाफ़ लिखाई गई अपनी रिपोर्ट वापस ले लो..."

"ले लूँगा सरकार, ले लूँगा।" असलम जाल में फँसे पक्षी-सा फड़फड़ाया। हवलदार बिशन सिंह उसके सिर पर ही खड़ा हुआ था।

"अब बताओ, क्या उम्मीद रखते हो तुम हमसे?"

"सरकार, आप बड़े लोग हैं, समझदार हैं। बिना घोड़ी हमारी रोज़ी-रोटी नहीं चलेगी। आठ-दस हज़ार से कम में आजकल बूढ़ी घोड़ी भी हाथ नहीं लगती।"

"आठ हज़ार चाहिए, हाँऽऽ।" तड़ाक से एक चाँटा हवलदार बिशन सिंह ने उसकी कनपटी पर रसीद कर दिया—"एक तो गलती तेरी, ऊपर से दिमाग सातवें आसमान पर। सोच-समझ के मुँह फाड़!"

"कमाल करते हो सरकार, जिसका सब लुट चुका वह क्या दिमाग सातवें आसमान पर रखेगा..." असलम की आँख में आँसू भर आए।

"तड़ाक!" उसकी दूसरी कनपटी भी झन्ना उठी, "पट्टी पढ़ा रहा है माऽऽ...गाड़ी देखी, लड़की देखी, फैल गए सड़क पे कि रत्ती-भर भी खरोंच लग गई कहीं तो बड़े आराम से कुछ-न-कुछ लपक ही लोगे, हैंऽ? अब तिकड़म अपनी ही ग...तो ततैया हो रहा है सालेऽ...?

"नहीं, सरकार, नहीं..."

"नहीं तो फिर सुरसा का मुँह क्यों हो रहा? जानता नहीं! यहाँ फिर भी कुछ-न-कुछ हाथ लग जाएगा, कचहरी में कहीं मामला पलट गया तो बैठे रहना टापते। सीधे-सीधे बोल, जो वाजिब बनता है तेरा।"

"क्या बोलूँ सरकार, आपका राज है, जो जी में आए दिलवा दें।"

"जो जो में आए दिलवा दें, मतलब? ताकि तू यहाँ से बाहर निकलते ही सवार हो जाए हमारी खोपड़ी पर कि जो मिला है वो हमने दिलवाया! हैंऽ। मक्करा मत, समझे?"

"पाँच दिलवा दीजिए हुजूर! और कुछ नहीं, अधमरी घोड़ी ही ख़रीद सकूँ...बच्चों के पेट में कम-से-कम एक जून की तो पड़े।"

"आ रहा है ठिकाने तू..." हवलदार बिशन सिंह निकट खड़े हुए मि. तिवारी की ओर उन्मुख हुआ—"सर, इसे दो दे दीजिए, इससे कम में नहीं टलेगा यह...हवलदार लतीफ ने अभी-अभी खबर दी है कि घोड़ी ठंडी हो गई इसकी।"

"देखो भई, दो से ज़्यादा मैं नहीं कर सकूँगा। न मंजूर हो तो फिर कचहरी में मिलेंगे।" घोड़ी के मरने की सूचना ने मि. तिवारी को तनिक विचलित कर दिया। उन्होंने सोच लिया कि अगर दो पर ताँगेवाला राजी नहीं हुआ तो वह उसे तीन तक दे देंगे। घोड़ी की मृत्यु से उनका केस और अधिक बिगड़ गया है।

"मंजूर है सरकार, मंजूर है... ग़रीब क्या खाकर कचहरी लड़ेगा आपसे?"

"चल बड़े साहब के पास...चलकर वापस ले रिपोर्ट अपनी।"

हवलदार बिशन सिंह थाना प्रभारी मि. गहलोत के कमरे की ओर बढ़ा। मि. तिवारी भी उसके संग मि. गहलोत के कमरे में दाख़िल हुए। उनके चेहरे पर अब तक तनी हुई उद्विग्नता फ़ैसला होते ही काफ़ी कुछ ढीली हुई।

थाना प्रभारी मि. गहलोत ने सीधे ताँगेवाले से प्रश्न किया–"क्या फ़ैसला किया तुमने, असलम मियाँ?"

"सरकार..."

"बोलो, निर्भय होकर बोलो।"

"सरकार, दो हज़ार रुपए बतौर हर्ज़ा देंगे साहब हमको।"

"यानी तुम लड़की के विरुद्ध लिखाई गई अपनी रिपोर्ट वापस ले रहे हो?"

"जी सरकार।"

"अपनी मर्ज़ी से?"

"जी सरकार।"

"ठीक है।" मि. गहलोत सामने बैठे हुए मि. तिवारी की ओर मुड़े–"बधाई हो! पैसे का इन्तज़ाम है आपके पास?"

"कार्यालय से निकलने से पूर्व करके ही चला था।" मि. तिवारी जेब से अपना पर्स निकालने लगे।

"कुछ मेरे पास हैं, भैया, दूँ?" लड़की के साथ वाली महिला ने वितृष्णा–भाव से अपने बटुए को हाथ लगाया।

"नहीं, ज़रूरत नहीं, अर्चना..." मि. तिवारी ने उन्हें बरज दिया।

मि. गहलोत ने हवलदार बिशन सिंह को आदेश दिया कि दरोगा अजय मित्तल के पास ताँगेवाले को ले जाकर इसकी रिपोर्ट के सन्दर्भ में एक निरस्त–पत्र लिखवा लें इससे और दस्तखत करवा लें।

मि. गहलोत अब तक सहमी बैठी हुई शीना से उन्मुख हुए–"बेटी! गाड़ी ख़ूब चलाओ, धड़ल्ले सें मगर भीड़–भाड़ में ज़रा सावधानी के साथ, इन अन्धों से तनिक बचकर..."

प्रत्युत्तर में शीना ने दृष्टि झुका ली।

मि. तिवारी ने लक्ष्य किया कि मि. गहलोत ने घोड़ी की मृत्यु की सूचना शीना को नहीं दी। शायद यही सोचकर कि कहीं ऐसा न हो, सारे प्रकरण से घबराई हुई शीना और अधिक ग्लानि–बोध से त्रस्त हो जाए और उसका गाड़ी चलाने का

आत्मविश्वास आहत हो। शायद इसीलिए मि. गहलोत ने कुछ देर पहले उनसे ही कहा कि वे स्वयं जाकर घटनास्थल से अपनी गाड़ी ले आएँ और लाकर कोतवाली के भीतर खड़ी कर दें। ताकि वापसी के समय वे लोग यहीं से सीधा घर के लिए निकल सकें। मि. तिवारी को शीना की लापरवाही पर क्रोध भी आ रहा था और उसके सहमे, उड़े चेहरे को देखकर हृदय व्यथित भी हो रहा था। कितनी बार मना किया है उसे कि कॉलोनी की बात अलग है, लेकिन शहर में गाड़ी न ले जाए। भीड़-भरे इलाकों में तो क़तई नहीं। कुशल से कुशल चालक भी भीड़ में अपना नियंत्रण खो बैठते हैं। वह तो अभी बच्ची ही है। पिछले वर्ष ही तो उन्होंने उसकी ज़िद्द पर लाइसेंस बनवा के दिया है। इधर जब से उसकी बुआ अर्चना विदेश से आई है, उसे और भी शह मिल रही।

सारा काम निबट चुका...

मि. तिवारी ने उठते हुए गर्मजोशी से मि. गहलोत से हाथ मिलाया। सहयोग के लिए उन्हें धन्यवाद दिया। शीना से नमस्ते भी नहीं कहा गया।

पुलिस चौकी से बाहर निकलते हुए उसके चेहरे से प्रतीत हो रहा था, जैसे वह सज़ा काटकर अभी ही जेल से मुक्त हुई हो...

आधी रात को किसी घोड़ी के हिनहिनाने का प्रखर स्वर सुनकर अचानक असलम की नींद उचट गई।

यह तो सरवरी के हिनहिनाने का स्वर है! रुन-झुन हिनहिनाहट से भरा हुआ स्वर!

हड़बड़ाया हुआ-सा उठकर वह कोठरी के किवाड़ खोल, उसे देखने बरामदे की ओर लपका। बाहर झींगुरों की झियाँहट में डूबा हुआ आधी रात का गहरा अनमना सन्नाटा था और सरवरी के बिना अकेले उदास खड़ा हुआ ताँगा। सरवरी कहाँ है? सरवरी यहाँ हो भी कैसे सकती है? उसे तो वह वहीं सड़क पर मुर्दा छोड़ आया था-नगरपालिका की बेजान लावारिस पशुओं की लाशें ढोने वाली गाड़ी के भरोसे। कितनी तेजी से वह ताँगा लेकर भागा था घटनास्थल से।

तेजी से कोठरी में लौटकर वह बदहवास-सा न जाने अपने सिरहाने क्या खोजने-टटोलने लगा। किसी चीज़ के हाथ लगते ही उसे अपनी छाती से भींच, कलेजे में हूक के बवंडर-से उठते-घुमड़ते रुदन को दबाने की कोशिश में असफल होता हुआ वह इतनी जोर से चिंघाड़ मारकर रोया कि लगा जैसे कोई पेड़ अपने तने से कटकर अरराता हुआ धरती पर आ गिरा हो और उसकी कारुणिक अरराहट पलों तक दिशाओं में काँपती हुई ठहर गई हो।

"क्या हुआ अचानक तुमको...? अल्लाह! कुछ बोलो भी...बोलो!" उसे आधी रात में टूटकर रोता हुआ पाकर जुबैदा हतप्रभ-सी उसे झकझोरने लगी। शोर से एकाध बच्चे की भी नींद टूट गई। कड़वाई हुई अबोध आँखों से वे रोते हुए बाप की ओर हैरत से देख रहे थे। इस हालत में पहली बार।

"कहीं दर्द हो रहा है? हौलनाक सपना देखा? बोलोगे नहीं तो मुझे पता कैसे चलेगा कि तुम्हें क्या तकलीफ़ है? सरवरी का ग़म सता रहा है तो सब्र करो...एक न एक दिन उसे हमसे जुदा होना ही था..."

"नहीं, वह जुदा नहीं हुई, उसके जुदा होने से पहले ही मैंने उसे मार दिया, मैंने उसकी मौत से सौदा कर लिया, बीबी! जान-बूझकर उसे गाड़ी से भेड़ दिया! यही सोचकर कि अपनी मौत तो वह मरेगी ही, आगे-पीछे किसी गाड़ी से भेड़ दूँगा तो वह मरते-मरते अपनी क़ीमत अदा कर जाएगी...ये नोट, नोट नहीं, मेरी सरवरी की बोटियाँ हैं...बोटियाँ, बीबी..."

सुनकर जुबैदा का दिल दहल उठा। असलम की पीठ सहलाता हुआ उसका हाथ जहाँ-का-तहाँ रुक गया।

(1990)

प्रेतयोनि

"दीदी, दीदी...उठो, उठो! बाबूजी बुला रहे हैं तुम्हें बालकनी में।" छोटी बहन चिंकी ने अधीर हो उसे बाँह पकड़कर झिंझोड़ने की कोशिश की। बड़ी मुश्किल से चिंकी की झँझोड़न व उसके घर पहुँचने की पक्की तसल्ली और अपने आत्मसंघर्ष के बूते पर पाई मुक्ति की सुखानुभूति से उपजी गहरी झपकी में सेंध लगाने में सफल हुई। वह अकबकाई-सी बिस्तर पर उठकर बैठ गई। आँखें नहीं खुल पा रही थीं। आँखों की कोटरों में उलीची पड़ी हुई थी पोर-पोर टूटी अवमानित देह की कड़वाई किरकिरी। पलक चीर-भर भी उठे तो कैसे? ऊपर से देह बेपेंदी की-सी हठ ओढ़े उसके वश में नहीं सध रही। सिरहाने लुढ़कने को ही थी कि अम्मा के संयमित कर्कश स्वर ने उसकी लुढ़कती देह को तमाचा-सा जड़ चैतन्य कर दिया-"नीतू! तेरे बाबूजी बुला रहे हैं बालकनी में तुझे...फिर सो लेना!"

नींद बड़ी मुश्किल से आई है। फिर आ पाएगी आसानी से? उसने मन में सोचा। पूछा इतना-भर ही-"अभी ही चलूँ?"

"साइत बिचरवाऊँ?"

विचित्र प्रतीत हुआ अम्मा का आचरण। बोल बोलने की उनकी पुरानी आदत है, किन्तु समय-कुसमय का बोध भी विस्मृत कर बैठेंगी वे, यह अनुमान नहीं था। रात यही अम्मा उसे छाती से चिपकाए, बछिया से बिछुड़ी गाय-सी कैसे डकरा रही थीं। उसके लौट आने पर विह्वल-सी वे ईश्वर को लाखों-करोड़ों धन्यवाद देती नहीं अघा रही थीं। उसे लेकर नाउम्मीदी के अवसाद में आकंठ डूबा परिवार अचानक उसे सामने जीवित खड़ा पा, अविश्वास और प्रसन्नता के आवेग मे संग छोड़ने आए हवलदार और महिला सिपाही को पानी-पत्ता तक पूछना भूल गया था। दादा (बड़ा भाई), बिन्नू

(मँझला), चिंकी (छोटी बहन), बाबूजी–सभी तो बावले हो उठे थे। कितना विभोर हुआ था महत्त्व जीकर उसका निजत्व!

"चलो आती हूँ..." चोट खाए घुटने को धीरे से सहलाती हुई वह पलंग से नीचे उतरी। सीधे होने की कोशिश असह्य चिलकन से दहल उठी। विस्मित हुई। रात बेतहाशा भागते हुए किसी भी घुटने ने अपने आहत होने की उससे चूँ तक नहीं की। अब! कमरे की चौखट पर खड़ी रातवाली चिंकी एकदम बदली हुई थी–दूर खड़ी उसके कष्ट को मूक दर्शक–सी टुकुर–टुकुर देखती हुई। इच्छा हुई, बेसिन पर जाकर नींद पर खुली धार के छींटे दे ले, लेकिन अम्मा के स्वर की आदेशात्मक कर्कशता गर्दन में पगहा कसे उसे सीधे बालकनी की ओर खींच ले गई।

लम्बी खिड़कियों से ढक दी गई बालकनी बाबूजी का शयनकक्ष है। घर में जब वे होते हैं, यहीं लेटे, बैठे, पढ़ या सो रहे होते हैं।

दीवार के सहारे पीठ टिकाए, दीवान पर बैठे हुए बाबूजी सामने अख़बार फैलाए उसे और चिंकी को छोड़, घर के सभी सदस्यों से घिरे बैठे थे। सुबह अपनी आपाधापी से मुक्त हो सबका इस तरह से इकट्ठा बैठे होना उसे सनका गया। कहीं कुछ अघटित घटा है, जिसका सीधा या घुमा–फिराकर कोई सम्बन्ध उसके परिवार से जुड़ता अवश्य है। अम्मा और चिंकी को तो वह देख चुकी थी। बाबूजी के चढ़े माथे और दादा की सिकुड़ी हुई भौंहों ने उसकी आशंका की पुष्टि की। उसे देखते ही बाबूजी के चढ़े हुए माथे की गुर्राहट उसकी ओर चील–सी झपटी–"आ गई भवानी? लो, अख़बार बाँच लो आज का।" अपनी आँखों के आगे फैलाया हुआ अख़बार अपेक्षित पृष्ठ की ओर मोड़कर उसकी ओर बढ़ाते हुए पुनः बोले वे–"ऊपर, दाहिनी तरफ वाला बॉक्स आइटम।"

शीर्षक पढ़कर सप्रश्न उसने बाबूजी की ओर देखा–"एक बहादुर लड़की की शौर्यगाथा...यही न?"

बाबूजी ने उच्छ्वास भरा–"वही!"

उसकी तीक्ष्ण हो आई दृष्टि शीर्षक छोड़ नीचे दी गई पंक्तियों पर दौड़ने लगी–

'31 अगस्त–मथुरा। कल अपराह्न ग्वालियर के निकट मुम्बई से आ रही पंजाब मेल और मालगाड़ी के मध्य हुई भयानक भिड़ंत के परिणामस्वरूप सैकड़ों मृत और घायल यात्रियों में से, भोपाल से आ रही दिल्ली विश्वविद्यालय की बी.ए. ऑनर्स अन्तिम वर्ष की छात्रा अनिता गुप्ता–जो चिकित्सकों की मामूली मरहम–पट्टी के उपरान्त जाने की अनुमति मिल जाने पर कुछेक अन्य यात्रियों के साथ साझे की टैक्सी से दिल्ली आ रही थी–अन्य यात्रियों के अपने गन्तव्यों पर उतर जाने के पश्चात् मथुरा के निकट शहर से दूर एक निर्जन स्थान पर कामुक टैक्सी–चालक की हवस का शिकार हुई। साहसी अनिता ने बड़ी बहादुरी से वहशी टैक्सी–चालक का सामना किया और किसी प्रकार उस दरिंदे के चंगुल से निकल भागने में सफल हुई। इतना ही नहीं, अस्त–व्यस्त अनिता ने निकट के पुलिस थाने में पहुँचकर उस टैक्सी–चालक के विरुद्ध रिपोर्ट दर्ज

करवाई। पुलिस पूरी मुस्तैदी से उस टैक्सी–चालक को खोज रही है। अनिता को पुलिस सुरक्षा में सकुशल उसके अभिभावकों के पास दिल्ली पहुँचा दिया गया। थाना प्रभारी के.सी. गोयल ने दिल्ली विश्वविद्यालय की इस बहादुर छात्रा के साहस की भूरि–भूरि प्रशंसा की है और लड़कियों के लिए अनुकरणीय उदाहरण बताया है।'

बॉक्स आइटम खत्म होते ही वह संवाददाता की चुस्ती पर दंग रह गई। हृदय आत्मविश्वास और प्रसन्नता की मिली–जुली हिलोरों से उद्वेलित हो गया। रात थाना प्रभारी गोयलजी ने उसके सामने भी तो कितना कुछ कहा था प्रशंसा में। चलने के समय वे बोले थे–"बहादुर लड़की! तुम अगर उस कामुक राक्षस से अकेले लड़ सकती हो तो क्या हम इतने लोग मिलकर उसे ढूँढ़ नहीं पाएँगे? उसे अपने कुकृत्य की सज़ा भोगनी ही होगी।"

वह बाबूजी को सम्बोधित कर उनसे बोलने ही जा रही थी कि 'आप लोग इस बॉक्स आइटम को पढ़कर बजाय मुदित होने के तनावग्रस्त क्यों हो रहे हैं?' लेकिन उसके मुँह खोलने से पूर्व ही अचानक बैठक में रखे टेलीफ़ोन की घंटी बज उठी–"मुक्ता का होगा, भोपाल से..." आत्मालाप–सी करती अम्मा फ़ोन उठाने बैठक की ओर दौड़ीं।

अम्मा के जाते ही सहसा बाबूजी को किसी बात का अन्देशा हुआ। चौकन्ने–से उठकर वे अम्मा के पीछे लपके। अम्मा की 'हैलो–हैलो' भी अभी पूरी नहीं हो पाई थी कि फ़ोन जबरन उन्होंने उनके हाथ से झपट लिया। बाबूजी के इस अप्रत्याशित व्यवहार से अम्मा अचम्भित हो उठीं। उनके चेहरे पर एक दबा–दबा नाराज़गी का भाव उभर आया। किन्तु बाबूजी की 'हैलो' के अन्दाज़ से उन पर यह तो स्पष्ट हो गया कि फ़ोन पर न उनकी बड़ी बेटी मुक्ता है, न ही जमाई बाबू रवि।

"कौनऽऽ? डॉ. साहब! सुनाइए, डॉ. साहब...बॉक्स आइटम? हाँआँ हाँ... पढ़कर मैं भी आपकी भाँति चकित हूँ, दरअसल नीतू तो हमारी अभी मुक्ता बिटिया के पास भोपाल में ही है, नाती अंशुल का जन्मदिन है चार सितम्बर को, उसका जन्मदिन मनाए बग़ैर वो लोग उसे आने नहीं दे रहे...न, यह अनिता हमारी नहीं है, विश्वविद्यालय में साहब पचासों अनिता गुप्ता होंगी जी...ज़माना सचमुच बहुत ख़राब है! लाख पढ़ा–लिखा दो, मगर...हाँ ठीक कह रहे हैं, लड़की सचमुच बहुत बहादुर थी। और? सहमत हूँ मैं आपसे, डेढ़ सौ सरकारी आँकड़े हैं, दुगुने ही मरे होंगे...नहीं, ग्यारह बजे के क़रीब ही निकलता हूँ घर से...अच्छा डॉ. साहब, शुभचिन्तना के लिए धन्यवाद।"

फ़ोन यथास्थान रखते हुए, बाबूजी का चेहरा और अधिक तनावपूर्ण हो उठा। लग रहा था, वे उधेड़बुन में डूबे हुए, किसी कूल–किनारे तक पहुँचने के लिए प्राणपण से हाथ–पाँव मार रहे हैं।

"सुनो!" बाबूजी का तात्पर्य अम्मा से था, लेकिन सभी को अपने निकट खड़े हुए पाकर वे क्षुब्ध स्वर में चेतावनी–सी देते हुए बोले–"सुन लिया? घर–घर बाँची जा रही है, हमारी बहादुर बिटिया की शौर्यगाथा...अभी तो फ़क़त डॉ. कामता बाबू का फ़ोन आया है। देखते रहो, दिन–भर फ़ोन की घंटी टुनटुनाती रहेगी! लोग बिटिया के

क़सीदे हमें सुनाते रहेंगे और अफ़सोस के बहाने घर आकर जले पर नमक भी छिड़केंगे...हम नाते-रिश्तेदारों में मुँह दिखाने के काबिल नहीं रहे..."

खाने की मेज़ से टिके हुए दादा ने आशंकित दृष्टि से बाबूजी की ओर देखा-"अलीगढ़वालों को भी ख़बर लग सकती है...और..."

दादा की आशंका बाबूजी को निर्मूल नहीं लगी-"और वे चाहें तो अपनी लड़की का सम्बन्ध तुमसे अभी का अभी तोड़ सकते हैं...अख़बार अलीगढ़ में नहीं बिकते?"

"कम प्रपंच होते हैं बनियों में!" अम्मा ने वितृष्णा से सिर झटककर अपनी बिरादरी को कोसा।

"अब जाति-बिरादरी को कोसना छोड़ो और कान खोलकर सुनो।" बाबूजी ने अत्यन्त सतर्क लहज़े में प्रत्येक के चेहरे को ग़ौर से देखते हुए बोलना शुरू किया-"अभी, इसी क्षण से चाहे किसी सगे-सम्बन्धी का फ़ोन आए या हितैषी-पड़ोसी का, या वे ख़ुद घर आकर अफ़सोस प्रकट करें, अख़बार में छपी ख़बर के विषय में उनसे साफ़-साफ़ मुकर जाना...यूँ अटकलें लगाते रहें लोग, लगाते रहें?"

उसका सिर घूम रहा है। यह कौन-से बाबूजी हैं? इस अपरिचित व्यक्ति को तो उसने कभी देखा ही नहीं! उसके धर्मभीरु, असत्यभीरु बाबूजी की काया के किस कोने में दुबका बैठा रहा यह कायर व्यक्ति, जो निःसंकोच झूठ पर झूठ गढ़े जा रहा है मान-मर्यादा के रूढ़ मानदंडों की रक्षा के लिए? बाबूजी तो कहते थे न-बेटियाँ ही मेरे बुढ़ापे की लकुटिया बनेंगी। अब वे लड़कियों के हाथों से स्वयं उनकी ही लकुटिया छीन, उन्हें अबला बनाने पर तुले हुए हैं, तो वे उनके बुढ़ापे का सहारा बन सकती हैं? यही व्यक्ति है, जो अम्मा से हमेशा इस बात के लिए लड़ता-भिड़ता रहा कि मैं अपनी लड़कियों को कुछ दहेज में दूँगा तो सिर्फ़ शिक्षा। शिक्षा ही उन्हें आत्मनिर्भर बनाएगी। अपनी ऊँच-नीच स्वयं निबटेंगी। हम जीवन-भर साथ बैठे रहेंगे ढाल लिए उनकी रक्षा को? अपना ऊँच-नीच निबटा नहीं उसने पूरी जीवटता के साथ? कहाँ से संचित किया था आत्मबल अपने रोम-रोम में? बाबूजी से ही पाया था न? इस तरह से कहीं सच्चाई पर पर्दा पड़ सकता है? क्यों नहीं बाबूजी छद्म खोल से बाहर आ, अपने भीतर के छटपटाते मनुष्य को मुखौटे की विवशता से मुक्त कर, साहस दिखाते कि अख़बारों की सुर्ख़ियों में क़ैद अनिता गुप्ता कोई अन्य नहीं, उनकी अपनी बेटी नीतू ही है! बाबूजी अर्गला नहीं खोलेंगे तो सदैव-सदैव के लिए उनकी अपनी नीतू के हाथों से ही नहीं, सभी बेटियों के हाथों से अपनी ही लकुटिया सरक जाएगी और...

"मुन्ना..." बाबूजी किसी कुशल अहेरी की भाँति संकल्पबद्ध हो दादा से मुख़ातिब हुए-"भोपाल डिमांड काल से तुरन्त बुक करो...रवि या मुक्ता जो भी मिले, मामला समझा दो...किसी को कानोकान ख़बर न लगे कि नीतू उनके पास वहाँ नहीं है।"

दादा ने पहले अपने बॉस के घर फ़ोन किया कि आज उनके पिता का अस्थमा अचानक उखड़ा पड़ा है, वे उन्हें डॉक्टर के पास दिखाने के उपरान्त ही कार्यालय पहुँचेंगे-

'यही क़रीब बारह तक...जी, लंच से पहले हर हालत में पहुँच जाऊँगा, सर।' चिन्तित हो आए बॉस को दादा ने स्वर में संकटग्रस्त होने का नाटकीय पुट घोलते हुए आश्वस्त किया, फिर तत्परता से भोपाल का डिमांड नम्बर डायल करने लगे।

उसके चोट-खाए घुटने की पीड़ा असह्य हो रही है। पूरे घर का कार्य-व्यापार उसे फन काढ़े, फुफकारते नाग-सा जड़ किए हुए है। प्रतिवाद आँतों में मरोड़े खा रहा है, कंठ से नहीं फूट पा रहा।

दीदी ही मिली फ़ोन पर। बाबूजी संक्षेप में परिवार की प्रतिष्ठा पर टूटी विपदा का ज़िक्र कर, क्या करना है उन्हें, क्या नहीं, हिदायत दे रहे हैं। किशोरी चिंकी को अम्मा एक कोने में ले जाकर फुसफुसाते हुए न जाने किस षड्यंत्र की भूमिका सौंप रही हैं। किन्तु चिंकी के बचपन-घुले चेहरे पर परिपक्वता का भाव शाखाओं पर फुदक रही गिलहरी सदृश स्थिर नहीं हो पा रहा।

भौंचक्के खड़े बिन्नू को दादा ने घुड़का-''मोहल्ले में तुम्हारा क्रिकेट खेलना बन्द! आज से स्कूल, स्कूल से सीधा घर, समझे?''

''स्कूल! दो-चार रोज़ बिन्नू स्कूल नहीं जाएगा तो कौन कलेक्टरी छूट जाएगी हाथ से?'' अम्मा दादा की नादानी पर भभकीं।

उसे लग रहा है, वह कमरे में जाकर सो रहे। सोना उसके लिए निहायत ज़रूरी है। वह अपनी जगह से हिली ही थी कि बाबूजी उसे सम्बोधित कर आदेशात्मक स्वर में बोले-''नीतू! तुम मानकर चलो कि तुम इस घर में अभी पहुँची ही नहीं हो! अपने कमरे से बाहर आने की ज़रूरत नहीं-न दरवाज़ा खोलने के लिए, न टेलीफ़ोन उठाने के लिए! वक़्त का सदुपयोग करो, अपने कमरे में बैठकर पढ़ो।''

''और क्या!'' अम्मा ने सुर में सुर मिलाया-''हमेशा यही शिकायत रहती है तेरी, इस घर की चौं-चौं में पढ़ने के लिए एकान्त नहीं मिलता।''

चिंकी बोल पड़ी, ''बाबूजी! आज हम स्कूल नहीं गए न, तो कल मेडिकल लेकर जाना पड़ेगा।''

''मेडिकल हफ़्ते-भर का दिलवा देंगे बेटी, तू घर पर ही बनी रह। कोई आया-गया तो घर का दरवाज़ा कौन खोलेगा? सौदे-सुल्फ की ख़ातिर तुम्हारी अम्मा घर से निकलेगी कि नहीं?''

उसका चेहरा वितृष्णा से सिकुड़ आया। जो कुछ चिंकी को नहीं समझना चाहिए, वही समझाया जा रहा है उसे और वह विवश-सी खड़ी देख रही है। वह चिंकी के बदलते मनोभावों को स्पष्ट लक्षित कर रही है। चिंकी की फुदकन अनायास चौकन्ने भेड़िए की चितवन में परिवर्तित हो रही है। पहली बार उसे सत्ता-सुख का अनुभव हो रहा है। भले दीदी की निगरानी के ही बहाने। कहाँ तो दीदी हर वक़्त उस पर धौंस जमाए रहती थीं-वह कब सोए, कब उठे, कब पढ़े, कब खेले, किसके साथ खेले, कैसे खाए, कितना खाए। बात-बात पर उनकी टोका-टाकी खोपड़ी पर सवार रहती थी-अब पासा पलटा हुआ है। चौधराहट दीदी के हाथ से सरक उसके हाथ आ लगी है।

वह बौराई–सी अपने कमरे में दाख़िल हो, टपटपाते माथे को तकिये में गड़ाकर फूट पड़ी।

रात अपनी छाती में गड़े उसके चेहरे को सहलाते, छूते, प्रलाप–सी करती अम्मा बोली थीं–"हम तो उम्मीद छोड़ चुके थे मोरी चिरैया..."

अम्मा बोले ही जा रही थीं–"तुझे गाड़ी पर बिठाते ही भोपाल से मुक्ता का फ़ोन आ गया कि नीतू के डिब्बे का नम्बर एस–नाइन है। सीट–बत्तीस। तेरे बेसब्र बाबूजी, घंटे–भर पहले ही स्टेशन पहुँच गए। स्टेशन पहुँचकर पता चला कि गाड़ी घंटे–भर के क़रीब लेट है। घंटा बीतते न बीतते पुनः घोषणा हुई कि घंटा–भर और विलम्ब है। स्टेशन पर आत्मीयों को लेने पहुँचे लोग स्पष्ट सूचना के अभाव में परेशान हो उठे। जितने मुँह उतनी बातें। किसी ने गाड़ी में बम विस्फोट होने की आशंका व्यक्त की; किसी ने इंजिन फेल होने की। डेढ़ घंटे बाद जाकर रेलवे अधिकारियों ने खेद–भरे स्वर में सूचना दी कि ग्वालियर के निकट गाड़ी के मालगाड़ी से टकरा जाने के परिणामस्वरूप भीषण दुर्घटना घट गई है। सैकड़ों यात्रियों के हताहत होने की आशंका है...स्टेशन पर हड़कम्प मच गया। घबराए बाबूजी को न इस पल चैन, न उस पल। ग्वालियर पहुँचना किसी भी तरह मुमकिन नहीं था कि घटनास्थल पर पहुँचकर तेरी खोज–खबर लेते। स्टेशन के बाहर किसी दुकान से इन्होंने घर फ़ोन कर तेरे दादा से परामर्श किया कि आख़िर क्या करें। दादा ने सलाह दी, स्टेशन पर व्यर्थ पड़े रहने से कोई फ़ायदा नहीं। स्टेशन अधीक्षक के पास नीतू का विवरण, घर का पता, टेलीफ़ोन नम्बर आदि दर्ज करवाकर चले आएँ...अनर्थ की आशंका में डूबा पूरा घर न कंठ से दो घूँट पानी उतार पाया, न मुँह में कौर। यही सोच–सोचकर कलेजा टूक–टूक होता रहा कि विधाता ने असमय मौत भी दी तो कैसी दर्दनाक! प्रेतयोनि में भटकेगी मेरी फूल–सी बच्ची..."

सुबकती अम्मा के ठुड्डी से चूते आँसू उसके धूल–उलझे केशों को नहीं भिगो रहे थे, उनके क्षुब्ध स्वर को आश्वस्त कर रहे थे।

बाबूजी पुलिसवालों को विदा करके ऊपर लौटे, तब तक वे बेटी की संक्षिप्त आपबीती से अवगत हो चुके थे कि अपने ऊपर टूटी आकस्मिक विपदा से किस जीवट और धैर्य के साथ उनकी बेटी जूझी और पुलिस थाने पहुँचकर उस कामुक टैक्सी–चालक के विरुद्ध रिपोर्ट दर्ज कराई–'आपकी बेटी दुर्गा है, साक्षात दुर्गा!' बेटी के प्रति महिला हवलदार के प्रशस्ति–उद्‌गारों ने कुछ पलों पूर्व उद्विग्न बाबूजी को गर्व से भाव–विभोर कर दिया...

"भूल जा बेटी, जो कुछ तुझ पर बीती, सोच ले, दुःस्वप्न था। हमारे लिए यही बहुत है कि तू जीवित है...हमारी आँखों के सामने है। तू एक नहीं, दो–दो यमराजों को पछाड़कर आ रही है।"

वही बाबूजी सुबह अख़बार में उसकी संघर्ष–गाथा की चर्चा पढ़कर एकाएक संवेदनाशून्य कैसे हो उठे? क्या था जो सिर्फ़ अख़बार में ख़बर बनते ही तिरोहित हो

गया? संघर्ष-शक्ति, जीवट सब हाशिए के शब्द-भर होकर रह गए! लोकापवाद के भय से? लोकापवाद के विरुद्ध तब बाबूजी कैसे तनकर खड़े हो गए थे, जब मुक्ता दीदी के अकेले बंबई जाकर नौकरी करने के निश्चय की सगे-सम्बन्धियों ने आलोचना की थी?

"मुक्ता कह रही थी, हफ़्ते-भर घर बैठाने से बात नहीं सधेगी, सीधा प्राइवेट फार्म ही भरवाओ।" बाबूजी अम्मा से कह रहे थे।

"दूरंदेश है मुक्ता। जोश में आकर यह कभी किसी सहेली से सच्चाई पो बैठी तो बिरादरी में कोई इसे अपनी देहरी लेने से रहा..."

उनकी परस्पर बातचीत बीच में ही टूट गई। बाबूजी किसी से फ़ोन पर उलझे हुए हैं। शायद कोई अख़बार का संवाददाता है और घटना के सम्बन्ध में सीधा उससे बात करने को इच्छुक है। वह तकिये से चेहरा उठा वहीं से चिल्लाकर बाबूजी से कहना चाह रही है कि वह उस संवाददाता से बात करना चाहती है। लेकिन उसे प्रतीत हो रहा है कि उसके भीतर की प्रतिवाद-शक्ति एकाएक क्षीण हो गई है या इर्द-गिर्द निरन्तर सघन हो रहे षड्यंत्र के विष-बदबू से बेसुध!

बाबूजी उत्तेजित हो कह रहे हैं-"जिस किसी विद्यार्थिनी ने उन्हें उनके घर का टेलीफ़ोन नम्बर दिया है, द्वेष-भाव से ग्रस्त होकर दिया है, टैक्सी चालक की हवस का शिकार हुई लड़की मेरी बेटी अनिता नहीं है...मैं क्या कह सकता हूँ, कौन है वह लड़की? क्यूँ नहीं लग सकता पता, ज़रूर लगाइए पता...आपको तो अपने अख़बार के लिए मिर्च-मसाले की ज़रूरत है, भई...अपनी बेटी से कैसे बात करवा दूँ, वो यहाँ हो भी तो! वह तो अपनी बड़ी बहन के पास भोपाल है...जी नहीं, मेरी बेटी के घर फ़ोन नहीं है...इसमें छिपाने की क्या बात है? जब अख़बारों में घटना का विवरण प्रकाशित हो ही गया है तो शेष क्या ढका रह जाता है? देखिए! प्रगतिशीलता और जागरूकता का पाठ कृपया मुझे न पढ़ाएँ, मैं पूरी तरह से एक जागरूक बाप हूँ...बस, इससे ज़्यादा मैं आपसे कोई बात नहीं करना चाहता।"

बाबूजी ने फ़ोन रखा नहीं, खीझ और क्रोध से लगभग पटक दिया। मानो फ़ोन का चोंगा नहीं, हथौड़ा हो उनके हाथ में और उसे उन्होंने पूरी ताकत से उस अजनबी संवाददाता की खोपड़ी पर दे मारा हो। अगले ही पल वे तमतमाए हुए-से चीखे-"चिंकी! फ़ोन का प्लग अलग कर दे तो...सुना नहीं तूने?"

बाबूजी की आक्रामक मुद्रा देख सहमी हुई-सी चिंकी उनके आदेश का पालन करने दौड़ी। किन्तु आगे बढ़कर अम्मा ने उसे बीच में ही बरज दिया-"रहने दे! तेरे बाबूजी होश में नहीं हैं।" फिर बाबूजी की ओर मुड़कर मृदु, संयत स्वर में उन्हें धैर्य बँधाती हुई बोलीं-"सिर पर टूटे पहाड़ को तुम खुरपी से उचकाने चले हो! इतने नादान कब से हो गए? कोई अपना ही ज़रूरी फ़ोन आ जाए तब?"

"हुँह, कैसे ज़रूरी फ़ोन आ रहे हैं, देख नहीं रहीं?" अम्मा की सलाह पर बाबूजी कटाक्ष से गुर्राए-"एफ.आई.आर. दर्ज कराते समय अगर यह पुलिसवालों से स्पष्ट

कह देती कि देखिए, लड़की का मामला है, उसकी सुरक्षा और भविष्य का ख़याल कर वे मामले को गुप्त ही रखें तो आज इस नाककटाई से मुक्त नहीं हो जाते हम?''

''संकट के समय बड़ों-बड़ों का दिमाग कुन्द हो जाता है, नहीं चला होगा दिमाग इस ओर।''

''बाकी दिशाओं में दिमाग दौड़ रहा था, इस दिशा में भी दौड़ना चाहिए था झाँसी की रानी का?''

''अब जो नहीं हो पाया, उसे बिसूरने से फायदा? और धीरे बोलो तनिक, सोई नहीं है नीतू। सुन रही होगी अपने कमरे में पड़ी-पड़ी।''

''उसके डर से मुँह सी लूँ?'' बाबूजी बजाय शान्त होने के और उग्र हुए।

''हल्दी-चूना पक गया, अम्मा!'' चिंकी ने रसोई के दरवाज़े से ही सूचित किया अम्मा को-''कहाँ रखूँ?''

''तश्तरी में रखकर दीदी के कमरे की मेज पर रख दे, वहीं आ रही हूँ मैं।''

''हल्दी-चूना किसलिए?'' बाबूजी ने कौतूहल से उनकी ओर देखा।

''नीतू के जख़्मी घुटने पर लेप लगाने के लिए। हथेली-भर नील पड़ा है, छूने-भर से टीसता है। हड्डी की चोट हुई तो किसी विशेषज्ञ डॉक्टर को दिखलाना होगा।'' अम्मा का स्वर अनायास चिन्तित हो आया।

''दिखा देंगे!'' बाबूजी के स्वर में विरक्ति थी-'हड्डी टूटी होती तो टाँग का हिलना-डुलना ही मुश्किल होता।''

दुश्चिन्ताओं से घिरे होने के बावजूद बाबूजी के स्वर की यह उदासीनता अम्मा को अरुचिकर प्रतीत हुई। वे उत्तर में बिना कुछ बोले मुड़ने को ही थीं कि बाबूजी की 'सुनो' सुनकर उनकी ओर पलटीं।

''मैं कह रहा था कि तुमने चिंकी, बिन्नू, मुन्ना (दादा) और नीतू को सारी बातें ठीक से समझा दी हैं न!''

उनके एक ही बात को बार-बार दोहराने से अम्मा को अचानक चिढ़ छूटी-''समझा तो दिया है तुमने, मेरे समझाने को कुछ शेष है?''

हल्दी-चूने का लेप मेज पर रखा निश्चय ही ठंडा हो गया होगा, सोचकर अम्मा बाबूजी की अगली 'सुनो' के घेराव से छूट भागने की ख़ातिर तेज़ी से बैठक से बाहर हो गईं। उनके पास पल-भर भी खड़े रहने का अर्थ होता, श्रोता बने उनकी हाँ में हाँ मिलाते रहो। चिन्ताएँ बार-बार दोहराने से कहीं हल होती हैं!

मेज पर रखी कटोरी के लेप को उन्होंने उँगली से हल्के से छूकर उसकी तताहट भाँपने की कोशिश की। लेप अपेक्षा से काफ़ी ठंडा हो गया था। ख़ासा गर्म लगाने से ही वह रक्त के जमाव को काटने में समर्थ होता, जितनी आँच सह ले। कटोरी समेत तश्तरी उठाए वे स्वयं रसोई में गईं और चिंकी को तवे पर कटोरी रखकर लेप को पुनः गर्म करने की हिदायत दे, बिना किसी आहट के उसके सिरहाने आकर बैठ गईं। कुछेक पल स्नेहसिक्त-सी वे उसके धूसरित, उलझे बालों में अटकती उँगलियाँ फिराती रहीं,

फिर चिंकी के मेज पर लेप की कटोरी लाकर रखते ही उसके कानों के पास मुँह ले जाकर फुससुसाई, ''चित तो हो ले ज़रा, नीतू! घुटने की चोट पर तनिक हल्दी-चूना मल दूँ।''

अम्मा के दुबारा आग्रह करते ही वह पलटकर चित हो आई। किन्तु दाहिनी टाँग के हिलते ही असहनीय चिलकन देह को ठंडे पसीने से तर कर गई। मुँह से चीख निकलते-निकलते बची।

सलवार का पाँयचा सँकरा था। सावधानी से खींचने-खाँचने के बावजूद घुटने की चोट के पार नहीं हो पाया। कान के पास मुँह ले जाकर अम्मा मनुहार-भरे स्वर में पुनः फुसुसाई-''सलवार उतार दे गुड़िया, पेटीकोट लाए दे रही हूँ, वही पहन ले, कमीज के नीचे।'' वे उठीं और अलमारी से तुरन्त साफ़, धुला पेटीकोट निकाल लाईं।

कमर पर सलवार उसने लुंगी की भाँति गठियाई हुई थी। देखकर अम्मा का माथा ठनका। उनकी आशंकित चमकीली आँखों में प्रश्नों की तलवारें खिंच आईं-''नाड़ा?''

''टूट गया।''

''टूट गया? कैसे?''

''भाऽगते-भागते...''

''भाऽगते? गठियाया हुआ था?''

''नाऽऽ।''

''फिर?''

उसके सूखे ओंठ 'चप-चप' से काँपकर रह गए।

''उठ!'' उसे पीठ के सहारे टेक देती हुई नहीं, बल्कि धकियाती अम्मा ने पेटीकोट गर्दन में बच्चे को पहनाए जाने वाले झबले की तरह डाला, फिर चारों ओर से उसे नीचे खींच दिया।

घुटने पर लेप मलते हुए हाथ रोककर सहसा उन्होंने पूछा, ''महीने को कितने दिन शेष हैं?''

कुछ पलों पूर्व उस पर तारी छुअन के सम्मोहन की सुखानुभूति अचानक धागा-खिंची मोती की लड़-सी छितर गई।

वह कहना चाहती थी कि अम्मा, तुम जिस आशंका से पीड़ित होकर यह प्रश्न पूछ रही हो, वैसा कुछ उस कामुक राक्षस की पूरी कोशिश के बावजूद सम्भव नहीं हो पाया! मैं प्राणपण से लड़ी हूँ...लेकिन घुटने की पीड़ा ने उसे बोलने की मोहलत नहीं दी। जोड़ों पर अम्मा की लेप मलती उँगलियाँ सख़्त हो आई थीं।

तीसरे दिन भी उसे अपने कमरे से बाहर नहीं निकलने दिया गया। बैठक में आकर बैठ सके, बन्द खिड़कियों के भीतर मुक्ति की खुली हवा में साँस ले सके, इसकी भी अनुमति नहीं थी। तर्क था-आने-जाने वालों के समक्ष उसे नहीं पड़ना है। वैसे बाबूजी का अनुमान सही निकला। प्रत्येक दिन आने-जाने वालों का ताँता लगा रहा।

कुछ ने अख़बारों में स्वयं खबर पढ़ी। कुछ कानोंकान सुनकर सहानुभूति जताने और हौसला बढ़ाने आ गए। टैक्सी-चालक की हवस का शिकार हुई अनिता अपने सेवकराम गुप्ता की पुत्री अनिता नहीं है-जानकर उनका उत्साह 'घुप्प' से बुझ गया। फिर भी बॉक्स आइटम पर उनकी सामान्य चर्चा घंटे-डेढ़ घंटे का सत्संग भाव ओढ़े जाने का नाम न लेती। सभी उस लड़की के माता-पिता को सलाह देने को उतावले हो रहे थे कि रिश्वत खा-खूकर पुलिस अगर मामला डकार जाना चाहे तो उन्हें चुप्पी मारकर नहीं जाना चाहिए, सुप्रीम कोर्ट तक लड़ना चाहिए और उस कुत्ते टैक्सी-चालक को फाँसी पर लटकवाकर ही दम लेना चाहिए।

अम्मा और बाबूजी के अभिनय-कौशल पर वह चकित थी। कितने सहज भाव से दोनों हँस-हँसकर लोगों को बैठाते-उठाते। उन्हें पुन: कभी घर आने के लिए आमन्त्रित करते। एकाध बार वह अम्मा की फुर्ती देख दंग रह गई। पाटिल आंटी और पेनकर आंटी के घर में दाखिल होते ही अम्मा उनके लिए पानी लाने के बहाने उसके कमरे में झाँककर उसे आगाह कर गईं कि वह धीरे से कमरे की चिटखनी भीतर से चढ़ा ले। नम्बरी चालू हैं दोनों। किसी बहाने कमरे का जायज़ा लेने पहुँच सकती हैं। वैसे कोई सवाल किया भी उन्होंने तो उससे निपटना आता है उन्हें। कह देंगी, आगरा से बड़ी भतीजी आई हुई है, नौकरी का साक्षात्कार देने। तैयारी कर रही है कमरा बन्द कर।

शायद सुशीला आंटी आई हुई हैं। उन्हीं की आवाज़ लग रही है। आंटी किसी अख़बार में उसी के सन्दर्भ में प्रकाशित किसी समाचार की चर्चा कर रही हैं। वह दरवाज़े की चिटखनी उतार, फुट-भर दरवाज़ा खोलकर अपने कान बैठक की ओर लगा देती है। आंटी बता रही हैं-"आज दोपहर के 'सांध्य टाइम्स' में बॉक्स आइटम समाचार छपा है कि दिल्ली विश्वविद्यालय की छात्रा कुमारी अनिता गुप्ता के साथ, 30 अगस्त की रात कथित दुर्व्यवहार करने वाले बलात्कारी टैक्सी-चालक को अब तक न पकड़ पाने की पुलिस की अकर्मण्यता के प्रतिवाद में दिल्ली विश्वविद्यालय के समस्त छात्र-छात्राओं ने कल दस बजे सुबह आई.टी.ओ. स्थित पुलिस मुख्यालय के समक्ष विरोध-प्रदर्शन करने का आह्वान किया है।"

"ठीक ही तो है, ठीक ही कर रहे हैं वे...आबरू की रक्षा के लिए अकेली लड़की के दुर्गा बनने से रक्षा नहीं हो सकेगी, पूरे समाज को उसके साथ खड़े रहना होगा।" अम्मा की प्रतिक्रिया थी।

उसके कानों को विश्वास नहीं हो रहा...छद्म का इतना अधम रूप!

उसने महसूस किया-'सांध्य टाइम्स' में छपी खबर सुनकर सारे घर को साँप सूँघ गया। बाबूजी बौखलाए हुए-से बैठक से बालकनी, बालकनी से बैठक के बीच चक्कर मारने लगे। बाबूजी की उद्विग्नता भाँप अम्मा उनके रक्तचाप के विषय में चिन्तित हो उठीं-"जाओ, जाकर मंडी से साग-सब्जी ही ले आओ!" फिर बाबूजी के निकट पहुँचकर आग्रह करती-सी बोलीं, "बाहर निकलोगे तो तनिक जी बहलेगा।"

फिर बिन्नू को पुकारकर रसोई के दरवाज़े के पीछे टँगे ख़ाली थैलों में से खाकी रंग वाला थैला उठाकर ले आने के लिए कहा।

बाबूजी ने ठिठककर अनिच्छा वे उनकी ओर देखा।

"और हाँ, देखना, पटरी पर किसी के पास 'सांध्य टाइम्स' की प्रति मिल जाए तो ख़रीद लाना।"

यह बात अम्मा ने लगभग फुसफुसाकर कही बाबूजी से।

"बिन्नू को दौड़ा के सुशीला के घर से भी मँगा सकती हूँ, पर कहीं वह यह न सोचे कि मैं इस ख़बर में इतनी दिलचस्पी क्यों ले रही हूँ...फिर बच्चे को फुसलाते देर लगती है!"

वह भी चाह रही है कि बाबूजी सब्जीमंडी तक घूम-फिर आएँ और रास्ते से 'सांध्य टाइम्स' ख़रीदकर ले आएँ। अम्मा आग्रह न करतीं तो निश्चय ही संकोच त्यागकर वह बाबूजी से कहने ही जा रही थी। विरोध-प्रदर्शन की खबर वह अपनी आँखों से पढ़ना चाहती है। शब्द-शब्द जानना चाहती है कि ये कौन लोग हैं, जो उसके स्त्रीत्व के अपमान और तिरस्कार से स्वयं अपमानित और आहत हुए हैं। बेचैन हुए हैं। क्यों नहीं वे प्रतिक्रिया में ख़ामोश बैठ गए-उसके परिवारवालों की भाँति...जो घटा, मात्र उसके मूक दर्शक-से।

बिन्नू के हाथ से ख़ाली थैला लेकर बाबूजी ने उसे खाने की मेज़ की कुर्सी की पीठ पर लटका दिया।

उसे लगा, बाबूजी घर से निकलकर नहीं जाना चाह रहे। उनके भीतर द्वंद्व के कई-कई मोर्चे खुल गए हैं। उसे महसूस हो रहा है कि हर मोर्चे पर बाबूजी की सिर्फ़ पीठ है।

अम्मा रसोई में शायद चूल्हे पर दूध गर्म करने के लिए चढ़ा रही हैं।

आगे बढ़कर वही आग्रह करे? पहले की तरह। पहले की ही तरह उन्हें हाथ में जबरन थैला पकड़ाकर पीठ से ठेलते हुए दरवाज़े से बाहर कर आए। हो सकता है, पहले ही की तरह पलटकर बाबूजी उसके दोनों हाथों को अपनी मुट्ठियों में जकड़ लें और 'कैसी रही' वाली नटखट मुस्कान मुस्कराते हुए कहें, "अरे चुड़ैल! धक्का मारकर क्यों घर से बाहर कर रही है, जा रहा हूँ, जा रहा हूँ और अब तो तुझे भी संग घसीट लिए चलूँगा। चल, पकड़ थैला।"

वह अपने कमरे से निकलकर बैठक में टहल रहे बाबूजी की ओर दबे पाँव बढ़ी।

आहट सुनकर विचारमग्न बाबूजी उसकी ओर पलटे। उसे देखते ही आगबबूला हो एकदम से चीखे-"बाहर क्यों आई अपने कमरे से निकलकर...कमरे में जाओ?"

वह बाबूजी के अप्रत्याशित रौद्र रूप के लिए प्रस्तुत नहीं थी। अवाक् हो जड़ हो आई।

"सुना नहीं तुमने?"

उसने पहली बार प्रतिवाद में मुँह खोला-"मुझे आज का 'सांध्य टाइम्स' चाहिए बाबूजी, प्लीज।"

"तो धुआँ ऐसे ही नहीं उठ रहा। लगता है, तुमने अपने साथियों को कहीं से इशारा कर दिया है कि अब वे तुम्हारे आत्मसम्मान की रक्षा का नाटक खेलें और हमारी इज़्ज़त को सरेआम सड़कों पर नीलाम करें...तुम?" तमतमाए हुए बाबूजी आपा खो बैठे और उसकी चोट खाई टाँग की परवाह किए बिना उसे बाँह से दबोच कमरे की ओर घसीट ले गए–"सारे किए–कराए पर पानी फेरकर धर दोगी तुम...पंक में स्वयं ही नहीं डूबी, हमें भी लिसेड़कर धर दिया!"

चूल्हा धीमा कर अम्मा घबराई हुई–सी उसके कमरे की ओर दौड़ी आईं और बजाय बाबूजी के असन्तुलित व्यवहार के प्रति आपत्ति प्रकट करने के उलटा उसे ही कोसती हुई बोलीं–"यह क्या नौटंकी है, नीतू! मोहल्ले को घर में इकट्ठा करके ही मानेगी?"

तीन दिन के प्रशिक्षण में ही पक आई चिंकी अम्मा की सतर्क आँखों का संकेत पाते ही घर की एकाध खुली खिड़कियों के पट फुर्ती से बन्द करने लगी, ताकि चीख–पुकार का कोई स्वर घर की देहरी न लाँघ सके।

उसे मालूम है कि खिड़कियाँ बन्द करने के पश्चात् चिंकी दौड़कर दादा का ट्रांजिस्टर उठा लाएगी और कहीं भी सुई फिट कर उसे पूरे वाल्यूम पर चला देगी।

फूटती रुलाई को कंठ में ही घोंट देने के लिए उसने औंधे हो, पूरी शक्ति बटोरकर तकिये में मुँह गड़ा लिया। नाक दबने से साँसें अवरुद्ध हो रही हैं। होती रहें। क्रूर संकल्प से दृढ़ हो आई। चेहरा नहीं उठाएगी तकिये से। अच्छा है। दम घुट जाए। इनके हाथों रिस–रिसकर मरने से अच्छा है आत्मघात।

आवाज़ों के मिले–जुले शोर ने बेहोशी को चिकोटी भरी तो उसने पाया कि कमरे की दीवारों से कोहरे घुला–सा अँधेरा चिपका हुआ है। पर्दे के पीछे से सहन की ट्यूब बत्ती की उजास पींग भरने को व्याकुल झूले के लम्बे पटे–सी, पर्दे हिलते ही फ़र्श पर हिलकोरें लेने लगती है...

दूरदर्शन पर शायद कोई धारावाहिक चल रहा है। कोई हास्य–धारावाहिक। बीच–बीच में चिंकी और बिन्नू की उन्मुक्त खिलखिलाहट की खनक धारावाहिक की रिकॉर्डेड समवेत हँसी की ध्वनि के साथ घुलमिल रही है। उसे लग रहा है, घर के सारे सदस्य दूरदर्शन से जुड़े बैठे हुए हैं। रसोई की बत्ती बन्द है। आसपास किसी के होने की चुटकी–भर आहट सुनाई नहीं दे रही। दस–पन्द्रह मिनट और सुनाई नहीं देगी। सहन की दीवार से सटे रखे मेजनुमा शो–केस के ऊपर बाबूजी का कॉर्डलेस टेलीफ़ोन रखा रहता है। पिछले जाड़ों में जीजाजी ने उन्हें सिंगापुर यात्रा से लौटकर विशेष प्रयोजन के साथ भेंट किया था कि वे घंटे–भर पाखाने में बैठे रहते हैं। अख़बार वहीं पढ़ते हैं। एक फ़ोन सुनने की ही असुविधा होती है उन्हें। यह यंत्र उन्हें इस असुविधा से मुक्ति दिलाएगा...

उसे अपनी कॉलेज की साथिन सहेली नम्रता से बात करनी है। उसके लिए नम्रता का कई बार फ़ोन आ चुका है, हर बार वही झूठ उसे भी टिका दिया गया। लेकिन नम्रता जानती है कि वह तीस अगस्त को भोपाल से चलने वाली थी। खत लिखा था उसे

उसने। वह नम्रता को अपनी घुटन के विषय में बताना चाह रही है। वह उसे बताना चाह रही है कि वह अपनों द्वारा ही अपने घर में नज़रबन्द है और कामुक टैक्सी–चालक की हवस का शिकार अनिता गुप्ता कोई अन्य नहीं, तुम्हारी एकमात्र अपनी सहेली नीतू है, नीतू...

नम्रता से सम्पर्क करने के लिए पाखाने के भीतर काग़ज़, पेंसिल, लिफाफा ले जाकर उसने कुछ पंक्तियाँ घसीटकर संकेत से बिन्नू को कमरे में बुला चिट्ठी उसकी निकर की जेब के हवाले कर चिरौरी की थी कि वह सावधानीपूर्वक नीचे जाकर चिट्ठी लेटर बॉक्स में डाल आए, मगर चिट्ठी लेटर बॉक्स में डालने की बजाय बिन्नू ने बाबूजी के हाथ में थमा दी थी–वही बिन्नू जो राक्षस और राजकुमार की कहानी सुनने के बाद राक्षस से भयभीत हो उसकी टाँग–पर–टाँग चढ़ाए बिना न सोता...

वह बिल्ली की तरह दबे पाँव शो–केस के निकट पहुँचकर कॉर्डलेस फ़ोन उठा लेती है और फुर्ती से उसका तार निकालकर, स्विच आन कर नम्रता के घर का नम्बर घुमाने लगती है। नम्बर लग गया है। आंटी ने उठाया है। वे 'हैलो–हैलो' कर रही हैं। वह उनसे नम्रता को बुला देने के लिए कहने जा रही थी कि बलात् किसी ने उसके हाथों से फ़ोन झटक लिया। उसकी अचम्भित भयाक्रान्त दृष्टि के समक्ष दादा खड़े हुए अगियाबेताल–से उसे घूर रहे थे–"फ़ोन किसे कर रही थी?"

'मैं किसी को फ़ोन नहीं कर सकती?' उसने अपने भीतर प्रतिवाद किया–'हिलने–डुलने साँस लेने के लिए मुझे तुम्हारी अनुमति चाहिए।'

मूक आक्रोश से उसकी पूरी देह थर्रा उठी, किन्तु ओंठों पर सिवाय दयनीय फड़कन के कुछ नहीं फूट पाया। क्या हो गया है...उसे क्या हो रहा है? वह कुछ बोलती क्यों नहीं?

दादा ने बिन्नू को फ़ोन उठाकर अपने कमरे में रख आने का आदेश दिया, फिर निकट आ खड़े बाबूजी को फ़ोन शो–केस पर रखा छोड़ देने की असावधानी पर डाँटा।

"आ चल, हम सबके साथ बैठक में चलकर अंग्रेजी समाचार सुन, तब तक चिंकी मेज पर खाना लगाएगी।" अम्मा मनौवल भाव प्रदर्शित करती उसे बैठक में ले चलने के लिए उद्यत हुईं। अपनी ओर सप्रश्न देखते हुए बाबूजी का अभिप्राय ताड़कर वे उन्हें आश्वस्त करती हुई–सी बोलीं–"अब कोई आने से रहा, आया भी तो तुरन्त अपने कमरे में भेज दूँगी।"

उसने घड़ियाली सहानुभूति से चटचटा रहे अम्मा के हाथ को अपने कन्धे पर से झटका और बिना किसी की ओर देखे अपने अँधेरे कमरे की ओर मुड़ ली।

खिसियाया हुआ आक्रोश पिघलकर आँखों से बह रहा है–धारोधार।

अम्मा उसके पीछे उसके बिस्तर तक चली आईं और हमेशा की भाँति उसके बालों में उँगलियाँ फँसाकर चक्करघिन्नी हो रहे सिर को खुजलाती–सी सहलाने लगीं–"धैर्य से काम ले, बेटा...कठिन समय में धैर्य से ही पार लगता है...जो कुछ हो रहा है, तेरे भले के लिए ही न!"

सहन में खड़े हुए दादा उसकी मानसिक दशा पर बाबूजी से अंग्रेज़ी टिप्पणी कर रहे हैं–"विक्षिप्त हो रही है एकदम!"

उसकी इच्छा हो रही है कि अपने बालों में फँसी अम्मा की उँगलियों को बालों से खींचकर पेंसिल की तराशी पैनी नोक की भाँति मोड़कर तोड़ दे...उनकी छुअन अब कपड़े उतार चुकी है! उनकी छुअन और उसकी देह के बीच अनकहे संवाद के समस्त सेतु चुक गए हैं। कभी ऐसा हो सकता था कि अम्मा उसे छू रही हों और वह निरी–काठ की काठ बनी पड़ी उनकी गोद में अपना मुँह न छिपा सके!

"खाना लग गया, अम्मा! दादा और बाबूजी मेज पर बैठे हैं।" चिंकी ने कमरे में झाँककर सूचना दी।

"उन लोगों से कहो, खाना शुरू कर दें, और सुन..." अम्मा का स्वर अचानक रहस्यमय हो आया–"चूल्हे की बगल में छोटे स्टील के पतीले में काढ़ा बना रखा है, गिलास में डालकर दीदी के लिए ले आ फौरन...खाने से पहले देना है।"

'लाई' कहकर चिंकी रसोई की ओर लपकी। गिलास लिए कमरे में आने से पूर्व वह बाबूजी, दादा और बिन्नू को खाना शुरू कर देने को भी कह आई।

"ले, उठ नीतू! खाने से पहले तनिक ये काढ़ा तो पी ले।" अम्मा ने उसे उठाने के लिए उसकी गर्दन के नीचे हाथ फँसाया।

"काढ़ा? कैसा काढ़ा?" भूख कुलबुला रही है आँतों में।

'चिंकी, तू जा!" अम्मा ने गिलास चिंकी के हाथ से अपने हाथ में लेते हुए उसे कमरे से बाहर भेज दिया और अस्फुट स्वर में बोलीं–"काढ़ा पी लेने से महीना किसी हालत में नहीं रुकेगा...पी ले चुपचाप।"

उसने विस्फारित नेत्रों से अम्मा की ओर देखा। कमरे में फैली पीली रोशनी उसके सूखे चेहरे पर जर्दी–सी गहरा आई।

"सोच क्या रही है? ज़हर नहीं पिला रही तुझे..." अम्मा के धैर्य का मुखौटा उनके चेहरे पर से सरकने लगा।

"ज़हर ही पिला दो सीधा...छुट्टी!"

"नीतूऽऽ..."

"तुमने पूछा मुझसे?"

"हाथ आई को मर्द छोड़ता है कहीं?"

"हाथ आती तब न! तुमसे झूठ बोला है कभी?"

"बोला हो, न बोला हो...काढ़ा पीने में हर्ज? उबाली जड़ी–बूटियाँ–भर ही तो हैं।"

"हर्ज है...इसका मतलब है, तुम मुझ पर विश्वास नहीं कर रहीं।"

"ठीक है, नहीं कर रही...तू काढ़ा पी चुपचाप।"

"नहींऽऽऽ!" वह हठी हो आई।

"पीना पड़ेगा।" तैश में आई अम्मा ने उसके सिर के बालों को निर्ममता से मुट्ठी में दबोच लिया और दूसरे हाथ से जबरन गिलास उसके मुँह से लगाना चाहा।

उसने प्रतिकार में पूरी ताकत से अम्मा को परे ढकेल दिया। काढ़े का गिलास अम्मा के हाथ से छिटककर पायताने रखी किताबों-भरी अलमारी से जा टकराया। हरेरा के रंग-सा काढ़ा किताबों की जिल्दों से बहता हुआ फ़र्श पर चूने लगा।

क्रुद्ध शेरनी-सी अम्मा आपा खो बैठीं। वे उसकी अनपेक्षित उद्दंडता के लिए क़तई प्रस्तुत नहीं थीं। लपककर झपाटे से उन्होंने पुनः उसके बालों को मुट्ठी में कस लिया और उसके छूटने को कसमसाते चेहरे पर तड़ा-तड़ चाँटे जड़ने शुरू कर दिए।

उसने हिंस्र हो आई अम्मा के चाँटे जड़ते हाथ को दोनों हाथों से पकड़ने की कोशिश की, लेकिन अम्मा के सिर पर तो जैसे कोई भूत सवार हो गया था। उनका हाथ पकड़ने की अनधिकार चेष्टा ने आग में घी का काम किया। अम्मा ने उसे बालों समेत पलंग पर से फ़र्श पर खींच लिया और शक्ति-भर उस पर लातें बरसाने लगीं। वे शायद उसे लात-घूँसों से अचेत होने की सीमा तक रौंदती, अगर दादा और बिन्नू ने उन्हें पीछे से जकड़कर अलग न कर दिया होता।

''अच्छा होता...तू उन्हीं डेढ़ सौ परलोक सिधार गई सवारियों में से एक होती कुलच्छिन!'' जाते-जाते अम्मा सराप रही थीं उसे।

प्रेम, वात्सल्य, शुभेच्छा-सब झूठे शब्द हैं। अपनी-अपनी कुंठाओं का पर्याय। वे जो जीवन के नाम पर जीना उसे सौंपना चाहते हैं, वह पग-पग पर उनकी शर्तों के तैयारशुदा फन्दों में स्वयं को कसना नहीं होगा? यह नज़रबन्दी मात्र हफ्ते-भर के लिए नहीं है। एक लम्बा गिरवी जीवन ऐसी ही नज़रबन्दी की चींथती सँकरी सुरंग में बन्दी होकर बिताना होगा उसे। बिता सकोगी वह?

कितनी कुशलता से अम्मा, बाबूजी ने अपने भीतर के अविवेकी शोषक को रोप दिया बिन्नू और चिंकी के कच्चे मन-मस्तिष्क में कि उन्हें अपनी दीदी से अलग होते समय नहीं लगा। उनकी दृष्टि जब भी उसकी ओर उठती है, संशय, हिकारत से भरी किसी अपराधी की ओर तनी उँगली हो उठती है।

बुआ के गाँव बिरहुन के चमरा टोल में देखा वह दृश्य अट्टहास भरने लगा उसकी चेतना पर, जिसमें छह-सात लोग बल्लम, भाला ताने अपने ही हाथों सेये गए सुअर का वध करने को उसे घेर रहे थे और सुअर दारुण चीत्कार करता हुआ अपने प्राणों की रक्षा के लिए शक्ति-भर भाग रहा था...भाग रहा था...

नहीं...इनके सामने आत्मसमर्पण से अच्छा है आत्मघात!

पूरा घर बेसुध नींद में चियाया पड़ा हुआ था। सावधानीपूर्वक उठकर उसने अपने कमरे की चटखनी भीतर से चढ़ा ली और पेटी के ऊपर तहाए रखे कपड़ों में से अम्मा की एक नायलोन की साड़ी खींचकर, उसे बँटकर मज़बूत फन्दा तैयार किया। साड़ी का एक सिरा बिस्तर पर मोढ़ा रखकर, छत के पंखे से बाँध, उसे खींच-खींचकर परखा...मुक्ति का यही रास्ता शेष है...कारण वह कोई लिखकर नहीं मरेगी। दादा का हस्तलेख हू-ब-हू उससे मिलता है। जो भी कारण वे लोग अपनी प्रतिष्ठा और पसन्द के अनुसार चुनना चाहें, उसके आत्मघात के सन्दर्भ में चुनने के लिए स्वतंत्र हैं।

वह मोढ़े पर चढ़कर खड़ी हो गई। फन्दा पकड़कर अपने गले में डालने जा रही थी कि अचानक उसकी आँखों के सामने 'सांध्य टाइम्स' की वह अनदेखी प्रति घूम गईं, जिसमें बॉक्स आइटम में यह खबर प्रकाशित हुई थी कि दिल्ली विश्वविद्यालय की छात्र-छात्राएँ कल सुबह दस बजे पुलिस मुख्यालय के समक्ष, छात्रा अनिता गुप्ता के कथित बलात्कारी टैक्सी-चालक को पकड़ने में हो रहे विलम्ब के ख़िलाफ़ शान्तिपूर्ण विरोध-प्रदर्शन करेंगे...

कल वही छात्र और छात्राएँ जब बॉक्स आइटम में उसके आत्मघात की सूचना पढ़ेंगे तो वे स्वयं को अपमानित और ठगा हुआ नहीं महसूस करेंगे कि वे एक निहायत कमज़ोर और कायर लड़की के बहाने अपनी लड़ाई लड़ रहे थे, जो उन्हें लड़ने से पहले ही हार मानने को अभिशप्त कर गई!

वह पलों मोढ़े पर खड़ी 'सांध्य टाइम्स' की अनदेखी प्रति में प्रकाशित उस सूचना को बार-बार पढ़ती रही...

अनिश्चय के गर्भ में अँकुआता एक निश्चय अपना क़द ग्रहण करने लगा-वह एक से लड़ सकती है-पाँच से क्यों नहीं लड़ सकती? अब वह अकेली भी तो नहीं!

गले से फन्दा निकालकर वह उचक-उचककर खेल खेलती-सी पंखे से अम्मा की साड़ी की गाँठ खोलने लगी। जो सामान जहाँ जैसा था, उसने यथावत रख दिया। जाकर बोझमुक्त हो, निश्चिन्त-सी पलंग पर लेट गई। नींद एक अजीब-सी ख़ुमारी लिए उस पर तारी हो रही है...कल सुबह वह भी होगी आई.टी.ओ. स्थित पुलिस मुख्यालय के सामने विरोध-प्रदर्शन के लिए एकजुट होती अपनी पीढ़ी के साथ...

लपटें

वे अपनी खोली के भीतर सहमे हुए-से बैठे थे।

कुछ देर पहले ही नाश्ते में पोहा खाया था और इस वक़्त चाय की गर्म घूँटों के साथ वे एक अजीब किस्म की देह निचोड़ती-सी अनमनाहट घूँट रहे थे।

वे, यानी पति-पत्नी, दो जुड़वाँ लड़कियाँ। बड़ा बेटा बब्बू तड़के ही किसी मित्र के घर अँधेरी निकल गया है। मित्र और वह दोनों ही पीएमटी की तैयारी कर रहे हैं और भविष्य में डॉक्टर बनने के सपने देख रहे हैं। वैसे तो इस छोटे-से घर में तीसरी कक्षा के सामान्य विद्यार्थी मुनुवा यानी राजकिशोर यादव को भी होना चाहिए था और अगर वह इस समय जीवित होता तो पूरी तरह पास न होकर भी प्रमोटेड होकर चौथी कक्षा का विद्यार्थी होता। वह जीवित क्यों नहीं है, यह बात उसके घरवालों के लिए अनहोनी-सी दारुण घटना है; लेकिन वर्तमान अराजक सामाजिक परिवेश को देखते हुए अन्य लोगों के लिए अति सामान्य-सी बात! साम्प्रदायिक दंगों में अक्सर तो बहुतों के पूरे-के-पूरे कौटुम्बीय जन समाप्त हो जाते हैं। पुरखों को कोई पानी देने

वाला भी नहीं बचता। इस परिवार में कम-से-कम डॉक्टर बनने का सपना देखने वाला एक युवा पुत्र तो है जो अपने पुरखों को कभी प्यासा नहीं रहने देगा!

लड़कियों का मन हो रहा कि वे अपनी चाली की अन्य सहेलियों के साथ उनमें से किसी भी एक की खोली के सामने वाले बरांडे में खड़ी हो बाहर चल रही सरगर्मी के ताप से भीतर जम रही उदासी और निचाटपने को कौतूहल में पिघला लें, किन्तु माँ की डपटन ने उन्हें जगह पर से हिलने नहीं दिया-"भूल गई अपने मुनुवा को? बड़ा पत्थर कलेजा है तुम लोगों का!"

लड़कियों ने डपटन का प्रतिवाद फ़र्श को क्षणांश घूरते हुए मन-ही-मन किया कि तुम भी विचित्र हो माँ! किन लोगों को किनके साथ जोड़कर आशंकित हो रही हो! नेताजी का सम्बोधन सुनने जितने लोग जुड़े हैं वे अपने ही तो पड़ोसी हैं...वे तो नहीं! लेकिन प्रत्यक्ष में लड़कियाँ मुँह नहीं खोल पाईं।

उनकी चाली लम्बी चाली थी। पैंतीस-छत्तीस साल पुरानी। मलाड पश्चिम के इलाके मालवानी नम्बर एक में।

चाली के दाहिने अन्तिम सिरे पर, पंढरपुरी तम्बाकू की छोटी-सी थोक दुकान के मालिक अगाशे साहब की खोली थी। उनकी खोली के सामनेवाले बरांडे की खुली जगह में-जिसे मुम्बई के लिहाज से खुली ही माना जाएगा-आस-पास की चालियों के बाशिंदे उमड़े खचाखच भरे हुए थे। इतवार का दिन था। सुबह के ग्यारह बज रहे थे। अन्य किसी रोज़ इत्मीनान से भरी इतनी भीड़ जुड़ नहीं सकती थी।

भीड़ की गोलबन्दी के बीचोंबीच पैजामा, कुर्ता, सदरी और सिर पर गांधी टोपी धारण किए हुए नेतानुमा व्यक्ति, भीड़ को लगभग ललकारते हुए-से सम्बोधित कर रहे थे-"ये जागा (जमीन) किसकी? येऽऽ जागा किसकी?" कुछ देर रुककर उन्होंने अपनी ललकार का असर, आवेग में आकंठ डूबे लोगों के दिमाग में कील-सा पर्याप्त ठुकने दिया, फिर जैसे उसके समवेत उत्तर को स्वयं शब्द देते हुए-से बोले, "हमारी न! हमारे बाप-दादों की न! अपनी ही धरती पर हम लोग उपेक्षित हो रहे हैं, भेदभाव का शिकार हो रहे हैं...क्यों?" उनकी चीते-सी चौकन्नी नज़र फिर से भीड़ के चेहरे पर सुलग आई उत्तेजना टटोलने दौड़ी-"अपनी ही धरती पर हम अन्य प्रान्तवासियों से शासित, शोषित हो रहे...क्यों? बाहरवाले हमारे सोने के अंडे जनने वाली मुर्गी सदृश्य महानगर में बाढ़ के पानी-से फैल गए हैं और पूरे नगर में सड़ाँध फैला रहे हैं। बरसों-बरस पहले रोज़ी रोटी की तलाश में आए थे ये 'बाहर के लोग', आज हमारे घर में करोड़पति व्यवसायी, बड़े-बड़े अफसर, सिनेमा सुपर स्टार, दुकानदार, ठेकेदार बने हुए बैठे हैं और..."

वे फिर टोहने रुके। उत्तेजना को आक्रोश की लपटों में पूर्णरूपेण बदलते देख हुँकारते हुए-से आगे बोले-"हमारी जात-बिरादरी के लोग अपनी ही जागा पे बेरोज़गार हो कुली, कबाड़ी, क्लर्क बने इनकी चाकरी पर मजबूर हैं! क्यों? यह सब केन्द्र की राजनीति है-हमारे लोगों को मजबूर और अशक्त बनाए रखने की। लेकिन

अब हम उन्हें सावधान करना चाहते हैं कि अब हमारी जागा पर हमारी राजनीति चलेगी, उनकी नहीं। हम नपुंसक नहीं हैं। अपने हितों को अब हम और तिरस्कृत होता नहीं देख सकते! अपनी जात-बिरादरी के लोगों की हित-चिन्तना की खातिर, उनके अधिकारों के संरक्षण की खातिर हमने अपनी पार्टी गठित की है, 'लोकसेना!' " तालियों की तुमुल ध्वनि के बीच नेता के निश्चय का स्वागत हुआ।

आख़िरी हाथ की ताली की ताल पूरी होने तक नेता महोदय मुग्धावस्था में ही रहे। सन्नाटा खिंचते ही उन्होंने दहाड़ लगाई-" 'अमचा मुम्बई, अमचे माणस' यही 'लोकसेना' का आवाहन है। मुम्बई पर अपनी पार्टी की विजय-पताका फहराकर हम सम्पूर्ण महाराष्ट्र को अपना लक्ष्य बनाएँगे। अलख जगाएँगे!"

नेताजी ने भीड़ से वादा किया कि उनकी पार्टी के सत्ता में आते ही 'हमारी' जात-बिरादरी के लोग रोज़गार में आरक्षित होंगे। वे व्यवसाय की सुविधाएँ पाएँगे। उच्च पद उनके लिए सुलभ होंगे। ऊँची अट्टालिकाओं में वे बसेंगे। सिनेमा के पर्दे पर नायक-नायिका होंगे, तकनीशियन होंगे। इन समस्त लक्ष्यों की पूर्ति के लिए वे सर्वप्रथम 'लोकसेना' के सदस्य बनें। पार्टी के विकास के लिए दिल खोलकर चन्दा दें। 'लोकसेना' उनकी पार्टी है। किसी की टट्टू नहीं।

नेताजी के आह्वान पर लोगों ने अपनी जेबें टटोलीं। मगर नेताजी ने उन्हें बरज दिया कि सभा-स्थल पर वे चन्दा नहीं स्वीकार करेंगे। वे जात-बिरादरी की प्रत्येक देहरी पर स्वयं याचक की भाँति उपस्थित होंगे और बूँद-बूँद से 'लोकसेना' का घड़ा भरेंगे। जैसी जिसकी सामर्थ्य हो-कोई सीमा-बाध्यता नहीं-स्वयं प्रेरित होइए और दिल खोलकर चन्दे के लिए आगे आइए!

महानगर की उत्ताल क्षुब्ध लहरों को चीरती हुई डोंगी की भाँति भीड़ के जयघोष को चीरते हुए, शहीदी मुद्रा ओढ़े नेताजी अगाशे साहब की खोली के समक्ष जा पहुँचे। संयोजित कार्यक्रम को स्वयं प्रेरित होने का रंग पहनाते हुए अगाशे साहब की कृतकृत्य होती पत्नी ने देहरी पर तिलक कर उनकी आरती उतारी और चरणों में झुक गईं। अगाशे साहब ने उन्हें ससम्मान कुर्सी पर बिठाया और गले में रूमाल लहराते उनके अंगरक्षकों को घर में धँसने की जगह बनाई।

खिड़की के पर्दे खींचकर लोगों के चेहरों को नहीं, सिर्फ़ उनकी आँखों को भीतर की झाँकी झाँक पाने-भर का डौल प्रदान किया गया। खिड़की पर ढेरों आँखें एक-दूसरे पर सवार हो धक्का-मुक्की करने लगीं कि अगाशे साहब की खोली की दीवारों के ढहने का अन्देशा हो आया।

कार्यक्रम चरमोत्कर्ष की ओर बढ़ा।

अगाशे साहब की पत्नी एक पल के लिए भीतर गईं। लौटीं तो उनकी दोनों अंजुरियाँ गहनों से लबालब भरी हुई थीं। इष्ट के चरणों में श्रद्धा-सुमन समर्पित करती हुई भक्तिन सदृश उन्होंने नेताजी के चरणों में गहने अर्पित कर दिए। तालियों की तुमुल गड़गड़ाहट में लोगों के कान नहीं, बल्कि आँखें फट पड़ीं। गद्गद नेताजी की

दाहिनी हथेली आशीष देती हुई तथागतीय मुद्रा में तन गई। काफ़ी मनुहार के बाद जलपान का आग्रह उन्होंने अगाशे साहब की पत्नी के हाथों एक गिलास 'गोरस' भर पीकर रखा और कुर्सी से उठ दिए।

उनके कुर्सी से उठते ही गले में 'भगवा रूमाल' लहराए चेलों ने एक महान ऐतिहासिक विजेता महाराज के नाम की तान भरी–"बोलऽऽऽ...की जय!!"

भीड़ के गले की नसें तनने लगीं।

जन–जागरण का यह अनुष्ठान नेताजी ने चाली की प्रत्येक खोली में दोहराया। छूट गया सिर्फ़ उनका मकान–रघुनन्दन यादव उर्फ 'दूधवाले भैया' की खोली! सैकड़ों जोड़ी पाँवों की आहटें जयघोष से आलोड़ित होती, उनकी खोली का बरामदा उतर गईं। वे भीतर साँसें रोके हुए दरवाज़े पर किसी दस्तक की प्रतीक्षा करते रहे।

खिड़की के पल्ले की ओट से दूधवाले भैया की पत्नी ने, उनकी जुड़वाँ बेटियों ने नेताओं के काफिले को शेगडे चाली की ओर मदमस्त हाथी की चाल से बढ़ते देखा।

सहमे स्वर में वे पति से बोलीं, "चन्दे की खातिर हमारा घर काहे छोड़ दिए नेताजी?"

जवाब तुनकी हुई एक बेटी ने दिया, "सारी चाली नेताजी के स्वागत में इकट्ठी हुई। बप्पा काहे नहीं गए?"

"चुप्प रह! छोड़ दिए तो छोड़ दिए। चन्दा बचा हमारा।" प्रतिक्रिया में बाप गुर्राए।

"झूठ काहे बोल रहे? नहीं गए पार्टीबाजी के चक्कर में...नहीं जानते कि दूसरों की भूमि पर अपनी राजनीति नहीं चलेगी!" पत्नी ने भीतर की गाँठ खोली।

"सोऽऽ?" लगातार संकीर्णता–भरी नारेबाजी सुनकर क्षुब्ध पति ने उन्हें घुड़का–"लोकतंत्र है! जो चाहे जहाँ खड़ा रहे, तुम काहे बेवजह खोपड़ी खपा रहीं?"

"खोपड़ी सही–सलामत है सो खपा रहे हैं। खोपड़ी न रहेगी तो खपाएँगे ख़ाक।"

"तुम्हारे वेद–वाक्यों का मतलब?" मतलब ख़ूब समझते हुए भी पति ने अनजान बनने की कोशिश की।

"मतलब बहुत भयानक है। चाली के सभी खोलीवालों ने नेताओं की पैलगी की। सबै की खोली से समाई–भर चन्दा उगाहा गया। दिया। उगाहा। एकै तुम्हारी खोली छोड़ने का मतलब? मतलब तुम तो हो गए नक्की...बिरादरी बाहर..."

"औ...हमने तो बिटियन को बाहर जाने से बरजा था। भीड़ देखते ही जाने काहे घबराहट–सी होने लगती है। न जाने कब पैंतरा बदल, उन्मादी हो उठे। पर तुम काहे घर में घुसे बैठे रहे?"

"मर्जी क्या है तुम्हारी?" पति की भृकुटि चढ़ी–"चरचर–चरचर लगी हो तब से। नाक रगड़ें उनके पाँवों पर जाके? इक्कीस बरस से पड़ोसी हैं हम मातरे साहब, अगाशे साहब के। सो कुछ नहीं लगे उनके? छोड़ दिए तो छोड़ दिए। मामला एकदम

साफ़ हो गया कि हम उनकी जात के नहीं, देस के नहीं, धर्म के भले एक हों, होते रहें..."

"अन्दर की बात समझ भी गए तो उनमें कोई फ़र्क नहीं पड़ने का!" पत्नी का स्वर अनायास थर्राया।

"न पड़े।"

"बुद्धि से काम लो। हमारी समझ में यही आ रहा है कि तुम समय गँवाए बिना फौरन शेगड़े की चलिया की ओर लपक लो और नेताजी को सादर अपनी खोली पर आने के लिए आमन्त्रित करो..."

पति ने पत्नी की बात सुनी–अनसुनी–सी की।

जयघोष के निरन्तर ऊँचे होते स्वर ने पत्नी को तनिक और उद्विग्न कर दिया– "हेठी की चिन्ता छोड़ो। मामला हाथ से छूटी गोली हो गया तो फिर साधे नहीं सधने का!"

अचानक सब्र खो, क्षुब्ध स्वर को भरसक दबाते हुए पति तड़के, "पार साल हुए दंगों को भूल गईं? भूल गईं इनका दो–मुँहा चरित्र! अपने धरम के लोगों को साम्प्रदायिक ताकतों के कातिलाना हमलों से बचाने की आड़ में इनकी पार्टी में शामिल गुंडों ने उन्हीं पर नहीं, हम लोगों पर भी कम खुन्नस नहीं उतारी। नहीं लूट लीं दुकानें? नहीं फूँके तबेले?"

पति का गोल, मूँछों–भरा चेहरा वितृष्णा से डरावना हो आया। औरतजात अख़बार पढ़े तो जाने इनकी पोलपट्टी! इनके छद्म! विधानसभा में उत्तर भारतीय विधायकों ने इनके जुल्मों के ख़िलाफ़ हंगामा खड़ा कर दिया तो अपनी जाति के उद्धारक यही नेता भारी–भरकम शब्दों में अपने गुंडों की वकालत करने पर उतर आए कि आत्मरक्षा के लिए किए गए प्रतिवाद–स्वरूप सम्भव है कि संयोगवश कोई लपट तबेले, दुकानों तक पहुँच गई हो। बल्कि हमारी पार्टी, हमारे कार्यकर्ता न होते तो इनके तबेले, दुकानें ही न फुँके होते–घर भी फूँके गए होते। विधायकों ने तर्क किया कि संयोग एक खास वर्ग, जाति के लोगों के साथ ही क्यों घटा तो पलटकर उन्होंने उत्तर भारतीय विधायकों को फटकारा कि वे तिल का ताड़ बनाकर जातीय साम्प्रदायिकता की आँच पर अपनी रोटी सेंकने की कोशिश कर रहे हैं...

दुःस्मृतियों से भरा बीत गया कल कहीं रीतता है!

उनकी करक की छटपटाहट पत्नी की टकटकी में आर्द्र होने लगी–"सोई तो हम कह रहे, ऐसा फिर नहीं हो सकता! हो सकता है नहीं, बल्कि शर्तिया होगा!"

आर्द्रता को कंठ में ही घूँटा पत्नी ने।

बेबस खिन्नता फुँकार छोड़ती–सी करेजे को मथ गई।

उनके लोगों ने कभी इस धरती को पराया समझा! कम सेवा–टहल की इस मायानगरी की! कमाकर गाँव–घर पठवाते रहे तो अपना ही आधा पेट काटकर न! डाकेजनी की किसी की सम्पत्ति पर? खाने–कमाने की नीयत से घर–बार त्याग,

बरसों–बरस पहले गुड़–सतुवा बाँध निकल लिए थे उनके लोग। आज अपने ही देश में बिराने हो गए! गाँव, घर, कुटुम्बी जनों के लेखे तो वे परदेशी ही हो गए हैं। ससुर निर्मोही हो साफ़ कहते हैं कि बहुरिया! जो दोनों बिटियन को लेके तुम अपनी देहरी वास न करोगी तो निश्चय मानो, जात–बिरादरी में इन लड़कियों का ठौर–ठिकाना न लगने का!

न इधर के रहे, न उधर के हुए।

दिन–रात हाड़तोड़ी कर जितना जोड़ा–कमाया, उनकी दखल किनारा कर, लगनपूर्वक गाँव बैठे ससुर की झोली भरते रहे–कोई एहसान मानता है? जब अपने ही लगे–सगे किए–दिए का एहसान नहीं मानते तो ये लोग तो फिर पराये ही ठहरे! इनकी भूख–प्यास बिना कुछ उगाहे शान्त नहीं होने की! फिर जब इन्हीं के बीच रहकर जीना–मरना हुआ तो उसका ब्याज–दंड हँसी–ख़ुशी झेल लेने में कैसी हील–हुज्जत!

पत्नी की चुप्पी पति को खली।

पत्नी की बड़ी बुरी आदत है। कोई बात मन में आ जाए या बैठ जाए तो अन्य दिशा में सोच ही नहीं पाती।

"बोल नहीं रही?"

"चित्त ठिकाने नहीं तुम्हारी नासमझी के चलते।"

"फिर वही खूँटा! इनकी आवभगत से कुछ होना–हवाना नहीं। मानो! हमारे लोग भी अब चेत रहे। संगठित हो रहे। संगठित होने के महत्त्व को बराबर अनुभव कर रहे हैं। अब अगर हम पर वार हुआ तो हम एकजुट हो उसका प्रतिवाद करेंगे। हमें लूटकर पकी–पकाई खिचड़ी हज़म कर पाना फ़िलहाल इनके लिए इतना आसान नहीं।" पति ने हाथ उठाकर झटका–"हमने भी इस शहर की ईंटों पर पलस्तर चढ़ाया है।"

"मुकाबले से ये चुप बैठ जाएँगे? हिसाब चुकते हो जाएँगे? उनके हिसाब चुकते हो गए इस देश–समाज में जिनके दोनों ओर से सैकड़ों मुकाबले हो चुके हैं और अब तक हो रहे हैं?"

"हमने कौन चूड़ी पहन रखी है...और क्यों दबें हम!"

"भैंस दुहते–दुहते तुम्हारी अकिल ठुस्स हो गई है। तनिक दिमाग से काम लो। जल में रहकर मगरमच्छ से बैर उचित नहीं।"

"फालतू धौंस–पट्टी में आ रहीं। न्याय, व्यवस्था, कानून कोई मायने नहीं रखते?"

"मुनुआ का न्याय मिल गया? जिसकी लाठी उसकी भैंस–तबेले के मालिक होके भी नहीं बूझ पाए इस महामंत्र को! कानून और क्या कहते हो–व्यवस्था में तो इन्हीं की जात–बिरादरी के लोग भरे हुए हैं! और अब जैसा हम समझ पा रहे हैं, बेरोज़गार निठल्ले ही नहीं–पढ़े–लिखे भी इनके पक्षधर हो रहे हैं..."

पति ने टोका तमककर–"बलबलाते भर नहीं हम। सब तैयारियाँ चल रही हैं।

विधानसभा चुनाव में हमारे अधिक-से-अधिक प्रतिनिधि खड़े हो रहे हैं।''

''बस, बस, मिल गया बहुमत! मौका पड़ने पर उनके सूप की राई होते बेर नहीं लगती। आ गए विपदा में तुम्हारी रक्षा को वे...''

''तुम्हारे ये नेताजी आएँगे?''

''नेताजी नहीं आएँगे, आएँगे काम पड़ोसी! उनके अनुयायी। सोई कह रही हूँ, फौरन उठ जाओ और अपने दरवाज़े पर लग गया ख़ूनी ठप्पा पुँछवा लो!''

पति के भीतर अचानक जनमे असमंजस को अगले ही पल नकद कर लेने के ध्येय से पुनः ललकारा उन्होंने-''जयघोष से हमें अनुमान हो रहा कि नेताओं की सवारी इस वक़्त शेगड़े चाली की बसन्ती ताई के ठियाँ पहुँची हुई है।''

दुविधा से उबर नहीं पाए पति। पड़ोसी बेवकूफ़ नहीं ठहरे। नेताजी को अपने ठियाँ आमंत्रित करने आया देखकर सोचेंगे नहीं कि अब तक कहाँ सोए बैठे थे रघुनाथ यादवजी उर्फ दूधवाले भैयाजी! नगाड़े किसी और मुहल्ले में तो बज नहीं रहे थे!

चतुर पत्नी ने दुविधा भाँप ली।

मुक्ति को आगे आई-''निःसंकोच अगाशे साहब से कह देना कि दो-एक भैंसियों की तबीयत अचानक बिगड़ गई थी सो दुहाई के बाद तुम्हें तबेले में ही रात काटनी पड़ी। अभी-अभी घर लौटे तो घर घुसते ही खबर लगी कि नेताजी तुम्हारी कुटिया बिना पवित्र किए हुए ही आगे बढ़ दिए हैं, तो तुम उलटे पाँव पलट लिए। वैसे भी भोर से तुम मूस-से घरघुस्सू हुए पड़े हुए हो। किसी ने तुम्हें देखा थोड़े ही है कि तुम खोली पर मौजूद हो कि नहीं।''

ऊहापोह तनिक दरकी। अनमने-से कुर्सी छोड़ उठ खड़े हुए और खूँटी पर टँगा कुर्ता उतारकर, गले में डालते हुए पत्नी की ओर उन्मुख हुए-''अपने निर्णय पर एक बार फिर से विचार लो...नेताजी को खोली में आमंत्रित करने का मतलब समझती हो ना!''

''ख़ूब सोच-विचार लिया है। हम भी उन्हें चन्दा देंगे। उनकी जात-बिरादरीवालों से अधिक देंगे।'' पतनी का स्वर दृढ़ हो आया।

दरवाज़े की कुंडी खोलते हुए वे पलटे-''बहबूदी न झाड़ो, चन्दे की रकम आएगी कहाँ से?''

''उसका भी इन्तज़ाम है।''

उन्होंने अविश्वास से पत्नी की ओर देखा। दरवाज़े का पल्ला नहीं खोला।

''बब्बू के डाकदरी के दाखिले के लिए जो बाइस हज़ार रुपए जुगाड़कर कल बैंक में डालने के लिए रखवा गए थे तुम-रोक लिए थे हमने। चन्दे में वही दे दो।''

''दिमाग तो नहीं चल गया तुम्हारा?'' पलटकर वे पत्नी की सीध में हो गए।

''दाखिले के लिए चिन्तित मत होओ। मौके पर हम अपनी ये चार ठो चूड़ियाँ बेच देंगे। पाँच तोले की हैं!''

वे क्रोध से भरे कुछ कहने को हुए कि पत्नी ने बोलने नहीं दिया। उसकी आवाज़

भावावेश में काँपती-सी हो आई–"जान है तो जहान है, पैसों का क्या! कमा लोगे। बाल-बच्चों की जान कमा सकते हो, बोलो?"

'बोलो' ठीक से कहते नहीं बना। गला एकदम भर्रा आया उनका।

जुड़वाँ बेटियाँ अधीर हो माँ के निकट खिंच आईं–"तुम इतनी परेशान क्यों हो रही हो, माँ!" एक ने हैरानी से सवाल किया।

उत्तर में उसके कंठ से आर्तनाद फूट पड़ा, जिसे फौरन उसने मुँह में आँचल ठूँसकर रोका। एक लम्बी हुचकी खींचते हुए फुसफुसाईं–"मुनुआ को उन लोगों ने लपटों में नहीं झोंका...जहरा चूड़ीवाली बता रही थी कि रोज़े का समय चल रहा मेरा। झूठ नहीं बोलूँगी, भाभी साहब! हमने अपनी नंगी आँखों से शेट्टी टीवीवाले की दुकान लूटने के बाद सत्तार चाली के छोकरों को मुनुआ को दबोच लपटों में झोंकते देखा है...सत्तार चालीवाले पार साल इन्हीं की पार्टी के लिए चन्दा माँगने नहीं आए थे!"

खोली की दीवारों पर सन्नाटा रेंग गया...

वे यानी रघुनंदन यादव उर्फ मुम्बई के दूधवाले भैयाजी अपनी जगह पर पत्थर की मूरत हो गए। एक बेटी ने माँ के इशारे पर रसोई से गिलास-भर पानी लाकर दिया, मगर वे घूँट नहीं भर पाए।

अचानक दरवाज़े का पल्ला खोल वे बिना पीछे मुड़े पत्नी से बोले, "तुम नेताजी की अगवानी की तैयारी करो फटाफट...शेगड़े की चाली से हम उनके काफिले को अपनी खोली की ओर मोड़ते हैं..."

(1995)

बलि

"चलो हटो, दिक्क न करो मोर बच्ची! चित्त ठिकाने नहीं आज हमारा। करिहांव (कूल्हे) ऊपर से चिलक रहा...अई हाँ, पिराई न! कोल्हू के बैलन की नाईं दिनामान खटते रहे मुँह चापे। काहे कि जीप-भर अनाज-पानी कुटाई-पिसाई की खातिर चक्की पे जाना था। सो, भिनसारे आँगन में बारिन ने बढ़नी डाली नहीं कि हम सूप फटकारते जो अगोरने-पछोरने बैठे बबुआइन (मजूरिन) के संग तो उतरती दोपहरी जा के कहीं निरता पाए। अब किस्सा-कहानी सुनावे की खातिर देही में दम है?

"छोड़ो बच्ची, कल सुन लेना और परसों लिख लेना।

"बस्स, यही खराबी है तुममा। पिंड नहीं छोड़तीं तुम। हठिया रही हो तो चलो, उठो फुर्ती से। जाके चुपै अपनी आजी की मसहरी के भीतर हाथ डारि उनके सिरहाने धरा बेना (पंखा) उठा लाओ।

"लेउ! यह फुर्र-फुर्र का डुला रही हो बेना, तनिक तेजी से हाथ चलावऽऽ...

"सुनो! हाँ तो सिंहद्वार वाली सबसे ऊँची बखरी रही गाँव में उनकी। रही का,

अबहू लकलकाय के खड़ी है सिर ताने। बत्तीस गाँव के ताल्लुकेदार रहे ठाकुर गजराज सिंह! अब न ताल्लुकेदार रहे, न ताल्लुकेदारी, बच्ची! मगर शान-शौकत और रोब-दाब में कौन कमी। हाथी मरा तौ सवा लाख का...झूठ थोड़े है।

"ठाकुर गज़राज सिंह के दो बेटे हुए-कुँवर गजेन्द्र सिंह और कुँवर वीरेन्द्र सिंह। कुँवर गजेन्द्र सिंह के तीन बेटे हुए-बड़े कृपाल सिंह, मँझले बलभद्र सिंह और छोटे हरिदत्त सिंह, जिनमें जीवित शेष हैं मँझले ठाकुर बलभद्र। वीरेन्द्र सिंह के तीन बेटे और तीन बेटियाँ हुईं, जिनमें जिन्दा हैं ठाकुर पृथ्वी सिंह और ठाकुर गत्ती सिंह। खैर, पटियैतों का किस्सा छोड़ो। तुम ठाकुर बलभद्र सिंह का किस्सा सुनो, बिटिया...

दिशा-मैदान से फ़ारिग हो, कान में जनेऊ चढ़ाए हुए गाँव की ओर लौट रहे कद्दावर मँझले ठाकुर बलभद्र जैसे ही अपने पन्द्रह एकड़ भूमि में हरियाए आम, अमरूद, कटहल, पपीता, बेरी, काग़ज़ी नींबू और बेलों की गझिन वृक्षावलियों वाले विशाल बाग की नागफनी-आच्छादित चौतरफ़ा डूहनुमा बाड़ के ठीक दाहिनी ओर सटे गलियारे से गुज़रने लगे कि चिहुँके चित्त से ठिठके। विचार कौंधा-लगे हाथ उन थलहों की खाद-पानी और उठान का मुआयना भी न करते चलें, जिनमें पिछले महीने ही मलीहाबाद और लखनऊ की नर्सरी से विशेष जुगत भिड़ाकर मँगवाए गए विरल किस्मों के सफेदा और दशहरी की कलमों का रोपण हुआ है!

हालाँकि भोर बेला समय का बड़ा कसाव है उनके पास। स्नान-ध्यान से निवृत्त हो, सूरज देवता के नीम की पहली साख चढ़ते ही कुलपुरोहित पंडित चन्द्रिका प्रसाद द्विवेदी, अपने प्रकांड ज्ञानी-ध्यानी समधी ज्योतिषाचार्य 1008 स्वामी पंडित विंध्येश्वरी सुकुल के संग बखरी पधारने वाले हैं। स्वामीजी के आतिथ्य और पाँव पखारने का गुरुतर दायित्व मुहम्मदपुर वाली दुलारी छुटकी दुलहिन के सुपुर्द कर, रात सोने से पूर्व हिदायत हो गई थी कि बरसों-बरस से साँकल-चढ़े, भैयावाले अटारी के मंत्रणा-कक्ष की रातोंरात सफाई-धुलाई हो, एक कोने में पूरब की ओर मुँह कर एक तख़्त डलवा उस पर मृगछाला बिछ जानी चाहिए। आवाजाहियों के प्रति विशेष सतर्कता बरतते हुए कि स्वामीजी के बखरी पहुँचने की सूचना सेंधमार, नागवर (सीढ़ियाँ) न उतरने पाए। जलपान में केवल चितकबरी गाय का ताज़ा फेनिल दूध-भर ग्रहण करेंगे स्वामीजी, सो चितकबरी गाय को तब तक दुहने की मनाही है, जब तक मंत्रणा-कक्ष से उसे दुहने के संकेत न हो जाएँ।

अपने सीमित जीवन-काल में बड़े भैया ठाकुर कृपाल सिंह जवार-जनपद के हलका का कोटा बनने वाली अपनी मान-प्रतिष्ठा को सात तालों में सँजोकर रखने की सीख पिलाते हुए अकसर एक फूहड़-सी बैसवाड़ी कहावत दोहराते न हिचकते-"मुन्ना! 'बखरियन की पिछड़ी उघड़ै तो चूतड़ झाँके, आँचल सरकै तो चूँची।' "

अनायास अनहोनी स्मरण होते ही ठाकुर बलभद्र सिंह का जी कड़ुवाया। स्टेट

अचलगंज के 'स्टेट बैंक' से गाँव के लिए निकलते ही आकस्मिक जीप दुर्घटना में हुई बड़े भैया की दर्दनाक मृत्यु अब तक उनके लेखे अनसुलझी पहेली की दुहरी–तिहरी गाँठ बनी हुई है, जिसे पिछले आठ बरसों से कोई चुटकी सूत–भर भी ढीला नहीं कर पाया। वे सौ फीसदी अपनी इस मान्यता पर अटल हैं कि बड़े भैया का कत्ल हुआ है और इस षड्यंत्र का सूत्रधार और कोई नहीं, उनके पितियाउत भाई पृथ्वी सिंह ही हैं।

अकबरपुर वाली बुआ से ही उन्हें भनक मिली थी–पृथ्वी सिंह को सन्देह था कि चकबन्दी में बड़े भैया ने तहसीलदार को पोट–पाटकर ऊसर–बंजर और दूरदराज के अनुपजाऊ खेत उनके मत्थे मढ़ दिए हैं। यहाँ तक कि बँटवारे में तराजू से तौलकर बँटे स्वर्णाभूषण, अशर्फियाँ और चाँदी के कलशों में भी सरासर बेईमानी हुई है। बाग–बगीचे और ईंटों के दो–दो चलते भट्ठे उन्होंने महज एक तलैया के बदले हड़प लिए। बुआ से उन्होंने खुलकर शिकायत की थी कि उनके बच्चों को पैसे–पैसे का मोहताज बनाने वाले बड़े भैया कभी फल–फूल नहीं पाएँगे।

उनके भीतर प्रतिशोध की रह–रहकर दहकती लपटों को बेदर्दी से ज़मीन चटवाई बड़ी भौजी की छूँछी कलाइयों ने, "लाला मत भूलो, उन कसाइयों की चिता को अग्नि देने को आठ–आठ जवान–जहील पूत छाती ताने खड़े हुए हैं। तनिक तुम अपनी छेदही झोली का प्यौंदा ग़ौर करो। हमारी विडम्बना देखो! हम ऐसी डाकिन हुई कि बारह ठो पूत जनके भी बड़े ठाकुर की वंशबेली को बढ़ाने की खातिर ले–दे के एक विक्रमवा को सेय–पाल पाए! पूत का मुँह देखने को तरसे तुम तीन–तीन दफे भाँवरे डलवाके भी नए–नोखे एक बिट्टन गोद खिला पाए। हरिदत्त की मसें भीगने न पाईं कि वे राम–प्यारे हो गए। सोचो नखलऊ (लखनऊ) का ताल्लुकेदार कॉलेज क्या पृथ्वी सिंह की पहुँच से बाहर है और हमारा विक्रमवा महफूज है? कुटुम्ब फूले–फलै, इसका जतन करो, लाला। अपने छप्पर के फूस को तीली न दिखाओ, समझे? अकबरपुर वाली बुआ ने जन्मपत्री भिजवाई है बिट्टन की लगन की खातिर, सो उसको मिलवाओ। बिट्टन से निबटो तो विक्रमवा को निबटाओ।"

बाग में प्रवेश करते ही मड़ैया के बाहर पहरुए बटुकवा की गुदड़ी तहाई झिलंगी खटिया सूनी पा ठाकुर बलभद्र सिंह की उद्विग्नता संटी–खाए बैलों–सी बे–लगाम हो आई।

हरामखोर लोघौरे में दूसरी ब्याहता में मुँह दिए खर्राटे मार रहा होगा। यहाँ भूमि लोट रही कलमी आमों और पसेरी–पसेरी के गदरा रहे लम्बोतरे कटहलों की फसल ठेके पर चढ़ने से पूर्व ही उतर गई तो उनकी अंटी को लग गया न हज़ारों का चूना? हालाँकि विपरीत हवा के चलते बाग–बगीचों के तकने की खातिर पहरुओं की पहरेदारी की आड़ उनके लेखे एक मन की तसल्ली–भर है, वरना पहरेदारी के लिए गाँव–जवार में उनकी उपस्थिति का आतंक ही पर्याप्त है। हाथ डालने का जोख़िम कौन मतिभ्रष्ट उठाएगा?

थलहों के ऊपर धुनषाकार हुए ठाकुर बलभद्र सिंह की कलमों में फूटती कोंपलों

ने बाग में बटुकवा की अनुपस्थिति के रोष को सावन की पहली झींसी–सा जुड़ा दिया। हो सकता है, बेटीऽऽऽ...दिशा–मैदान को निकल गया हो।

मृगचर्म पर पद्मासन मुद्रा में विराजे 1008 स्वामी पंडित विंध्येश्वरी सुकुल के चन्दन–लिपे चौड़े ललाट पर जन्मपत्री पढ़ते ही चिन्ताकुल बल गहरा आए।

''कन्या शिवकला कुँवर आपकी इकलौती पुत्री है, यजमानश्री?'' निर्निमेष दृष्टि से अपनी ओर ताक रहे ठाकुर बलभद्र सिंह की ओर उन्होंने भेदती–सी तीखी दृष्टि डाली।

''जी, स्वामीजी!''

''तीन ब्याह किए आपने?''

''जी।''

''कन्या का जनम किस पत्नी से हुआ?''

''तीसरी से।''

''तीनों सहधर्मणियाँ जीवित हैं?''

''सौभाग्य से।''

''पुत्र हुआ ही नहीं या होकर नहीं रहा?''

ठाकुर बलभद्र सिंह की दुखती रग खुरच जाने के भय से कुलपुरोहित पंडित चन्द्रिका प्रसाद द्विवेदी ने प्रसंगवश विनम्र हस्तक्षेप किया–''प्रथम पत्नी के सात वर्ष तक गर्भवती न होने की अवस्था में यजमानश्री ने पुत्रेष्टि यज्ञ का अनुष्ठान सम्पन्न करवाया, किन्तु अपेक्षित परिणाम न हुआ...''

''हमारी चिन्ता छोड़िए स्वामीजी, बिटिया का भविष्य बताइए।''

''उसी पर हमारा ध्यान केन्द्रित है, यजमानश्री। भारी व्यवधान पड़ा है।'' स्वामीजी जन्मपत्री पर दृष्टि गड़ाए, तने हुए–से झूले–''दुर्योग से आपकी बेटी मंगली है। सप्तम स्थान में वक्री मंगल बैठा हुआ है। परिणाम अनिष्टकारी होगा अर्थात् पति–सौख्य में बाधादायक!''

अगले ही पल व्यस्त भाव से जन्मपत्री चौकी के एक ओर रखकर स्वामीजी कोरे काग़ज़ पर कुंडली और राशिचक्र बनाने में तल्लीन हो गए। कुछ पल घेरों और ग्रहों को लेकर अस्फुट गणना करते रहे। फिर अचानक गर्दन सीधी कर ठाकुर बलभद्र सिंह की उत्कंठित आँखों में उतरते हुए–से बोले, ''ऐसा है यजमानश्री, आपकी जानकारी के लिए मैं स्पष्ट कर दूँ कि मंगल रवि के साथ में हो अथवा शुक्र अथवा बुध के साथ हो तो प्रभावहीन होता है, किन्तु द्वादश भाव, सप्तम भाव, अष्टम भाव का अनिष्टकारी होता है। मंगल राहु अथवा शनि महाराज के साथ हो तब भी अनिष्टकारी होता है।''

''अनिष्ट से आपका तात्पर्य?'' स्वामीजी की लयात्मकता से ठाकुर बलभद्र सिंह किंचित् ऊबे।

''पति–सौख्य (सुख) में बाधा, यानी...स्पष्ट सुन पाएँगे आप?''

"पुत्री का पिता हूँ मैं!"

"यही संकोच है, यजमानश्री, हमारा। बहरहाल, विवाहोपरान्त आपकी कन्या का वैधव्य योग बन रहा...निश्चित..."

वास्तविकता से परिचित हो ठाकुर बलभद्र सिंह बहुत विचलित नहीं हुए। उन्हें उम्मीद थी कि संयोग से अगर वर की जन्मपत्री अनुकूल हुई और ग्रहमान तेजस्वी हुए तो कन्या के दोष उनके समक्ष स्वयं परास्त हो जाएँगे।

"वर की जन्मपत्री से गुण-दोष मिलाकर देखिए, स्वामीजी कि इन दोनों का परस्पर कोई संयोग बन रहा है?"

"देखे ले रहा हूँ, यजमानश्री।" कहते हुए 1008 स्वामी पंडित बिंध्येश्वरी सुकुल ने कुछेक अन्य जन्मपत्रियों में से अपेक्षित जन्मपत्री उठाकर गौर से देखते हुए ठाकुर बलभद्र सिंह से सत्यापन हेतु जानना चाहा-"यही है न वर की जन्मपत्री? चिरंजीव कुँवर अनिरुद्ध प्रताप सिंहऽऽ सुपुत्र श्री सोबरन सिंहऽऽऽ, उत्तर फाल्गुनी नक्षत्र, प्रथम चरणे जन्म...जन्म नाम मोहन...तस्य राशि कन्या...स्वामी बुध?"

"जी यही है।"

स्वामीजी मनोयोग से वर की जन्मपत्री पढ़ने में दत्तचित्त हो गए। किन्तु जन्मपत्री का मन ही मन विश्लेषण करते हुए स्वामीजी के अरुणिम श्रीमुख पर तेजी से हो रहे भाव-परिवर्तनों ने ठाकुर बलभद्र सिंह को कुछ उद्विग्न कर दिया। संयोग से इतना वज़नी रिश्ता अकबरपुर वाली बुआजी के प्रयत्नों से स्वयंमेव चलकर उनकी देहरी पर पाहुना हुआ है। उन्हें लगा कि उनके अच्छे दिन शुरू हो चुके हैं। कुलपुरोहित की गणना के मुताबिक, उनके ऊपर चल रही ढैया भी समाप्ति पर है। नाऊ ठाकुर के हाथों कुँवरजी की जन्मपत्री मिलान के लिए पठवाते हुए बुआजी ने लिखवाया कि 'उनके घर पर कार्तिक स्नान के समय आई बिट्टन को ठाकुर सोबरन सिंह की मालकिन निरख चुकी हैं और पसन्द कर चुकी हैं। देहरी पर हाथी बाँधना बड़े-बड़ों के वश का नहीं, मन्ना! न हाथी की झूल गधैया पर सोहे। मगर तुम चिन्ता न करना। हम पर भरोसा रखना। हम सब सरिया लेंगे।'

चौकी पर दोनों जन्मपत्रियाँ फैलाकर विचारमग्न स्वामीजी कन्या और वर के ग्रहमानों का संयुक्त अध्ययन करते हुए अचानक हाथ खींच लेने की-सी मुद्रा में उखड़े, विरत स्वर में बोले, "कुछ नहीं हो सकता यजमानश्री, संयोग असम्भव है।"

ठाकुर बलभद्र सिंह असहज हो आए-"तात्पर्य?"

"तात्पर्य स्पष्ट है कि वर मंगली नहीं है। और यजमानश्री! इतना तो आप भी जानते होंगे कि मंगली का काट केवल मंगली ही है। मलाल छोड़ें। आपके लिए अनिवार्य है कि आप अपनी कन्या के सुदीर्घ सौभाग्य हेतु मंगली वर तलाशें। वैसे, जिज्ञासा अनधिकार चेष्टा ही होगी, कन्या के शीघ्र विवाह के लिए आप इतने व्यग्र क्यों हैं?"

तत्काल कोई उत्तर देते नहीं बन पड़ा ठाकुर बलभद्र सिंह से।

"क्योंकि अभी आपकी कन्या रजस्वला भी नहीं हुई होगी?"

"दरअसल बात कुछ यूँ है, स्वामीजी।" 'जी जू' का लिहाज छोड़कर और कन्या के रजस्वला होने-न-होने के अप्रासंगिक तर्क को नज़रअन्दाज़ कर पहली बार ठाकुर बलभद्र सिंह अपनी असलियत पर उतरे-"हमारे कुल में लगन-ब्याह रियासतों की भाँवरें होती हैं, वर-वधू का गठजोड़ नहीं। अकबरपुर से सम्बन्ध स्थापित करना हमारे जवार में परम्परा और प्रतिष्ठा के निर्वाह का प्रश्न है। बत्तीसों गुण अनुकूल होने के बावजूद बिटिया का हाथ किसी ऐरे-गैरे कुल में देना हमारे लिए सम्भव नहीं।"

ठाकुर बलभद्र सिंह के अप्रत्याशित तेवर स्वामीजी को अव्यावहारिक और अशिष्ट प्रतीत हुए। फिर भी वे समधीजी का लिहाज कर, स्वयं को संयत किए हुए खिन्न स्वर मे बोले, "आडम्बर करने के लिए आप स्वतंत्र हैं, यजमानश्री! उसके लिए शास्त्रसम्मत होना आवश्यक नहीं।" रुष्ट 1008 स्वामी पंडित विंध्येश्वरी सुकुल ने उदासीन भाव अख़्तियार कर, कन्या और वर की जन्मपत्रियाँ चौपरत कर एक ओर सरका दीं।

मनोमालिन्य दरकने की सीमा तक खिंचे इससे पूर्व कुलपुरोहित पंडित चन्द्रिका प्रसाद द्विवेदी ने दोनों पक्षों की हठधर्मी को सामान्य करने की गरज से अपने यजमानश्री का अभिप्राय समधी के समक्ष करबद्ध स्पष्ट किया कि प्रतिष्ठित कुल-गोत्र में बिटिया शिवकला कुँवर का कन्यादान करने की पृष्ठभूमि में विशेष निहित उद्देश्य यजमानश्री का स्वयं के लिए उत्तराधिकारी प्राप्त करना भी है। नाती को गोद लेने का निश्चय वे पहले ही कर चुके हैं। स्वच्छन्द प्रकृतिवाले भतीजे विक्रम की ओर से उनका मन हट चुका है।

"आप पहुँचे हुए ज्ञानी-ध्यानी हैं, समधीजी!" कुलपुरोहित ने यथासम्भव उनके बड़प्पन को हवा दी-"विनम्र निवेदन है आपसे कि आप अकबरपुर वाले सम्बन्ध को सम्भव बनाने हेतु दोषमुक्ति का उपाय सुझाएँ।"

प्रतिकूल परिस्थितियों में कुलपुरोहित की व्यवहारकुशलता से अभिभूत हुए बलभद्र सिंह ने स्वयं को परिष्कृत किया-"सुना है, आपके लिए किसी भी समस्या का निदान कठिन नहीं। चमत्कारी सिद्धियाँ आपके वश में हैं..."

कष्टभोगियों से निरन्तर अक्षत-चन्दन के आदी 1008 स्वामी पंडित विंध्येश्वरी सुकुल समुचित अभ्यर्थना से सन्तुष्ट हो पसीजे-"समाधान अवश्य हैं और शास्त्रसम्मत भी हैं, जिनके अनुष्ठान से अनिष्ट की तीव्रता को कम किया जा सकता है...किन्तु उपाय हैं कठिन।"

"उसकी चिन्ता न करें, समधीजी।" प्रयोजन सिद्ध होता देख कुलपुरोहित तनिक उत्साहित हो आए।

ठाकुर बलभद्र सिंह एकाएक तनावमुक्त हो आए-जैसे जेठ के दूसरे पहर की पिघली चाँदी-सी रिमझिमा रही अँजोरिया में चू रहे महुआ, नीम की मन्द मादक बयार के नीचे अपने निवाड़ के पलंग पर मसहरी के भीतर औंघा रहे हों।

"हाँ, तो यजमानश्री, निदान-शास्त्र ग़ौर से सुनिए।" नेत्र बन्द कर वे तनकर

आत्मलीन होते हुए-से झूमते हुए बोले, ''कुँवर अनिरुद्ध प्रताप सिंह से ब्याह के पूर्व अपनी घोर मंगली कन्या का आपको गन्धर्व विवाह करना होगाऽ! गन्धर्व विवाह के कई प्रकार दर्शाए गए हैं, जैसे-कुम्भ (घड़ा) विवाह अथवा धतूरा विवाह अथवा अश्वत्थ विवाह...''

''अर्थात?'' कुलपुरोहित ने उन्हें कुरेदा।

नेत्र बन्द किए हुए ही उन्होंने व्याख्या की-''अर्थात, कुम्भ विवाह में घड़े के मुख तक मसूर की दाल भरकर उसे लाल कपड़े से ढक, लाल कनेर की माला पहनाकर वर के रूप में प्रतिष्ठित करना होगा। तत्पश्चात् मंगली कन्या वधू के रूप में अलंकृत हो अपने कंठ की लाल कनेर की माला घड़े को पहनाएगी तथा घड़े की माला स्वयंमेव अपने कंठ में धारण करेगी, मंत्रोच्चार करते हुए-'धरणी गर्भसंभूतं, विद्युतकांति समप्रभं, कुमारशक्ति हस्तं च, मंगलं प्रणमामि अहम्, वरणामि अहम्'...तत्पश्चात् वधू घड़े से आलिंगनबद्ध हो रात्रि-भर के लिए शयन करेगी, शयनोपरांत घड़े को भग्न कर देना अनिवार्य है। इसी प्रकार से धतूरा विवाह अथवा अश्वत्थ विवाह सम्पन्न होंगेऽऽ...''

अश्वत्थ विवाह को लेकर मन में शंका उपजी कि गन्धर्व विवाहोपरांत दोषमुक्ति के लिए उसे नष्ट कर देना कैसे सम्भव होगा, किन्तु ठाकुर बलभद्र सिंह ने उन्हें बेमतलब छेड़ना उचित नहीं समझा। बल्कि उपायों से कुछ अनाश्वस्त-से वे बोले, ''अनिष्ट की तीव्रता को कम किया जा सकता है, जैसा कि आपने कहा, किन्तु क्या कोई ऐसा अचूक उपाय नहीं जो दोष की सम्भावना को ही जड़मूल से नष्ट कर दे?''

''हुँअऽऽ...विचार अनिवार्य है!''

''अवश्य करें, स्वामीजी! आप चाहें तो हम दोनों मंत्रणा-कक्ष के बाहर आपके बुलावे की प्रतीक्षा कर सकते हैं।''

''इसकी आवश्यकता नहीं है।'' कहते हुए पुन: नेत्र बन्द कर, पूर्ण पद्मासन मुद्रा में 1008 स्वामी पंडित विंध्येश्वरी सुकुल आत्मलीन हुए। ध्यानावस्था में लगभग आधा घंटा बिताकर वे अर्द्ध-उन्मीलित नेत्रों से 'ओमऽऽ शंभो, ओमऽऽ शंभो, उच्चरित करते हुए गहन-गम्भीर स्वर में बोले, ''समाधान इंगित हुआ, यजमानश्री! क्रियान्वित कर सकेंगे?''

''परीक्षा न लें स्वामीजी, संशय हमारी अवमानना है!'' ठाकुर बलभद्र सिंह के लिए चुनौती अपचेय हो उठी।

''तब धैर्य से सुनिए-गोपनीय रूप से आपको अपनी कन्या शिवकला कुँवर का विवाह किसी किशोर वर के साथ करना होगा।''

सर्वथा अप्रत्याशित समाधान सुनकर ठाकुर बलभद्र सिंह भौंचक-से हो उठे, ''अर्थात्?''

''अर्थात् विवाहोपरान्त कुम्भ भग्न कर देना होगाऽऽऽ...'' निर्विकार भाव से स्वामीजी बोले।

''यह अधर्म कैसे सम्भव होगा, समधीजी?'' अविचार से हिल आए कुलपुरोहित

ने संकोच किनारे कर प्रतिवाद किया।

1008 स्वामी पंडित विंध्येश्वरी सुकुल को समधीजी की टिप्पणी अपमानजनक अनुभव हुई–"प्राप्त संकेत मैंने स्पष्ट कर दिए। आपत्तिपूर्ण हों तो क्रियान्वित करने की कोई बाध्यता नहीं। और ध्यान रहे, अल्पज्ञ व्यक्तियों को मुझे धर्म–अधर्म समझाने की आवश्यकता नहीं।"

"न, न, स्वामीजी, आप अन्यथा न लें। कुलपुरोहितजी का तात्पर्य आपका तिरस्कार करना नहीं था। दरअसल...खैर, एकमात्र यही पूर्ण समाधान है दोषमुक्ति के लिए, तो दोषमुक्ति निःसंदेह आवश्यक है। आप निर्द्वन्द्व हो प्रथम विवाह की घड़ी विचारिए।"

"पाणिग्रहण सर्वथा निरापद स्थान पर हो, यजमानश्री!"

"परिन्दा पर नहीं मार पाएगा, हमारी प्रतिष्ठा जो दाँव पर होगी, स्वामीजी!" स्वामीजी का आशय भाँपकर ठाकुर बलभद्र सिंह ने उन्हें निश्चिन्त किया। अगले पल वे अन्यमनस्क–से हो रहे कुलपुरोहित पंडित चन्द्रिका प्रसाद द्विवेदीजी की ओर उन्मुख हुए–"स्वामीजी को कुछ रोज़ के लिए रोक लीजिए। शेष प्रबन्ध सब हो जाएँगे। चिन्ता हमें एकमात्र बिटिया की हो रही है। बिट्टन अब इतनी नादान नहीं कि होने वाले अनुष्ठान के प्रति उसके हृदय में कोई जिज्ञासा ही न उपजे!"

"जी, सयानी तो हो रही है।" कुलपुरोहित उनकी चिन्ता से सहमत हुए।

"उसका उपचार भी आप मुझसे सुन लीजिए।" उनकी बातें सुनते हुए पत्रा में से अचानक गर्दन उठाकर स्वामीजी ने अर्थपूर्ण दृष्टि ठाकुर बलभद्र सिंह की ओर फेंकी–"बिटिया की महतारी को सरियाकर समझा दें कि वे अनुष्ठान के आधे घंटे पूर्व बेटी को एक गिलास दूध में राई–भर अफीम घोलकर पिला दें। उसे कुछ भी स्मरण नहीं रहेगा..."

सुनकर ठाकुर बलभद्र सिंह कुछ और स्थिरचित्त हुए। फिर किन्हीं तानों–बानों में उलझे हुए–से कुल–पुरोहितजी से कहने लगे कि वे अकबरपुर बरिच्छा करने जाने से पूर्व हर उलझन से निपट, निर्द्वंद्व हो जाना चाहते हैं। अच्छा होगा कि वे कल तड़के जीप लेकर अकबरपुर के लिए निकल लें। वहाँ पहुँचकर, बुआजी से परामर्श कर, ठाकुर सोबरन सिंह और उनकी मालकिन से औपचारिक भेंट कर, उन्हें शुभ समाचार सुना दें कि दैवयोग से कुँवरजी और बिटिया शिवकला कुँवर की जन्मपत्रियों के आपस में बत्तीसों गुण मिल रहे हैं। अगले माह बसन्त पंचमी को हम बरिच्छा करने उनकी सेवा में उपस्थित हो रहे हैं।

कुलपुरोहितजी को उन्होंने शेष व्यावहारिक बातें भी समझाईं कि वे कुँवरजी की उस जन्मपत्री की प्रतिलिपि सौंपना न भूलें, जिसे कुछ रोज़ पहले उन्होंने विशेष मनोयोग से कुँवर साहब के ग्रहमानों के अनुकूल बनवाया है। अवसर की गरिमानुकूल बरिच्छा में लेन–देन की अपेक्षाएँ भाँपते आएँ। संग भेंट–नज़रें भी लिख लाएँ।

"उत्तम, यजमानश्री।"

"अनुष्ठान के लिए कटरीवाला बंगला उपयुक्त होगा?"

कुलपुरोहितजी की कायम उदासीनता ठाकुर बलभद्र सिंह को अखरी। किन्तु कहा-सुनी की उलझन से बचने के लिए हठात् खोपड़ी झनझनाती ठकुराई की ऐंठ को उन्होंने स्वयं गरदन नवाया और कनखियों से पत्रा से काग़ज़ पर कुछ लिखते 1008 स्वामी पंडित विंध्येश्वरी की ओर देखा।

अचानक गहरे सोच में गोता लगाते हुए-से वे उठ खड़े हुए-"समस्याएँ इतनी आसान नहीं होती, कुलपुरोहितजी, न उनसे हाथ झाड़ लेने में ही मुक्ति है। तुनक छोड़ तनिक अपने समधी ही का ख़याल रखें। हम उनके जलपान हेतु चितकबरी गाय दुहवाने की सूचना भिजवाकर अभी आए।"

कंडों की आँच के इस पार उकड़ूँ बैठे हतप्रभ गुइयाँदीन की सूखे तने-सी झाँई-खाई हड़ियल देही को नाले पार की बँसवारियों से उठती सियारों की हाड़ गलाती मनहूस हुँआ-हुँआ पाला-सा मार रही! बगल में खूँटे से गड़े बैठे गठे बदन बटुकवा की तन्दुरुस्त देही की उपस्थिति भी भूख से कल्लाई अन्तड़ियों के समक्ष माड़ के लबालब परोसे कटोरे-सी आश्वस्त नहीं कर रही।

अलाव के साथ बटुकवा की निरन्तर कोंचा-कांची से लपट धरती कंडों की सुस्तई के उस पार, खटोले पर आसीन ठाकुर बलभद्र सिंह स्वर में यथासम्भव मुलायमित उड़ेल गुइयाँदीन से बोले, "का रेऽऽगुइयाँदीन, बटुकवा बता रहा था कि तेरी मेहरिया दिक्क चल रही है?"

"सौरि से है, मालिक!" घुटनों और आधे पेट की आँच में चँपे, आलू-से सिंकते दबे हाथ चट से बाहर खींच दीनभाव से जोड़ दिए उसने।

छाती पर सिल-सी धरी दो-दो बाँझ मेहरियों का सन्ताप झेल रहे ठाकुर बलभद्र सिंह के स्वर की सायास जन्माई नरमाई फनफना के नागफनी हो आई-"तेरी मेहरिया सुअरिया का अवतार है का ससुरी! दन्न से छठे-छमासे बियाती नहीं सकुचाती...क्या हुआ अबकी?"

"अन्नदाता की किरपा से लड़िका हुआ, मालिक!"

"कौन-सा नम्बर है, ससुर?" ईर्ष्या तीखी हो आई।

"सातवाँ है, मालिक!"

"सुअरिया तेरी कुशल-मंगल से तो है?" खिन्नता झटक परिहास किया उन्होंने।

"किरपा है, मालिक!"

"वक़्त-बेवक़्त किसी चीज-बस्त की ज़रूरत हो तो बिला संकोच बटुकवा से कहलवा देना। परजा नहीं रहे अब तुम हमारे तो क्या, बरसों पुराना रिश्ता एकाध थपेड़ों से टूटता है कहीं?"

माथे से कई-कई बार जुड़े हाथ छुलाता कृतज्ञता से दोहरा हो गया गुइयाँदीन।

"चलो एक बात बताओ, गुइयाँदीन! सात ठो में तेरे कितने बेटवा हैं और

कितनी बेटियाँ?''

''भागमान रहे हम, मालिक। पहलौठी का लड़िका करुआ उतरत अषाढ़ तेरह पूर करी। करुआ की पीठ पे एक के बाद एक भईं तीन बिटिया। बिटियन की पीठ पे भया टिल्लुआ; टिल्लुआ की पीठ पे आई बिटिया चिरोंजी। चिरोंजी कम भागमान नहीं! अपनी पीठ अबकी भाई ले आई, मालिक।'' खींसें कानों तक खींचते हुए प्रसन्नचित्त हिसाब दिया गुंइयाँदीन ने, मानो उसकी औलादें ख़ज़ाने तक पहुँचाने वाली खुल जा सिम-सिम का मंत्र हों।

''फिर से दोहरा ज़रा, क्या उमर बताई तूने अपने बड़े बेटवा की?'' ठाकुर बलभद्र सिंह के अन्तराकाश में अचानक एक चील मँडराने लगी।

''तेरह पूर कर रहा मोर करुआ, मालिक! किरपा हुईं जाए तो कौनो काम-धाम में दीदा लग जाए उसका। लड़िकई बुद्धि, नखलऊ (लखनऊ) जाय क सुपना देख रहा ससुर! ऊपर से बियाह लग रहा बिरादरी में उसका, मगर हम अबै राजी नहीं, मालिक!''

''लखनऊ क्यूँ जाना चाह रहा?''

''पैसा-धेला कमाने, मालिक!''

''मान लो, शहर में किसी काम-धाम में लग गया करुआ तो खा-पीकर कितना रकम बचाकर तुम्हें भेज पाएगा?''

ठाकुर के अटपटे प्रश्न ने गुंइयाँदीन को उलझन में डाल दिया-''का जानी मालिक!''

''फिर भी कोई अन्दाज़ा होगा तुम्हें?''

''वो तो मातादीन चमार का बेटवा पुतन कानपुर में डिरेवरी सीख लिया है न, मालिक! वो छटे-छमासे आठ-नौ सौ रुपया मनिआर्डर बाप के नाम भेज रहा...''

गुंइयाँदीन ने सुस्त-सी हो रही कंडों की आँच के इस पार से पलड़े में चढ़े बटखरों-सी हो आई ठाकुर बलभद्र सिंह की चमकीली आँखों में आस से भरकर देखा।

घुटनों को बाजुओं से बाँधे बैठा बटुकवा छिन-छिन साँस रोके कंडों को कुरेदना ही बिसर गया। शायद इसी ख़ातिर खोपड़ी पर मच्छरों के दल-के-दल बेरोक-टोक अपनी खँजड़ी बजा रहे थे।

''चलो, तय कर लो, गुंइयाँदीन! करुआ को तुम हमें दे दो।'' कुछ देर बाद ठाकुर बलभद्र सिंह ने मुँह खोला।

''हम कौन देने वाले हुए! वह तो आपकी सेवा-टहल की खातिर ही जनमा है, मालिक!''

''बोलो, कितना महीना बाँधूँ?''

संकोच से गुइयाँदीन ने मुँह बा दिया। इसी को कहते हैं, होम करे, हाथ जले! मालिक उसकी भली-भला की खातिर बुलवा भिजवाए। और एक वह दलिद्दर है कि उनके सामने करिया नाग सूँघे-सा ख़ौफ़ खाए हुए बैठा हुआ है। ख़ुशी से धुकपुकाया जी बचनवा अहीर की आल्हा की चढ़ती तान-सा फुरफुराया। भला, उसकी बिसात जो मालिक के सामने मुँह खोले? पुश्तें गुज़र गईं मालिक की बखरी का मैला ढोते,

नर्दवा–नाली साफ करते। अब कहीं जा के नए चलन की टट्टियाँ मालिकिनों की खातिर बन गई हैं, सो बिना नागा मामूली–सी साफ़–सफ़ाई की ख़ातिर करुआ की आजी फेरा डाली आती है। भले नए चलन के चलते लिखने–पढ़ने में दीदा लगा रहे चमरा टोले के लड़िका उदंडई दिखाते, हाथ में रेडियो लिए घूम रहे, लेकिन बूढ़ी हड्डियों से अब तलक मालिकों का लोना नहीं झड़ा...

''मुँह खोलो, गुइयाँदीन!''

''कुछ कहते नहीं बन रहा, मालिक...मुनासिब लगे आपको, सो पकड़ा देना।''

''अब वो वक़्त नहीं रहा, गुइयाँदीन। अपने मन की बोलो! बोलो भी! हम यहाँ बाग की पहरेदारी की खातिर रतजगा करने थोड़े ही आए हैं।'' ठाकुर बलभद्र सिंह उकताकर अधिक लप्पो–चप्पो करने में स्वयं को असमर्थ अनुभव करने लगे।

संकोच के पुट्ठे थपका–सहला उसे साहस में बदलने की कोशिश की गुइयाँदीन ने, ''दो सौ रुपिया महीने से बड़ी मदद हो जाएगी, मालिक!''

धीमी हुँकारी भरकर विचारमग्न हो गए ठाकुर बलभद्र सिंह।

मालिक के सिर पर मच्छरों का हमला न होने पाए, अचानक इस चिन्ता से खलबलाया बटुकवा हाथ से ही कंडे उलटने–पलटने लगा।

''बिनोबा महाराज स्वर्ग सिधार गए गुइयाँदीन, पर हम उनके भूदान यज्ञ के कट्टर अनुयायी ठहरे; देरी से ही सही, हमने निश्चय किया है कि बलुआ काछी पर बटाई में उठी साढ़े तीन एकड़ की साग–सब्जी की हमारी रताखेरे वाली फुलवारी का पट्टा, कल सुबह पटवारी को पंचायत–घर में बुलवाकर पंचों के सामने हम तुम्हारे नाम लिख देंगे।''

''का कह रहे, मालिक!''

''वही जो तुम सुन रहे! अब ठाठ से साग–सब्जी उपजाओ और मंडी में ले जा के बेचो। हमें हिस्से की दरकार नहीं। काछी बता रहा था कि बटाई का हमारा भाग पहुँचाकर और खाद–पानी का खर्च अलग कर महीना तीन, साढ़े तीन सौ की आमदनी है फुलवारी से।''

''और हाँ!'' कहते हुए ठाकुर बलभद्र सिंह खटोले से उठ खड़े हुए–''करुआ को तड़के बखरी भेज देना मय कपड़े–लत्ते के, कल से वह वहीं रहेगा...''

आन्दोलित गुइयाँदीन सौ–सौ आशीषें न्यौछावर करता लोटम–लोट हो गया मालिक की पनहियों पर। उसकी नाक में किसी चूल्हे पर फदकती मसालेदार कलिया (मांस) की भूख जगाती जायकेदार सुवास गुदगुदाने लगी...

''अब का पुछिहौ, बच्ची? ठाकुर बलभद्र सिंह वाला किस्सा तुमने लिख लिया?

''करुआ की न पूछो तो अच्छा है...का कहें? सेवा–टहल में लगने के ठीक तीसरे दिन ही बड़ी दर्दनाक मौत मरा करुआ! अचानक एक भरी दोपहरी हाँफते–दापते आके चरवाहे गुलखा ने बखरी में खबर दी कि ढोरों को गंगा पार कराते समय भैंस की

पीठ पे चढ़ा बैठा करुआ रपट के धार में बह गया...

"ढुँढ़वाया न, बच्ची!" ठाकुर बलभद्र सिंह ने मछेरों से गंगा में जाल डलवाया, तैराक उतरवाए। मगर हतभागे करुआ की नुची-फुची लाश तीन दिन बाद लगी जाके बाँगरमऊ के घाट पे...

"बस्स, यह न पूछो, बच्ची! पपड़ियाए घाव मुँह खोल पीप उगलने लगते हैं...पर छिपाने का फायदा अब!" शिवकला कुँवर पत्थर तो थी नहीं! प्रश्न किया न उसने लोढ़े से अपनी कलाइयों की चूड़ियाँ तोड़ती महतारी से-"हमारी चूड़ियाँ काहे तोड़ रही हो अम्मा...का हमारा दुल्हा गुजरिगा?"

"नहीं, बच्ची, नहीं...रो कहाँ रहे? कभी-कभी न जाने काहे, करेजे में हूक उठती है और..."

(1996)

हथियार

अब भी उनकी निगाह मेन्यू से लिपटी हुई है।

उसकी आँखें उनकी ऊपर-नीचे टोहती, सरकती नज़र को छूकर, अनमनी-सी इधर-उधर उचकती, ठहरती, अपनी गढ़ाती ऊब को नियन्त्रित नहीं कर पा रही हैं। बूढ़े होने को आए, जाने इतना समय क्यों लगाते हैं चीजें चुनने में कि उनके स्वाद की ललक ही क्षीण हो जाए? मेन्यू में दर्ज खाद्य वस्तुओं की सूची इतनी लम्बी-चौड़ी भी नहीं कि चुनने में भ्रम की स्थिति गह ले! जानते हैं, वह और ख़ूब अच्छी तरह से जानते हैं, कितनी मुश्किल से वह उनका साथ पाने के लिए अपने गहरे गुँथे समय में से कुछ समय झटक पाती है। सुबह नींद टूटते ही वह सोचना शुरू कर देती है-आज उसे क्या कुछ निबटाना है और साँझ को उनसे कैसे मिलना है। बीच में कई-कई रोज़ समय न हथिया पाने के चलते उनसे मिलना सम्भव नहीं हो पाता। फ़ोन पर बातें करके ही सन्तुष्ट हो लेना पड़ता है। फ़ोन पर बतियाकर उन्हें सन्तुष्टि नहीं होती। उन्हें उसकी नौकरी पर खीझ होने लगती है। काम निबटाकर वह क्यों नहीं अपने बॉस से कह पाती कि उसे उनसे मिलने पहुँचना है? कौन-सा कानून उसे मिलने से रोक सकता है? जाने कैसा दफ़्तर है उसका! उनके दफ़्तर में तो लड़कियाँ रजिस्टर साइन करने के बाद दिखतीं ही नहीं।

बातें सुनते-सुनते वह उनका ध्यान दूसरी ओर मोड़ना चाहती है-उनके जुकाम का मुद्दा उठाकर। या उनके साइटिका पेन का हाल पूछकर; नई किताब कौन-सी पढ़ रहे हैं वे?

"क्या करूँ जुकाम के लिए?" उसके आड़े हाथों लेते ही वे समर्पण की मुद्रा की ओट हो लेते हैं।

वह सयानों-सी समझाने लगती है। केमिस्ट की दुकान से फौरन विटामिन-सी

की गोलियाँ मँगवाएँ। सिर पर तौलिया डालकर सुबह–शाम भाप लें। उनकी आवाज़ से लग रहा है उन्हें हरारत है।

उनका जवाब उसे तनिक आश्वस्त कर देता है। उसे अधिक चिन्तित होने की ज़रूरत नहीं। बुख़ार लगता ज़रूर है कि है उन्हें, मगर थर्मामीटर उनके इस लगने को सिरे से झुठला देता है। कितने अकेले हैं! वह भी इस उम्र में।

जहाँ तक उसे याद है, छह महीने–भर शेष हैं उनके अवकाश प्राप्त करने में। एकाध वर्ष का एक्सटेंशन मिल सकता है उन्हें। एक्सटेंशन पाने के लिए वह विशेष जुगाड़ करने के पक्षधर नहीं हैं। अपने–आप मिल जाए तो उन्हें काम करने में कोई आपत्ति भी नहीं। उन्हें पूरी उम्मीद है कि उनके काम की संजीदगी पहचानी जाएगी।

वैसे आज भी उनसे मिलना मुश्किल ही था।

उसकी मेज पर से निबटी फ़ाइलें उठाकर ले जाने आए चपरासी मांदले ने सहसा ही उसे सुखद सूचना दी–'कपूर साहब लंच के बाद ही चले गए, मैडम! साढ़े चार की उनकी फ्लाइट थी। कोलकाता गए। परसों लौटेंगे।' यानी शेष फ़ाइलें वह कल निबटा सकती है। प्रसन्नता की उमड़न दबाते हुए उसने मांदले से जानना चाहा था–अचानक कपूर साहब कोलकाता क्यों चले गए? मांदले रहस्यमयी हँसी हँसा था–उनकी बीवी ने उनके ऊपर तलाक का मुकदमा ठोक रखा है। और कल उसकी सुनवाई की तारीख़ है। बीवी कपूर साहब के साथ रहना नहीं चाहती। बोलती है कि कपूर साहब मर्द नहीं हैं।

उसकी प्रसन्नता काफ़ूर हो गई। माँदले से पूछना चाहती थी–'कपूर साहब के बच्चे हैं?''

उनका फ़ोन नम्बर मुँहजबानी याद है उसे। सहसा उँगलियाँ नम्बर डायल करने लगीं।

संयोग से फ़ोन उन्होंने ही उठाया। उसने उन्हें बताया कि वह चार के क़रीब दफ़्तर छोड़ सकती है। आज़ाद मैदान क्रॉस कर वह चार बीस तक चर्चगेट 'गेलार्ड' पहुँच जाएगी। उनका क्या कार्यक्रम है?

''सक्सेना के पितियाउत बड़े भाई को हृदयाघात हुआ है आज सुबह। सक्सेना छुट्टी लेकर उन्हें देखने बाम्बे हॉस्पीटल गया हुआ है। उसका काम भी ज़िम्मे आ पड़ा है।''

''ठीक है।'' निचला ओंठ ऊपरी दंतपंक्ति के नीचे आ दबा।

''दुःखी मत होओ। अच्छा सुनो, तुम पहुँचो 'गेलार्ड'। अपना और श्रीवास्तव का काम पाठक के ज़िम्मे टिकाकर पहुँचता हूँ चार बीस तक।''

उसे उनकी यही विशेषता भाती है। उसके आग्रह को वे टाल नहीं पाते। काम बहुत महत्त्वपूर्ण है उनके लिए, मगर उससे अधिक नहीं।

सबसे अच्छी बात जो उनकी उसे लगती है, वह है–माँ के विषय में वह उससे कभी कुछ नहीं जानना चाहते हैं। जितना समय वह उसके संग व्यतीत करते हैं, उसके बचपन के दिनों में टहलते रहते हैं। दूसरी शादी क्यों नहीं की उन्होंने? शादी वह करे, जिसे अकेलापन काटे। उस घर में रहते हुए प्रतिपल वह उसके पास बनी रहती है।

घर के प्रत्येक कोने में उसकी तस्वीरें सजी हुई हैं। घर की कड़ी खोलते ही वह किसी भी तस्वीर से बाहर छलाँग लगा, उनके स्वागत में दौड़कर उनकी टाँगों से लिपट जाती है–'दिखाइए, मेरे लिए क्या लाए हैं?' जेब से उसकी पसन्द की चाकलेट निकालकर वह बैठक में रखे डिवाइडर पर रखी चाकलेट खाती उसकी तस्वीर के सामने रख देते हैं। चाकलेट इकट्ठी होती रहती है। मिलने पर इकट्ठी चाकलेट वे उसे थमा देते हैं। उनके सामने ही वह चाकलेट के रैपर हटाकर एक के बाद एक खाना शुरू कर देती है। और खाते–खाते हँसी से दोहरी होती हुई उस किस्से पर चमत्कृत हो उठती है, जिसे सुनाते हुए वह बताते हैं कि पिछली रात उन्होंने उसके साथ घर की बैठक में जमकर क्रिकेट खेली। बॉलिंग वह इतनी जोरदार करती है कि उसकी गेंद से रसोई की दो खिड़कियों के शीशे चटख गए। ट्रे में रखी कॉन्टेसा रम की भरी बोतल उलट गई।

जब तक वह रसोई से काँच की किरचें बुहारते, कूदकर वह अपने क़द से बड़ा क्रिकेट का बल्ला सँभाले उसी तस्वीर में जा छिपी, जो उनके बिस्तर की साइड टेबल पर सुनहरे फ्रेम में जड़ी रखी हुई है। दुष्ट डर गई थी। कहीं माँ से उसे डाँट न पड़ जाए कि तुम इतनी आक्रामक गेंदबाजी क्यों करती हो भला?

अब बताएँ, वह अकेले कहाँ हैं?

उनसे मिलकर घर देरी से पहुँचने पर उसका एक ही बहाना होता है–जाने क्यों, अम्बरनाथ लोकल अचानक रद्द कर दी गई।

लोकल गाड़ियों का बहाना ख़ासा कारगर बहाना है, और विलम्ब से पहुँचने वालों के लिए अचूक रक्षाकवच।

सौतेले पिता, डोम्बीवली के एक छोटे–से जूता कारख़ाने में मामूली अधिकारी हैं, जिनकी घर में उपस्थिति घर को चमड़े की असहनीय बू से भर देती है। शायद घर को उस बू से बचाने के लिए ही माँ रसोई में टँगे छोटे–से मन्दिर के अगरबत्ती स्टैंड की अगरबत्तियों को कभी बुझने नहीं देती। अक्सर घर देरी से लौटने पर सौतेले पिता भी वही बहाना गढ़ते हैं, जो बहाना वह गढ़ती है। उसे विस्मय इस बात पर होता है कि माँ उसके बहाने पर कभी उग्र नहीं होतीं, जबकि सौतेले पिता का बहाना उन्हें बहाना लगता है।

माँ के सिटकनी–चढ़े बन्द कमरे से आती उनकी सिसकियाँ उसे उदास करती हैं।

दीवारों को भेदने वाले उनके आर्त बोल भी...कि कारखाने में किसी स्त्री के साथ चल रही प्रेमपींगों के चलते ही वे घर विलम्ब से लौटते हैं। लोकल ट्रेन उनकी सुविधानुसार रद्द होती रहती है। सब समझ रही हैं वे। पछता रही हैं। जाने क्यों, उन जैसे रँडुवे के प्रेम के झाँसे में आकर वे पसीज उठीं और अपनी बसी–बसाई गृहस्थी उजाड़ ली। जबकि पहली पत्नी की ताई (दीदी) ने उन्हें फ़ोन करके सतर्क किया था–सुनीता की मृत्यु दुर्घटना नहीं थी, आत्मदाह था।

''चीज़ पकौड़ों के साथ कसाटा आइसक्रीम खाओगी तुम?''

''इतनी देर में यही चुन पाए आप?'' वह खीझ दबा नहीं पाई।

''कसाटा तो तुम्हें बचपन से पसन्द है।''

''बचपन पीछे छूट चुका।''

''तुम्हारा नहीं।'' उनका स्वर संजीदा हो आया।

''पसन्द बदल नहीं सकती?''

''बदल गई होती तो मैं फिर कुछ और चुनता–तुम्हारी नई पसन्द।'' उन्होंने संकेत से बेयरा को पास बुलाया।

''किस बात से ऐसा लगता है आपको?''

''बैठते ही तुम मेन्यू मेरी ओर सरका देती हो, हमेशा। तुम्हें यक़ीन है, खाने की जो भी चीज़ें मैं चुनूँगा, तुम्हारी पसन्द की होंगी।''

उसे हँसी आ गई। मेज पर मोतिया बिछ गया।

उनकी तुनक कम नहीं हुई–''अगर यह सच नहीं है तो मेन्यू स्वयं देख लिया करो।''

हँसी रुक नहीं रही थी। उन्हें तुनकाने में उसे मजा आ रहा था–''अब ऑर्डर भी दीजिए। लिखवाइए बेयरे को।''

ऑर्डर लिखवाने के उपरान्त वे मुड़े उसकी ओर–''हँसी क्यों तुम?''

''मज़ाक़ नहीं उड़ा रही मैं आपका।''

''फिर क्या उड़ा रही हो?''

''हँसी इसलिए आ गई कि मैं फ़िज़ूल आपसे उलझ रही हूँ। सच यही है, मैं चाहती हूँ मैं वही खाऊँ, जो आप मेरे लिए चुनें। यह भी जानती हूँ, आप इतना वक़्त इसीलिए लगाते हैं, क्योंकि मेरी पसन्द की दस–पन्द्रह चीजें गडमड होने लगती हैं आपके सामने और आप सोचने लगते हैं, पिछली बार जो कुछ खा चुकी हूँ, इस बार उसे दोहराया न जाए। क्या मैं गलत हूँ?''

उनके चेहरे पर गहरा उच्छ्वास सँवला आया, ''नहीं! लेकिन उसने कभी तुम्हारी तरह नहीं सोचा...''

''ज़रूरी नहीं था कि सभी एक तरह से सोचें?'' यह अचानक माँ बीच में कहाँ से आ गई, जो कभी नहीं आती। वे लगभग उखड़ आए–''पैरवी कर रही हो? ठीक है, मगर फिर अगले को भी किसी से यह अपेक्षा नहीं करनी चाहिए थी कि मैं उसी की भाँति सोचूँ...जो उसे पसन्द है, वही पसन्द करूँ?''

उसे लगा, वह घुमड़न से उलझ नहीं सकती।

उसे अगले पल यह भी लगा, उसे उठना चाहिए और काउंटर पर जाकर अपनी शिकायत दर्ज करानी चाहिए कि ऐसे क्यों हो रहा है। हफ्ते–भर बाद वह यहाँ आई और यहाँ लगातार 'कम सेप्टेंबर' की वही पुरानी धुन बज रही है, जिसे वह पिछले हफ्ते सुन चुकी है? क्या उनके संकलन में कुछ और अच्छी धुनें नहीं हैं, जिन्हें बदल–

बदलकर बजाया जा सके? ऑर्डर आने में देर है। धुन बदलवाना ज़रूरी है। वह उठकर काउंटर की ओर बढ़ चली। उसे मालूम है, उसके अचानक उठने और काउंटर की ओर बढ़ने पर वह कोई सवाल नहीं करेंगे। ऐसा नहीं है कि वे सवाल नहीं करते हैं। सवाल करते हैं–कभी-कभी । उसे उनके तीन महीने पूर्व किए गए एक सवाल का जवाब अभी देना बाकी है। सवाल आसान नहीं है। न उसका जवाब इतनी आसानी से दिया जा सकता है। सवाल उसके होने से जुड़ा है। वह है, तो उसे उस 'होने' को महत्त्व देना ही पड़ेगा। ज़िम्मेदार व्यक्ति न अपने प्रति गैर-ज़िम्मेदार हो सकता है, न दूसरों के प्रति। यही उसकी अड़चन है, जिसने उसे ठिठका रखा है।

वह जानते हैं, वह उन्हें बहुत प्यार करती है। उन्होंने बहुत चिरौरी की थी माँ से–उन्हें सब कुछ छोड़कर जाना है, जाएँ। जैसा चाहेंगी, लिखकर दे देंगे। कोर्ट-कचहरी की फ़ज़ीहत उन्हें पसन्द नहीं। हाँ, बच्ची के बग़ैर जीना उनके लिए कठिन है। दुनिया में उसके आँखें खोलने के साथ ही उन्हें गहरा एहसास हो गया था कि वह उस आँखें मिलमिलाती नन्हीं जान के बिना नहीं रह सकते।

उन्होंने उसके जन्म के समय की अपनी भावनाओं को उससे आठ वर्ष की उम्र में बाँटा था कि उसके जन्म के समय उसे पहली बार देखने पर उसकी दादी ने उससे कहा था–'मुन्ना, छोरी हूबहू तेरे जैसी लगे है। अँगड़ाई तोड़ तू ऐसे ही आँखें मिलमिला रहा था, जब पहली दफे सौर में मैंने तुझे दाई की गोद में देखा था।'

उसके आग्रह पर धुन बदल दी गई।

वातानुकूलित ख़ुनक-भरे वातावरण में राजकपूर की 'श्री 420' के गीत 'प्यार हुआ इक़रार हुआ है, प्यार से फिर क्यूँ डरता है दिल...' की मद्धिम छूती-सहलाती-सिहराती धुन तैरने लगी।

बदली धुन ने उन्हें भी अपने साथ गुनगुनाने के लिए मजबूर कर दिया।

"तन्वी!"

"बोलो, पा!"

"पुराने गाने पुराने मूल्यों की तरह हैं, नहीं?"

"पुराने गानों में बड़ा दम है। कविता है।" 'मूल्य' शब्द से उसने स्वयं को बचाना चाहा।

उन्हें भी समझ में आ गया–वह माहौल को कड़ुवाहट में डुबाने से बच रही है।

बेयरा ऑर्डर ले आया।

चीज़ बाल्स, जिन्हें वह पकोड़े कहते हैं, बड़ी प्लेट में सजे भाप छोड़ रहे हैं। 'कसाटा' अलबत्ता दो अलग-अलग प्लेटों में है। उन्होंने एक प्लेट उसकी ओर खिसकाई और चीज़ पकौड़ा उठाकर दाँतों से कुतरने लगे। उनके दाँतों में उम्र मरोड़े लेने लगी है। पिछले महीने निचले जबड़े की दाहिनी एक दाढ़ को निकलवाया है उन्होंने।

"अजीब चलन हो गया है। किसी भी रेस्तराँ में चले जाओ, अंग्रेज़ी की धुनें

ही बजती हुई मिलेगी वहाँ।''

''रेस्तराँ का चलन ही वहाँ से आया है।''

''क्यों, हमारे यहाँ ढाबे और मिठाइयों की दुकानें नहीं हुआ करती हैं?''

''हुआ करती हैं, मगर उन्हें कभी संगीत से नहीं जोड़ा गया।''

''हो सकता है, वहाँ भी अंग्रेज़ी धुनें बजने लगी हों।'' वह हँस पड़े।

''अगली बार हम लोग किसी हलवाई की दुकान पर मिलेंगे। उड़पी-सड़पी में तो बर्तनों की खनक ही सुनाई पड़ती है'' उसने उनकी हँसी में साथ दिया। चीज़ बाल्स खासे कुरकुरे और स्वादिष्ट बने हैं। 'कसाटा' मे बर्फ की अकड़ है। उसने चम्मच से अकड़ को खूँदा। खूँदने से निश्चित ही उसकी अकड़ में कुछ नरमी आएगी। आइसक्रीम को पिघलाकर खाना उसे पसन्द नहीं फिर तो रबड़ी का दूध ही पीना चाहिए। उसकी देखा-देखी उन्होंने भी आइसक्रीम को खूँदकर नरम करना शुरू कर दिया। अपनी अकड़ को आदमी कभी खूँदता है?

आइसक्रीम खाते हुए वह उन्हें देख रही है। गले की चमड़ी तेज़ी-से ढीली हो रही है। वे अब कसरत-वसरत भी नहीं करते। पहले नियमित कसरत किया करते थे। भुजाओं की सख़्त मछलियों पर उससे मुक्के मरवाया करते थे। फिर एकाध साँस छोड़ मछली को पिचकाकर, उसे बाँह में भर चूमते हुए कहते थे-'तुम्हारी मार के डर से उठकर मछलियाँ भाग गईं।''

माँ के संग वह सौतेले पिता के घर आ गई थी।

स्कूल जाने से पहले उन्होंने ही उसे घर का टेलीफ़ोन नम्बर और पता रटवाया था। बच्चों को घर का पता और फ़ोन नम्बर भली-भाँति याद होना चाहिए। मुसीबत में काम आता है। तीसरी साँझ माँ और सौतेले पिता के घर से बाहर जाते ही उसने फ़ोन का नम्बर डायल कर उनसे बात की थी। वह जैसे उसके फ़ोन का इन्तजार ही कर रहे थे। पिछले तीन दिनों से वे दफ़्तर नहीं गए थे। बैठे पी रहे थे। उसकी आवाज़ सुनते ही वह प्रलाप करते हुए-से बोले-''तुम्हें लेने कल मैं डोबीवली आ रहा हूँ...तुम्हारे बिना मैं जी नहीं सकता, मेरी बच्ची!''

''आपने तो कहा था, पा! मैं आपकी बेटी नहीं हूँ।''

''यह तुमसे कितने कह दिया?''

''आपको झगड़े के बीच कहते हुए सुना था।''

''वह तो मैंने...तुम्हारी माँ को नीचा दिखाने की मंशा से कहा था। गुस्से में मैं अन्धा हो जाता हूँ।''

''तब फिर मुझे माँ के साथ यहाँ क्यों आने दिया?''

''माँ की ज़िद के आगे हार गया। यह भी सोचा, इतनी छोटी बच्ची माँ को छोड़कर कैसे रह पाएगी...रह सकती हो? बोलो?''

''नहीं, रह सकती। माँ को भी मेरे साथ वापस ले आइए।''

"अब नहीं ला सकता। बाकायदा लिखा-पढ़ी हुई है। उस आदमी को अब वह नहीं छोड़ सकती। छोड़ना ही होता तो यहाँ से जाती ही क्यों?"

"पर पा, वह आदमी मुझे अच्छा नहीं लगता।"

"और उस आदमी को तुम?"

"मैं भी उसे अच्छी नहीं लगती।" वह सिसकने लगी थी।

"रोओ मत, मेरी बच्ची। बताओ, तुम्हारी माँ इस बात से परेशान नहीं है?"

"है, पा।"

"तब..."

"मुझे अलग कमरे में सुलाने लगी है। मुझे अकेले डर लगता है, पा!"

तेज होती सुबकियों के बीच उसने उन्हें सूचित किया था-घर की घंटी बजी है। उसका अनुमान है, माँ और सौतेले पिता घर लौट आए हैं। मौका मिलते ही वह उन्हें दोबारा फ़ोन करेगी।

तेरह वर्ष कैसे कट गए! कट नहीं गए, काटे गए। माँ को उसने कभी भनक नहीं लगने दी-पा और वह कब, कहाँ कैसे मिलते हैं। माँ उसे प्रतिक्षण चेतावनियों से लादती रही-उनका मरा मुँह देखे, अगर कभी वह अपने पा से बात भी करे। उसे अचरज होता माँ के मुँह से ऐसी भाषा सुनकर। आख़िर उनके भीतर घृणा के कितने कुएँ हैं, जो अब तलक उलीचते-उलीचते भी ख़ाली नहीं हुए? उन्हें कभी यह भी ख़याल नहीं आया कि किसी बच्चे के लिए कितना मुश्किल होता है-जो उसका पिता नहीं है, उसे पिता कहकर पुकारना! उस घर में रहते हुए उसने सौतेले पिता से कभी कोई बात नहीं की। पढ़ाई में डूबी रहती। दिन-रात। कक्षा में सदैव अव्वल आती। अव्वल आने ने ही रेलवे की नौकरी पाने में उसकी मदद की।

उन्हें छींकता हुआ पाकर वह अनायास चिन्तित हो आई।

"क्या हुआ? ठंडा खाने का असर है?"

"ए.सी. कुछ बढ़ा हुआ नहीं लग रहा?"

"ठंडक जितनी थी, उतनी ही है। आइसक्रीम नुकसान कर गई। सर्दी आपको वैसे ही रहती है।"

चेहरे को लापरवाही से झटका उन्होंने, "छोड़ो छींक के डर से मैं आइसक्रीम खाना नहीं बन्द कर सकता।"

'सुड़क-सुड़क' आवाज़ निकालते हुए वे आइसक्रीम खा ज़रूर रहे हैं, मगर उनकी निर्मिमेष दृष्टि सामने पड़े परदों की साँधों से उलझी जाने कहाँ गुम हो गई है। ऐसी मुद्रा में वे जब भी होते हैं, उसे लगता है, उसके साथ होते हुए भी वे कहीं स्वयं से जा भिड़े हैं। अपनी भिड़ंत से बाहर आ अक्सर वे उसके लिए अपरिचित हो उठते हैं। तनिक हिंसक। जबकि वे हिंसक नहीं हैं। प्रकृति नहीं है उनकी हिंसक।

"तुम्हें मालूम है, तुम्हारी माँ का शक गलत नहीं है उसके बारे में।"

उसने चम्मच चाटते हुए पूछा, ''समझी नहीं...किसके बारे में?''

''उसके बारे में जो जूते के कारख़ाने से घर रोज़ देरी से लौटता है। है एक मराठी लड़की उसकी ज़िन्दगी में।''

चकित हो उठी। पा को कैसे मालूम? उसने तो कभी कुछ कहा नहीं। उन्होंने कभी कुछ पूछा भी नहीं। फिर? यानी माँ के बारे में सारी जानकारी है उन्हें! रास्ते अलग हो जाने के बावजूद जानकारी है तो उसे सच स्वीकार करना ही पड़ेगा। उन्हें मालूम है तो वह छिपा भी नहीं सकती। माँ की सिसकियाँ घर की दीवारें फाँद क्या उन तक दौड़ आती हैं?

''हाँ, इन दिनों माँ ख़ासी परेशान रहती है।'' उसने स्वीकारा।

उनके स्वर में विद्रूप उतरा, ''ख़ामोशी से सह लेना चाहिए...जैसे मैं सह लिया करता था...जानते हुए कि वह चमड़ेवाले के साथ घूमती है...

''अब पता चल रहा होगा उसे, अकेला कर दिया जाना कितना ख़तरनाक होता है।'' उन्होंने आगे टिप्पणी की। जैसे उनके सामने वह नहीं, माँ बैठी हुई हो और उन्होंने अपने पंजों में बघनख पहन लिये हों।

वह भेद नहीं पा रही है उनके चेहरे को। माँ की पीड़ा उनके नासूरों पर फाहा साबित हो रही है।

''उम्र में भी चमड़ेवाला उससे छह साल छोटा है।''

अब नहीं सहा जा रहा है। यह हिंसक व्यक्ति उसके 'पा' नहीं हैं। हों भी तो उसे स्वीकार नहीं। वहीं ठहरे हुए हैं, पुश्तैनी दुश्मन की तरह।

बेयरा तश्तरी में बिल ले आया।

लपककर उसने बिल उठा लिया। उनकी छीना-झपटी के बावजूद पहली बार बिल उसने चुकाया। कमाने के बावजूद उनका बिल चुकाना उसे अभिभावक का संरक्षण लगता रहा है, जबकि घर में वह माँ से अपने खर्च के लिए एक पैसा नहीं लेती, बल्कि हज़ार रुपया महीना उन्हें पकड़ा देती है। आठवीं कक्षा में आते ही उसने हिंदी पढ़ाने के दो ट्यूशन पकड़ लिए थे।

उसका बिल चुकाना उन्हें खिन्न कर गया।

स्वचालित दरवाज़ा खोलकर दोनों फुटपाथ पर आ गए।

''तुम घर रहने कब आ रही हो?'' उनका सवाल उसकी चुप्पी को खरोंचने लगा। बाहर उमस बढ़ गई है। उमस ने उसे अनमना कर दिया था। उमस उससे झेली नहीं जाती। सबसे बुरे लगते हैं उसे उमस-भरे दिन। लेकिन यह भी सच है कि पा के साथ वह जब भी होती है, उमस उसके पास फटकने से कतराती है। जाने आज क्यों उलटा हो रहा है। लग रहा है, उमस उनके साथ के बावजूद बढ़ रही है, और निरन्तर बढ़ती ही जा रही है—यहाँ तक कि साँसों में घुलती उसकी खारी आर्द्रता, साँसों को सीने तक पहुँचने नहीं दे रही है।

उसे मालूम है, साथ चलते हुए वह उसकी चुप्पी बरदाश्त नहीं कर पाते। किसी

भी क्षण वे इस हिमाक़त के लिए उसे टोक सकते हैं। उन्हें कुछ क्षण पहले किए गए अपने सवाल का जवाब भी चाहिए। सवाल नया नहीं है। तीन-चार महीने पुराना है। उन्होंने कहा था—जल्दी तय कर लो कि कब तुम चमड़ेवाले के घर से अपना झोला-डंडा उठाओगी। अपनी वसीयत भी उन्होंने तैयार करवा ली है। दो कमरों वाले उनके सुन्दर फ़्लैट की एकमात्र मालकिन वह है...उनकी बच्ची—तन्वी गुप्ता। उनकी अन्तिम इच्छा है, वह अपने घर लौट आए। बालिग हो चुकी है अब वह।

वह सोचती है—वह क्या है आख़िर! अपने लिए, उनके लिए?

माँ के लिए? माँ ने कहा था—'किसी भी हालत में मैं तन्वी को तुम्हारे पास नहीं छोड़ने वाली। जानती हूँ—तुम तन्वी के लिए तरसोगे, तड़पोगे, रोओगे, दीवारों से माथा सिर कूटोगे...कूटते रहो...जीवन-पर्यन्त कूटते रहो...'

एक साँझ उन्होंने उससे कहा था—'जिस दिन तुम अपने घर लौट आओगी, उसके पास उसके आँसू पोंछने वाला कोई नहीं बचेगा।'

''बोलो तन्वी, कब घर आ रही हो तुम?'' उनका स्वर अधीर हो आया।

''किसके?'' उसकी कनपटियों पर उमस पिघल रही है।

वे शायद मुस्कराए उसके सवाल पर—''अपने और किसके।''

''वह तो आपका घर है, पा।''

वह चिढ़-से गए, ''जहाँ रह रही हो, वह किसका घर है?''

''माँ का।'' कोई हिचक नहीं थी उसके स्वर में।

''पगली, वही तो मैं कह रहा हूँ, तुम अपने घर लौट आओ।''

''निर्णय ले लिया है, अपने घर ही लौटना चाहती हूँ, पा।''

''तब दिक़्क़त क्या है?''

''दिक़्क़त है...घर ढूँढ़ना है।''

''क्या मतलब?'' उनका स्वर गुर्राया।

''मतलब, अब मैं बालिग हो चुकी हूँ, पा! और अपने घर में रहना चाहती हूँ। आपके पास ही वनरूम-किचन किराए पर लेकर।''

उन्हें माटुंगा उतरना है और उसे डोंबीवली। शार्टकट आजाद मैदान ही है बोरीबन्दर यानी शिवाजी टर्मिनल पहुँचने के लिए। उसने उनकी बाईं कोहनी धर ली और उन्हें सड़क क्रॉस करवाने लगी। उसे अचरज हुआ—उसकी पकड़ से उन्होंने अपनी कोहनी नहीं छुड़ाई। हठी बच्चे की भाँति घिसटते हुए ही सही, उसका अनुसरण करते हुए रोड क्रॉस करने लगे...।

(2007)

□□□

झारखंड की
आदिवासी कला परंपरा

झारखंड की आदिवासी कला परंपरा

मनोज कुमार कपरदार

प्रकाशक
प्रभात प्रकाशन प्रा. लि.
4/19 आसफ अली रोड, नई दिल्ली-110002
फोन : 011-23289777 • हेल्पलाइन नं. : 7827007777
इ-मेल : prabhatbooks@gmail.com ❖ वेब ठिकाना : www.prabhatbooks.com

संस्करण
2025

पेपरबैक मूल्य
दो सौ पचास रुपए

मुद्रक
आर-टेक ऑफसेट प्रिंटर्स, दिल्ली

———— ★ ————

JHARKHAND KI ADIVASI KALA PARAMPARA
by Shri Manoj Kumar Kapardar

Published by **PRABHAT PRAKASHAN PVT. LTD.**
4/19 Asaf Ali Road, New Delhi-110002

ISBN 978-93-5521-393-8

₹ 250.00 (PB)

पत्रकारिता की
आपाधापी में
आसान नहीं रही
साहित्य सृजन
लेकिन
व्यस्ततम जीवन में
उत्साह और उमंग का
संचार करनेवाला
पीड़ा के क्षणों में
आनंद का अहसास
दिलानेवाला
प्रिय पुत्र
उत्कर्ष
को
सस्नेह समर्पित,
जिसकी चमकती आँखें,
मासूम चेहरा
दुनिया से बेखबर
उत्प्रेरित करता मुझे
शब्द गढ़ने को।

भूमिका

मनुष्य के आदि प्रादुर्भाव का काल, समय और परिस्थितियों का ज्ञान जिस प्रकार अभी तक नहीं हो पाया, उसी प्रकार यह कहना भी बड़ा कठिन है कि कला का उदय कब हुआ? आज हमारे पास उन प्रमाणों का सर्वथा अभाव है, जिनके आधार पर हम कला के उदय काल के बारे में कुछ कह सकें। हालाँकि भावनाओं की अभिव्यक्ति चित्रों के माध्यम से अति प्राचीन काल से होती चली आ रही है। वस्तुतः लिपि के आविष्कार के पूर्व चित्र ही एक-दूसरे के बीच चिह्नित रूपों में संचार माध्यम के साधन थे। स्वाभाविक रूप से हर बुद्धिजीवी के लिए चित्रकार होना अनिवार्यता ही होता होगा। लेकिन कालांतर में मानव सभ्यता के विकास के साथ-साथ चित्रों का स्थान लिपि ने ले लिया। हालाँकि चित्रकला सीधे अपने समय से टकराती है। अपने समय के विश्वासों की रक्षा का भार उस पर होता है, उसका समूचा त्रास भी उसी से अभिव्यक्त होता है। समय की धारा के साथ-साथ कला का यह स्वरूप सदैव परिवर्तित होता रहता है। कभी कलात्मकता के आधार पर, कभी राजनीतिक उथल-पुथल के आधार पर, कभी सामाजिकता और विचारों के आधार पर तो कभी रूप-रेखा तथा विषय-वस्तु के आधार पर। आदिवासी कला की परंपरा अत्यंत प्राचीन है और यह मुख्यतः तीन गुणों से पहचानी जाती है—जीवंतता, प्रामाणिकता और अनामिता। आजादी के बाद के वर्षों में आदिवासी कला में निस्संदेह

और निखार आया है, लेकिन उसने जो खोया है वह भी कम नहीं है। चाहे वह झारखंड की जादोपटिया चित्रकला हो या भित्तिचित्रकला हो, इन पचहत्तर वर्षों में इनकी आत्मा पर कृत्रिमता का प्रहार हुआ है। इस प्रकार से कुछ कलाओं को जरूर अच्छी–खासी ख्याति मिली है लेकिन कुछ लोक–कलाएँ बहुत पीछे छूट गईं। कई क़लाएँ तो लुप्त हो गईं और कई विकृत हो गईं।

आदिवासी कला–परंपरा में महत्त्वपूर्ण माध्यम का नहीं है—सवाल अभिव्यक्ति में आस्था का है। मिट्‌टी, प्राकृतिक रंगों और सहज कल्पनाओं तथा अवधारणाओं से आदिवासी गाँवों की दीवारों पर जो चित्रकारियाँ नजर आती हैं, उनमें एक तरफ बच्चों की सी मासूमियत दिखती हैं तो दूसरी ओर बूढ़ों का अनुभव संसार भी किसी–न–किसी रूप में परिलक्षित होता है। भूख, अभाव, भटकाव और बेरोजगारी से जूझते जनजातीय कलाकार कला के क्षेत्र में जिस ढंग़ से सक्रिय हैं, वह अपने आप में मिसाल है और यह इस बात की भी पुष्टि करता है कि मनुष्य केवल पेट के लिए परिश्रम नहीं करता।

विज्ञान की भाषा में मनुष्य को 'होमोसेपियन' कहा गया है। इसका अर्थ होता है, बुद्धिप्रवण प्राणी। ऐसी हालत में केवल आहार, निंद्रा और भय की परिधि में मनुष्य बँधा नहीं रह सकता। आदिवासी समुदाय आज पिछड़ा हुआ समझा जाता है, लेकिन उनकी सृजनात्मक चित्रकला तथा विभिन्न कला विधाओं से लगता है कि गरीबी और अन्य समस्याएँ कला की गति को नहीं रोक सकतीं।

आदिवासी चित्रकला में पशु–पक्षियों तथा मनुष्य जीवन के विविध पक्षों का जो चित्रण हुआ है और हो रहा है, वह मनुष्य और प्रकृति के रिश्ते के बारे में बहुत कुछ कहता है। अभिव्यक्ति के स्तर पर यह चित्रकला जिन विषयों को अभिव्यक्त करती है, वे कहीं से भी कला की दुरूहता को स्थापित नहीं करती, बल्कि वे कला की सहजता की वकालत

करती हैं। सुबह के समय मुर्गे का बोलना, बरसात में मोर का नाचना और सुंदर स्त्री के प्रति पुरुष का सहज ढंग से आकर्षित होना एवं इस तरह के ढेर सारे स्वाभाविक एवं प्राकृतिक संदर्भ आदिवासी चित्रकलाओं में देखने को मिलते हैं। आदिवासी कला परंपरा में कलाकार अपने कला में अनुभव और कल्पना के संयोग से प्रकृति का चित्रण कुशलता से करते हैं। पशु–पक्षी इनके कला के प्रिय बिंब हैं। वे अपने प्रिय बिंबों के साथ जीवन के सौंदर्य को भी अपने चित्रों में प्रमुखता से उकेरते हैं। इनके चित्रों में साँप गति और आवेग का संयुक्त प्रतीक है, इसी रूप में काल का सांकेतिक अर्थ देता है। बाँस का वृक्ष वंश वृद्धि का प्रतीक है। बाँस वृक्ष की टहनियाँ यह दर्शाती है कि आपकी कीर्ति, आपके कर्म, आपके यश की चर्चा चारों दिशा में फैले। हाथ का छापा मानव जीवन का प्रतीक है, जो आपस में मिल–जुलकर रहते हैं, तो सूर्य विकास का प्रतीक हैं। स्वास्तिक चारों दिशा का संकेत करता है। स्वास्तिक को घुमाने से चक्र बनता है। चक्र समय, गति, ऊर्जा का प्रतीक है। हाथी को शुभ प्रतीक मानते हैं। मछली सबसे पुराना जीव है। इसका प्रतीक आदिम युग से जुड़े होने को बताते हैं। हमारा मानना है कि जल है तो जीवन है। इसीलिए इनके चित्रों में मछली के भी चित्र अंकित किए जाते हैं।

हालाँकि, यह भी गौरलतब है कि आदिवासी समुदाय को विभिन्न जनजातियों तथा उनकी सांस्कृतिक आस्था के आधार पर इन चित्रकलाओं के स्कूल भी मिलते हैं, लेकिन हाल के कुछ वर्षों में सरकारी और गैर सरकारी कला संस्थाओं द्वारा इन आदिवासी कलाओं के पारंपरिक स्कूल और व्याकरण लड़खड़ाए हैं। हालाँकि, इस बात से इनकार नहीं किया जा सकता कि कलाओं के लिए कई सकारात्मक कदम भी उठाए गए हैं। फलतः गुमनामी में जी रहे कई आदिवासी लोक कलाकारों ने ख्याति पाई, उन्हें वाजिब सम्मान मिला। कला आदिवासी जीवन का महत्त्वपूर्ण हिस्सा है। कला का आनंद किसी चीज का विकल्प नहीं था। कलात्मक अभिव्यक्तियाँ विश्लेषण के लिए नहीं होतीं और न ही इनकी कोई कीमत

होती है, लेकिन कला के संरक्षण के नाम पर किए जा रहे विभिन्न कार्य इन कलाओं के प्रदूषण का कारण बन गए हैं। इनके कारण आदिवासी कलाओं की सहजता नष्ट हो गई है। मैं खासकर संथाल परगना की भित्तिचित्रकला का उदाहरण देना चाहूँगा। झारखंड में इन लोक-कलाओं को बचाने के लिए काफी प्रयत्न किए गए। कुछ एक कलाकारों ने विश्व ख्याति प्राप्त की, लेकिन इस ख्याति ने इन कलाओं को परंपरा से जुदा कर दिया। झारखंड की ये कलाकृतियाँ शुरू में अपनी सहजता और नैसर्गिकता के लिए जानी जाती थीं, धीरे-धीरे ये दुरूहता और कृत्रिमता का आभास देने लगीं। कला महिलाओं की आय का स्रोत तो अवश्य बनी, लेकिन जहाँ पहले प्राकृतिक रंगों और बाँस की करची और कपड़े का प्रयोग होता था, आधुनिक कलाकार नए रासायनिक रंग, कागज, कलम और तूलिका का प्रयोग करने लगे। इस कला को दीवार से हटाकर कैनवास और कागज पर लाकर विचार किया जाने लगा, तो इसकी स्वाभाविकता तो नष्ट हुई ही, हल्दी और गोमूत्र की जगह रासायनिक रंग आ गए। दरअसल, लोक परंपरा भागीदारी और प्रतिबद्धता की माँग करती है। यह लोगों के दैनिक जीवन का एक हिस्सा है। इसलिए लोककला और आदिवासी कला के संरक्षण तथा संवर्द्धन की चिंता को बहुत सकारात्मक नहीं माना जा सकता। ये कलाएँ स्वतंत्र हैं और सृष्टि के साथ समरस होकर जीने का संदेश देती है। हालाँकि, अधिकांश लोग कला एवं शिल्प को आदिवासियों के स्वच्छंद प्रदर्शन से जुड़ा मानते हैं। आदिवासियों में हम एक तरह की स्वच्छंदता पाते हैं, विशेष रूप से जब हम आम लोगों की परंपराओं तथा कला एवं शिल्प की शैलियों से इसकी तुलना करते हैं, तब हमें उनमें शैलीगत शिक्षा स्पष्ट रूप से दिखाई नहीं देती है। इनके गुण, आकृति और उपयोग के विभिन्न रूप असाधारण हैं। कला एवं शिल्प परंपरा से ये गहराई से जुड़े हुए हैं और इनकी कला एवं शिल्प में विद्यमान परंपरा चकित करती है। आदिवासी समाज अपनी जरूरत की वस्तुओं के लिए अपने निकटवर्ती

परिवेश पर निर्भर होते हैं। ये विभिन्न प्रकार की आकृतियों एवं उनके मूल तत्त्वों के निर्माण में कल्पनाशीलता एवं सृजनात्मकता के लिए प्रोत्साहन के रूप में प्रकृति का सहारा लेते हैं। विश्वास, किंवदंतियाँ एवं खोज की चाह में वे प्रकृति की ओर देखने के लिए प्रोत्साहित होते हैं एवं अपने आप को प्रकृति का अंग मानते हैं। यही इनकी सृजनात्मकता की मूल शक्ति है। यही शक्ति इन्हें आम लोगों से अलग करती है। इनके चित्रों के रंग और रंगों की गतिशीलता एवं इनके आकर्षण लोगों को अर्थ समझने के आमंत्रण देते हैं। इन कला परंपराओं में आदिवासी समुदायों की जीवन–शैली, सामाजिक, धार्मिक एवं सांस्कृतिक मान्यताएँ परिलक्षित होती हैं। आदिवासी समाज पुरातन काल से ही प्रकृति के उपासक रहे हैं। इनकी सुदीर्घ सांस्कृतिक परंपरा प्राचीन हैं। यह समाज अपनी परंपरा को अपनाते हुए रचनात्मक निरंतरता का अंग बन जाता है। इनकी कला में मानवीकृत प्रकृति और प्रकृति में मानवीय हस्तक्षेप से विकसित संस्कृति का हम साक्षात्कार करते हैं।

उराँव समाज में कंघा काटकर बनाए गए चित्रों से प्राचीन काल के समय का पता लगाया जा सकता है। पशु की छवियाँ, भोजन कठौतों, भोजपत्र, पक्षी, मछली, संयंत्र, परिक्रमा कमल वर्ग, ज्यामितीय रूप, त्रिकोण ये सब आम हैं। फसल के दौरान अर्पित कला रूपों का उपयोग किया जाता है। गंजू कला रूप की विशेषता पशु की छवियाँ और जंगली पालतू और संयंत्र रूप हैं। बड़े दीवार पर पशु, पक्षी और पुष्प से घर सजाकर लुप्तप्राय जानवरों के चित्र में कहानी परंपरा को दर्शाया जाता है। कई उपजातियाँ अपने घर को पेड़ और पशु की आकृति से सजाते हैं। दोनों कंघा काटना और चित्रकला तकनीक से करते हैं।

सोहराय की एक अनूठी शैली है। जहाँ चित्र की रूपरेखा दीवार की सतह पर लकड़ी, नाखून और कंपास का प्रयोग करके बनाई जाती है। मुंडा समाज अंगुलियों का उपयोग नरम रंग करने के लिए, गीले कपड़े

अपने घरों को रँगने के लिए और अनोखी इंद्रधनुष आकृतियाँ और साँप और देवताओं के चित्र बनाने के लिए करते हैं। गाँव के बगल में चट्टानों के रंग की लैवेंडर भूरी मिट्टी और भगवा रंग के विपरीत मिट्टी के रूप में इस्तेमाल किया जाता है।

बिरहोर और भुइयाँ सरल, मजबूत, प्रमाणिक और ग्राफिक रूप का प्रयोग करते हैं, जैसे मंडल, अपनी अंगुलियों के साथ चित्रकला करते हैं। झारखंड के लोगो ने पीढ़ियों से बेहतरीन कारीगरों को बनाया है और कला में उत्कृष्ट कार्य सिद्ध किया है और यह प्राकृतिक संसाधनों का अनूठा प्रदेश है। यहाँ पतला, मजबूत बाँस से सुनम्य व्यावहारिक लेख जैसे दरवाजा पैनल, बक्सा, चम्मच, शिकार तथा मछली पकड़ने के उपकरण, नाव के आकार की टोकरियाँ और कटोरे और फुलके बनाए जाते हैं और गुलाबी, हरी पत्ती वाले पाउडर का उपयोग धार्मिक अवसरों पर करते हैं। साल पत्तियों से बनाए गए कटोरे और पत्तल प्लेटों का उपयोग शादी और अन्य उत्सव के दौरान व्यापक रूप से किया जाता है। सबई घास या जंगली घास से कटोरा बुना जाता है, कलम स्टैंड, मैट और रंगारंग बक्सा बुना जाता है। गुड़ियाँ, टेबल मैट और क्रिसमस का पेड़ सजावट के लिए बनाए जाते हैं। चाईबासा इन चीजों के लिए मशहूर है। राँची के आसपास के छोटे गाँवों के पास खजूर के पत्तों से अंगुली चित्रित खिलौने अनेक पीढ़ियों से बनाए गए हैं। ये खिलौना बनानेवाले भगवान् राम की शादी का खिलौना व्यापक तौर पर बनाते हैं। कंघी सज्जा और प्रयोग के लिए उपयोग में आता है। लकड़ी से बने आदिवासी बेरी हैंडल जमा करने का एक आइटम हैं, जो किसी भी साप्ताहिक हाट या गाँव के बाजार में पाया जाता है। कोहबर चित्रकला में नैसर्गिक रंगों का प्रयोग होता है, मसलन लाल, काला, पीला, सफेद रंग पेड़ की छाल व मिट्टी से बनाए जाते हैं। इनकी पेंटिंग में ब्रश भी प्राकृतिक ही होते हैं। उँगलियाँ, लकड़ी की कंघी (अब प्लास्टिक वाली), दातुन से चित्र उकेरे जाते हैं।

झारखंड सांस्कृतिक विभिन्नता से भरा हुआ है। पाषाण युग के उपकरण की खोज हजारीबाग जिले में और कुल्हाड़ी और भाला का सिरा चाईबासा क्षेत्र में पाए गए हैं। 10,000 से 30,000 साल पुराने शैलचित्र, पहाड़ियों की गुफाओं में चित्र और अन्य प्राचीन संकेतक, यहाँ तक कि पूर्व ऐतिहासिक मानव बस्तियों में पाए जाते हैं। पुरातत्त्ववेताओं ने मिट्टी के बर्तनों को उजागर किया है और पूर्व ऐतिहासिक गुफाचित्रों और चट्टान की कला का प्राचीन समय में संकेत मिलता है। इन भागों में संवर्धित सभ्यताएँ पाई गई हैं। लकड़ी के काम की जटिलता, आभूषण, पत्थर के काम, गुड़िया और साँड़, मास्क और टोकरियाँ हैं, जो आपको बता देंगी कि कैसे यहाँ की संस्कृति की अभिव्यक्तियाँ समय की गहराई को बताती है, कैसे वसंत की रचनात्मकता राज्य के लोगों और आत्मा में पुनर्भरण का काम करती है!

भारत की परंपराओं में सबसे नाजुक, मुलायम और सुंदर उदाहरण के लिए, कोहबर और सोहराई चित्र, जो पवित्र, धर्मनिरपेक्ष और एक महिला की दुनिया के लिए प्रासंगिक हैं। इस कला का अभ्यास विशेष रूप से विवाहित महिलाओं के द्वारा शादियों और फसल के समय कौशल और जानकारी को युवा महिलाओं के हाथ में दिया जाता है।

कंघा को काटकर या अंगुली चित्रित, कोहबर कला और दीवार चित्रित सोहराई, भरपूर फसल और शादी को मनाता है। विस्तृत बेरी डिजाइन, पशु और संयंत्र रूप प्रचुर मात्रा में हैं और अकसर प्राचीन कला गुफा के चारों ओर पाए गए है। यहाँ की सभी कलाओं में प्राकृतिक रंगों का उपयोग किया जाता है—पृथ्वी तटस्थ रंग, लाल पत्थर से ऑक्साइड, भगवा लाल, सफेद कोलिन, मैंगनीज काला आदि। नीले और हरे रंग असामान्य हैं और विशिष्टता से इसका उपयोग नहीं हुआ है।

आदिवासी कला को विकसित करने और उन्हें अंतरराष्ट्रीय पहचान दिलाने के प्रयास भी चल रहे हैं। कोहबर कला में प्राकृतिक परिवेश और

स्त्री-पुरुष संबंधों के विविध पक्षों का चित्रण होता है, वहीं सोहराय कला में जंगली जीव-जंतुओं, पक्षियों और पेड़-पौधों को उकेरा जाता है।

हजारीबाग जिला के जंगलों की गुफाओं में चट्टानों पर इस प्रकार के पाषाणकालीन भित्तिचित्र देखने को मिले हैं। आज भी हजारीबाग जिला एवं आसपास के क्षेत्रों में लुप्तप्राय होती बिरहोर जनजाति के घरों (कुम्बास) की दीवारों पर मिट्टी का लेप चढ़ाकर मिट्टी के रंगों से बने चित्रों में कोहबर कला की विशेषताएँ प्रतिबिंबित होती हैं। प्रत्येक विवाहित महिला अपने पति के घर कोहबर कला का चित्रण करती है। इसमें घर-आँगन में विभिन्न ज्यामितिक आकृतियों में फूल-पत्तियों, पेड़-पौधों और नारी प्रतीकों की अनूठी चित्रकारी की जाती है। जादोपटिया पेंटिंग अपनी विषय-वस्तु और चित्रण-शैली के कारण अभी भी जीवित है, हालाँकि, इसका कोई कलाकार राष्ट्रीय पटल पर उभरकर नहीं आ पाया है। इस जादोपटिया कला की चर्चा संथाल परगना के तत्कालीन डिप्टी कमिश्नर आर्चर ने अपनी पुस्तक 'इंडियन पॉपुलर पेंटिंग' में की। जादोपटिया कला की तरह पैतकार चित्रकला भी है। देश में जनजातीय चित्रकला के मामले में पैतकार काफी पुरानी कला मानी जाती है। इसका अपना इतिहास है, जब कॉमिक्स या चित्रकथा का जन्म नहीं हुआ था, तब पैतकार कला या पट्टकारी पेंटिंग अस्तित्व में आ गई थी। कलाकार इसमें हो रही घटनाओं को चित्र के जरिए दिखाते हैं। इसमें सामाजिक-धार्मिक रीति-रिवाजों के साथ ही कहानी को चित्र के माध्यम से दर्शाया जाता है। सत्यजीत राय ने बांग्ला में एक फिल्म बनाई थी—'गुपी गाइन बाघा बाइन'। यह फिल्म पैतकारों के जीवन पर ही आधारित थी। सोहराय कला को विकसित करने में एक ओर जहाँ पद्मश्री बुलू इमाम का प्रयास सराहनीय है, वहीं जेरेड कला को संरक्षित व विकसित करने का कार्य डॉ. स्टेफी टेरेसा मुर्मू कर रही हैं। जेरेड कला भी हमारी प्राचीन परंपरा का ही हिस्सा है, जिसकी चर्चा यूरोपियन लेखक कुलसे ने अपनी पुस्तक 'द संथाल' में किया है। वहीं नरेंद्र पंजियारा एक नई चित्रकला शैली 'बैद्यनाथ पेंटिंग'

को रैखिक थाती के रूप में वैश्विक पटल पर लाने के प्रयास में हैं। डॉ. मीनाक्षी मुंडा भी मंडवा कला को कला के रूप में स्थापित करने में जुटी हुई है। जादोपटिया कला को अंतरराष्ट्रीय पहचान दिलाने के लिए मीनू आनंद तीस वर्षों से निरंतर प्रयास कर रही है।

झारखंड की प्राचीन शिलाओं पर कला के उत्कृष्ट नमूने आज भी देखने को मिल जाते हैं, जो यह इंगित करते हैं कि हमारे पूर्वजों ने प्रकृति के साथ अपनी सहजीविता में अपनी संवेदनाओं को कैसे उकेरा होगा! उस वक्त का समाज संसाधनों के मामले में बहुत ही सीमित था। छोटी-छोटी चीजों को लेकर संघर्ष आम बात थी। भोजन उपजाने से लेकर पशुपालन तक में नित नए संघर्षों से लोगों को गुजरना पड़ता था। इसके बावजूद कला का विस्तार थमा नहीं। आदिकाल से चली आ रही हमारी यह कला परंपरा में समाज के कितने गहरे अनुभव विद्यमान हैं! हालाँकि, अब नए प्रयोग किए जा रहे हैं और इस कला परंपरा को कैनवास पर कूचियों से प्राण मिल रहे हैं। कलाकार अपनी पूरी ऊर्जा और क्षमता से कला के विस्तार में प्रभावी भूमिका निभा रहे हैं। हमें इन आदिवासी कला परंपरा और कलाकारों पर गर्व है।

दो शब्द

लोक संस्कृति से जुड़े विविध पक्षों को आदिवासी समाज सहज कलात्मक समझ के अनुसार रंगों और रेखाओं के माध्यम से प्रकट करते आया है। आदिवासी जीवन में कला आसपास के जीवन तथा अनुभूतियों का सृजनात्मक संकलन है। आधुनिक समाज में कलाकार को एक विशिष्ट दर्जा प्राप्त है, जबकि लोक संस्कृति या आदिवासी जीवन में हर व्यक्ति एक विशेष किस्म का कलाकार होता है और इन कलाकारों का जीवन आम लोगों से भिन्न नहीं देखा जा सकता है। ये कलाकार जो कुछ बनाते हैं, उसमें उपयोगिता और सौंदर्याभिरुचि दोनों तत्त्व मौजूद रहते हैं। कला यहाँ दूर से देखने की चीज नहीं होती। आदिवासी कला सिर्फ अमूल्य धरोहर ही नहीं, वरन् समृद्ध परंपरा, संपन्न सभ्यता एवं जीवंत संस्कृति के इतिवृत्त हैं। ये कलाएँ वस्तुतः किसी भी समाज के जनमानस का आईना होती हैं। सदियों से अनाम, अनजान हाथों में रचे-बसे, एक पीढ़ी से दूसरी पीढ़ी को सहज परंपरागत ढंग से हस्तांतरित होनेवाली इन कलाओं में लोकमानस के हर्ष-उल्लास, आशा-आकांक्षा, कुंठा-संत्रास आदि मनोभावों की कल्पनात्मक, सरस अभिव्यक्ति मिलती है। अभिव्यक्ति के स्तर पर जनजातीय समाज जिन विषयों को अभिव्यक्त करती है, वे सहजता को दर्शाती हैं।

कला इतिहास के साक्ष्यों के अनुसार कलाकार हमेशा चले आ रहे वादों के प्रतिकूल, एकजुट होकर अपनी-अपनी अभिव्यक्तियों को मूर्त

रूप प्रदान किए हैं; तब एक नई कला का जन्म होता है। लेकिन आज भी झारखंड के आदिवासी समाज मानव जाति के इतिहास के सर्वाधिक पुरातन संस्कृति के वाहक हैं, जो आज भी लगभग अपने मूल स्वरूप में अस्तित्वमान हैं। झारखंड की निश्छल-निष्कपट जनजातीय महिलाओं के जीवन में कला एक महत्त्वपूर्ण अंग के रूप में शामिल है। जनजातीय समाज में आज भी हमें कला की अत्यंत ही चिताकर्षक और उन्नत परंपरा देखने को मिलती है।

झारखंड के जनजातीय समाज की इन अमूल्य कला धरोहर को स्वस्थ स्वरूप में प्रस्तुत करने में अनेक विद्वानों एवं सहयोगियों का परोक्ष तथा प्रत्यक्ष सहयोग मिला है। उन्हें हार्दिक कृतज्ञता ज्ञापित करता हूँ। श्रीमती विमला प्रधान, डॉ गणेश माँझी, डॉ. मीनाक्षी मुंडा, डॉ. स्टेफी टेरेसा मुर्मू, अशोक सिंह, दिलेश्वर लोहरा, विजय चित्रकार, नरेंद्र पंजियारा, सी. आर. हेम्ब्रम, नीताय चित्रकार, मीनू आनंद, ध्रुव कुमार श्रीवास्तव, सुमंती देव भगत, वंदना किस्पोट्टा, जयश्री इंदवार, अलका इमाम, पार्वती देवी, मालो देवी, यशोदा देवी, रूधन देवी, पुतली देवी, मनीता कुमारी उराँव, रंजीत कुमार, संतोष महली, सरवर आलम, जितेंद्र कुमार ठाकुर और बीरेंद्र कुमार महली के प्रति हृदय से आभारी हूँ, जिनका सहयोग इस अनुष्ठान में मेरा संबल बना। वरिष्ठ कलाकार दिलेश्वर लोहरा से मिली अंतर्दृष्टियाँ मुझे काफी प्रेरित किया। अग्रज श्री जगदीश प्रसाद कपरदार का आशीर्वाद एवं उनकी सत्प्रेरणा मेरे इस लेखन कार्य में संबल बना रहा, लेकिन नियति को कौन जानता? पुस्तक प्रकाशन की इस घड़ी में वे इस दुनिया को अलविदा कहते हुए यादों के फ्रेम में कैद हो गए। उन्हें मेरा कोटि-कोटि नमन! अग्रज श्री शंभुनाथ कपरदार का स्नेह एवं आशीष भी मेरा संबल बना। अंततः मैं अपनी स्वधर्मिणी उषा रश्मि को धन्यवाद देता हूँ, जो वस्तुतः मेरी किसी भी सारस्वत-यात्रा की निमित कारक रही हैं। पुत्र उत्कर्ष कपरदार ने प्रतिपल मुझमें उत्साह एवं ऊर्जा का सृजन किया।

इस पुस्तक को तैयार करने में मैंने कई स्त्रोतों का उपयोग किया

है, उन सभी के नामों का उल्लेख करना कठिन है। मैं उन सबों के प्रति भी अपना आभार व्यक्त करता हूँ। मुझे अहसास है कि तमाम प्रयासों के बावजूद इस पुस्तक में कुछ त्रुटियाँ रह गई होंगी, फिर भी मेरा विश्वास है कि कलाविदों, कला पारखियों, कलाकारों, कला संग्राहकों और कला के विद्यार्थियों के लिए यह पुस्तक उपयोगी होगी।

—मनोज कुमार कपरदार

अनुक्रम

1

शैल चित्र

दुनिया के कई देशों-प्रदेशों में हजारों वर्ष पुराने ऐसे शैलाश्रय (रॉक शेल्टर्स) मिले हैं, जिनमें एक समय मनुष्य ने वास किया था और वहाँ आश्रय ढूँढ़ लेने के बाद चट्टानों पर प्राकृतिक रंगों से चित्र बनाए थे। इन चित्रों का संबंध प्रायः शिकार के लिए बनाए गए संकेतों, दिशा-निर्देशों या किसी प्रकार के भय से निवारण के लिए किए गए रेखांकनों, अनुष्ठानों या मनुष्य में छिपी एक आदिम चित्र-इच्छा से जोड़ा गया है। इनका मुख्य आकर्षण इसी बात में है कि चट्टानों में चित्र/रेखांकन समय या प्राकृतिक मार से बचे रह गए हैं, उनमें झाँककर हम एक पुरा-काल का बोध कर सकें और यह पहचान सकें कि मनुष्य तो मानो सहज-भाव से न जाने कब से चित्र बनाता आया है। इन आश्रयस्थलों में चित्रित चट्टानों को प्रायः 'रॉक पेंटिंग्स' या 'केव पेंटिंग्स' कहकर पुकारा जाता है।

झारखंड में भी पाषाणकाल में ही मानव ने गुफा चित्रण शुरू कर दिया था। झारखंड के कई क्षेत्रों में कंदराओं और गुफाओं में मानव चित्रण के प्रमाण मिले हैं। इन चित्रों में शिकार, शिकार करते मानव समूहों, स्त्रियों तथा पशु-पक्षियों आदि के चित्र मिले हैं। अजंता की गुफाओं में की गई चित्रकारी कई शताब्दियों में तैयार हुई थी। इसकी सबसे प्राचीन चित्रकारी ई.पू. प्रथम शताब्दी की है। चित्रों में जिन रंगों का प्रमुख रूप से उपयोग किया गया है, वे हैं—धातु राग, चटख लाल कुमकुम या सिंदूर, हरीताल (पीला) नीला, लापिसलाजुली नीला, काला, चाक की तरह सफेद खड़ी मिट्टी, गेरू माटी और हरा। ये सभी रंग भारत में सुलभ थे। विशेषज्ञों की मानें तो चट्टानों पर हथेली बनाने की प्रथा लगभग बीस हजार साल पहले शुरू हुई। कहीं-कहीं तो तीस हजार साल पहले प्रागैतिहासिक काल में हथेली के शैल चित्र मिले हैं। इसी से अनुमान लगा सकते हैं कि झारखंड के अलग-अलग स्थानों के शैल चित्र विश्व के कई स्थानों पर पाए गए शैल चित्रों से मेल खाते हैं। राँची के आसपास की चट्टानें, जो ग्रेनाइट नीस की हैं, इस तरह की पेंटिंग्स के लिए उपयुक्त थीं, क्योंकि ये चट्टानें काफी ठोस व मजबूत होती हैं। यहाँ की चट्टानों में लाल रंग से बनाई गई हथेली की आकृति और आड़ी-तिरछी रेखाएँ आज भी हैं। विशेषज्ञों की मानें तो यह सोहराई पेंटिंग की तरह है। आड़ी-तिरछी रेखाओं पर विशेषज्ञों

का मानना है कि उस वक्त की सभ्यता काफी उन्नत थी, जिन्होंने इस तरह की ज्यामितिक रेखाओं का इतना सटीक पेंटिंग किया, जिसे आज भी लोग नहीं समझा पाए हैं। हजारीबाग के इस्को में विशाल और सुंदर शिलाचित्र को इतिहासवेत्ता एवं पुरातत्त्ववेता का मानना कि वे लोग निश्चित तौर पर कला में रुचि लेनेवाले सौंदर्यबोधी लोग रहे होंगे। इस्को के काफी योजनाबद्ध शिलाचित्र का सबसे पुराना उदाहरण जोगीमारा गुफा के शिलाचित्र हैं, हालाँकि, इस्को की शिलाचित्र की आकृति शैली एवं विषय की दृष्टि से मोहनजोदड़ो में भित्तिचित्रण का प्रचलन था या नहीं, इसका प्रमाण नहीं मिलता है। इस्को में शिलाचित्र के विषय में जानकारों का मानना है कि चित्र निर्माण के पहले भित्तियों पर लाल रंग का लेप अच्छी तरह चढ़ाया गया होगा। लाल और काले रंग के अतिरिक्त पीला और हरे रंग का प्रयोग किया गया होगा। रंग लौह अयस्क, कत्था तथा रंगीन पत्थरों के चूर्ण से बनाया गया होगा। पलामू जिले के लिखलाही पहाड़ी में भी शैल चित्र मिले हैं। यहाँ के चित्रों को देखते हुए जानकारों का अनुमान है कि यह दस से लेकर एक लाख वर्ष

पुराने हो सकते हैं। चित्रों को देखने से पता चलता है कि ये पत्थरों से निर्मित सफेद रंग अर्थात् पत्थरों को रगड़कर या खुरचकर बनाए गए हैं। इन पहाड़ों पर दो प्रकार के चित्र प्राप्त होते हैं। पहले में जीवंत चित्रांकन है, जिसमें मानव अंकन, पशुओं के चित्र, शिकार के दृश्य या घुड़सवार का अंकन प्रमुख है। दूसरे वर्ग में ज्यामितिक अलंकरण हैं। इन चित्रों में नृत्य करती हुई आकृतियों का बहुत ही सुंदर अंकन देखने को मिलता है। कुछ–कुछ विशाल जानवरों का अंकन भी हैं। ये डायनोसोर सीखे लगते हैं। ये चित्र भारतीय चित्रकला के प्राचीन स्वरूप, समकालीन चितेरों की कलात्मक अभिव्यक्ति की क्षमता तथा चित्रकला के उद्भव व विकास आदि की कहानी कहते है। पलामू के ही महुदड़ में भी शैल चित्र मिले हैं। चतरा जिले के सतपहाड़ी के पास भी हजारों साल पुराने शैल चित्र मिले हैं। पश्चिम सिंहभूम ज़िले के कुमारडुगी प्रखंड में शैल चित्र, लघुपाषाण उपकरण चिड़िया तथा पशुओं के चित्र प्राप्त हुए हैं।

ऐसा लगता है, मानो जिस तरह यहाँ के लोगों का जुड़ाव प्रकृति और पर्यावरण से रहा है, ठीक उसी तरह मनुष्य और जानवरों की आकृतियाँ भी यहाँ की चट्टानों में रची–बसी हैं, मानो वे कह रही हों कि हमारा रिश्ता भी झारखंड के भूखंड की तरह ही अति पुरातन है।

□

2

सोहराय कला

झारखंडी संस्कृति में सोहराय कला का महत्त्व सदियों से रहा है। माना जाता है कि इसका प्रचलन हजारीबाग जिले के बादम से आज से हजारों वर्ष पूर्व हुआ था। हजारीबाग जिले के बादम क्षेत्र के इस्को की पहाड़ियों की गुफाओं में आज भी इस कला के नमूने देखे जा सकते हैं। ऐसा कहा जाता है कि बादम के राजा कला के अच्छे पारखी और प्रेमी थे। इन राजाओं ने इस कला को काफी प्रोत्साहित किया, जिसकी वजह से यह कला गुफाओं की दीवारों से बाहर निकलकर घरों की दीवारों में अपना स्थान बना पाने में सफल हुई। उस समय ऐसा कोई घर नहीं था, जहाँ की महिलाएँ इस कला से अपने घरों को सजाना नहीं जानती हों। बदलते परिवेश में इसके कलाकार और इसे जाननेवाले लोगों की संख्या कम होती गई। जो गिने–चुने लोग इस कला को जानते हैं, वे

अपनों पुरखों से इसे सीखते आए हैं। यूँ तो हजारीबाग क्षेत्र में यह कला ज्यादा लोकप्रिय है, लेकिन धीरे-धीरे यह कलाकृति अब अन्य क्षेत्र की महिलाएँ भी उकेरने लगी हैं। पहले यह कला केवल आदिवासी समाज की महिलाएँ बनाती थीं, लेकिन अब यह कला अन्य समाज की महिलाएँ भी बनाने लगी हैं। हजारीबाग के दक्षिणी क्षेत्रों में जहाँ कुर्मी के गाँव हैं, वहाँ की महिलाएँ भी हाथी, बाघ, हिरण और पेड़-पौधों के चित्र बनाती हैं। इन क्षेत्रों में महिलाएँ चटाई पर चित्रों का प्रयोग करती हैं। ये कला राज्य की विरासत है। इसकी विशेषता है कि यह महिला प्रधान कार्य है। महिलाएँ इसे अपनी कल्पनाशक्ति से चित्रित करती आ रही हैं। इस कला की भौगोलिक प्राकृतिक गुणवत्ता के कारण ही 2020 में केंद्र सरकार की यूनिट 'डिपार्टमेंट ऑफ इंटैलैक्चुअल प्रोपर्टी जियोग्राफिकल इंडिकेशन रजिस्ट्री' (बौद्धिक भौगोलिक प्राकृतिक संपदा विभाग) की तरफ से इसे जी.आई. टैग मिला। इस कला को वैश्विक पटल पर लाने में राज्य सरकार और कई संस्थाओं के अलावा कई कला प्रेमियों व कला पारखियों का अहम योगदान रहा है। इसे व्यापक पहचान दिलाने में पद्मश्री बुलू इमाम की भी अहम भूमिका रही है।

आदिवासी बहुल क्षेत्रों में सोहराय पर्व के दौरान देशज दूधी माटी से सजी घरों की दीवारों पर महिलाओं के हाथों के हुनर अब भी देखने को मिलते हैं। अब दूधी माटी की जगह चूने ने ले ली है। पाँच प्राकृतिक रंगों से सफ़ेद, पीला, काला, लाल रंग और गोबर के मिश्रण से बनाने की परंपरा थी। आदिवासी संस्कृति में इस कला का महत्त्व जीवन की उन्नति से लगाया गया है। यह प्रसिद्ध कला सोहराय पर्व से जुड़ी है। सोहराय पर्व दीपावली के एक दिन बाद मनाया जाता है। सोहराय चित्रकारी वर्षा ऋतु के बाद घरों की लिपाई-पुताई से शुरू होती है।

पद्मश्री बुलु इमाम का कहना है कि सोहराय पर्व सभ्यता और संस्कृति का प्रतीक है। यह पर्व पालतू पशु और मानवता के बीच गहरा प्रेम स्थापित करता है। ये कहते हैं कि इस पेंटिंग को पूर्ण रूप से हजारीबाग की इस्को गुफा के रॉक पेंटिंग से तुलना नहीं की जा सकती है। रॉक पेंटिंग की कहानी कुछ और है तथा सोहराय की कुछ और; पर दोनों में कुछ समानता जरूर है। बुलु इमाम का कहना है कि यह कला प्रकृति और मानव को एक-दूसरे से जोड़ती है, जो प्राचीन काल में भी पूर्वजों ने अपने पेंटिंग के माध्यम से बताया है।

सोहराय चित्रों में भगवान् शिव तथा इनसे संबंधित विषयों की प्रमुखता रहती है। इस चित्रशैली में सर्प, हिरण, फूल-पतियाँ, पेड़-पौधे, पशु-पक्षियों को तथा मानव आकृतियों को सुंदर ज्यामितीय स्वरूप में चित्रित किया जाता है। इसके अलावा पुष्प विषयक एवं अलंकृत मोटिव, मछली, रसोई के उपकरण आदि को बहुत खूबसूरती के साथ चित्रित करते हैं। आकृतियाँ मिट्टी रंग से दतवन या कपड़े लिपटे ब्रश से सशक्त एवं मोटी रेखा द्वारा उकेरी जाती हैं। इन चित्रों में मुख्य तौर पर सफेद, काला, पीला, लाल तथा हल्के नीले रंग का इस्तेमाल किया जाता है। लगभग सभी रंग मृदा रंग के होते हैं। ये सारे चित्र इनके प्राचीनतम अभिव्यक्ति के प्रकटीकरण की आवृत्ति है।

□

3

कोहबर

खोबर एक जनजातीय शब्द है, जिसका शाब्दिक अर्थ है—गुफा के विवाहित जोड़े (खो-गुफा, वर-विवाहित जोड़े)। संभवतः 'कोहबर' शब्द इसी खोबर का अपभ्रंश रूप है। फारसी में भी कोह का अर्थ पहाड़ होता है। यदि हम प्राचीन साहित्य पलटें तो ज्ञात होगा कि विवाह के उपरांत दुल्हन के घर, जहाँ वर-वधू को मिलन यामिनी व्यतीत करनी होती है, भव्य रूप से कक्ष को सजाया जाता था तथा इस कक्ष में दूल्हे-दुल्हन को युगल जीवन व्यतीत करने की प्रेरणा देनेवाले सांकेतिक चित्रों से चित्रण किया जाता था। कोहबर का महत्त्व मूल रूप से मध्य पाषाणकालीन है, जिसका सत्यापन प्रागैतिहासिक प्रस्तर कला के साथ-साथ जनजातीय परंपराओं से होता है। प्रागैतिहासिक प्रस्तर कला के संबंध में कोहबर कला इस क्षेत्र में

हर जगह दृष्टिगोचर होती है, जहाँ चित्रित प्रस्तर निवासों को 'खोबर' अथवा 'कोहबर' कहा जाता है।

वैवाहिक गुफाओं की परिकल्पना संभवतः उतर गुफा निवास काल की घटना है। गुफा निवासी जनजातियों ने मध्य पाषाणकालीन मानवों द्वारा चित्रित गुफाओं पर अधिकार कर लिया होगा एवं गुफा में उनके बनाए चित्रों में अपने संकेतों को जोड़ दिया होगा। कोहबर अथवा वैवाहिक गुफा कला परंपरा की शुरुआत इसलिए हुई, क्योंकि वैवाहित नवदंपती को विवाह–रात्रि जंगल के खोबर में व्यतीत करने भेज दिया जाता था। दंपतियों ने वहाँ गुफा प्रतीकों को देखा और वापस आकर उन्हें अपने मिट्टी के घरों में चित्रित किया। वर्तमान समय में वैसे ही एवं उनसे मिलते–जुलते प्रतीकों का चित्रण कोहबर में दिखता है, जो इस बात की पुष्टि करता है। इस प्रकार संभवतः हजारों वर्ष पूर्व खोबर अथवा कोहबर की अवधारणा का विश्लेषण किया गया। संभवतः यह उस युग के शुरुआत का समय था, जब मानव ने गुफा छोड़ घरों में रहना शुरू किया था। उपर्युक्त वैवाहिक गुफा की परंपरा का एक रूप आज भी बिरहोर आदिवासियों में है। बिरहोर जनजातियों के बीच एक पुरानी परंपरा के अनुसार लड़के–लड़कियों को विवाह पूर्व घर के बाहर रहना पड़ता है। कहा जाता है कि करणपुरा राज रामगढ़ राज के राजाओं ने इस कला को काफी प्रोत्साहित किया, जिसकी वजह से यह कला गुफाओं की दीवारों से निकलकर घरों के दीवारों में अपना स्थान पाने में सफल हुई। कहा जाता है कि करणपुरा राज में जब किसी युवराज का विवाह होता था और

कमरे में युवराज अपनी नवविवाहिता से पहली बार मिलता था, उस कमरे की दीवारों पर यादगार के कुछ चित्र अंकित किए जाते थे। इस कला में कुछ लिपि का भी इस्तेमाल किया जाता था, जिसे 'वृद्धि मंत्र' कहते थे।

हजारीबाग क्षेत्र की इस कोहबर चित्रकला के चितेरे मुख्य रूप से महिला कलाकार ही हैं। आडंबरहीन एवं निष्कपट स्वभाव के कारण इनके जीवन की समस्त क्रियाएँ एवं कार्य भी सहज एवं सरल होते हैं। इस सहजता में रहस्य मिश्रित अनुभूतियों और जीवन की जटिलता के गहन भावों से उत्पन्न कौतूहल भी सम्मिलित हैं, जिसे ये विशाल स्मारकों या ग्रंथों के माध्यम से अभिव्यक्त नहीं करते रहे, बल्कि अपने जीवन की आवश्यक क्रियाओं के साथ ही लेकर चलते रहे हैं। इसी कारण आदिवासियों में सुख-दुःख, आनंद, रहस्य, धर्म और यथार्थ सभी भाव जीवन के आवश्यक अंग बनकर उनकी कला में सहज ही व्यक्त होते हैं। इनके जीवनोपयोगी उपकरण, धर्म से संबंधित क्रियाएँ और सांसरिक कार्य सभी कुछ रचनात्मकता के सहायक अंग हैं, किंतु जिसे हम कला की शहरी परिभाषा से बाँधते हैं, स्वयं जनजातीय समाज उनसे अनभिज्ञ है, क्योंकि वे परिग्रह या यश की कामना से इनका निर्माण नहीं करते। केवल आनंद, उल्लास और स्वतंत्रता से जीवनयापन करना इनकी एकमात्र चाहत है।

ये कोहबर चित्रकला वैसे तो घरों के बाहरी एवं भीतरी दोनों दीवारों पर बनाए जाते हैं, पर घरों की आंतरिक दीवारों को काफी सजगता से चित्रित किया जाता है। चित्रों में मांगलिक चिह्नों को चित्रित किया जाता है। ये सारे क्रियाकलाप मुख्य रूप से दीपावली पर्व के पश्चात् तथा पुनः मार्च एवं अप्रैल के समय किए जाते हैं, अर्थात् फसलों की कटनो के पश्चात् ही ये चित्रित होते हैं और आमतौर पर यही समय होता है—लग्न अर्थात् शादी-विवाह का। मूलतः कोहबर चित्र लेखन नवविवाहित जोड़ों को सांसारिक जीवन के रहस्यों को सांकेतिक रूप से समझाने एवं प्रजनन की तरफ उन्मुख करने के उद्देश्य से किया जाता है।

यूँ तो कोहबर कला परंपरा में बाँस, सूर्य, स्वास्तिक, कमल फूल, हाथी, पालकी, मछली आदि शुभ प्रतीक चित्रों को बनाते हैं। कुछ आकृतियाँ समुदाय विशेष की होती हैं, जैसे मुंडा घरों में इंद्रधनुष, हवा में लहराते सर्प, उराँव घरों में लता, पुष्प तथा पूर्वज के गणचिह्न को चित्रित किया जाता है। कोहबर चित्रों में मुख्यतः चार रंग ही दिखाई देते हैं। चित्रों में अभिकल्पों का निरूपण कंघी के माध्यम से किया जाता है। सबसे पहले दीवार पर काले रंग का लेप चढ़ाया जाता है। सूखने के बाद सफेद या पीले रंग का लेप चढ़ाया जाता है। लेप के गीला रहते ही कंघी के दाँतों के माध्यम से विविध ज्यामितिक डिजाइन, फूल आदि छोड़ दिया जाता है। ये कंघी कभी परंपरागत रूप से बाँस की हुआ करती थी पर अब, जब समय के बदलाव और विकास के

साथ यहाँ सबने प्लास्टिक की कंघियाँ इस्तेमाल करनी शुरू कर दी हैं। फूल काटने का काम इन्हीं कंघियों से किया जाता है। कंघी से काटने के बाद काला रंग बखूबी से उभरता है। रंग भरने के लिए दातुन की कूची या फिर पुराने कपड़े को लकड़ी में लपेटकर बनाए गए ब्रश का प्रयोग किया जाता है। रंग में मुख्य रूप से मिट्टी के रंगों का ही प्रयोग किया जाता है।

विवाह के समय घर के किसी एक कमरे में पूर्वी दीवार पर कोहबर बनाई जाती है। वर और वधू पक्ष दोनों के घर में विवाह की विविध रस्मों में से एक कार्यक्रम कोहबर पूजन भी होता है। इसमें दीवार पर बने कोहबर का पूजन किया जाता है। इस कार्यक्रम के दौरान कोहबर गीत गाए जाते हैं।

झारखंड की यह जनजातीय कला परंपरा हमारी एक अमूल्य धरोहर हैं, जो सदियों से यहाँ की सभ्यता और संस्कृति का वहन करती आई है। इसका स्वतः स्फूरित अबूझ रेखांकन संभवतः किन्हीं खास संकेतों एवं प्रतीकों को इंगित करते हैं। झारखंड के जनजातीय समाज में आज भी इसे 'खोबर पेंटिंग' कहते हैं।

□

4

जादोपटिया कला

जनजातीय समाज में कला की दृष्टि से संतालों की सांस्कृतिक परंपराएँ काफी समृद्ध हुई हैं। संताल समाज से जुड़े जादो समुदाय की चित्रांकन परंपरा से इनकी सांस्कृतिक खूबियों का पता चलता है। संतालों में जादोपटिया कला काफी प्रचलित है। सोहराय की तरह जादोपटिया की अपनी अलग पहचान है। जादोपटिया दो शब्दों का समायोजन है। जादो एक जातीय समूह है, दूसरा पटिया है। पटिया पटचित्र परंपरा को अभिव्यक्त करता है। जादोपटिया पेंटिंग खास तरह से बनाई जाती है।

पेंटिंग मुख्य रूप से कपड़े पर बेल के गोंद से चिपके कागज पर या कागज के टुकड़ों को पुराने कपड़े पर चिपकाकर सुई और

धागे से बनाई जाती है। इसके दोनों छोरों पर पट लपेटने के लिए लकड़ी का छोटा डंडा लगा होता है। अधिकांशत: छह से बीस फीट लंबे पट पर कलाकार संतालों के मिथकों और लोक विश्वास पर आधारित चित्रों की श्रृंखला बनाते हैं। प्रत्येक पट का एक विषय होता है। यह चित्रपट की तरह होता है। इस तरह के पटचित्र का उल्लेख 'मुद्राराक्षस' में मिलता है।

चित्र में बॉर्डर अवश्य होता है तथा इसे बड़े मनोयोग से बनाया जाता है। चित्र में कथानुरूप मानवाकृति, पेड़, पशु-पक्षी व अन्य सहायक सामग्री का चित्रण तथा संयोजन किया जाता है। मानवाकृति की मुखाकृति प्राय: एक चश्मी है तथा स्त्री-पुरुष के केशविन्यास अलग-अलग हैं। स्त्री के बालों में जूड़ा का चित्रण मिलता है। खुले बालों का चित्रण नहीं के बराबर है। पुरुष के चित्रण में मूँछ व दाढ़ी का चित्रण नहीं है। आँखें अपेक्षाकृत बड़ी हैं। वस्त्र-सज्जा में देवता, गुरु तथा यमराज को अलंकृत किया जाता है, जबकि सामान्य स्त्री-पुरुष साधारण लिबास में हैं, यथा लुंगी, साड़ी, धोती, गमछा। रंग ज्यादातर प्राकृतिक हैं। मूल रंग काला, हरा, पीला है। लाल रंग का प्रयोग भी कहीं-कहीं मिलता है। रंग मुख्य रूप से रंगीन पत्थरों को घिसकर, पत्रों तथा छाल को उबालकर, चावल को पीसकर और जलाकर ही बनाए जाते हैं। ब्रश के लिए बकरी की पूँछ के बाल को माध्यम बनाते हैं।

महिलाएँ रंग निर्माण, पट निर्माण तथा चित्र बनाने में बराबर क़ी भूमिका निभाती हैं।

हर चित्रकार की कलाकृति बनाने का तरीका अलग-अलग होता है। राधो चित्रकार मात्र एक ऐसे चित्रकार थे, जो राजा और सैनिक की तसवीर बनाते थे।

जादोपटिया पेंटिंग की विषय-वस्तु पर चर्चा करें तो संताली मिथक एवं आस्था, जीवन-मृत्यु, यमराज द्वारा जीवन में किए गए गलत कामों के अनुसार दंड, उत्सव, जीवन-दृष्टि, नैतिक मूल्य, सौंदर्य, पृथ्वी व सृष्टि की उत्पति, संतालों के पलायन की कथा केंद्रीय विषय रहे हैं। इसके अतिरिक्त संताली लोककथा का चित्रण सबसे आकर्षक विषय है। सिद्धो-कान्हू के विद्रोह की कथा का चित्रण भी मिलता है, लेकिन बहुत कम। महाभारत, रामायण, कृष्णलीला का चित्रण अधिक मिलता है। जादोपटिया चित्रशैली के पटचित्र के विषय कुछ-कुछ 'गरुड़ पुराण' कि कथाओं से मिलते हैं। वैसे तो मृत्यु और पारलौकिक क्रियाओं को लेकर सभी समाज में अवधारणाएँ हैं। इन अवधारणाओं में मनुष्य के कर्म और उसके प्रतिफल को आधार बनाया गया है। जादोपटिया चित्रकला में यह विषय सामाजिक और नैतिक शिक्षा का बड़ा माध्यम भी है। इसमें बाहा और सोहराय संतालों के पर्व हैं। उनसे जुड़ी लोककथाएँ भी हैं, जिसे वे जादोपटिया के द्वारा दिखाते हैं। इन्हीं लोकगाथाओं को इसमें चित्रित किया जाता है। कलाकारों का मकसद इसे चित्रित कर लोगों के सामने लाना

होता था। इसके लिए सबसे सरल माध्यम प्रदर्शन होता था। कलाकार इन पटचित्रों को एक गाँव से दूसरे गाँव घूम-घूमकर लोगों को दिखाते थे। इससे लोगों को अपनी कला के साथ अपनी परंपरा के बारे में जानने का अवसर भी मिलता था। लोग इसे खरीदकर अपने पास भी रखते थे। इससे कला का प्रसार भी होता था और कलाकार को आय भी होती थी। उन्हें इसके बदले में अनाज, पैसा तथा अन्य सामग्री मिलती थी। इससे इनकी जीविकोपार्जन हो जाता था। कलाकार पट दिखाते समय गीत गाया करते थे। वे नृत्य और संगीत के जरिए पटचित्रों की व्याख्या करते थे। एक तरह से नाटक मंचन भी होता था। यह जादोपटिया के प्रसार का सबसे बेहतर माध्यम था। बाद में कलाकरो ने पटचित्रों में काली और कृष्ण की गाथाओं को भी जोड़ लिया। इससे पटचित्रों का विषय बढ़ता गया। विषय की अधिकता होने से यह कला और रोचक होती गई, हालाँकि यह संताल समाज से अलग था। दरअसल, संताल समाज के अलावा उन बस्तियों के पास अन्य समुदाय के लोग भी रहते थे। इसलिए जब देवी-देवताओं को इसमें शामिल किया गया तो उनके लिए भी जादोपटिया का महत्त्व बढ़ गया। इससे जादोपटिया का रूप वही रहा, लेकिन दायरा बढ़ गया। हम कह सकते हैं कि जादोपटिया कला झारखंड की गीतिचित्र शैली है।

□

5

संथाली भित्तिचित्र

संथाल आदिवासियों में भित्तिचित्र की परंपरा काफी समृद्ध और प्राचीन रही है। यहाँ गुफाओं के अंदर सदियों से भित्तिचित्र सजे हैं। ये चित्र सदियों पूर्व निवास करनेवाले आदिम लोगों के अस्तित्व के प्रमाण हैं। यह कहीं-न-कहीं यहाँ निवास करनेवाले आदिवासी समुदाय से जुड़े होने की गवाही देते हैं। इसलिए ये अधिक महत्त्वपूर्ण है। झारखंड में हो, बिरहोर, पहाड़िया, मुंडा, उराँव और संथाल समेत लगभग बत्तीस जनजातियाँ निवास करती हैं। एक समय अधिकतर भाग वनोच्छादित हुआ करता था। वन इनका निवास-स्थान था। प्रागैतिहासिक भाषा में

चिह्न चित्र का प्रयोग किया जाता था। ये गुफाओं में चित्र बनाकर अपनी भावनाओं को व्यक्त करते थे। दीवारों पर उकेरे गए इन चिह्न चित्रों को 'लिखना' कहा जाता था, हालाँकि, ऐसे भित्तिचित्रण और भूमि अंकन प्रथा से कोई भी समाज वंचित नहीं रहा है। सिंधु घाटी, हड़प्पा और सुमेरियन सभ्यता में भी इसी तरह के भित्तिचित्र बनाए जाते थे। इस कला को दो भागों में विभक्त किया जा सकता है। एक संथाल परगना का क्षेत्र और दूसरा छोटानागपुर का क्षेत्र। भौगोलिक स्थिति अलग-अलग होने से चित्रों में कुछ भिन्नता दिखाई देती है। संथाल परगना के भित्तिचित्र में प्राचीनता का भाव है, तो छोटानागपुर में आधुनिकता का भाव। एक में आकार की प्रधानता है तो दूसरे में रंग की प्रधानता। संथाल के चित्र उभार लिये हुए हैं, तो छोटानागपुर के चित्र समतल हैं।

संथाली अपने भित्तिचित्रण के इतिहास में अपनी प्राचीन स्थली चाय चंपा गढ़ का जिक्र करते हैं। चाय चंपा को ये आधुनिक संदर्भ में सिंधु घाटी की सभ्यता से जोड़ते हैं। इनका मानना है कि सिंधु घाटी की सभ्यता इन्हीं की सभ्यता है। संथाली मान्यताओं के अनुसार, चाय चामपा के किले

में चित्रकला के उत्कृष्ट नमूने चित्रित थे। संथाल आदिवासी जब अपना घर बनाते हैं, उसी समय तय किया जाता है कि दीवार तथा दरवाजों को किन-किन आकृतियों तथा डिजाइनों से सजाया जाए। उभारवाले चित्र के लिए डिजाइन के अनुरूप कच्ची दीवार पर खुरपी, करनी तथा अन्य सहायक उपकरणों की मदद से मिट्टी को काटकर आकृति को उभारा जाता है। यह विधि संथाल परगना में काफी प्रचलित है। छोटानागपुर में चित्र प्रायः समतल बनाए जाते हैं। दीवार की सतह पर सफेद खड़िया की सहायता से डिजाइन बनाया जाता है, फिर उसमें रंग भरा जाता है। भित्ति चित्रण में प्रायः मिट्टी के रंग का ही प्रयोग किया जाता है। आकृति और डिजाइन के अनुरूप रंग विभाजन किया जाता है। संथाल परगना में प्रायः सफेद, नीला, लाल और काले रंग का प्रयोग मिलता है, जबकि छोटानागपुर में काला, नीला, हरा, सफेद, पीला तथा इन रंगों के मिश्रण से बने कई शेड का प्रयोग किया जाता है। चित्रों में तथा दीवार पर रंगों की कई परत चढ़ाई जाती हैं, ताकि रंग गहरे और आकर्षक बन सकें।

संथाली दीवार चित्रों में फूल, पत्ती, लता, पौधा, मोर, मछली, बॉर्डर तथा ज्यामितिक आकृति विविध आकार में संपूर्ण सृजनात्मकता और रचनात्मकता से चित्रित की जाती हैं। इनकी चित्रकारी में फूल, पत्ती और लता का आलेखन काफी पाया जाता है। ज्यादातर फूल वृत्ताकार फॉर्म लिये हुए हैं। ज्यादातर फूल जंगली हैं। तीन पत्तियाँ और चार पत्तियाँ फूल की अधिकता है। पेड़-पौधे के चित्रांकन में काफी विविधता है। प्रायः

पौधे के नीचे एक गमला अवश्य होता है। इसी गमले में पौधे का सृजन होता है तथा वे ऊपर की ओर फैलाव लेकर उठती है। डंठल के दोनों ओर पत्तियाँ चित्रित की जाती हैं। पत्तियों के चित्रांकन में विविधता नहीं रहती है। डंठल के मध्य तथा शीर्ष पर फूल अंकित किया जाता है। इस भित्तिचित्र में प्रायः फूल पूर्ण विकसित होता है। कली या अर्धविकसित फूलों का चित्रण नहीं के बराबर होता है। दरवाजे पर बेहतर तरीके से लत्तेदार पौधों से सज्जाकारी की जाती है। नीचे गमले से दरवाजे के दोनों ओर पौधे निकलकर दरवाजे के ऊपर तक एक-दूसरे से बहुत ही खूबसूरती से आच्छादित होती हुई चित्रित की जाती है।

संथाली भित्तिचित्र में ज्यादातर मोर का चित्र मिलता है। मोर की आकृति प्रायः जोड़े में पौधे के ऊपर चित्रित की जाती है। इन सबके अलावा संथाली भित्ति चित्रण में ज्यामितिक आकृतियों की काफी प्रधानता रहती है। अर्धवृत्ताकार, आयताकार, वृत्ताकार, आड़ी-तिरछी रेखाएँ कहीं-कहीं ज्यादा प्रतीकात्मक रहती हैं।

□

6

पैतकार कला

जिस तरह से राज्य मे ंडोकरा कला या जादोपटिया कला है, उसी तरह पैतकार चित्रकला भी है। देश में जनजातीय चित्रकला के मामले में पैतकार काफी पुरानी कला मानी जाती है। इसका अपना इतिहास है। जब कॉमिक्स या चित्रकथा का जन्म नहीं हुआ था, तब पैतकार कला या पट्टकारी पेंटिंग अस्तित्व में आ गई थी। यह एक तरह से देश की पहली चलती-फिरती सिनेमा मानी जाती थी, जिसे देखने-सुनने के लिए गाँव के हाट बाजार में भीड़ उमड़ती थी। घुमंतू

किस्म के ये पैतकार कहाँ के मूल निवासी हैं, इसका पता तो नहीं चलता, लेकिन दस्तावेजी सबूत ढाई सौ साल पुराना है। यह चित्रकला मुख्य रूप से पूर्वी सिंहभूम के अमादुबी में पाई जाती है, जो पूर्वी सिंहभूम जिले के धालभूमगढ़ प्रखंड में है। झारखंड के इस गाँव से पश्चिम बंगाल और ओडिशा की सीमा मिलती है। इसलिए इसमें तीनों राज्यों की झलक मिलती है। जनजातियों के बीच विकसित हुई यह कला अब धीरे-धीरे अपने क्षेत्र से बाहर निकलकर आम लोगों के बीच पहुँच रही है।

अमादुबी गाँव इस कला का गढ़ माना जाता है। यहीं से इसका प्रसार हो रहा है। जनजातीय बहुल आबादी वाले इस क्षेत्र में इस कला के कलाकार अपने हुनर के जरिए इस कला को आगे बढ़ाने में लगे हैं। पहले पैतकार कलाकारों को 'गाइन' कहा जाता था, लेकिन अब ये अपने नाम के साथ चित्रकार लगाते हैं। पैतकारों में दो उपनाम होते हैं, एक चित्रकार और दूसरा गाइन। एक चित्र बनानेवाला और दूसरा गानेवाला। पैतकार चित्र में पौराणिक कथा के अलावा रोजमर्रा की जिंदगी की घटनाओं को भी दर्शाया जाता है। कलाकार इसमें हो रही घटनाओं को चित्र के जरिए दिखाते हैं। इसमें सामाजिक-धार्मिक रीति-रिवाजों के साथ ही कहानी को चित्र के माध्यम से दर्शाया जाता है। सत्यजीत राय ने बांग्ला में एक फिल्म बनाई थी—'गुपी गाइन बाघा बाइन'। यह फिल्म पैतकारों के जीवन पर ही आधारित थी। इस कला में चित्र बनाने के लिए एक मोटे कागज का इस्तेमाल करते हैं, जो पेड़ की छाल और पत्तों से बनाया जाता है। यह आकार में लंबा होता है। इसके रंग प्राकृतिक चीजों से बने होते हैं। इसमें सिंदूर का भी इस्तेमाल किया जाता है। ये प्रकृति से सिर्फ प्राथमिक रंग ही जमा करते हैं।

इसके अलावा भी कई रंगों की जरूरत पड़ती है। इसके लिए लाल, पीला और नीला रंग से अन्य रंग बनाते हैं। ये सूई या बकरी के बाल से बने ब्रश का इस्तेमाल करते हैं। पैतकार कला के कलाकार विजय चित्रकार की मानें तो यह जनजातीय समाज की एक प्राचीन कला है। यह पीढ़ियों से चली आ रही है। इसे पहले इनके पुरखे करते थे, जिसे आज ये लोग कर रहे हैं। इसमें रंगों के मिश्रण के साथ ही विषय काफी महत्त्वपूर्ण होता है।

जब ये चित्र बनाते हैं तो विषय के साथ खुद भी रम जाते हैं, तभी एक बेहतर चित्र उभरता है। ये चित्र प्रकृति से ही लेते हैं। हरा रंग पत्तों से बनाया जाता है तो नारंगी रंग, पलाश के फूल से बनाया जाता है। लाल रंग रोरी से बनाया जाता है। वन में कई तरह के पत्थर होते हैं, उसी से रंग बनाते हैं। गेरुआ पत्थर से गेरुआ रंग और भूरा पत्थर से भूरा रंग बनाते हैं, वहीं पीला रंग के लिए हल्दी का प्रयोग करते हैं। इसके अलावा काला रंग पत्ते और कॉर्बन से बनाते हैं। प्रकृति से हमें सिर्फ रंग ही नहीं मिलते, बल्कि जानवरों और दंतकथाओं के चरित्र भी मिल जाते हैं। धार्मिक या पौराणिक कथाओं से संबंधित चित्र बनाने में लाल रंग का इसतेमाल किया जाता है। जब सफेद रंग का इस्तेमाल करना होता है, सफेद कागज को ऐसे ही छोड़ दिया जाता है। इसमें रंग का इस्तेमाल नहीं किया जाता है। रंग करने के बाद इसे धूप में सुखाया जाता है। कागज के पीछे इमली के बीज को पीसकर उसका लेप लगाया जाता है, ताकि स्क्रॉल करने पर भी फटे नहीं। पैतकार पेंटिंग में आमतौर पर मेला, उत्सव, पौराणिक कथा, सामाजिक जीवन, लोककथा, प्रकृति और हिंदू महाकाव्यों के विषय को लिया जाता है। रामायण के चरित्र को कागज पर उकेरा जाता है। घटनाओं को दर्शाया जाता है। इसे आम लोग तो लेते

ही हैं, साथ ही आदिवासी भी इसे ले जाते हैं और अपने घरों में दीवारों पर सजाते हैं।

पैतकार कलाकारों की मानें तो वे जहाँ रहते है, वहाँ आदिवासी लोग भी रहते हैं। इसलिए उनकी जीवन-शैली का प्रभाव भी पेंटिंग में मिलता है। इस पेंटिंग में उन्हें भी अपनी झलक मिलती है। इसलिए इसमें सभी समाज का चित्रण किया जाता है। अब तो पैतकार में देवी मनसा, दुर्गा और अन्य देवी-देवताओं के चित्र भी बनाए जाने लगे हैं। झारखंड की धरती पर चित्रकारों के लिए विषय की कमी नहीं है।

कलाकारों की मानें तो यह कला गुरु-शिष्य परंपरा की वजह से आज भी जीवित है। यह एक पीढ़ी से दूसरी पीढ़ी को हस्तांतरित होती रही है, जो अभी तक जारी है।

हालाँकि इस कला को उचित बाजार न मिल पाने के कारण कुछ लोग इस कला को छोड़कर अन्य रोजगार से जुड़ने लगे हैं। पाटकर समुदाय अपनी चित्रकारी के कारण ही जानी जाती रही है, लेकिन ग्रामीण सभ्यता से ये कभी बाहर नहीं निकल पाए।

□

7

कोल भित्तिचित्र

पुरा वैज्ञानिकों ने झारखंड के इतिहास को खँगालने की ढेर सारी कोशिशें की हैं और उनके प्रयास से जो कुछ निकलकर सामने आए हैं, उनसे एक अप्रतिम सभ्यता के समय के साथ गुजर जाने की कहानी सामने आती है। चाहे शैलचित्र हो या बर्तन, हथियार हो या अन्य अवशेष, सभी अपने आप में अन्यतम और अजूबे हैं। यों तो आदिकाल से ही चित्रों की धरातल भूमि, चट्टान और गुफाओं की दीवारें रही हैं। इसी चित्रण परंपरा का निर्वाह आज तक विभिन्न रूपों में जीवित है। झारखंड की ऐसी ही एक कला है—कोल भित्तिचित्र। हालाँकि यह कला अब इतिहास के पन्नों में गुम हो गई है। यह कलाकृति इंगित करती है कि हमारे पूर्वजों ने प्रकृति के साथ अपनी सहजीविता में अपनी संवेदनाओं को कैसे उकेरा होगा। उस समय का समाज संसाधनों के मामले में बहुत ही सीमित था। छोटी-छोटी चीजों का संघर्ष आम बात थी। अन्न उपजाने से लेकर पशुपालन तक में नित नए संघर्षों से लोगों को गुजरना

पड़ता था। कोल्हान क्षेत्र में घरों को सहारा देने के लिए सलाखों के बीच में छोटे–छोटे उभार तय किए जाते थे। बड़ी झोंपड़ियों में बेहतर सहारा देने के लिए लंबवत् केंद्रीय रेखा के दिशा तय किए जाते थे। इस पर कटे हुए बाँस और साल के पौधे एक–दूसरे से समकोण पर चलते हुए और सुरक्षित रूप से घास की रस्सियों से बँधे हुए जाल बिछाए जाते थे। इसके बाद पूरे छप्परवाले घर को घास या पुआल से ढक दिया जाता था। इसके बाद दीवारों के दोनों ओर उपलब्ध सफेद रंग की एक विशेष किस्म की मिट्टी से प्लास्टर किया जाता था। दीवारों के बाहरी हिस्से को जानवरों या पक्षियों की आकृतियों या ज्यामितीय या पुष्प डिजाइनों से अलंकृत

किया जाता था। आमतौर पर मिलने वाली आकृतियाँ ज्यामितीय डिजाइन या मुर्गे, मुर्गियों या हाथी की आकृतियाँ हुआ करती थीं। कुछ तो आनंद और कल्पनाशीलता में आमोद-प्रमोद भरे चित्र हैं, जिनमें कलाकारों का समृद्ध अनुभव और वन्य जीवन के प्रति गहरा सरोकार झलकता है। इन्हें चित्रित करने में मुख्य रूप से तीन रंगों का प्रयोग किया जाता था—सफेद, काला और लाल। दीवार की पेंटिंग में महिलाओं का एकाधिकार रहता था, जबकि स्त्री-पुरुष, दोनों मिलकर झोंपड़ियों के निर्माण में भाग लेते थे। कोल्हान क्षेत्र में रहनेवाले हो जनजाति द्वारा बनाए जानेवाले इस परंपरागत लोकचित्र-शैलियों को 'कोल भित्तिचित्र' कहा जाता था। यह झारखंड की एक विशुद्ध भित्तिकला है। इस भित्तिकला की चर्चा लिविंग

ट्रेडिशनल ट्राइब्स ऐंड फोक पेंटिंग्स ऑफ इंडिया और द होज ऑफ सरायकेला में भी है। इस भित्तिचित्र के नाम से ही इसकी विशिष्टता स्पष्ट हो जा रही है। कहा जा सकता है कि झारखंड के कोल्हान क्षेत्र में लोगों की कलाभिरुचि का मूर्त स्वरूप गाँव–गाँव में व्याप्त वह लोककला था, जो यहाँ के जनजीवन का अभिन्न अंग रहा होगा, जिसका अपना निरालापन था। कोल भित्तिचित्र के अध्ययन करने से पता चलता है कि यह कला जहाँ हमारी समुन्नत संस्कृति, विकासशील सभ्यता, परिष्कृत बुद्धि से हमें अवगत कराती है, वहाँ लोककला सरल ग्रामीण जनता की अलबेली भावनाओं से, उनके दैनंदिन जीवन की झाँकी के लिए अकृत्रिम अल्हड़ सौंदर्य से हमें अभिभूत कर देती है।

□

8

मंडवा पेंटिंग

झारखंड के जनजातीय समाज में प्रकृति और धर्म के प्रति विश्वास और निष्ठा की अटूट परंपरा आज भी चली आ रही है। आदि विश्वास आज भी इतना पुख्ता और सटीक है कि आज तक किसी ने इसे नकारने की कोशिश नहीं की। यह परंपराएँ सदियों के अनुभव पर आधारित हैं और वे सत्य के धरातल पर खरी उतरती हैं। जनजातीय समाज में धर्म और परंपरा को लेकर विश्वसनीयता का भाव है और आज के जमाने की बढ़ी हुई रफ्तार में भी वे अपनी परंपरा और

विश्वास को बचाए रखने में सफल हैं। आज भी शिक्षा, तकनीकी ज्ञान और चुनौतियों से जूझने को हर पल तैयार युवा अपनी संस्कृति, विरासत और पुरखों की देन से बहुत ही प्यार करते हैं। मुंडा कला का अध्ययन अभी तक आदिवासी दृष्टि से नहीं हो पाया है। 'एशिया यंग इंडिजिनस पीपुल्स नेटवर्क', फिलीपींस की अध्यक्ष डॉ. मीनाक्षी मुंडा तो यह मानती हैं कि मंडवा कला हमारी जीवन में रची-बसी है, लेकिन इसमें निहित दर्शन का अभी तक किसी ने उल्लेख नहीं किया है। डॉ. मीनाक्षी मुंडा कहती है कि मंडवा कला परंपरा को हम आज रेखाओं की ज्यामितीय आकार-प्रकार तक ही सीमित करके रख देते हैं। मुंडा समाज में खास मौकों में, जैसे घर की पूजा, त्योहार, शादी, बच्चे की मुँहजुट्ठी, कानभेदी आदि में मंडवा बनाया जाता है। इनमें से एक मौका होता है गरासी बोंगा का, जिसे 'भेड़ी पूजा' भी कहते हैं। इसमें जब पहली बार ब्याही स्त्री गर्भवती होती है, तब उस स्त्री के मायकेवाले उसके ससुराल में आते हैं और होनेवाले बच्चे और माँ की सुरक्षा के लिए पुरखों को याद करते हैं, पूजा करते हैं, तब मंडवा बनाया जाता है, जिसमे तीन रंगों का प्रयोग किया जाता है, चावल के आटे से सफेद, लकड़ी के कोयले को पीसकर काला रंग और

गेरु मिट्टी के द्वारा लाल रंग बनाकर इस्तेमाल करते हैं। जनजातीय समाज में सभी कलाकृतियाँ महिलाओं द्वारा बनाई जाती है, लेकिन इस मंडवा को सिर्फ पुरुषों द्वारा महिलाओं के लिए बनाया जाता है, चूँकि मानना यह है कि ससुराल में हो सकता है सारे पुरखे नवब्याहता से परिचित न हों, इसलिए मायके के रिश्तेदारों का योगदान होता है। दुबारा इस मंडवा को सिर्फ उस स्त्री की मौत के बाद फिर से बनाया जाता है जिसे 'बुड़ी गरासी बोंगा' कहा जाता है, इसमें सांकेतिक रूप से स्त्री की आत्मा को वापस मायके ले जाने के लिए और पूजा की जाती है, तो ये खासकर महिला के लिए पुरुष द्वारा पूजा की जाती हैं। पितृसत्तात्मक समाज होने के कारण मृत्यु के बाद महिला की आत्मा को ससम्मान वापस उसके जन्म-स्थान ले जाया जाता है। धारणा यह भी है कि मृत महिला अपने जीवन के सारे काम अच्छे से निभाए मृत्यु के बाद शांति से अपनी माँ के साथ वो रहे, किसी को परेशान न करे। अलग-अलग अवसरों पर बनाई गई मंडवा पेंटिंग के रंगों में भिन्नता पाई जाती है। लेकिन सफेद रंग इसका बेसिक रंग है। सरहुल, करमा पर्व, कोलोम बोंगा (खलिहान पूजा), सोहराई, तुकुई लुतुर (कर्णभेदी) या शादी-विवाह के अवसर पर बनाए जानेवाले मंडवा में केवल सफेद और लाल रंग का ही उपयोग किया जाता है।

□

9

होड़ सोरवा पेंटिंग

होड़ सोरवा पेंटिंग संताल रीति-रिवाजों और पर्व-त्योहारों पर आधारित एक कथा-चित्र शृंखला है। इस पेंटिंग में संताल समाज में परंपरागत रूप से प्रचलित पर्व-त्योहारों, रीति-रिवाजों, जातीय संस्कारों और उसमें से जुड़ी कथाओं को आधार बनाकर क्रमवार चित्रों की शृंखला बनाई जाती है। इस कथा शृंखला में जहाँ एक ओर संथाल समाज की उत्पति से जुड़ी सृष्टि 'काराम विनती' को क्रमबद्ध तरीके से चित्रित करते हैं, वहीं दूसरी ओर वंदना/सोहराई, वाहा, ऐरोक, जानथार आदि पर्व-त्योहारों और उनसे जुड़े विभिन्न रीति-रिवाजों को चरणबद्ध तरीके से चित्रित करते हैं। इसके अलावा विभिन्न जातीय संस्कार, जैसे जन्म संस्कार, वापला, अर्थात् विवाह संस्कार आदि से जुड़े रीति-रिवाजों को भी सिलसिलेवार तरीके से इस चित्रकला के

माध्यम से चित्रित किया जाता है। इसका रेखांकन, इसके विभिन्न पात्रों की मुखाकृतियाँ, रंग-रोगन और बैकग्राउंड आदि पर आदिवासी जीवन पद्धति व संस्कृति की गहरी छाप है। इसकी प्रमुख विशेषता यह है कि इन चित्रों के साथ उसमें निहित कथाओं की श्रृंखला है, जिनकी कड़ियाँ आपस में एक-दूसरे से जुड़ी रहती हैं और कथाओं के साथ चित्रों के सहारे आगे बढ़ती हैं। इसका चित्रांकन भी चार्ट पेपर पर ही किया जाता है। पहले रेखाचित्र बनाया जाता है, फिर उस पर रंग-रोगन का कार्य होता है। पहले इस पेंटिंग के लिए प्राकृतिक रंगों का प्रयोग होता था, अब तो बाजार में उपलब्ध कृत्रिम रंगों का प्रयोग होता है। पहले तो कपड़े पर इस चित्र को बनाया जाता था, फिर इसके लिए रंग पेड़ के पत्ते, छाल और इसी से जुड़ी चीजों से बनाते हैं। इस प्राकृतिक रंग से न चित्र पर कोई खराब असर पड़ता है और न ही किसी और पर। इसमें रसायन का इस्तेमाल आम तौर पर नहीं होता है। इसलिए यह पेंटिंग सालोंसाल जीवंत और खूबसूरत दिखती है। संस्थाल समाज इसे अपनी जीवन-शैली का हिस्सा बनाकर चित्रकारी करते हैं।

□

10

जेरेड कला

जनजातीय समाज में कला जीवन में उमंग का संचार करती है। यह एक ऐसा अदृश्य पुल जैसा है, जिसके जरिए आदिवासी समाज का अतीत वर्तमान से जुड़ जाता है। आदिवासी समाज में जेरेड कला की परंपरा काफी समृद्ध और प्राचीन रही है। संथाल परगना की जेरेड कला को 'जेरेड मुराल आर्ट' भी कहा जाता है। यह एक अद्‌भुत कला है, हालाँकि यह कला अब लुप्त हो रही है। 'जेरेड' एक संताली शब्द है, जिसका अर्थ होता है लीपना। जेरेड कला झारखंड के गाँवों

में, विशेष रूप से संथाल परगना (दुमका, देवघर, गोड्डा, पाकुड़ और साहेबगंज जिले) में की जानेवाली एक भित्तिचित्र कला है। इसमें मिट्टी का प्रयोग किया जाता है। इस कला को दीवारों पर उकेरा जाता है। झारखंड की ज्यादातर पेंटिंग फ्लैट होती हैं, लेकिन जेरेड कला इससे कुछ अलग है। इसकी पेंटिंग उभरी हुई होती है। गहराई और दूरी का आभास होता है। इस कला में ज्यामितीय जानकारी की झलक दिखती है। सभी पेंटिंग एक समान और एक आकार की होती हैं। लंबाई-चौड़ाई समान होती है, साथ ही रंगों से भरी हुई होती हैं। इनके सांस्कृतिक उपक्रमों, आस्थाओं, मिथकों, अलंकरण और सज्जाकारी में गजब का बोध दिखता है। यह मूलत: संथाल आदिवासी महिलाएँ खासकर मकर संक्रांति, सोहराय पर्व के पूर्व या धान कटनी के समय अपने घरों को सजाती हैं। उस समय ये अपने घर की दीवार या विशेषकर घर के प्रवेश-द्वार पर मिट्टी से जीव-जंतु और पेड़-पौधों की चित्र बनाती हैं। इसमें वैसे जीव-जंतु के चित्र उकेरते हैं, जो इनके रोजमर्रा के जीवन में मिल जाते हैं, जैसे—मोर, सियार, मुर्गा, बत्तख के साथ-साथ फूल-पत्तियों के चित्र उकेरे जाते हैं, लेकिन इसमें पालतू जानवर गाय, बैल, बकरी के चित्र नहीं बनाए जाते हैं। जेरेड कला में मानव आकृति नहीं बनाई जाती है। इस पारंपरिक कला को बनाने में मिट्टी, गोबर, भूसी का उपयोग किया जाता है। इन चित्रों में प्राकृतिक रंगों का इस्तेमाल किया जाता है। इसमें लाल मिट्टी, दूधिया मिट्टी, हरे पत्ते या पुआल जलाकर रंग तैयार किए जाते हैं।

□

11

उराँव पेंटिंग

प्रत्येक जनसमुदाय में चित्रकला दृश्य तथा अदृश्य जगत् को लेकर की गई कल्पनाओं की अभिव्यक्ति होती है। यह धर्मिक मान्यताएँ, सामाजिक व्यवस्था, पारलैकिक कल्पनाएँ, सांस्कृतिक आचरणों आदि का लोक दस्तावेज है, जो किसी समुदाय विशेष में संवादों की एक कड़ी होती है। कभी उराँव समाज में भी पीढ़ी-दर-पीढ़ी सांस्कृतिक तत्त्वों से संवाद का जरिया हुआ करता था उराँव पेंटिंग। यह केवल चित्र नहीं, बल्कि सामाजिक-सांस्कृतिक, धार्मिक तथा नैतिक पाठों का अभिप्रेषण भी है। उराँव पेंटिंग उराँव समुदाय की मौखिक परंपरा से प्रेरित होती है और चित्र के माध्यम से उराँव जीवन की विविध घटनाओं को अपनी कलाओं में

दर्शाती है। इस परंपरागत कला की हर पेंटिंग में एक कहानी होती है। सभी पेंटिंग मिट्टी व प्रकृति के रंगों से बनती हैं। प्राचीनकाल से ही यह पेंटिंग जमीनों व दीवारों में बनाई जाती है। इस पेंटिंग में ज्यादातर पेड़–पौधे, पशु–पक्षी, प्रकृति व उराँव समाज की जीवन–शैली, घटनाओं, अनुष्ठानों को कलाकृति में दर्शाया जाता है।

मिट्टी के प्राकृतिक रंगों से लीपने की शैली से बनाए गए चित्र सादगी भरे कला के उच्चतम उदाहरण हैं। पुरखे दीवाली के बाद या सरहुल आने के पहले उराँव समाज के लोग सफेद पोतनी मिट्टी से या फिर गोबर में जले पुआल की काली राख मिलाकर दीवारों को रँगा करते थे, लेकिन बदलते परिवेश में अब यह कैनवास और कागज पर दिखने लगी है। यह कलाकृति चार–पाँच रंगों की मिट्टी के रंगों से तैयार की जाती है। आज भी कैनवास पर पहले हाथ से लिपाई की जाती है और फिर चित्र या अन्य आकृतियाँ बनाई जाती हैं। उँगली से कैनवास के चारों तरफ घेरा जैसा बनाया जाता है और उसके बीच में आकृति बनाई जाती है। अंगुलियों के निशानों से बनी लकीरों के बीच भी कभी कुछ चित्र भी होते हैं।

□

12

गोंड चित्रकला

प्रत्येक जनसमुदाय में चित्रकला दृश्य तथा अदृश्य जगत् को लेकर की गई कल्पनाओं की अभिव्यक्ति होती है। यह धार्मिक मान्यताएँ, सामाजिक व्यवस्था, पारलौकिक कल्पनाएँ, सांस्कृतिक आचरणों आदि का लोक दस्तावेज है, जो किसी समुदाय विशेष में संवादों की एक कड़ी होती है। जनजातीय समाज इस मामले में काफी समृद्ध है, जिन्होंने लोक-संवाद की इस कड़ी को आज तक थामे रखा है। जनजातीय समाज में लोक-कलाओं का गहरा रंग है। जनजातियों में से एक 'गोंड' जनजाति द्वारा बनाई गई चित्रकला की विशिष्ट कलाशैली को गोंड चित्रकला के नाम से जाना जाता है। लंबाई और चौड़ाई केवल इन दो आयामों वाली ये कलाकृतियाँ खुले हाथ से बनाई जाती

हैं, जो इनका जीवन–दर्शन प्रदर्शित करती हैं। गहराई, जो किसी भी चित्र का तीसरा आयाम मानी गई है, हर लोककला–शैली की तरह इसमें भी सदा लुप्त रहती है, जो लोक कलाओं के कलाकारों की सादगी और सरलता की परिचायक है।

गोंड कलाकृतियाँ इस जनजाति के स्वभाव और रहन–सहन की खुली पुस्तक हैं। इनसे गोंड प्रजाति के रहन–सहन और स्वभाव का अच्छा परिचय मिलता है। तभी तो ये कलाकृतियाँ यह बताती हैं कि कलाकारों की कल्पना कितनी रंगीन हो सकती है और कभी यह कि प्रकृति के सबसे फीके चित्रों को भी ये अपने रंगों से कितना जीवंत बना सकते हैं!

उदाहरण के लिए, वे छिपकली या ऐसे ही अकलात्मक समझे जानेवाले जंतुओं को तीखे रंगों से रँगकर चित्रकला के सुंदर नमूनों में परिवर्तित कर देते हैं। यदि हम इसका दार्शनिक पक्ष देखें तो यह उनकी प्रकृति को भी रँग देने की उत्कट भावना को प्रदर्शित करता है।

उनके द्वारा बनाए गए चित्रों के आकार शायद ही कभी एक रंग के होते हैं। कभी उनमें धारियाँ डाली जाती हैं, कभी उन्हें छोटी–छोटी बिंदियों से सजाया जाता है और कभी उन्हें किसी अन्य ज्यामितीय नमूने से भरा जाता है। ये कलाकृतियाँ हस्तनिर्मित कागज पर पोस्टर रंगों से बनाई

जाती हैं। चित्रों की विषयवस्तु प्राकृतिक परिवेश से या उनके दैनिक जीवन की घटनाओं से ली जाती हैं। फसल, खेत या पारिवारिक समारोह लगभग सभी कुछ उनके चित्र-फलक पर अपना सौंदर्य बिखेरता है। कागज पर चित्रकला के अतिरिक्त गोंड जनजाति स्वयं को भित्ति चित्रण और तल चित्रण में व्यस्त रखती है।

धार्मिक अनुष्ठानों का एक अंग यह चित्रकला न केवल आसपास के सौंदर्य में वृद्धि करती है, अपितु उसकी पवित्रता एवं परंपरा बनाए रखती है।

गोंड परिवार इन चित्रों का उपयोग घर के प्रवेश-द्वार व आँगन में, दीवारों पर बनाकर परिवार के शादी-विवाह, जन्म या अन्य धार्मिक अवसरों पर अपनी खुशी प्रकट करने के लिए करते हैं। दीवारों पर चित्रांकन हेतु ये लोग पिसे हुए चावल के घोल, पीली मिट्‌टी, गेरू और अन्य प्राकृतिक रंगों का उपयोग करते हैं। ये चित्र इन लोगों के स्वभाव और रहन-सहन का सहज प्रदर्शन हैं। इनसे गोंड जाति के रहन-सहन और स्वभाव का परिचय मिलता है।

इस कला में मोर, शेर, भालू, हिरण, मृग, मछली जैसे जीव-जंतु, नदी, पहाड़, खेत, पेड़ ही चित्रों के सीधे-सादे विषय होते हैं, जिन्हें ये कलाकार कैनवास पर बहुरंगी रूप देते हैं। रेखाओं, बिंदुओं से बनाए गए ये चित्र विशिष्ट छवि बनाते हैं।

यह कला अब अपनी मौलिकता से अलग नए रंग-रूपों में प्रस्तुत होने लगती है। झारखंड के गोंड जनजाति के बीच से यह कला तो अब लुप्त होने लगी है, लेकिन अन्य स्थानों में यह कला अपनी एक अलग पहचान बना रही है। झारखंड में इस जनजाति के नई पीढ़ी के लोग तो इस कला से अनभिज्ञ हैं।

□

13

थोपा कला

प्राचीनकाल से ही पुरुष और स्त्री दोनों ही वर्गों में अंगों के श्रृंगार का प्रचलन रहा है। चूँकि स्त्रियाँ स्वभाव से ही श्रृंगारिक होती हैं, इसलिए अपने अंग-प्रत्यंगों के श्रृंगार में वह सदा ही पुरुषों से आगे रही हैं। सोलह श्रृंगार का उल्लेख भी नारी के नख से शिख तक के अंगों की सुंदरता को बढ़ाने के लिए करने या कराने के संदर्भ में आता है। इस श्रृंगार में थोपा कला की अपनी अलग पहचान है। 'थोपा' शब्द खोरठा भाषा का है, वैसे यह शब्द संस्कृत के 'स्थापन' शब्द से निकला है। स्थापन-थापन-थापना-थाप-थापा से यात्रा करता हुआ यह शब्द 'थोपा' पर आकर रुक गया। इसका भावार्थ है—किसी स्थान विशेष पर गीले पदार्थ की तह जमाना या लेप चढ़ाना। इस प्रकार तह जमे हुए जिस कला को बनाया जाता है, वह 'थोपा कला' कहलाती है। ग्रामीण महिलाएँ इस कला को अपनी उँगलियों से बनाने के बाद उसमें मकई का

डंटल या सोनपिटारी के माध्यम से चावल के आटा का लेप लगाती हैं और उसे जहाँ-तहाँ सिंदूर देकर उसका श्रृंगार करते हैं।

वर्तमान परिवेश ने इस कला को बहुत अधिक कुप्रभावित किया है। ग्रामीण क्षेत्र की महिलाएँ और लड़कियाँ भी अब इस कला से दूर भागती जा रही हैं। परिवार की वरिष्ठ महिलाएँ चाहकर भी अब इसके लिए बाध्य नहीं कर पा रही हैं। जैसे-जैसे पर्व-त्योहारों का सरलीकरण होता जा रहा है वैसे-वैसे इस तरह की कलाओं का भी संक्षिप्तीकरण होता जा रहा है। आधुनिक समाजिक संरचना एवं पाश्चात्य मूल्यों की प्रमुखता में ये कला अब लुप्त होती जा रही हैं। धार्मिक विश्वास, पौराणिक कथाएँ, पुनीत प्रतीक आदि लोक-संस्कृति एवं लोकाचार से करते जा रहे हैं।

□

14

टोटका कला

पहले लोग रोग–बीमारी में या विपत्ति के समय मुक्ति पाने के लिए पेड़–पौधों का उपयोग या पूजा वगैरह करते थे। आज भी गाँवों में, यहाँ तक कि शहरों और महानगरों में भी पीपल, तुलसी और वट–वृक्षों की पूजा की जाती है, इनके फेरे लगाए जाते हैं। वृक्षों के प्रति लोगों की असीम श्रद्धा और विश्वास आज भी बना हुआ है। आज भी दुकानदार अपनी दुकान के आगे हरी मिर्च और नींबू बाँधना नहीं भूलता होगा उसी तरह से घर के आगे घड़े पर कालिख लगाकर टाँगनेवालों की संख्या भी

कम नहीं है। भारत में चलनेवाले प्राय: सभी ट्रकों में आपको नंबर प्लेट के साथ जूते की तसवीर या फिर पुराने जूते लटके हुए मिल जाएँगे। खेतों में आज भी पुतला बनाकर खड़ा कर दिया जाता है। आज भी कुआँ की पूजा की जाती है। आज भी खलिहानों में धान के ऊपर गोबर रख दिया जाता है। इन्हीं विषयवस्तु को केंद्र में रखकर बनाई गई कलाकृति हैं—टोटका कला। इस कलाकृति में चावल का आटा और कोयले के चूर्ण का प्रयोग किया जाता है। झारखंड के गाँवों में यह परंपरा आज भी कायम है।

आदिवासियों में कला कला के लिए नहीं होती। इसके लिए कला धार्मिक अथवा जादू-टोने के उद्देश्य की पूर्ति करती है और इसका सामाजिक महत्त्व होता है। इनकी कला का लक्ष्य मात्र सौंदर्य अथवा अलंकरण नहीं होता।

गढ़वा की वंदना किस्पोट्टा अब इसे कैनवास पर उकेर रही है।

□

15

जनी शिकार पेंटिंग

समाज की रफ्तार जब स्वस्थ गति से गतिशील होती है, तो कला का पुरजोर विकास होता है। चित्रकला खासकर समाज का आईना होती है, जिसमें जीवन की छोटी-छोटी बातों को कलाकार उकेरते हैं और उन्हें जीवंत बना देते हैं। चित्रकला को देखकर उस काल के समाज के बारे में बहुत कुछ कहा जा सकता है, समझा जा सकता है। झारखंड में आज भी घर-घर कला का संस्कार है। यहाँ की कलाओं का बहुआयामी संसार खासा तथ्यपरक और जीवन-संस्कृति से ओत-प्रोत है, जो यहाँ के आदिम व्यवस्था, सोच, रहन-सहन और जीवन-शैली को अपने आप में समेटे हुए है। अब झारखंड में 'जनी शिकार' नाम से एक नई कला का विकास देखा जा रहा है। यहाँ के सोहराय, कोहबर, जादोपटिया, पैतकार की कतार में यह नई कला विकसित होने लगी है। इस कला में झारखंड की जनी शिकार की विषयवस्तु को उकेरा जा रहा है। एक सप्ताह तक चलनेवाले इस जनी शिकार की खासियत यह है कि इसमें सिर्फ महिलाएँ और युवतियाँ शामिल होती हैं, जो पुरुष वेश धारण किए रहती हैं। झारखंड में प्रत्येक 12 वर्षों के अंतराल पर मनाया जानेवाला पर्व 'जनी शिकार' में महिलाओं के हाथों में परंपरागत हथियार जैसे गुलेल, कुल्हाड़ी, डंडे, तीर-धनुष होते हैं। ये राह में दिखाई देनेवाले किसी भी पालतू या जंगली जानवर, पक्षियों का शिकार करती हैं। जनी शिकार कला में महिलाओं की इसी परंपरा को महिलाएँ कपड़े पर उकेर रही हैं, जिसमें प्राकृतिक रंग

का अभाव दिख रहा है। इस कला में खासकर तीन रंगों को अधिक देखा जा रहा है—काला, लाल और पीला। राँची की मनीता कुमारी उराँव इसे कैनवास पर उकेर रही है।

इस संबंध में वरिष्ठ कलाकार दिलेश्वर लोहरा कहते हैं कि कला जब दैविक, दैहिक और भौतिक रूप से आनंद प्राप्त करती है, तब नई कला का निर्माण होता है। कला की अपनी पहचान होती है। कालक्रम के इतिहास के पन्नों पर उसकी पहचान स्थापित हो जाती है। झारखंड का जनी शिकार उराँव जनजाति की वीर गाथा का इतिहास है। इस विषय पर चित्र बनाना उराँव जनजाति के इतिहास को समाज के सामने प्रस्तुत करना अपने आप में चुनौतिपूर्ण कार्य है। जिस प्रकार भारतीय चित्रकला में राजा रवि वर्मा ने भारतीय हिंदू देवी-देवताओं पर पाश्चात्य पद्धति से रंगों के द्वारा सुंदर-सुंदर चित्र बनाए, वह हिंदू धर्म के लिए ऐतिहासिक महत्त्व स्थापित हो गया। उसी प्रकार जनी शिकार कला को आदिवासी कला के इतिहास के रूप में देखा जाना चाहिए।

झारखंड की कला एवं संस्कृति के विशेषज्ञ और झारखंड कल्चरल

आर्टिस्ट एसोसिएशन की संरक्षक डॉ. स्टेफी टेरेसा मुर्मू कहती हैं कि जनी शिकार महिलाओं के लिए महत्त्वपूर्ण अवसर है। जनी शिकार के माध्यम से महिलाओं को अपनी वीरता दिखाने का मौका मिलेगा। अब महिलाएँ अपनी वीरता की कहानी कला के माध्यम से उकेर रही हैं, यह एक अच्छी पहल है और अच्छी कोशिश भी। चित्र के माध्यम से लोग अपनी परंपरा से परिचित होंगे, अपने पूर्वजों को याद करेंगे। आज झारखंड की परंपराएँ विलुप्त हो रही हैं। आनेवाली पीढ़ी को दिखाने के लिए कला का यह रूप उभरकर सामने आ रहा है।

□

16

बैद्यनाथ कला

प्रस्तुत पुस्तक में आदिवासी कला परंपरा पर चर्चा की गई है, फिर भी इस पुस्तक में 'बैद्यनाथ कला' की चर्चा करना मैंने इसलिए उचित समझा कि यह कहीं-न-कहीं आदिवासी समाज की कला परंपरा के आस-पास घूमती नजर आती है। जनजातीय समाज में रेखांकन-चित्रांकन की सुदीर्घ परंपरा है—एक कागज या कपड़े पर चित्रित की जानेवाली जादोपटिया पेंटिंग और दूसरा भित्तिचित्र। झारखंड में बैद्यनाथ कला एक नई कला-शैली के रूप में विकसित हो रही है, जिसमें एक समृद्ध चित्रकला-शैली के समस्त अवयव दृष्टिगत हो रहे हैं। बैद्यनाथ पेंटिंग का केंद्र झारखंड की सांस्कृतिक राजधानी देवघर है, जहाँ बाबा बैद्यनाथ

का विश्व प्रसिद्ध ऐतिहासिक मंदिर है। इस चित्रकला शैली के नामकरण का आधार, इसका सृजन स्थल, संदर्भ, विषय और इसके प्रतीकों का सांस्कृतिक–शास्त्रीय मूल्य है। बैद्यनाथ कला को वैसे ही विकसित किया जा रहा है, जैसा उन्नीसवीं सदी में कोलकाता के कालीघाट मंदिर में कालीघाट चित्रकला का विकास हुआ। बैद्यनाथ पेंटिंग और कालीघाट

पेंटिंग में समानता बस इतनी ही है कि दोनों का उद्‌भव प्राचीन देव मंदिरों को रखकर हुआ, अन्यथा दोनों की ही चित्रांकन शैली, मूल विषय, रंग-संयोजन और प्रतीक भिन्न हैं। बैद्यनाथ पेंटिंग पटचित्र नहीं है। इसका स्वरूप मौलिक है। इस नई कला परंपरा को नरेंद्र पंजियारा बेहतरीन रूप में राष्ट्रीय पटल पर रखने का सार्थक प्रयास कर रहे हैं।

बैद्यनाथ धाम का अपना ऐतिहासिक, शास्त्रीय, सांस्कृतिक, धार्मिक, तांत्रिक और आध्यात्मिक महत्त्व है। यह भी उल्लेखनीय है कि यहाँ बाबा मंदिर से जुड़े झूमर और लोक साहित्य अत्यंत प्रसिद्ध हैं। यहाँ पुरातात्त्विक महत्त्व की इमारतें और मंदिर भी हैं। बैद्यनाथ पेंटिंग के विषय द्वादश ज्योतिर्लिंगों में से एक बाबा बैद्यनाथ मंदिर, वहाँ की पूजा पद्धति, शास्त्रियों एवं लोककथाओं व मान्यताओं, मंदिर से जुड़े धार्मिक-तांत्रिक कर्मकांडों एवं गतिविधियों तथा वहाँ संपन्न होनेवाले संस्कारों पर केंद्रित है, जिसे विकसित करने में चित्रकार नरेंद्र पंजियारा लगे हुए हैं। बैद्यनाथ कला में विषयों को अलग-अलग कागज और कैनवास पर उकेरा जा रहा है, जिसमें बाबा मंदिर, बड़ा घंटा, शिव बारात, ढोल बजना, काँवड़ यात्रा, बाबा श्रृंगार, रुद्राभिषेक, जलार्पण, शिव और पार्वती के मंदिरों के

बीच का गठबंधन, विप्लव पत्र प्रदर्शनी, चूड़ाकरण, उपनयन, विवाह, पंजी प्रथा आदि के चित्र किए गए हैं।

बैद्यनाथ कला में रैखिक और विषयगत मौलिकता है, लेकिन रैखिक जटिलता नहीं है, बल्कि सरलता का समावेश है। इसकी पृष्ठभूमि से एकदम स्पष्ट होता है तथा इस पेंटिंग में चटख रंगों का प्रयोग नहीं किया जाता है। इस एक चश्म और द्विचश्म, दोनों प्रकार के चित्र हैं। रंगों व रेखाओं के बीच संतुलन बनाए रखने के बीच में कलाकृति में प्रभावी रूप से उभार दिखता है। बैद्यनाथ कला में बेसिक रंगों के प्रयोग के साथ रंगों के मूल स्वभाव से पात्रों के स्वभाव एवं परिवेश के महत्त्व को अभिव्यंजित करने का प्रयास किया जाता है।

बैद्यनाथ कला में रेखाओं की गतिशीलता और रेखाओं की गतिशील वक्रता का विशेष महत्त्व है। कोर में दोहरी रेखाओं का प्रयोग किया जाता है। कोर और पृष्ठभूमि में वानस्पतिक अवयवों को विशेष रूप से उकेरा जाता है।

□

17

अल्पना (मांडणा)

झारखंडी जन–जीवन में हर्ष और उल्लास को अभिव्यक्ति देने के लिए अल्पना का महत्त्व प्राचीनकाल से रहा है। अल्पना झारखंड की सांस्कृतिक धरोहर एवं सौंदर्यबोध की प्रतीक है। ये झारखंड की संस्कृति से ऐसी जुड़ी हैं, जैसे उसकी आत्मा हो! इस कला ने देश को सदियों से एक डोर में पिरो रखा है। अल्पना को 'लोग मांडणा या चौक' भी कहते हैं। अल्पना से नारी की सृजनात्मक शक्ति या सजावटप्रियता का और सबसे अधिक सौंदर्यप्रियता का पता चलता है। घर के मध्य से चित्रकारी की शुरुआत की जाती है और विभिन्न आकारों से इसे भरा जाता है।

विषय-वस्तु फूल-पत्ते, पशु-पक्षी या लोककथाएँ होती हैं। अंत में इन चित्रों के चारों ओर आलंकारिक सीमा-रेखा के रूप में लताओं, लहरदार रेखाओं या ज्यामितीय आकारों का अंकन किया जाता है।

घर के द्वार पर या आँगन में 'अल्पना' बनाने का रिवाज भी है। फूल-पत्तियों की आकृतियों से बनाई गई अल्पना के बीच में 'देवी' के पैरों की आकृतियाँ बनाई जाती हैं।

आदिवासियों की यह सहज कला उनके दैनिक जीवन का महत्त्वपूर्ण अंग है, जिसका उपयोग वे विशेष अवसरों पर, उत्सवों में या पारस्परिक पूजा-अर्चना के समय करते हैं। आदिवासी कला अत्यधिक स्वतंत्र, गहन, अपने दैनिक जीवन के आकलन के साथ स्पष्ट और काल्पनिक सौंदर्य से पूर्ण है। वे मात्र आँखों देखी आकृतियाँ ही नहीं बनाते, बल्कि जो महसूस करते हैं, जानते हैं, सोचते हैं, वो सबकुछ सहज भाव से चित्रित करते हैं। इसे सीखने के लिए न स्कूल है, न ही कॉलेज। अपने छोटे से घररूपी कला मंदिर में रहकर ही नारियाँ अपने स्वाभाविक दृष्टिकोण का परिचय देती हैं। इसे बनाने के लिए लोग पहले चावल का आटा, हल्दी, सिंदूर आदि का प्रयोग करते थे। गोबर से आँगन को लीपा-पोता जाता था। सूखने के बाद उस पर आकृति बनाई जाती थी। आजकल तो लोग इसके लिए कई तरह के रंगों का प्रयोग करने लगे हैं।

अल्पना को संथाली लोग 'खोंड' भी कहते हैं। इस अल्पना के

निर्माण में भूमि पर चित्र निर्माण करने के लिए रेखाओं के माध्यम से विभिन्न जनजातियों द्वारा विभिन्न प्रकार के ज्यामितिक चित्र अपनी धार्मिक मान्यताओं के अनुसार बनाए जाते हैं। झारखंड की विभिन्न जनजातियों द्वारा बनाए जानेवाले इस अल्पना को अरवा चावल का आटा, सिंदूर, लकड़ी, कोयले के चूरे आदि से बनाया जाता है। इन चित्रों के आकार त्रिभुजाकार, चतुर्भुजाकार, अष्टभुजाकार, वृत्ताकार आदि परंपरानुसार बनाए जाते हैं। प्रत्येक जनजाति की धार्मिक एवं लोक मान्यताओं के अनुरूप ही अल्पना के चित्रांकन की यह शैली एक पीढ़ी से दूसरी पीढ़ी में स्थानांतरित होती चली आ रही है। उराँव जनजाति में अल्पना को 'डंडा कट्टा पलकसना' भी कहा जाता है। उराँव जनजाति में अल्पना को लाल, काली मिट्टी और अरवा चावल के आटे से बनाया जाता है। खड़िया जनजाति में टोंगोए डिबरना के अवसर पर अल्पना की रचना लाल मिट्टी, कोयले तथा चावल के आटे से की जाती है।

हमारी इस लोककला ने अपना विकास विभिन्न रूपों में किया, उसका एक रूप परंपरागत विश्वासों, रहस्यात्मक और अतीत के संस्कारों पर आधारित था। हमारी परंपरागत लोकरुचियों को जीवित रखने के लिए झारखंड की लोककला ने जो कार्य किया, विज्ञान और दर्शन की दृष्टि से उसकी तुलना नहीं की जा सकती। हमारे अज्ञात लोक-कलाकारों ने, जिनमें नारियों की प्रमुखता रही, धरती के प्रति अपनी पवित्र निष्ठा को अपने हृदय की अजस्र रस-धारा द्वारा अभिसिंचित करके ऐसी सहज-सुंदर कलाकृतियाँ हमें दीं, जो झारखंड की संपूर्ण चेतना को आह्लादित करती हैं।

□

18

वस्त्र-निर्माण कला

झारखंड के पारंपरिक वस्त्रों की पहचान लाल पाड़वाली साड़ी, गमछे और चादर हैं। मोटी सूती कपड़े से बननेवाले ये उजले और लाल रंग के कपड़े झारखंड के सभी आदिवासी समुदायों द्वारा समान रूप से इस्तेमाल किए जाते हैं। इन पारंपरिक आदिवासी कपड़ों को बुनने और बनाने का काम मुख्यतः झारखंड के चिक बड़ाईक आदिवासी समुदाय के लोग करते हैं। आज से पाँच दशक पहले तक, जब तक कि मिल के कपड़ों का बाजार आदिवासी इलाकों में नहीं पहुँचा था, तब प्रायः हर गाँव में चिक बड़ाईक समुदाय के करघे दिखाई देते थे, लेकिन आधुनिकीकरण और वस्त्रों के प्रति बदलती हुई अभिरुचियों के कारण इस आदिवासी कला का प्रायः लोप हो गया। फिर भी अभी भी कुछ आदिवासी और चिक बड़ाईक परिवार पारंपरिक वस्त्र को बनाने का काम जारी रखे हुए हैं। वे आज भी पुराने तौर-तरीकों से कपड़ा बनाते हैं। अभी तक झारखंड के चिक बड़ाईकों की इस वस्त्र बुनाई परंपरा पर व्यवस्थित अध्ययन नहीं हुआ है और न ही लाल पाड़ के अलग-अलग डिजाइनों और पैटर्न की विशिष्टता को भारतीय वस्त्र परंपरा एवं आदिम कला के संदर्भ में देखने की कोशिश हुई है, क्योंकि कपड़े पर बनाया जानेवाला लाल पाड़ का डिजाइन एक सा नहीं होता है। मुंडा, खड़िया, संताल, हो, उराँव आदि सभी आदिवासी समुदायों के कपड़ों के पाड़ का अलग-अलग डिजाइन और पैटर्न का होता है। ऐसा

माना जाता है कि मुंडा समूह, जो नृजातीय रूप से भारतीय उपमहाद्वीप के सबसे प्राचीन निवासी माने जाते हैं, ने इस वस्त्र कला की शुरुआत की थी। पहले आदिम तरीके से बने करघों पर इसे बुना करते थे।

पहले धागों को रंगने के लिए प्राकृतिक रंगों का इस्तेमाल करते थे। ये प्राकृतिक रंग कटहल की लकड़ी, पलाश सहित अन्य कई किस्म के जंगली फूलों से प्राप्त किए जाते थे। रंग के लिए लाह का इस्तेमाल भी आम था।

पड़िया या खद्दी मुख्यत: यहाँ के आदिवासी ही बनाते हैं। झारखंड के पारंपरिक आदिवासी वस्त्रों की पहचान 'लाल पाड़' साड़ी, गमछे, चादर और शॉल हैं। इसे 'पड़िया लुगा' (कपड़ा) कहते हैं। लाल रंग के ही पाड़ क्यों, किसी और रंग के क्यों नहीं, जबकि प्रकृति में इतने सारे रंग मौजूद हैं? इस विषय पर सुपरिचित आदिवासी लेखिका वंदना टेटे का कहना है कि कपड़ों का रंग कमोबेस लाल और सफेद ही होता है। कोई थोड़ा गहरा, कोई हल्के लाल रंग या कथई रंग का होता है। लेकिन मूल

रूप से यही रंग होता है, जिनका सीधा अर्थ जीवन और मृत्यु के शाश्वत सत्य को दर्शाता है।

आदिवासी पहचान और संस्कृति से जुड़ी आदिवासी वस्त्र परंपरा भारत के बहुरंगी समाज की सबसे जीवंत कला है, जो सदियों की यात्रा के बावजूद अभी भी अपना अस्तित्व बनाए हुए है।

□

19

डोकरा कला

जब हाथों में हुनर हो तो मिट्टी में भी जान आ जाती है। यह कलाकार पर निर्भर करता है कि वह उसे कैसा रूप देता है? राज्य में न तो कला की कमी है और न ही कलाकारों की। चाहे नृत्य हो या संगीत हो या कलात्मक वस्तुओं की बात हो, हर विधा में यहाँ के लोग पारंगत हैं। एक तरफ लोग गीत और संगीत के जरिए माहौल को उत्सव में बदल देने की चाह रखते हैं, तो दूसरी ओर कलात्मक वस्तुओं का निर्माण कर घर की खूबसूरती में भी चार चाँद लगा देते हैं। झारखंड की हर चीज निराली है। इसी में यहाँ का डोकरा कला भी है। गाँव की बस्तियों में बनी डोकरा मूर्तियाँ जब संग्रहालयों या महलों में पहुँचती हैं तो लोगों को इसकी महत्ता का अहसास होता है।

चाहे संताल परगना हो या छोटानागपुर हो, हर जगह कोई–न–कोई कला और परंपरा सदियों से विराजमान रही है। इसका संबंध किसी–न–किसी तरह आदिवासी समाज से रहा है। कहीं ये निर्माण कर सीधे जुड़े होते हैं तो कहीं उपयोग कर इससे जुड़े हैं। आधुनिक जीवन–शैली में भले ही कला थोड़ा पीछे हैं, लेकिन इसकी महत्ता आज भी कायम हैं, बल्कि धीरे–धीरे इसका विस्तार भी हो रहा है।

संताल परगना की डोकरा कला की अपनी पहचान है। दुमका जिले में कुछ गाँव के कलाकार आज भी इस पारंपरिक कला को सँजोए हुए हैं। इसी की बदौलत उनकी जिंदगी चल रही है। वे हर परिस्थिति का सामना करते हुए डोकरा आर्ट को पीढ़ी–दर–पीढ़ी आगे बढ़ाते आ रहे हैं। डोकरा आर्ट के कलाकारों की पहचान तो वैसे जादोपटिया नाम से है, लेकिन इससे उनका कोई वास्ता नहीं है। दोनों के आचार–विचार और रीति–रिवाज भिन्न हैं। झारखंड में यह हजारीबाग, दुमका, सरायकेला और पश्चिम बंगाल से सटे जिलों में देखने को मिलती है। कहीं पुरुष तो कहीं महिलाएँ इस कला को सहेजने में लगी हैं।

मुख्य रूप से इनका काम पीतल पर होता है। इससे मूर्तियाँ बनाई जाती हैं। पीतल की किसी भी चीज पर जब इनका हाथ लगता है तो वह एक खूबसूरत मूर्ति बन जाती है। ऐसी मूर्ति, जिसे देखनेवाले देखते ही रह जाते हैं। ये इन मूर्तियों के अलावा घूँघरू, घंटी, श्रृंगार जैसे दैनिक उपयोग और सजावट के सामान बनाते हैं, जो काफी आकर्षक होते हैं। इसे बनाने की एक लंबी प्रक्रिया होती है। इसके लिए कारीगर बाजार से पुराना पीतल खरीदकर लाते हैं। यह उनके लिए थोड़ा सस्ता पड़ता है। इसके बाद उपकरण के तौर पर टीन से विशेष रूप से बनाई गई शंकुलनुमा चुंगी, काठ की जांती और मूठ तथा भट्‌ठी का इस्तेमाल होता है। मोम में सरसों तेल और धुमना मिलाकर उसे चुंगी में डालकर चुंगी को जांती के बीच बने छेद में डाला जाता है और जांती को खाट के पाए में फँसाया जाता है,

फिर चुंगी के ऊपरी भाग में काठ का मूँठ डालकर दबाया जाता है। इससे इसके नीचे बने बारीक छेद से मोम दबकर धागे के रूप में निकलने लगता है। धागे से ही मिट्टी पर डिजाइन तैयार किया जाता है, फिर मिट्टी के साँचे पर बने डिजाइन के ऊपर मिट्टी की एक और तह चढ़ाई जाती है। उसके ऊपरी भाग पर एक छोटा सा छेद छोड़कर उसके ऊपर पीतल को एक कटोरेनुमा मिट्टी के पात्र में डालकर उसे भी मिट्टी में ही बंद कर दिया जाता है। ऐसा आकार बनाया जाता है कि पीतल पिघलकर मोमवाले भाग में पहुँच जाए। इसके बाद उसे भट्ठी में डाल दिया जाता है।

जब भट्ठी की गरमी बढ़ती है तो पीतल पिघलकर मोमवाले भाग में चारों ओर फैल जाता है। इसमें तैयार डिजाइन वाला धागा गल जाता है और उसकी जगह पिघला हुआ पीतल आ जाता है। इसके बाद उसे गरम रहने के दौरान ही आग से निकाला जाता है, फिर आकृतियों को अलग किया जाता है। इतनी प्रक्रिया से गुजरने के बाद पीतल धातु एक मूर्ति का आकार लेती है, हालाँकि इसके बाद इसे साफ कर चमकाया जाता है। यह काम मशीन के द्वारा किया जाता है, जिसे आमतौर पर ये कारीगर

नहीं करते हैं, फिर इसे बाहर ले जाया जाता है।

दुमका जिले में जागुड़ी, जबरदाहा, बिसरियान और ढेबाडीह जैसे गाँवों में इसके कारीगर मिलते हैं। एक कारीगर कहते हैं कि 'यह यहाँ की प्राचीन कला है। पहले हम पइला का निर्माण करते थे। यह एक प्रकार का माप-तौल का कटोरे के जैसा बर्तन है। इसका उपयोग विनिमय प्रणाली में किया जाता था। यह यहाँ के आदिवासी समुदाय में किया जाता था। आज भी सुदूर गाँवों में किया जाता है। इसके अलावा पीतल धातु से गहने बनाए जाते थे, उसका इस्तेमाल भी किया जाता था। आज भी आदिवासी समुदाय की महिलाएँ इनका इस्तेमाल करती हैं।'

भट्ठी से निकलने के बाद इन मूर्तियों को बाहर के लोग ले जाते हैं। वे इसे मशीन से पॉलिश करते हैं। तब इसका रूप बदल जाता है। इसकी सुंदरता बढ़ जाती है, तब इसकी कीमत भी कई गुना बढ़ जाती है। डोकरा आर्ट को बढ़ावा देने के लिए कई तरह के प्रयास किए जा रहे हैं। जहाँ भी मेले आयोजित होते हैं, वहाँ इसकी प्रदर्शनी लगाई जाती है। 'झारक्राफ्ट' द्वारा भी इसे बढ़ावा दिया जा रहा है। कारीगरों को सहयोग दिया जा रहा है। युवाओं को स्वरोजगार के लिए ट्रेनिंग दी जा रही है। युवा भी इसकी बारीकियों को सीखकर लधु उद्योग के तौर पर श्रम और पूँजी लगाकर मूर्तियों का निर्माण कर इस कला को आगे बढ़ा रहे हैं।

सदियों से चली आ रही इस कला में पहले सबकुछ मानव द्वारा ही किया जाता था, लेकिन वक्त के साथ इसमें बदलाव आया। बिजली और मशीन की उपलब्धता होने से काम तेजी से होने लगा। इससे मूर्तियाँ अधिक खूबसूरत दिखने लगीं। इससे इसके खरीदार भी बढ़ते गए। घर हो या होटल, हर जगह ड्राइंगरूम में डोकरा मूर्तियों की मौजूदगी सहज ही देखी जा सकती है। विदेशी वैसे भी भारतीय कला के दीवाने रहे हैं। उनके लिए डोकरा मूर्तियाँ खास ही मानी जाती हैं। उन्हें मेले में इन मूर्तियों को खरीदते हुए देखा जा सकता है।

कारीगरों का कहना है कि जब से मानव शृंगार करने की भावना आई है, तब से वे इस कलाकर्म से जुड़े हैं। पीढ़ी-दर-पीढ़ी वे इस काम को करते आ रहे हैं। पहले इनके बनाए गए सामानों की पूछ यहाँ के आदिवासी समाज तक ही थी, लेकिन अब तो हर समाज में यह लोकप्रिय हो रही है। लोग शौक से खरीदकर ले जाते हैं और अपने घर को सजाते हैं।

आज भी डोकरा कला की अपनी एक विशिष्ट पहचान है। यह कला परंपराओं से उपजी है और आज भी पीढ़ी-दर-पीढ़ी चली आ रही है। यह कला मानव के कौशल तथा श्रम की सौंदर्यात्मक अभिव्यक्ति तो है ही, यह हमें कठोर परिश्रम के प्रति सम्मान और प्रकृति के प्रति अनुराग का पाठ भी पढ़ाती है।

डोकरा कला की शुरुआत शोपीस (देखनेवाली वस्तु) से हुई है। आज यह महिलाओं के सोलह शृंगार के आभूषण में शुमार हो गया है। झारखंड की इस कला के कद्रदान पश्चिम बंगाल में ज्यादा हैं।

□

20

अंग-लेखन (गोदना कला)

झारखंड की जनजातियों के अपने रिवाज और अलग-अलग विशेषताएँ हैं। कई बार विश्वास एवं पारंपरिक मान्यताओं के अनुरूप प्रतीक चिह्न बनवाए जाते हैं, जिनमें 'गोदना' एक प्रमुख प्रतीक चिह्न है। अलग-अलग जनजातियों में गोदना की अलग-अलग शैलियाँ प्रचलित हैं। कुछ जनजातियों में गोदना विशिष्ट शैली में गोदवाई जाती है, जिसे इस तरह समझा जा सकता है—

'गोदना' जनजातियों के अंग का एक आभूषण है, जो इन समूहों की पहचान और प्राचीनता की दीर्घकालीन परंपरा है। गोदना की प्रथा धार्मिक आस्था, सौंदर्य लालसा और मानवीस आकांक्षाओं पर आधारित है। भारत की अनेक जनजातियों की भाँति झारखंड में गोदना का प्रचलन आज भी है। गोदना का अर्थ है—खोदना, इसमें सूई की नोक से त्वचा

को छेदित कर या गोदकर उसमें सेम अथवा धतूरे जैसे वनस्पति का रस–तेल और कालिख में मिश्रित कर उतारे जाते हैं। गोदना के लोकप्रिय डिजाइनों में ज्यामितीय आकृतियाँ, चंद्र, सूर्य तथा हाथ–पैर के छापे आदि हैं। गोदना अधिकतर महिलाओं में ही लोकप्रिय है, पर पुरुष इसमें पीछे नहीं हैं।

जनजातियों की मान्यता है कि मरणोपरांत पृथ्वी से एकमात्र साक्षी के रूप से अंग–आलेखन है, जो मनुष्य के साथ जाते हैं, इन गोदनों में गोत्र अथवा जाति का गणचिह्न भी बनाया जाता है; किंतु अब गोदना प्रथा मानवीय भावनाओं, आकांक्षाओं एवं सौंदर्य का प्रतीक बन गई है।

झारखंड की जनजाति आबादी में सबसे अधिक संताल ही हैं और गोदना इस आदिवासी समाज का एक प्रचलित सामाजिक नियम है। संताल भाषा में गोदना को खोदा जाता है। साधारणत: 7–8 से 17–18 वर्ष की अवस्था के बीच युवतियाँ अपने हाथों, बाँहों एवं शरीर के विभिन्न अंगों में गोदना (खोदा) गुदवाती हैं, जबकि उसी उम्र के युवक सिगा (एक प्रकार का गोदना), जिसमें चमड़े के छोटे अंश को गोलाकार जला दिया जाता है, करवाते हैं।

दूसरी ओर, हो श्रृंगारप्रिय जाति है। वे अपने को सुसज्जित करना पसंद करते हैं और आभूषण की कद्र भी जानते हैं। वे इसे स्थायी आभूषण के तौर गुदवाते हैं अत: एक समय था, जब गाँव के बाजार में गोदना गोदनेवाले आते थे तो पुरुष व स्त्री, सभी गोदना गोदवाने हेतु भीड़ करते थे। यद्यपि डिजाइन वही पुरानी थीं, जो माँ–बाप, पितामह–पितामही के समय थी, उसे ही नई पीढ़ी गुदवाती हैं, चूँकि वे पूर्वजों के प्रिय थे। गोदना को ही समाज में आवश्यक माना जाता है। हो जाति की स्त्रियों में ललाट पर गोदना शुभ माना जाता है और पुरुषों की छाती पर कल्याणकारक माना जाता है।

विलुप्त होती जनजाति बिरहोर में लोग अपने हाथ–पैर में गोदना

गोदवाते हैं, परंतु ये लोग माथे में नहीं गोदवाते हैं।

झारखंड की एक और महत्त्वपूर्ण जनजाति खड़िया की तीन शाखाएँ हैं—पहाड़ी खड़िया, दूध खड़िया एवं ढेलकी खड़िया। इनमें से दूध खड़िया का निवास झारखंड में है, जबकि अन्य दो, पहाड़ी खड़िया एवं ढेलकी खड़िया क्रमशः उड़ीसा एवं मध्य प्रदेश में हैं। खड़िया में गोदना गोदवाने की रीति काफी लोकप्रिय है। बालकों में 10–12 वर्ष की उम्र में गोदना के माध्यम से 1 का निशान लगवाया जाता है तो उनके जातीय परिचय का सूचक है, जबकि लड़कियों में, समाज में पदार्पण के सांकेतिक अर्थ में (उपलक्ष्य में), गोदना गोदवाया जाता है।

गोंड जनजाति के लोग भी अपने शरीर को मात्र अलंकरण हेतु गोदना गोदवाकर सुसज्जित करते हैं, तो बैगा जनजाति में गोदना से शरीर

सुसज्जित कराने का शौक महिलाओं में विशेष रूप से देखा जाता है। पुरुषों में इसका शौक कम है। आमतौर पर माना जाता है कि गोदना चिह्न आभूषण तथा सज्जा से संबंधित है, यद्यपि कहीं-कहीं गोदना के चिह्न गोत्र से संबंधित जीव-जंतु या देवी शक्ति से ओत-प्रोत माना जाता है, जो कि उस विशेष जानवर से उसकी रक्षा करता है; परंतु बैगा जाति में गोदना को उत्प्रेरक भी माना जाता है। बैगा पुरुष की नजरों में गोदना से सुसज्जित महिला आकर्षक और सुंदर होती है।

बैगा महिलाएँ गोदना में समस्त शरीर को अलंकृत करती हैं। आमतौर पर जब बैगा बालिका लगभग 5 साल की होती है, तब गोदना के सहारे उसके कपाल में केवल एक त्रिकोण अंकित किया जाता है। इस समय उसकी छाती या हाथ-पैर या अन्य अंग पर गोदना नहीं किया जाता है। बालिका के हाथ में हल्दी की जड़ को अंकित किया जाता है। विवाह उपरांत या उपयुक्त समय पर पैर में तथा हाथ के पीछे गोदना गोदवाया जाता है। इनमें फूल, बैल की आँख, पक्षी, शिकल आदि बनवाया जाता है। पीठ पर धाँधा गोदवाया जाता है, जिसमें मात्र 6 बिंदु बनाकर उन्हें रेखाओं से जोड़ दिया जाता है।

बैगा पुरुषों में भी कभी-कभार गोदना देखा जाता है। सामान्यतः हथेली के पीछे चंद्रमा तथा हाथ पर बिच्छू की आकृति बनाई जाती है। कभी-कभी वात से ग्रस्त अंग पर रोग के प्रकोप से बचने के लिए भी गोदना बनवाए जाते थे।

अब तो शहरों में भी आदिवासियों की देखा-देखी लोग अपने शरीर पर विभिन्न प्रकार के चित्र गुदवाना पसंद कर रहे हैं। महानगरों से लेकर छोटे शहरों तक में हाल के वर्षों में गुदवाने का यह ट्रेंड बड़े पैमाने पर फैल चुका है।

□

21

कठपुतली लोककला

कठपुतलियों का इतिहास लगभग 30,000 वर्ष पुराना है। महाभारत में इसका जिक्र मिलता है। पहले इनका प्रयोग संदेश पहुँचाने के लिए होता था। बाद में यह कठपुतली खेल के तौर पर ग्रामीण क्षेत्रों में मनोरंजन का सबसे सरल साधन बन गया। संथाल परगना क्षेत्र में इस खेल को 'चदर-बदर' कहा जाता हैं। यह परंपरागत कठपुतली लोककला ही है। यह मुख्यतः झारखंड के संताल परगना एवं पश्चिम बंगाल के झारखंड सीमावर्ती इलाके से सटे आदिवासी बहुल इलाकों में कभी प्रचलित व लोकप्रिय रही थी, जो अब लगभग पिछले डेढ़ दशक से विलुप्त हो गई है। मूल रूप से 'चदर-बदर' के नाम से जानी जानेवाली यह कठपुतली आदिवासी लोककला कहीं क्षेत्र विशेष के क्षेत्रीय टोन की वजह से चादर-बादोयनी, तो कहीं छादर-बादरनी

आदि के रूप में भी बोली जाती रही है। इस संबंध में यह माना जाता है कि संताली भाषा के इस शब्द पर बँगला भाषा के प्रभाव की वजह से ऐसा देखने-सुनने को मिलता है।

पहले इससे जुड़े कलाकार गाँव-गाँव में घूमकर इसका प्रदर्शन करते थे, तो इसके एवज में लोग उन्हें अपने-अपने घरों से अनाज आदि लाकर दिया करते थे। उन अनाज में मुख्य रूप से मकई ज्यादा मिलता था। इसकी मुख्य वजह यह थी कि वह समय भादों के अंत और आश्विन के शुरुआती माह के उन दिनों का हुआ करता था, जब खेतों में धान की फसल लहलहाती थी और लोग मकई को खेतों से लाकर अपने घर-आँगन, ओसारे या फिर गाँव के किसी छतनार पेड़ की छाया में बैठ सामूहिक रूप से टोकरी भर-भर मकई छुड़ाने के काम में जुटे रहते थे। प्राप्त जानकारी के अनुसार, प्रदर्शन के दौरान मिलनेवाले अनाज और रुपए-पैसों को वे लोग आपस में बराबर-बराबर बाँट लिया करते थे।

'चदर-बदर' की बनावट इतनी कलात्मक, अद्भुत और तकनीक पूर्ण होती थी कि एकमात्र डोरी से दर्जन भर कठपुतलियाँ अलग-अलग मुद्राओं में नृत्य करती नजर आती थीं और जिसमें आदिवासी जीवन व

संस्कृति की विविध रँगी छटा दिखती थी। कठपुतलियों की बनावट, यहाँ तक कि उसकी मुखाकृतियाँ, रंग-रोगन एवं वेशभूषा और कार्यकलाप तक संताल आदिवासी जीवन पर आधारित होते थे। इसको बनानेवाले कहीं-कहीं इससे जुड़े कलाकार होते थे, तो कहीं-कहीं बनानेवाले इसके मालिक और उसको नचानेवाले कलाकार अलग-अलग भी होते थे। चडोर बडोनी का मतलब लकड़ी का मूर्ति होता है। इसे बनाने के लिए पहले लकड़ी का साँचा बनाया जाता है, फिर लकड़ी की मूर्ति बनाई जाती है। मूर्ति को कपड़ा पहनाया जाता है। उसे एक स्त्री और पुरुष का रूप दिया जाता है। चदर-बदर का पूरा सेट लकड़ी के एक ऐसे प्लेटफॉर्म का बना होता है, जिसके नीचे एक बाँस लगा होता है। सेट का ऊपरी हिस्सा लकड़ी के वृत्ताकार फ्रेम का बना होता है, जिसके प्लेटफॉर्म पर पंक्तियों में सजी लकड़ी की लगभग 10 से 12 कठपुतलियाँ फिट की हुई होती हैं। इसे एक जगह पर -रखा जाता है, जहाँ से सभी को दिखाया जा सके। दिखाने के दौरान कहानी सुनाई जाती है। कहानी के अनुसार मूर्ति को आगे-पीछे किया जाता है।

बदलते समय और बदलाव की अंधी बयार ने इतनी महत्त्वपूर्ण व लोकप्रिय परंपरागत लोककला को हाशिए के उस कगार पर ठेल दिया, जहाँ आज यह लगभग इस प्रकार विलुप्त हो गई है कि संबंधित समुदाय की नई पीढ़ी इससे पूर्णतः अनजान है। पुरानी पीढ़ी के कुछ बचे जानकार बूढ़े-बुजुर्ग ही कहीं-कहीं हैं, जो इसके बारे में थोड़ा-बहुत बताते हैं। लोगों का मानना है कि यह कठपुतली लोककला लोगों का मनोरंजन कर कुछ महत्त्वपूर्ण संदेश देने का काम भी किया करते थे। इसमें प्रयुक्त होनेवाले गीतों के आधार पर इसके मूल में मुख्यतः यह बात होती थीं कि हम सब इस संसार की कठपुतलियाँ हैं, जिसका सूत्र एकमात्र ईश्वर के हाथों में है और उसी के इशारे पर हम सब अपना-अपना जीवन जीते हैं।

कलाकारों के हाथों में निर्जीव कठपुतलियों का कौशलपूर्ण संचालन दर्शकों के ध्यान को बाँध लेता है। कलाकारों की तरह ये कठपुतलियाँ भी जीवंत प्रतीत होती हैं।

सही अर्थों में इस कला में पट की आवश्यकता नहीं होती है, परंतु कला प्रदर्शन की युक्तियों और गोपनीय तथ्यों को छुपाने के लिए एक पर्दा ऊपर से टाँग दिया जाता है और दूसरा पर्दा धरती के सहारे पर उठा हुआ होता है। इन दो पर्दों के पीछे कलाकार हस्तकौशल से प्रस्तुत करता है।

□

22

श्रृंगार कला परंपरा

झारखंड प्रारंभ से ही संस्कृति प्रधान रहा है। इसकी संस्कृति इस क्षेत्र की आत्मा रही है। आदिवासी संस्कृति और परंपरा ही आदिवासियत का आईना है। झारखंड में आदिकाल से आदिवासी समाज अपनी अलहदा संस्कृति के कारण अपनी पहचान का कभी मोहताज नहीं रहा। आदिवासियों में सदियों से स्त्री–पुरुष दोनों ही जेवर पहनते हैं। इनके जेवरों में प्रकृति से जुड़े गहने अधिक देखने को मिलते हैं। जनजातीय पुरुष जैसे–जैसे शहरवासियों के संपर्क में आते गए, इनके शरीर से जेवर उतरते गए। झारखंड के आदिम संस्कृति में जेवरों का अपना अलग महत्त्व है। जेवर किसी आदिवासी की संपन्नता का प्रतीक भले न हो, इनकी श्रृंगार संपन्नता का प्रतीक जरूर होता है। आदिवासी स्त्रियाँ श्रृंगार के प्रति काफी जागरूक होती है। इनके श्रृंगार में जो भी आभूषण प्रयोग में आते हैं, उन पर प्रकृति की स्पष्ट छाप दिखाई देती हैं। यहाँ की धरती अनमोल रत्नों एवं वनस्पतियों से भरी पड़ी है। यहाँ के जनजाति आदिवासी

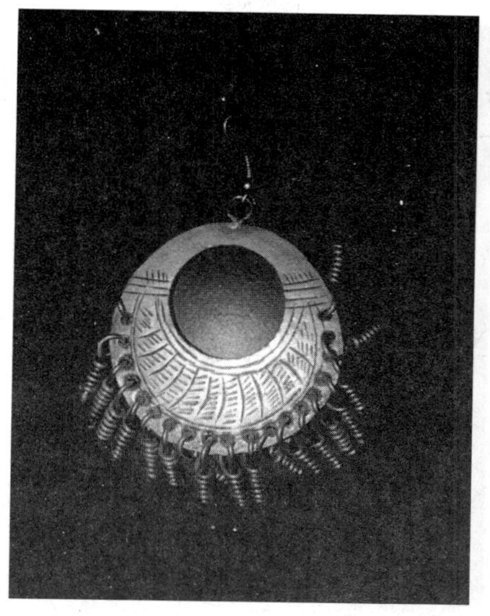

स्त्री-पुरुषों को प्रकृति ने सजने-सँवरने के पर्याप्त अवसर दिए हैं।

झुमका, कर्णफूल, तरपट, तोर, बेदियो, मटर लोला, बाला, कनैली यह प्रमुख कान में पहने जानेवाले इनके आभूषण हैं। तरपट कान में पहनने के साथ-साथ बालों को सँवारकर रखने में भी काम आता है। तरपट सखुआ पत्तों से बनाया जाता है, लेकिन आजकल चाँदी के बने तरपट भी जनजातियों के बीच देखने को मिल रहे है। चाँदी के तरपट पर आजकल नक्काशी का काम भी हो रहा है, जो इनकी सुंदरता को निखारने का काम करता है। सखुआ के पत्ते से तरपट बनता है, तो तोट का निर्माण ताड़ के पत्ते से होता है। यह भी कान में पहने जानेवाला आभूषण है। तोट का निर्माण पीतल, चाँदी से भी होता है, लेकिन सोने का प्रयोग अभी तक तोट के लिए नहीं हुआ है। चाँदी का सिक्का भी कान में पहना जाता है। नथुनी, थुंथी, नागफूल, चाँदी के साथ-साथ पेड़-पौधों के पत्तों से भी बनाए जाते हैं। कानों में ऐसी ही कनौसी पहनी जाती है। बहुधा ये आदिवासी बड़े फूलों की आकृतिवाले जेवर कान और नाक में पहनना पसंद करते हैं। जनजातियों में श्रृंगार का प्रमुख अंग सिर होता है, जिसे सजाने में अधिक ध्यान दिया जाता है। उराँव युवक-युवतियाँ सिक्कों के हार को ज्यादा पसंद करते हैं। ये लोग कानों में अधिक छेद कराते हैं, ताकि अधिक आभूषण का उपयोग कर सकें। कान के ऊपर युवतियाँ अपरकानी लगाती हैं, जो पीतल का बना पिन होता है तथा बिटना डंडा का स्टिक, जो काफी पतला होता हैं, को

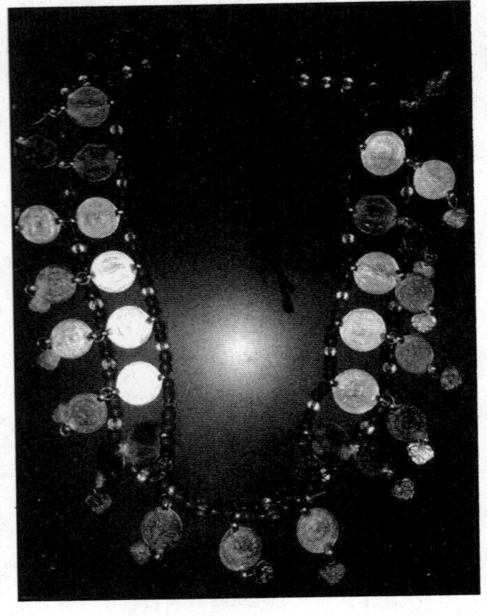

लगाती हैं तथा निचले छेद में गनगई विदिया पहनती हैं। यह लाल पत्ते का बना होता है।

विराजिया महिलाएँ कानों में पीतल की बाली प्रयोग में लाती हैं, जिसे कनौसिस कहा जाता है। पहाड़ी महिलाएँ कानों में तरक्का पहनती हैं, तो पुरुष भी कानों में कनौसी पहनते हैं। मुंडा जाति के लोग कान–बाली पहनते हैं, जो पीतल या चाँदी से बनी होती है। कोरवा जाति के लोग जो कान में पहनते हैं, उसे 'कनौसी' कहते हैं। जनजातियों द्वारा सिर को सजाने के लिए कासी घास के फूल कुचिरा दाई घास के फूल तथा बगुले, बत्तख, मुरगी और बनैले पक्षियों के पंखों से बने मुकुट पहनते हैं। उराँव पुरुष सिर में बाँधने के लिए कासी घास का सजावटी आकार का या पतले पीतल का अर्द्धचंद्राकार जेवर का उपयोग करते हैं, जिसे 'टईया' या 'पाटोवा' कहा जाता है। यह बालों की शोभा बढ़ाने के साथ–साथ बालों को बिखरने से भी रोकता है। आज आधुनिक विकसित समाज में केश विन्यास कला ही सिर के श्रृंगार में प्रमुख हो गई हैं। झारखंड की जनजाति समाज की युवतियाँ केशविन्यास के लिए तरह–तरह के साधन उपयोग में लाती हैं। उराँव युवक नाचने के समय अपने बालों को सँवारने के लिए जूड़ा बनाते हैं। जूड़े में लोहे की बनी क्लिप, जो चाटखाट लकड़ी की बनी कंघी होती है, का इस्तेमाल करते हैं। इसे बागीरका कहते हैं। मेले या जतरा में जाते समय उराँव महिलाएँ बालों में फूल या तीन सफेद पंखों को एकसाथ बाँधकर जूड़े के ऊपरी हिस्से में लगाती

हैं। विरजिया जनजाति की महिलाएँ अपने बालों को सँवारने के लिए ताँबे के बने हेयर पिन का इस्तेमाल करती हैं, जिसे सालुखा कहते हैं, लेकिन भूमिज जाति की महिलाएँ शादी समारोह या नाचने–गाने के समय अपने बालों को फूलों से सजाती हैं। खड़िया जाति की महिलाएँ ताँबे का ही हेयर पिन लगाती

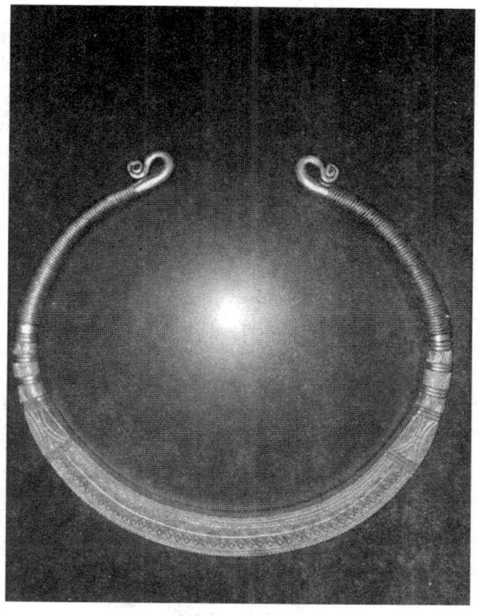

हैं, लेकिन मुंडा लोग हेयर पिन के साथ–साथ ताडा के पत्ते का बना मुकुट, जो जूड़े में लगाया जाता है, का उपयोग करती हैं। मुंडा राजाओं के शासनकाल में एक राजा द्वारा पाँच शादियाँ की जाती थीं। इन पाँचों पत्नियों में से एक को नाचनी अवश्य होती थी, जो मुंडा राजा के समय इस ताडा के बने मुकुट का प्रयोग करती थी।

छोटानागपुर में सबसे पहले मुंडाओं ने अपना राज कायम किया। इसके बाद नागवंशी राजपूतों का शासन कायम हुआ, लेकिन लाख कोशिश के बाद भी मुसलिम शासक अपना शासन यहाँ स्थापित नहीं कर पाए। रोहतास में उराँव शासकों को मुसलिम आक्रमण के कारण वहाँ से भागकर पलामू एवं छोटानागपुर में शरण लेनी पड़ी। उराँव महिलाएँ भी युद्ध में भाग लेती थीं और तीन बार उन्होंने मुसलिम आक्रमणकर्ताओं को पराजित भी किया। तीन युद्ध की विजय को आज भी याद करने के लिए ये उराँव महिलाएँ अपने ललाट पर तीन–तीन लकीरें गुदवाती हैं, जिसे गोदना कहा जाता है। लोहे से बनी सूई, जिसमें तीन दाँत नुकीले निकले होते हैं,

के द्वारा गोदना गोदते हैं। गोदना के समय लकड़ी की राख को तेल में मिलाकर गोदे हुए स्थान पर लगा दिया जाता है। मुंडा जाति की महिलाएँ भी ललाट, गले, बाँह तथा हाथों में विभिन्न डिजाइनों का गोदना गोदवाती हैं, लेकिन पहाड़ियाँ जनजाति के लोग गोदना गुदवाते समय शरीर पर ही नेकलेस, ब्रासलेट और एकलेट पहननेवाले स्थान पर ही गोदना गुदवाती है। पहाड़ियाँ पुरुष गोदना नहीं गुदवाते हैं। बिरहोर जनजाति की महिलाएँ सीने, बाँह में एवं पैरों और चहरे पर गोदना गोदवाती हैं। अधिकतर जनजातियों में खजूर के पत्तों को रँगकर विभिन्न प्रकार से गूँथकर कई प्रकार के जेवर बनाए जाते हैं, जो कान एवं नाक में पहने जाते हैं। उराँव युवतियों सुंदर वस्त्रों के साथ ही पीतल के बने विभिन्न प्रकार के गहनों का प्रयोग अपने श्रृंगार में करती हैं। उराँव युवतियाँ धातुओं से बने गहने का प्रयोग करती हैं। संपन्न घराने की युवतियाँ गले में वेलमेटल की

हँसुली पहनती हैं या आर्थिक स्थिति के अनुरूप मटरमाला या फिर रंगीन धागों से बनी माला पहनती है एवं चाँदी का बना चंदोआ माला या चाँदी के सिक्कों को गूँथकर बनाई माला पहनती हैं। कुछ जनजातियों में मंदूरी गले में पहनी जाती है। मंदूरी छोटे-छोटे चाँदो या अन्य धातु की माला होती है। कोरबा लोग दो सिक्कों को धागे के साथ गूँथकर माला बनाकर पहनते हैं। पहाड़ियाँ लोग गले में गुरिया, हँसली धारण करते हैं। बिरहोर महिलाएँ गले में हलके रंग का जेवर इस्तेमाल करती हैं। बिरजिया लोग गले में हिसिर पहनते हैं। मुंडा गले में चाँदी के जेवर के साथ-साथ विभिन्न प्रकार के फूलों के हार का प्रयोग करते हैं। इनके द्वारा कमल फूल, साल तथा अन्य प्रकार के फूलों को हार के रूप में प्रयोग किया जाता है। खड़िया युवतियाँ शादी-विवाह एवं अन्य त्योहारों पर सिर, बाल एवं गले को साल फूलों से सजाती हैं। बड़ाईक युवतियाँ छोटे-छोटे दानों की बनी माला पहनती हैं। बाथुड़ी लोग धागे से बने हार को माला कहती हैं। झारखंड की जनजातियों में फूलों और खजूर के पत्तों का बना नेकलेस भी प्रचलित है। धागों का प्रयोग गले में अनोखे ढंग से किया जाता है—लच्छी, हँसुली, चंद्राहास, हारसा आदि भी स्त्रियाँ गले में धारण करती हैं। आदिवासी युवक गले में प्राय: पतली चाँदी की चेन या धागे में गुँथा लॉकेट प्रयोग करते हैं, जिसके सिरे पर बघनखा या इसी प्रकार का अन्य जानवरों का सींग या नाखून जुड़ा होता है। संथाल युवक नृत्य के समय विशेष सजावट करते हैं। इनके गले में भी घुँघरूओं की विशेष माला होती है, जो ताल के तोड़ मिलाने के काम आती है। जनजातियों में सभी प्रकार के जेवरों का हर समय इस्तेमाल नहीं किया जाता। किन जेवरों का किस समय प्रयोग किया जाए, यह प्राय: तय

होता है। उदाहरण के तौर पर, एक-दूसरे को पसंद करते समय युवक-युवतियाँ खजूर के पत्ते, कासी घास या फूल के बने हारों का ही आदान-प्रदान करते हैं, अन्य प्रकार के जेवरों का नहीं। इसी प्रकार, नाक का बेसर एक खास उम्र के बाद ही धारण किया जाता है।

आदिवासी युवतियाँ बाँहों में तार, ढेला और ताड़ या गनगई नामक वनस्पति के बने जेवरों का प्रयोग बाँहों में करती हैं। युवक भी बाँहों में विभिन्न प्रकार की आकृति वाले जेवर का इस्तेमाल करते हैं। उराँव पुरुष पीतल का बना बाला, जिसे बेरा कहते हैं, कलाई में और केहुनी के ऊपर बाँहों में तिजाइत पहनते हैं, तो कोरवा लोग पीतल का बना ब्रासलेट पहनते हैं, जिसे बासुनियाँ कहते हैं। उराँव युवतियाँ कलाई के ऊपर ताँबे या बेल मेटल की सात ब्रासलेट पहनती हैं। हाथों में पहने जानेवाले ये सात बाले युवती को उनके माँ-बाप विवाह के अवसर पर प्रदान करते हैं। दोनों हाथों में एक-एक मोटा बाला ये युवतियाँ पहनती हैं, जिसे 'रसनियाँ' कहते हैं।

आदिवासी युवक पैरों में पैरी, पायल, जैजनी, कड़ा, छड़ा और जैनरी आदि पहनते हैं। कोरबा एवं पहाड़ियाँ लोग अपने पैरों में पैटी पहनते हैं, जो पीतल की बनी होती है, लेकिन बिरहोर लोग अपने पैरों में हार की जगह गोदना गोदवाते हैं। उराँव दुल्हन शादी के समय अपने पैरों में पायल पहनती हैं, जिसे पैनरी कहते हैं।

धातु के जेवरों की बनिस्पत वनस्पतियों और पक्षियों के पंखों से बने आभूषण और उनमें निरंतर परिवर्तन आदिवासी शृंगार की पहचान है।

जनजातीय लोग प्राय: अंगुलियों में भी अंगता, मुडी और बातुरी नाम की अँगूठियाँ पहनते हैं, जो प्राय: लोहे या चाँदी की बनी होती हैं। लोहे या ताँबे की जो अँगूठी गाँव के लोहार बनाते हैं, उसे लोहडा मुडी, पीतल की अँगूठी जो सोनार बनाते हैं, उसे सोनरामुडी कहते हैं। आसमान में बिजली कड़कने या गिरने से बचने के लिए लोहे का पन्नाबेरा पैरों में पहनते हैं या लोहे की अँगूठी अंगुलियों में पहनते हैं। यह अँगूठी या जेवर ऐसे लोहे से बना होता है, जो सूर्यग्रहण या चंद्रग्रहण के समय खुले आकाश के नीचे रखा गया होता है। यह मान्यता भी इनके बीच है कि जो बच्चा पैर आगे कर जन्म लेता है, उन पर बिजली गिरने का खतरा बना रहता है। ऐसे बच्चों को खासकर पन्नाबेरा पहनाया जाता है।

झारखंड की जनजातियाँ कभी एकांत में रहना पसंद नहीं करतीं, वे सामूहिकता में विश्वास करती हैं। उनका श्रृंगार भी ऐसा ही होता है, जो इन्हें सहज उपलब्ध हो जाए।

□

23

जनजातीय शिल्प

झारखंड की लोककलाएँ एवं शिल्प भी अपनी सरलता एवं सहजता के कारण सहज ही मनमोह लेते हैं। झारखंड में लोककला एवं शिल्प की एक लंबी परंपरा है। जहाँ तक मानव इतिहास के संदर्भ में कलाशिल्प के जन्म का प्रश्न है, प्रस्तर युग में तो कला का जन्म अवश्य ही हो चुका था, जिसके प्रमाण इस्को, हजारीबाग की गुफाओं के शैलचित्रों में तथा इस क्षेत्र के सर्वेक्षण उत्खनन में प्राप्त कला सामग्रियों से मिलते हैं। यही परंपराएँ इतिहास की पेचीदा गलियों से होती हुई आज तक विभिन्न कला शैलियों एवं शिल्पों के रूप में जनजाति समाज में विद्यमान हैं।

धातु शिल्प का कार्य अत्यंत प्राचीनकाल से झारखंड क्षेत्र के विभिन्न हिस्सों में असुर, बिरहोर आदि जनजातियों द्वारा होता आ रहा है। इस संदर्भ में अलुवारा (प्रखंड चंदन कियारी, जिला बोकारो) से पुरातात्त्विक सर्वेक्षण के दौरान पाए गए जैन तीर्थंकर की अष्टधातु मूर्तियों की चर्चा की जा सकती है, जो वर्तमान में पटना संग्रहालय में संग्रहित हैं। स्थानीय तौर पर बाणाग्रों तथा घरेलू इस्तेमाल के बर्तनों का निर्माण तो काफी पहले से होता आ रहा है, किंतु विशेष चर्चा का विषय धोकड़ा शैली में

बने पात्र हैं, जो पारंपरिक तौर पर तो माप–तौल की एक जनजाति इकाई 'पइला' के रूप में बनाए जाते थे, पर अब अनेक उपयोगी एवं सजावट क़ी वस्तुओं यथा दीपदान अथवा चिड़िया की आकृति आदि का निर्माण भी किया जा रहा है।

ऐतिहासिक तौर पर तो असुर जनजाति के विषय में यह सर्वविदित है कि लौह अयस्कों को विगलित कर यह जाति लोहे के बाणाग्र, घरेलू बर्तनादि बनाती रही है, कुछ विद्वानों ने इस जनजाति को विश्व का पहला 'आयरन स्मेल्टर' कहा है, जिसका एक समय में लोहा गलाने और लौह सामग्री बनाने पर एकाधिकार था। किंतु बिरहोर जनजाति के लोग भी धातु शिल्प में सिद्धहस्त रहे हैं। अत: अभी धातु शिल्प के क्षेत्र में झारखंड में जो महत्त्वपूर्ण कार्य हो रहे हैं, वो हैं ढोकरा पात्रों का निर्माण, जो इस क्षेत्र में अत्यंत प्राचीनकाल से निर्मित हो रहे हैं।

'लॉस्ट–वैक्स' पद्धति से इस प्रकार की कलाकृतियाँ झारखंड के विभिन्न हिस्सों में बनाई जाती हैं। यह विधि 'साइरे–परड्यू' विधि का ही एक परिवर्तित रूप है।

धोकड़ा पात्रों में 'पइला' सबसे लोकप्रिय पात्र है, जिससे चावल

आदि मापने का काम किया जाता है। 'पइला' एक स्मृति चिह्न के रूप में देश–विदेश में अत्यंत लोकप्रिय है। 'पइला' के अतिरिक्त धोकड़ा के अंतर्गत मुखौटे, रसोई के सामान्य बर्तन, सजावट के लिए पशु–पक्षी की मूर्तियाँ एवं मोमबत्ती स्टैंड आदि भी अब बहुतायत से बनाए जाने लगे हैं। धोकड़ा पात्रों का उत्पादन राँची जिले तथा हजारीबाग जिले के इचाक आदि स्थानों में प्रमुखता से हो रहा है।

झारखंड में मुर्गा लड़ाई की परंपरा भी सदियों से हाट–बाजारों में होती रही है, इसमें प्रयोग में लाई जानेवाली काइंथ (छोटा चाकू) को भी जनजातीय समाज के लोग ही बनाते थे। झारखंड में लोहरा समाज लोहे का औजार बनाने में सदैव अग्रणी रहा है।

□

24

बाँस शिल्प

वनों में होनेवाले उत्पाद से आदिवासियों का गहरा संबंध रहा हैं। वनों में उगनेवाले कंद-मूल का उपयोग कहीं खाने में किया जाता है तो कहीं दवा के रूप में किया जाता है। इसी तरह बाँस भी काफी उपयोगी है। बाँस मानव सभ्यता से जुड़ी प्राचीनतम सामाग्रियों में से एक है। यहाँ का समूचा जीवन ही बाँस पर आधारित होता है। वास्तव में बाँस के बिना यहाँ ग्रामीण जीवन की कल्पना नहीं की जा सकती है। यह केवल रहने के लिए झोंपड़ी बनाने के काम नहीं आता, बल्कि दैनिक जीवन की प्रत्येक गतिविधि में इसका उपयोग होता है। इसका उपयोग अनेक प्रकार से किया जाता है। बाँस पर कलाकार अपना हुनर दिखाकर सुंदर खिलौने बनाते हैं। बाँस शिल्प झारखंड ही नहीं, बल्कि विश्व के प्राचीनतम एवं अत्यंत लोकप्रिय शिल्पों में से एक है। इस सुलभ,

सरल एवं लोकप्रिय शिल्प की कृतियाँ, गाँव हो या शहर, प्रत्येक घर में अनिवार्यत: किसी-न-किसी रूप से विद्यमान रहती हैं। काष्ठशिल्प के बाद बाँस से बननेवाले उपकरण का एक विशिष्ट स्थान है।

बाँस शिल्प का काम मुख्य रूप से संताल, हो, गोंड, पहाड़ियाँ आदि जनजातियों द्वारा किया जाता है; किंतु कमोबेश हर जनजाति बाँस के उपयोग एवं महत्त्व को जानती है, किंतु झारखंड में रहनेवाला मोहली समुदाय बाँस शिल्पकला में ज्यादा निपुण है। ये अद्भुत शिल्पी बाँस से

अनेक उपयोगी एवं मनमोहक वस्तुएँ तैयार करते हैं। आदिवासी समाज का प्राचीनतम यंत्र तीर-धनुष, बाँसुरी, बीज बोने की पेरनी आदि का निर्माण और उपयोग खूब होता था। बाँस से बनाई जानेवाली वस्तुओं में सूप, टोकरी, कंधे पर ढोई जानेवाली बहँगी, मछली फँसाने का जाल इत्यादि प्रमुख हैं। अब कुछ सामान्य उपयोग की वस्तुएँ यथा फूलदान, ट्रे, हैंडबैग, संदूक, टेबल लैंप, कुरसी आदि का निर्माण बाँस से किया जाने लगा है। झारखंड के कारीगर इससे विभिन्न प्रकार के सजावटी तथा उपयोगी सामानों का निर्माण करते है। बाँस शिल्प का प्रयोग मुख्य रूप से संथाल परगना, राँची, बोकारो एवं सिंहभूम आदि ज़िलों में होता है।

झारखंड के जनजातीय समाज में बाँस शिल्प स्वयं प्राचीन प्रतिष्ठा के गवाह हैं। आज भी साधारण औजारों की सहायता से ये जैसी सामग्री प्रस्तुत करती हैं, वैसी सुंदर और सूक्ष्म औजारों से बड़े-बड़े शिल्पी भी तैयार नहीं कर सकते। इनके ये शिल्प ही हमें अहसास दिलाते हैं कि उनके रक्त में बाँस शिल्प का परंपरागत इतिहास निहित है।

बाँस से विभिन्न प्रकार की वस्तुएँ बनाने के लिए बाँस की विभिन्न मोटाई और चौड़ाई की तीलियाँ छीली जाती हैं। बाँस की पतली तीली 'बेतरी' कहलाती है, जबकि चौड़ी पट्टी को 'खेड़िया' कहा जाता है। टोकरी अथवा सूप के किनारे पर लगाए जानेवाली मोटी और मजबूत 'पट्टी बाँधना' कहलाती है।

बाँस के काम के लिए अधिक औजारों की आवश्यकता नहीं होती है। लोहे की छुरी, जिसे वे काती या कतुआ कहते हैं, को वे लोहारों से बनवाते हैं। लकड़ी और बाँस से बना अड्डा, जिसे घोड़ी कहते हैं, को वे खुद बनाते हैं। यहाँ घोड़ी बाँस की तीलियाँ एवं खिपचियाँ छीलने में काम आती है। मजबूत बाँस या गाँठ को ठोकने के लिए मूँगर का प्रयोग किया जाता है।

□

25

काष्ठ शिल्प

झारखंड में वन प्रचुर मात्रा में हैं। लकड़ी मनुष्य को सहजता से उपलब्ध प्राचीनतम कच्चा माल है। सभ्य मानव समाज के प्रादुर्भाव से पूर्व हमारे पूर्वज पत्थर और लकड़ी के सहारे ही अपना जीवनयापन करते थे। झारखंड के वनों में सखुआ, गम्हार, सागवान जैसे मूल्यवान् वृक्षों की भरमार हैं, तो वहीं आम, कटहल, नीम, जामुन जैसे वृक्षों की भी अधिकता है। यही कारण है कि झारखंड में कच्चे माल की प्रचुरता के कारण ही काष्ठ शिल्प को विकसित होने का अवसर मिला। लकड़ी के सहारे जीवनयापन करते हुए लोगों ने इस कला को बचाए रखा

है। विदेशी सैलानियों के लिए तो यह अमूल्य है। उनके लिए तो यह अनोखी वस्तु होती है।

यहाँ के काष्ठ शिल्प में काफी विविधता है। इस कला ने मानव जीवन में एक नया रंग, एक अप्रतिम आभा तथा बेजोड़ चमक पैदा की है। बहुत ही करीने से नक्काशीदार बनाए जाने के कारण यहाँ के काष्ठ शिल्प की माँग भी बहुत है। राँची एवं हजारीबाग आदि जिलों के लकड़ी के खिलौने देश भर में प्रसिद्ध हैं। लकड़ी से बनाई जानेवाली अन्य उपयोगी सामग्रियों की सूची भी बहुत लंबी है। इनमें से पाइला, विभिन्न वाद्ययंत्र, ट्रे, मुखौटे, बैठने के कलात्मक स्टूल, फूलदान, सजावट के लिए विभिन्न प्रकार के जीव-जंतुओं की मूर्तियाँ, रसोईघर के लिए विभिन्न प्रकार के उपकरण एवं कंघी आदि प्रमुख हैं।

स्थानीय लोग लकड़ी का उपयोग सुंदर खिड़कियाँ, दरवाजे, बक्से और लकड़ी के चम्मच बनाने के लिए भी करते हैं। इन सामग्रियों की जटिल नक्काशीदार डिजाइनें और पैटर्न झारखंड की समृद्ध विरासत का प्रतिनिधित्व करते हैं।

शादी-विवाह, पर्व-त्योहार आदि के अवसर पर काष्ठ-चित्र के माध्यम से कपड़े पर छापा या ठप्पा लगाकर उसे रंगीन व आकर्षक रूप दिया जाता है।

□

26

प्रस्तर शिल्प

प्रस्तर शिल्प का इतिहास पाषाणकाल से ही प्रारंभ होता है। झारखंड प्रमुखत: जंगल एवं पहाड़ों की भूमि है। यहाँ का पाषाणकालीन मानव प्रारंभ से ही पत्थर के महत्त्व को समझ चुका था। पत्थर के गुणों को परखकर आदिमानव ने विभिन्न प्रकार के पत्थरों का उनके गुणों के आधार पर विभिन्न प्रकार का इस्तेमाल शुरू किया।

झारखंड राज्य में प्रस्तर शिल्प का कार्य वर्तमान समय में घाटशिला के अतिरिक्त सरायकेला, चांडिल, गुमला, पलामू एवं दुमका आदि स्थानों पर चल रहा है। पत्थर की देवी-देवताओं की मूर्तियों के अतिरिक्त अन्य उपयोगी वस्तुओं में सिल-बट्टा, जीव-जंतुओं की

मूर्तियाँ, सरल–मूसल, बेलना–चकला आदि का निर्माण प्रमुखता से हो रहा है। प्राचीन काल की बनी हुई पत्थर की मूर्तियों से सारा राज्य पटा हुआ है। टाँगीनाथ, ईचागढ़ चांडिल तथा सिंहभूम जिलों के अनेक स्थलों से प्राचीन मूर्तियाँ प्राप्त हुई हैं तथा प्राप्त होती रहती हैं।

पत्थर की ये मूर्तियाँ केवल सुंदरता का नहीं बल्कि और भी कई चीजों के प्रतीक हैं। सालों से विकास करती यह कला अत्यंत आकर्षक होती हैं। इनकी आधारभूत संकल्पना एक होने पर भी हमें कई तरह की रचनाएँ देखने को मिलती हैं। इस कला में प्राकृतिक पत्थर को नियंत्रित रीति से काटा जाता है।

कलाकार अपनी क्षमता को पत्थर को तराशने में दिखाता है, जो उसकी कार्यकुशलता का प्रतीक है। पत्थर को विभिन्न आकृतियों में काटकर कलाकार उसे एक मूर्ति का रूप प्रदान करता है।

प्रस्तर कला का उपयोग धार्मिक, सामाजिक और सांस्कृतिक जीवन में होता है। यह झारखंड के सबसे लोकप्रिय शिल्पों में से एक है और इस शिल्प का उपयोग करके बनाई गई कलाकृतियाँ झारखंड की समृद्ध सांस्कृतिक विरासत का गौरवशाली प्रतिनिधित्व करती हैं।

☐

27

मुखौटा शिल्प

झारखंड में सरायकेला-खरसाँवा क्षेत्र की छऊ नृत्य-शैली विश्वप्रसिद्ध है। छऊ नृत्य में चेहरे पर मुखौटा लगाकर नृत्य करते हैं। ये मुखौटे अभिनीत किए जा रहे पात्र के चरित्र के आधार पर मिट्टी, कागज और कपड़े से तैयार किए जाते हैं। इसे तैयार करने की प्रक्रिया दुरूह होती है। सर्वप्रथम अशुद्धियों से मुक्त अर्थात् छानी हुई मिट्टी से, जिसे स्थानीय बोली में 'चिटामाटी', कहते हैं, से चेहरे का अंगवार स्वरूप तैयार किया जाता है, फिर इस गीली मिट्टी के अंडाकार आकार में निश्चित स्थानों पर आँख, नाक, होंठ एवं ठुड्डी बनाए जाते हैं। अब इस पर राख-पाउडर छिड़का जाता है, तदोपरांत लेई की सहायता से इस आकृति पर कागज, विशेषतया अखबार की तीन-चार परतें चढ़ाई जाती हैं तथा इसके ऊपर पतले सूती कपड़े की एक परत चढ़ाई जाती है। फिर इसके ऊपर पुनः कागज की एक परत चढ़ाकर इसे सूखने के लिए रख दिया जाता है। कुछ सूख जाने पर इस पर चिटामाटी का घोल डालते हैं। बाद में इसे छोटे सरल यंत्रों की मदद से उभारा जाता है। इसके पश्चात् जब इसमें कुछ कड़ापन आने लगता है, तब नोगड़ी (औजार) एवं छोटी करनी से आँख, नाक, आदि के आकारों की फिनिशिंग की जाती है। नोंगड़ी अमरूद अथवा इमली आदि की लकड़ी से बनाया जाता है। अंत में इसे विभिन्न रंगों से आवश्यकतानुसार रँगा जाता है। सर्वप्रथम मुखौटे पर सफेद रंग

चढ़ाया जाता है, जिससे मिट्टी का रंग छुप जाए। इसके बाद पात्र के अनुरूप निर्धारित रंग चढ़ाया जाता है। महाकाव्यों के पात्रों के चेहरे विभिन्न रंगों से आवश्यकतानुसार रँगा जाता है। शिव का चेहरा उजला, कृष्ण का आसमानी, पार्वती का गुलाबी, चंद्रमा उजाला, मयूर गुलाबी अथवा नीला रँगा जाता है।

स्त्रियों के केश, योद्धाओं की मूँछें बारीकी से रँगी जाती हैं। रंगों और रेखाओं के मेल से ही ये मुखौटे दर्शक तक सही भाव एवं रस को संप्रेषित कर पाते हैं। राक्षसों के चेहरे को डरावना दिखाने के लिए भूरे या स्लेटी रंग का इस्तेमाल किया जाता है। आँखें उभरी हुई, बड़ी-बड़ी, गोल-गोल दर्शायी जाती हैं। मूँछें काली व मोटी रँगी जाती हैं, जिसके बीच दाँतों की मोटी कतार तथा गुलाबी मसूढ़े भी बनाए जाते हैं।

मुखौटे बनाने का काम झारखंड में मात्र सरायकेला-खरसावाँ तथा सिंहभूम जिलों में ही होता है। ये मुखौटे रंग-बिरंगे, चित्ताकर्षक एवं जीवंत प्रतीत होते हैं। आज छऊ मुखौटा का निर्माण एक स्वतंत्र शैली है और सरायकेला के छऊ का मुखौटा पूरी दुनिया में एक स्मृति-चिह्न के रूप में लोकप्रिय है। इसकी माँग अंतरराष्ट्रीय बाजार में है।

छऊ नृत्य का हर अभिनेता अलग रंग–ढंग का मुखौटा इस्तेमाल करता है, जो एक–दूसरे से बिल्कुल अलग होता है। हर नृत्य–नाटिका की अपनी अलग–अलग कथा–वस्तु है, जिसके अनुरूप शिल्पकार मुखौटे का निर्माण करते हैं। मुखौटे के बगैर छऊ नृत्य नहीं किया जाता है। मुखौटा चाहे कागजी हो, लकड़ी का बना हुआ हो या मिट्टी का, इसकी अनिवार्यता से इनकार नहीं किया जा सकता है। अगर मुखौटा नहीं हो तो गाढ़ा पेंट ही सही, लेकिन छऊ नृत्य के कलाकार को अपनी पहचान तो छिपानी ही पड़ती है। इसी मुखौटे को लगाकर कलाकार आम दर्शकों को रिझाते हैं।

इतिहासकारों के अनुसार, 1897 में हुमा पाटिया मोहड़ा नामक नई कला छऊ को नया आयाम देने के लिए अवतरित हुई। इस दरमियान इस कला के जन्मदाता नरसिंह महापात्र ने देकानाल से जगन्नाथ की प्रतिमा लाकर तत्कालीन राजा नृपराज सिंहदेव की उपस्थिति में खरकई नदी के तट पर स्थापित किया। नागर–शैली में बनी जगन्नाथ मंदिर की स्थापना के पश्चात् छऊ के लिए मुखौटों का निर्माण–कार्य प्रारंभ हुआ। खरकई नदी से मिलनेवाले पत्थरों से तैयार रंग मुखौटों में प्रयुक्त होते थे। इस परिवार के प्रसन्न कुमार महापात्र ने मुखौटा निर्माण के क्षेत्र में उल्लेखनीय योगदान दिया। 1911 के आस–पास राजकुमार

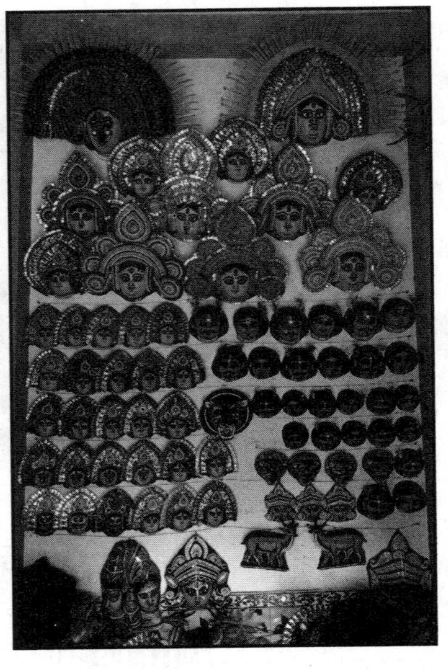

प्रताप सिंहदेव ने इसमें न केवल भारतीय शास्त्रीय संगीत का पुट डाला, बल्कि ओडिसी व उड़ीसा के मंदिर नृत्य गोटिपुउ की खूबियाँ समेटी। कुछ पौराणिक पात्रों—काली, परशुराम आदि के मुखौटे पहनकर छऊ नृत्य का अद्‌भुत करतब दिखाने वाले कलाकार भी सामने आए। फरिखंडा कला और छऊ नृत्य के बढ़ते चरण की गतिशीलता का पूरा आभास राजघरानों को मिल गया था। सरायकेला के महाराजा आदित्य प्रताप सिंह देव के मन को यह कला भा गई थी। फरिखंडा का अभ्यास तो उनके पाइक सैनिक भी किया करते थे। किंतु सरायकेला की आम जनता ने इसे जिस कलात्मक अभिरुचि और मनोरंजन के भाव से ग्रहण किया था, वह कुछ और ही था। महाराजा ने इस फरिखंडा खेल की व्याप्त अभिरुचि को बढ़ावा देना शुरू किया। नृत्य के सारे आयोजन अब आम जनता के द्वारा राजप्रासाद में ही कराए जाने लगे। राजा ने इसमें गहरी दिलचस्पी ली। राजा के छोटे भाई कुमार विजय प्रताप सिंह देव कलात्मक रुचि के व्यक्ति थे। उन्होंने इस कला को गहराई में ले जाने की ठानी और कला-जगत् के मानचित्र पर इसे ऊँचा स्थान दिलाने का संकल्प लिया। उन्होंने भारत के नाट्यशास्त्र तथा अन्य नृत्यशास्त्रीय ग्रंथों का अध्ययन कर देखा कि सरायकेला छऊ नृत्य को किस प्रकार शास्त्रीय ऊँचाई प्रदान की जा सकती है! नतीजा यह हुआ कि कुमार विजय प्रताप ने फरिखंडा कला में पौराणिक, महाभारत, रामायण आदि की मार्मिक कथाओं का समावेश

किया। राम, कृष्ण, काली, परशुराम, दुर्गा, अर्जुन, युधिष्ठिर, भीम, शिव, पार्वती आदि की अनेक कथाओं की मार्मिकता को दृष्टि में रखकर मुखौटे तैयार कराए गए और नृत्य-भंगिमाएँ निश्चित की गईं। इनके अलावा प्रकृति के अनेक विषयों—मयूर, हंस, वर्षा, सागर, हिरण, सर्प आदि के मुखौटे बने और नृत्य-भंगिमाएँ भी बनीं। इस प्रकार राज्याश्रय प्राप्त कर यह कला दिन दूनी रात चैगुनी आगे बढ़ चली। कुमार विजय प्रताप सिंह देव ने इस कला की शास्त्रीय सेहत बनाने का भरपूर इंतजाम किया। इसके लिए जरूरी था कि कलात्मक ढंग के मुखौटे बनाए जाते। संयोग से एक माहिर कलाकार मिल गया, जिसका नाम था—प्रसन्न कुमार महापात्र। महाराजा आदित्य प्रताप तथा विजय प्रताप सिंह की सलाह से इस कलाकार ने अपनी कलात्मक अंगुलियों से मुखौटों में जान डालने का काम किया, जो सचमुच अद्‌भुत था।

मुखौटों की विशेषता चेहरे से दोगुने-तिगुने आकार वाले मुकुट होते हैं, जिन्हें सुनहरे और रुपहले चमकीले कागजों की पन्नियों से खूब सजाया जाता है। कपड़ों के ऊपर भी अंगवस्त्र के रूप में इन्हीं पन्नियोंवाले विशेष वस्त्र का उपयोग होता है। बड़े आकार और भारी-भरकम मुखौटे और मुकुट वास्तव में भारी नहीं होते हैं।

□

28

लेदरा शिल्प

झारखंड में परंपरागत कलाओं का अस्तित्व आज भी है। प्रागैतिहासिक काल से लेकर आधुनिक काल तक मुख्यतया स्त्रियाँ ही विभिन्न शिल्पों की जन्मदात्री मानी जाती हैं। विशेषकर लोककलाओं एवं शिल्पों की संवाहक तो आज भी हमारे समाज की महिलाएँ ही हैं। झारखंड के हजारीबाग क्षेत्र के लेदरा शिल्प की संवाहक भी इस क्षेत्र की ग्रामीण महिलाएँ ही हैं। लेदरा, अर्थात् फटे-पुराने कपड़े। इन्हीं फटे-पुराने कपड़ों से एक सुंदर कृति का निर्माण किया जाता है, जो बच्चों-बूढ़ों के ओढ़ने-बिछाने के काम आता है। वस्तुत: कथरी का ही आधुनिक एवं लोकप्रिय रूप है। कहीं-कहीं इसे 'कांथा कला' ही कहते हैं।

लेदरा शिल्प में फटे-पुराने कपड़ों की पाँच-छह तहें रजाई की तरह सिल दी जाती हैं। सिलाई स्थानीय तौर पर बने सूतों से की जाती है तथा सिलाई का डिजाइन भी कल्पनाशीलता के आधार पर तय किया जाता है। लेकिन इन डिजाइनों का अध्ययन करने पर पाया गया है कि इनमें सोहराई एवं कोहबर चित्रकला के डिजाइन भी बनाए गए हैं, जिनका उद्‌गम इस्को की गुफाओं में विचित्र चित्रों में पाया गया है।

इस प्रकार प्रागैतिहासिक काल में डिजाइनों की परंपरा आज भी कोहबर, सोहराय तथा लेदरा शिल्पों में देखी जा सकती है।

लेदरा तैयार करने में मुख्यत: पुरानी साड़ी अथवा धोती का इस्तेमाल होता है। चार-पाँच साड़ियों को साथ-साथ जमीन पर बिछाकर किनारों पर सिल दिया जाता है। यह संख्या साड़ियों की उपलब्धता-अनुपलब्धता के आधार पर घट-बढ़ भी सकती है। बिछाई गई साड़ियों पर हल्दी, सिंदूर के अथवा कालिख के घोल से वांछित डिजाइन बना दिए जाते हैं। तब इस पर आवश्यकतानुसार विभिन्न रंगों के धागों से सिलाई कर दी जाती है और धागों के कारण कपड़े डिजाइन दिखने लगते हैं। इन डिजाइनों को धागों की ओर भी महीन डिजाइनों से सजाया-सँवारा जाता है, जिससे धीरे-धीरे यह लेदरा एक पतली रजाई का रूप प्राप्त कर लेता है तथा ओढ़ने पर शरीर को ऊष्णता प्रदान करता है। डिजाइनों में स्थानीय फूल-पत्तियाँ, जीव-जंतु आदि का चयन प्रमुखता से किया जाता है। बाघ, मोर, मछली आदि पसंदीदा डिजाइन हैं। अंत में इसे पानी से धोकर सूखने के लिए टाँग दिया जाता है। इसका प्रभाव अंतत: राजस्थान की प्रसिद्ध हलकी रजाई की भाँति होता है। लेदरा शिल्प का प्रदर्शन ऑस्ट्रेलिया में भी वहाँ के प्रसिद्ध जनजाति शिल्पों के साथ कई बार किया जा चुका है।

□

29

मृण शिल्प

प्रायः सभी ललित कलाएँ स्थानीय तत्त्वों के साथ ही विकसित होती है और इसी कारण उनकी पृथक् पहचान भी बनी रहती है। इसमें स्थानीय उपलब्ध साधनों और प्रकृति का विशेष महत्त्व होता है, जिसके कारण कला एक विशिष्ट रूप ग्रहण कर अपनी निजी पहचान बनाती है। झारखंड की जनजातियों में पक्व और अपक्व मिट्टी के बने पात्रों का भी अपना स्थान है। ये मृणपात्र केवल पात्रों तक ही सीमित न रहकर मृण शिल्पों के सुंदर उदाहरण भी हैं।

नवपाषाण युग में आविष्कृत चाक पर आज भी ये मिट्टी के बर्तन, खिलौने तथा दैनिक उपयोग की वस्तुएँ हाथ से तैयार की जाती है। आज भी यह परंपरा कायम है। लोग मिट्टी के बर्तन को सुगढ़ आकार देकर रंग और डिजाइन से अलंकृत भी करते हैं। इस मिट्टी के बर्तन के बिना आज भी पर्व-त्योहार, शादी-विवाह जन्म-मृत्यु कोई भी संस्कार संपन्न नहीं होते हैं।

मिट्टी की मूर्तियाँ, खिलौने आदि पूरी तरह से हाथ से ही बनाए जाते हैं। इनमें चाक की सहायता न लेकर विभिन्न आकारों की छुरियों एवं सूओं की सहायता से इन्हें आकार-प्रकार दिया जाता है। इनके अतिरिक्त चूल्हे, सिगड़ियाँ आदि भी मिट्टी से तैयार की जाती हैं।

झारखंड में मृण-शिल्प का काम वैसे तो सर्वव्याप्त है, किंतु लोहरदगा, राँची, देवघर एवं दुमका आदि स्थानों पर इस शिल्प की विशेष पहचान स्थापित हुई है।

झारखंड के मृण शिल्प कुशल कारीगरों द्वारा बनाई गई विभिन्न प्रकार की वस्तुओं को प्रदर्शित करते हैं। कारीगर औपचारिक पानी के जार, सुराही, मिट्टी के प्याले, लंबी गर्दनवाले फूलदान जैसी उपयोगी वस्तुओं की लंबी श्रृंखला भी बनाते हैं। एक बड़े आकार का बर्तन स्थानीय लोगों के बीच बहुत प्रसिद्ध है, जिसका उपयोग महुआ-शराब बनाने के लिए किया जाता है। झारखंड आकर्षक काले चमचमाते मिट्टी के बर्तनों के लिए भी जाना जाता है।

झारखंड का मृण शिल्प त्योहारों के मौसम में अपनी सभी विविधताओं के साथ खिलता है। झारखंड के गाँवों में लोगों ने जीवंत रंगों के संयोजन और उपयोग के साथ पिछली परंपरा का पालन करते हुए मृण शिल्प को बनाए रखा है।

□

30

वाद्ययंत्र शिल्प

ऐसा कहा जाता है कि झारखंड में चलना नृत्य और बोलना गीत है। इस धरती के कण-कण में प्रकृति का वह अनूठा संगीत समाया हुआ है, जो सीधे आत्मा का स्पर्श करता है। कृत्रिमता व तड़क-भड़क से है यह धरती और यह कला। झारखंड के जनजीवन में संगीत-नृत्य का अत्यंत महत्त्व है। ये संगीत-नृत्य झारखंड के लोगों की जीवन पद्धति और जातीय संस्कृति के सम्यक् दर्पण हैं, प्रकृति के सहज उद्गार हैं। जीवन में घटीत होनेवाले सुख-दुःख, हर्ष-विषाद, संयोग-वियोग, आशा-निराशा,

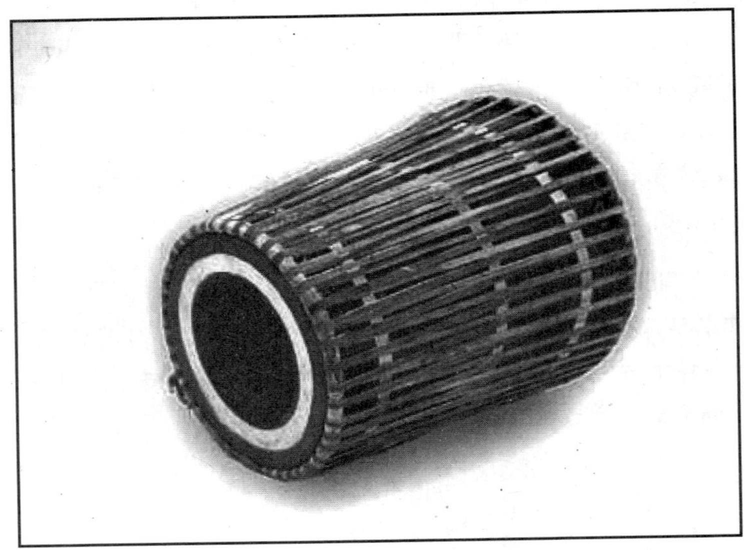

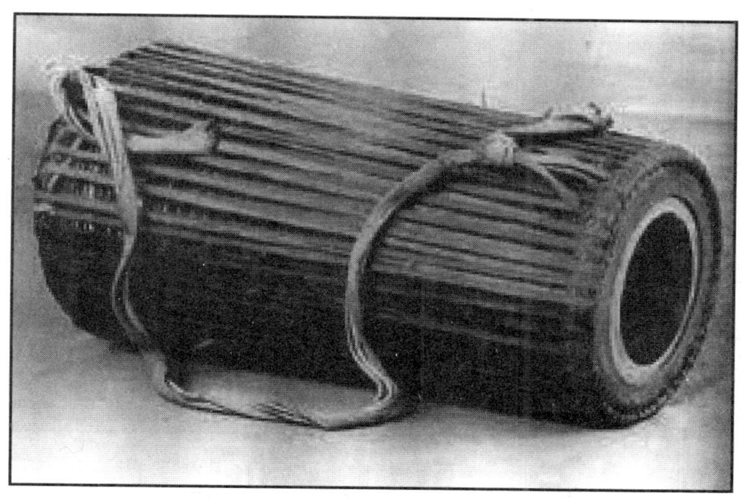

हास्य-विनोद के आकर्षक शब्द-चित्र इनके लोकगीतों में साफ-साफ प्रतिबिंबित होता है। कभी खुद की ताल पर झूमने के लिए, तो कभी जंगली जानवरों से दूर रखने के लिए इन्होंने वाद्ययंत्र बनाए। प्राचीन काल से ही विभिन्न प्रकार के वाद्ययंत्रों का प्रचलन झारखंड क्षेत्र में होता आ रहा है। यहाँ के निवासी पर्व-त्योहार, विवाह, पूजा आदि विभिन्न अवसरों पर होनेवाले नृत्य-गीतों में वाद्ययंत्रों का भरपूर उपयोग करते हैं, जो स्थानीय तौर-तरीकों पर बनाए भी जाते हैं। वस्तुतः नृत्य-गीत, संगीत एवं वाद्य-वादन झारखंडवासियों का प्राण है, जो स्वाभाविक रूप से इन लोगों के अंत:करण से स्पंदित होकर प्रस्फुटित होता है। झारखंड के लोकनृत्य और गीतों में इन वाद्ययंत्रों का सदैव विशिष्ट स्थान रहा है। यहाँ के लोक-वाद्ययंत्रों की कई श्रेणियाँ हैं—तत्वाद्य, सुषिरवाद्य, अवनद्धवाद्य, धनवाद्य।

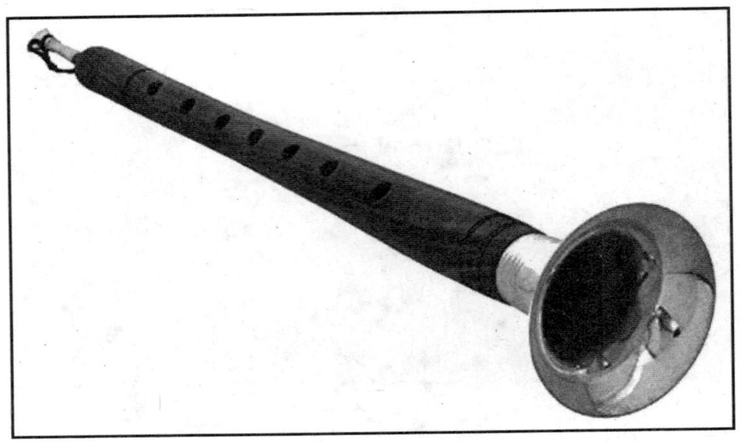

तत्वाद्य श्रेणी में आनेवाले तार-वाद्य हैं—केंदरी, एकतारा या गुपीयंत्र, सारंगी, टुईला, भूआंग आदि। केंदरी, तरंगी, टुईला, एकतारा मुख्यतः स्वर-वाद्य हैं, जो कंठ-गीत के साथ बजाए जाते हैं।

बाँसुरी, आड़ बांसी, सागई(शहनाई), मदन भेरी, सिंगस, शंख यहाँ के सुषिरवाद्य हैं। फूँक इन वाद्यों का प्राण है। इससे स्वरपूरक ध्वनि तथा कुछ से संगीत निकालते हैं। झारखंड के वाद्ययंत्रों में अवनद्ध या चमड़ा निर्मित वाद्यों की संख्या सबसे ज्यादा है। मांदर, ढोल, ढाक, धमसा, नगाड़ा, कारहा, तासा, जुड़ी नागाड़ा आदि वाद्ययंत्र इस श्रेणी में आते हैं।

आदिवासी समाज के बीच कई वाद्ययंत्र अब लुप्त होते जा रहे हैं। इसी में से एक वाद्ययंत्र है—भुआंग। यह आदिवासी समाज में त्योहारों पर विशेष रूप से बजाया जाने वाला महत्त्वपूर्ण वाद्ययंत्र है। दशहरे के समय आदिवासी इलाकों में यह वाद्ययंत्र बाजारों में दिखाई देने लगता है। भुआंग एकतारा जाति का वाद्ययंत्र है, जो धनुष की आकृति का होता है। बड़े लंबे कद्दू के खोल से बने भुआंग के ऊपर लकड़ी का एक कलात्मक फ्रेम होता है। यह डमरू के आकार का होता है। इसके आगे का भाग यू आकार का बना होता है, जिसके दोनों सिरे को लता की बनी

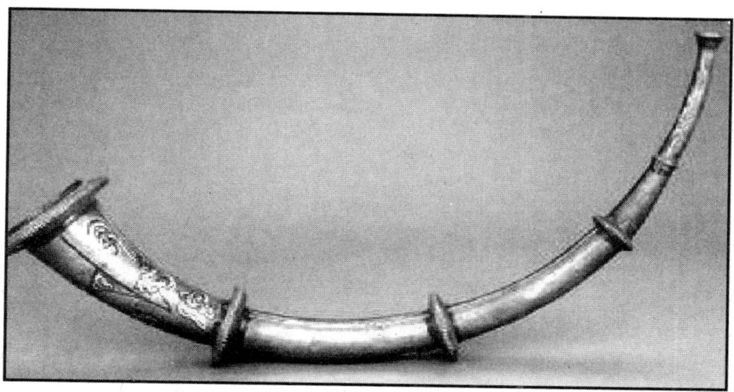

रस्सी से बाँध दिया जाता है। इस रस्सी को धनुष की तरह खींच-खींचकर छोड़ा जाता है। इससे निकलनेवाली धुन सुरीली होती है।

ढोलक जाति के ही ड्रम की तरह एक वाद्ययंत्र होता है चोड़-चोड़ी, जो लकड़ी के डेढ़ या सवा फीट लंबे खोल में दोनों ओर चमड़े से मढ़ा जाता है। मढ़े हुए चमड़े को दबाने के लिए लोहे के एक चपटे दक्षरंग डोर से दोनों ओर से कसा जाता है। इसी चमड़े के साथ फीता बाँधने के लिए लोहे का दक्षरंग लगा रहता है। जरूरत के अनुसार इसे दाएँ-बाएँ किया जा सकता है। इसके सामने वाला भाग, जो पिछले मुँह से थोड़ा बड़ा होता है, उसे बाँस के चपटे व पतले डंडे से दोनों हाथों से बजाया जाता है। कटहल की लकड़ी से बना चोड़-चोड़ अच्छा माना जाता है।

टुहिला झारखंड का एक पुराना वाद्ययंत्र है। यह कोमल ध्वनि का वाद्ययंत्र है, जिससे मधुर गीत बजाए जाते हैं। इसे बनाने में बाँस, रेशम के धागे और कद्दू के खोल का इस्तेमाल किया जाता है। गोलआकार कद्दू लेकर उसके अंदर से सबकुछ निकालकर खाली कर लिया जाता है। फिर इसे सूखा लिया जाता है। फिर सितार और वीणा की तरह इसे बाँस की लकड़ी में बाँधा जाता है। इसमें सिर्फ एक तार का इस्तेमाल होता है। इस एक तार से ही कई तरह के धुन निकाले जाते हैं।

टुहिला श्रेणी का ही एक वाद्ययंत्र है—केंदरा। यह भी धीमी गति से बजने वाला वाद्ययंत्र है। एकल में इसकी ध्वनि कर्णप्रिय होती है। मांदर की संगति गीत- गाने के साथ होती है। बीच-बीच में मात्र केंदरा बजता है। इसकी बनावट टुहिला की तरह होती है।

मांदर तो झारखंड का एक लोकप्रिय वाद्ययंत्र है। इसे 'राज-वाद्य' कहा जाता है। अलग-अलग आकार के मांदर होते हैं। पहले यह मिट्टी से बनाए जाते थे। मिट्टी को कड़ा कर खोल बनाया जाता था। बाद में लकड़ी का प्रयोग होने लगा। अब मिट्टी और लकड़ी का स्थान लोहे व एल्युमिनियम ने ले लिया है।

नगाड़ा क्रांति का प्रतीक है। आंदोलनों में इसका खूब उपयोग होता था। यह ढाक का सहयोगी वाद्ययंत्र है। पहले नगाड़ा अंग्रेजों से लड़ने के लिए संदेश पहुँचाने के काम भी आता था। आज इससे शांति का संदेश दिया जाता है। इसे किसी समारोह में बजाकर लोगों में एकता और भाईचारे का संचार किया जाता है। इसे बजाते ही सबका ध्यान इस ओर आकर्षित हो जाता है। इसे बनाने के लिए शीशम की लकड़ी और

जानवर की खाल की जरूरत होती है। लकड़ी से अर्धअंडाकार खोल तैयार किया जाता है। फिर इसके बड़े सिरे को खाल से बाँधा जाता है। फिर इसकी कसकर सिलाई की जाती है। इसके अलावा इसे रस्सी से कसा जाता है।

ढाक भी यहाँ के लोकप्रिय वाद्ययंत्रों में से एक है। यह ढोल के अनुपात में कुछ बड़ा होता है। इसका उपयोग जन्म से लेकर मृत्यु संस्कार तक, पर्व-त्योहार, पूजा-पाठ आदि के समय होता है, विशेष कर शादी-विवाह में झारखंड में इसके बिना कोई नेग होता ही नहीं है। यह ढोल जाति की श्रेणी में ही आता है। यह विशेष कर काठ के खोल से बना होता है। अब तो यह लोहे के चदरे से भी बनाया जाने लगा है। इसकी लंबाई चार से पाँच फीट तथा गोलाई डेढ़ से दो फीट होती है। बजाने की ओर एवं इससे कुछ अधिक या बराबर गद भाग का मुँह होता है तथा बीच का भाग कुछ उभरा होता है। खोल के मध्य भाग में एक से डेढ़ फीट की दूरी पर लोहे के दो रिंग या सटे हुए हुक होते हैं, जिस पर टंगना बाँधा जाता है। ढाक को एक ही ओर से, यानी चना भाग की ओर से बजाया जाता है।

कई वाद्ययंत्र ऐसे हैं, जो अकेले नहीं, बल्कि किसी के साथ बजाए

जाते हैं। ऐसा ही वाद्य यंत्र है—सारंगी। यह थोड़ा टेढ़ा होता है। इसमें तीन तार होते हैं, जो आपस में एक-दूसरे से अधिक वजन के होते हैं। इसे सिंगा, बाँसुरी और अरबंसी के साथ बजाया जाता है।

बाँसुरी की तरह एक वाद्ययंत्र है—मोहनबांसी। यह लगभग तीन फीट लंबा और बाँसुरी से मोटा होता है। इसमें गाँठ बीच में होती है। इसमें गाँठ से ऊपर चार छेद तथा गाँठ से नीचे एक छेद होता है, जिस पर बाँस की दो-तीन इंच पतली नलीवाली टोंटी लगी होती है, जिसे फूँका जाता है। गाँठ में भी एक छोटा छेद कर दिया जाता है। इसके नीचे बाँसुरी की ही तरह छेद होते हैं, जिस पर अंगुली रखकर, फूँक मारकर बजाया जाता है।

वायलिन जैसा ही एक वाद्ययंत्र है बनम। यह वाद्ययंत्र मुंडा, खड़िया आदि समाजों में खासा लोकप्रिय है। यह लकड़ी का गदानुमा वाद्ययंत्र है।

झारखंड में आदिवासियों का वाद्ययंत्र से पुराना रिश्ता है, लेकिन आज केंदरा, खोचोर, टेचका, टुहिला, मोहनबंसी, तिरियो, मुरली, भेर, बरसिंघ, सरगी, पैजन, सोयको आदि वाद्ययंत्र प्रचलन से बाहर हो गए हैं, लेकिन कुछ लोग अभी भी इसे बचाए रखने की कोशिश में लगे हुए हैं।

□

31

स्ट्रॉ आर्ट

बदलते समय में अब झारखंड में 'स्ट्रॉ आर्ट' भी विकसित होने लगी है। स्ट्रॉ, यानी धान की पुआल की परत को फैलाकर तथा ताप देकर समतल किया जाता है। शिल्पकार इसमें प्रारूप या चित्र बनाता है और उस चित्र को काटकर निकाल लेता है। इस चित्र को सामान्यतया काली पृष्ठभूमि के समतल सतह पर चिपकाया जाता है। इसके बाद चित्र को मढ़ दिया जाता है। पारंपरिक रूप से 'स्ट्रॉ आर्ट' में ग्रामीण जीवन व प्राकृतिक दृश्य बनाए जाते रहे हैं, लेकिन आजकल इसमें सोहराय, कोहबर या जादोपटिया पेंटिंग जैसे पारंपरिक चित्रकला के

डिजाइन भी बनने लगे हैं। ये कला अपने स्थानीय आमजन की जरूरत तथा उपयोग के हिसाब से विकसित हुई है। अब यह कला भी अपनी विशिष्ट रूप को ग्रहण कर अपनी एक अलग पहचान बना रही है। हाल के दिनों में झारखंड के युवाओं में 'ग्रेफिटी पेंटिंग' का भी क्रेज बढ़ रहा है। ग्रेफिटी पेंटिंग दीवारों पर की जानेवाली जानकारी–परक पेंटिंग है। ग्रेफिटी का इस्तेमाल फिल्मों, चुनाव प्रचार और सामाजिक संदेश का प्रचार करने में इस्तेमाल किया जाता है। चित्र कला के इस मॉडर्न स्वरूप को ही ग्रेफिटी का नाम दिया गया है। बोलचाल की भाषा में इसे म्यूजिकल वॉल आर्ट भी कहा जाता है।

□

32

पेपर मेशी कला

अतीत हमारी दुनिया की सुंदरता में कई अंतर्दृष्टि का वादा करता है। सदियों से मानव-जाति ने कई अनूठी वस्तुओं, मूर्तियों, औजारों और कलाकृतियों का निर्माण किया, जो विभिन्न प्रकार की सामग्रियों से बनी हैं और आज भी मौजूद हैं। समय के ये गवाह ऐतिहासिक और सांस्कृतिक—दोनों हैं, क्योंकि ये इस बात पर प्रकाश डालते हैं कि मानवता कैसे विकसित हुई! शिल्प-कौशल और रचनात्मकता प्रभावशाली रूप से बाहर खड़े हैं। चाहे साधारण उपकरण हों, शानदार हथियार हों या विस्तृत मूर्तियाँ, इनमें से प्रत्येक कार्य का अपना चरित्र और आकर्षण है। झारखंड की सात दशक पुरानी एक ऐसी ही कला है—पेपर मेशी कला। यह कला झारखंड के खूँटी जिले में देखने को मिलती है। हस्तकरघा रेशम एवं हस्तशिल्प निदेशालय, खूँटी के अशोक कुमार के अनुसार, इस कला की शुरुआत देश के प्रसिद्ध चित्रकार उपेंद्र महारथी ने एक प्रयोग के तौर पर झारखंड की भूमि में प्रयास किया था। वे हस्तशिल्प अनुसंधान संस्थान,

पटना के निदेशक थे। उन्होंने बाँस शिल्प में विशेष शिक्षा प्राप्त करने के लिए जापान की यात्रा की थी। वे जापान के विभिन्न कला संस्थानों में घूम-घूमकर डेढ़ वर्ष तक शिक्षा प्राप्त कर वापस लौटे थे। इस कलाकृति के निर्माण के लिए पेपर को काटकर पानी में फुलाया जाता है। फिर उस पेपर के टुकड़ों को तीन-चार दिन तक पानी में ही रखा जाता है। बाद में उस पेपर को थापी से कूटा जाता है और कूट-कूटकर उस पेपर के टुकड़े की लुगदी तैयार की जाती है। फिर लुगदी में व्हाइटिंग पाऊडर डालकर मिलाया जाता है और उसमें फेविकोल, गुलगोंद मिलाकर कलाकृति के लिए मेटेरियल तैयार किया जाता है। फिर उस मेटेरियल को साँचे में डालकर प्रेस किया जाता है। प्रेस करने के बाद उसे धूप में सूखने के लिए छोड़ दिया जाता है। 12 घंटा सूखने के बाद मेटेरियल्स साँचा से अलग होने लगते हैं। फिर साँचा से निकालकर उसे चार-पाँच घंटा धूप में रखा जाता है, जिससे कलाकृति में से नमी खत्म हो जाती है। उसके बाद उसे सीरीश पेपर से घीसकर चिकना किया जाता है। कलाकृति को चिकना करने के बाद उस पर अपने पसंद का रंग चढ़ाया जाता है। ये कलाकृतियाँ, खासकर सिल्वर, गोल्डन और ब्लैक कलर की बनाई जाती हैं। पेपर मेशी कला के माध्यम से विविध कलाकृतियाँ, जैसे खिलौने, मुखौटे, मूर्ति आदि बनाए जाते हैं, जो आकर्षक होते हैं।

□

33

शोला पिथ कला

शोला पिथ झारखंड की एक अद्‌भुत व मोहक शिल्पकला है। अन्य पारंपरिक शिल्पों की तरह ही शोला पिथ का मूल संस्कृति, अनुष्ठानों और रोजमर्रा की जिंदगी की धार्मिक आवश्यकताओं में है।

झारखंड में नदियों के किनारे या दलदल जमीन पर और छिछले पानी वाले हिस्से में शोला पिथ नामक एक जंगली पौधा, जो ज्यादातर बरसात के मौसम में उगता है, यह एशिनोमेन प्रजाति का एक सूखा दूधिया सफेद स्पंजी पौधा है। इसे कला की वस्तुओं में या व्यावहारिक उपयोग के लिए आकार दिया जाता है। झारखंड के अलावा पश्चिम बंगाल, उड़ीसा, असम और त्रिपुरा के कुछ हिस्सों में भी यह पौधा पाया जाता है। इस जंगली पौधे से यहाँ के ग्रामीण कलाकार ऐसी सुंदर सजावटी वस्तुएँ बनाते हैं कि उन्हें देखनेवाले दंग रह जाते हैं। आज भी झारखंड के ग्रामीण इलाकों में कुछ लोग इसी कला को अपनी आजीविका का आधार बना रहे हैं। शोला पिथ के पौधों को जमीन से बाहर निकाल कर उन्हें दो-तीन दिनों तक धूप में अच्छी तरह सूखा लिया जाता है। इस काम के लिए दिसंबर और फरवरी का महीना सबसे उपयुक्त माना जाता है। अच्छे शोला पिथ की पहचान यह है कि यह भीतर से बहुत सफेद और मुलायम छालवाला होता है और इसकी टहनियों में भी कोई गाँठ नहीं होती है। शोला पिथ से कलाकृतियाँ तैयार करने के लिए मुख्यत: छोटे और बड़े खत (चाकुनुमा औजार), कैंची और गोंद का इस्तेमाल किया जाता है। इससे सुंदर आकृतियाँ तैयार करने के लिए सबसे पहले खत से टहनी की छाल को हटाया जाता है, उसके बाद इससे टहनी का सफेद हिस्सा बाहर निकल आता है और फिर टहनी व तने की पतली परतें काटकर निकाली जाती हैं। अकसर

तनेवाले हिस्से से चौड़ी और टहनियोंवाले हिस्से से पतली परतें निकाली जाती हैं। फिर कैंची और छोटे आकार के खत के जरिए मनचाहा आकार देकर इस पर बारीक कार्विंग की जाती है। शोला पिथ से मुख्यतः दुर्गापूजा में माँ दुर्गा, लक्ष्मी, सरस्वती, गणेश और कार्तिकेय सहित अनेक देवी-देवताओं को सजाया जाता है। शोला पिथ का उपयोग दूल्हा-दुलहन की मौरी, जयमाला व नामकरण आदि समारोहों में भी बच्चों को पहनाया जाने वाला सफेद रंग का मुकुट भी शोला पिथ का होता है। साथ ही शोला पिथ से तरह-तरह के फूलों, तितलियों और पशु-पक्षियों की आकृति वाली सजावटी वस्तुएँ बनाई जाती हैं। इस हस्तकला की खासियत यह है कि अपनी कलाकृतियों का अपना स्वाभाविक रंग इतना सुंदर और चमकदार होता है कि इसे रँगने के लिए किसी भी कृत्रिम रंग या पेंट की जरूरत नहीं होती। यह देखने में बिल्कुल हाथी-दाँत से बनी हुई लगती है और कई वर्षों तक इसकी चमक बरकरार रहती है। इसे सुरक्षित रखने के लिए शीशे के फ्रेम में जड़ कर रखा जाता है। ब्रिटिश काल में शोला पिथ से बनी शोला-टोपी अंग्रेजों के बीच बहुत लोकप्रिय थी। गर्मियों में भी घर से बाहर निकलते समय वे इसे पहना करते थे।

□

34

स्थापत्य कला

वैज्ञानिकों ने झारखंड के इतिहास को खँगालने की ढेर सारी कोशिशें कीं। स्थापत्य कला का क्रमबद्ध इतिहास का सिलसिला शुरू होने से पहले किस प्रकार अपनी संस्कृति, सभ्यता, भावों तथा विचारों का विकास किया, इसके बहुत से तथ्य आज हमें प्राप्त हो चुके हैं। प्रागैतिहासिक चित्रों और आलेखन का अध्ययन करने वाले अनेक विद्वानों ने प्राप्त पुरातन सामग्री को यूरोप एवं अमेरिका से प्राप्त सामग्री के बाद का समय दिया है। ऐसे प्राचीन चित्र मध्य प्रदेश के आजमगढ़, रायगढ़, मिर्जापुर के लखुनिया फोहर के अलावा झारखंड के चक्रधरपुर से भी प्राप्त हुए हैं। लिस्ट ऑफ मौनूमेंट्स इन छोटानागपुर डिविजन

(1896) तथा आर्कियोलॉजिकल सर्वे रिपोर्ट को देखने से यह स्पष्ट हो जाता है कि झारखंड भी स्थापत्य कला की दृष्टि से कलात्मक और पुरातात्त्विक महत्त्व रखता है। यहाँ के स्थापत्य कला की दृष्टि से उल्लेखनीय कृतियों से यहाँ के अतीत और लोकजीवन के विविध पक्षों को जाना जा सकता है। झारखंड की वास्तुकला यहाँ की परंपरागत एवं बाहरी प्रभावों का मिश्रण है। झारखंड के वास्तु की विशेषता यहाँ की दीवारों के उत्कृष्ट और प्रचुर अलंकरण में है। भित्तिचित्रों और मूर्तियों की योजना, जिसमें अलंकरण के अतिरिक्त अपने विषय के गंभीर भाव भी व्यक्त होते हैं। लिस्ट ऑफ मौनूमेंट्स के अनुसार, दामोदर नदी के किनारे झिंझी पहाड़ी पर जटाजूटधारी शिव की अति प्राचीन मूर्ति और मंदिर है। हजारीबाग के महुदी पहाड़ में पत्थरों को काटकर बनाए गए चार मंदिर संभवतः गुप्त काल के हैं। उनमें सूर्यमुखी फूल और हाथी की आकृतियाँ भी गढ़ी हुई हैं। उनमें शिवलिंग के कुछ अवशेष मिलते हैं। सतगाँवा में दर्जनों मंदिर के अवशेष मिले हैं, जो उत्तर गुप्त काल के हैं। कतरास से आठ मील दूर डुमरा नामक स्थान में विशाल मंदिरों के अवशेष मिले हैं। बोकारो जिले के बगदा गाँव में भी एक प्राचीन शिवालय है। उसके बगल में बने ठाकुर बाड़ी (हरि मंदिर) में पौराणिक कथाओं के आधार पर अनेक आकर्षक कलाकृतियाँ उकेरी हुई हैं। इसे हिंदू स्थापत्य कला का अच्छा नमूना माना जा सकता है।

झारखंड के अधिकांश मंदिरों का निर्माण जीवित आग्नेय पत्थरों से किया गया है। अधिकांश पौराणिक मंदिर शिलाखंडों से बनवाए गए हैं। बुद्ध मंदिरों में चौखट तथा खंभे भी पत्थरों के ही हैं। ईचागढ़ में बुद्धकालीन पत्थर की चार चेहरे वाली एक मूर्ति है। बोड़ेया में मदन मोहन मंदिर है। यह पूरबमुखी मंदिर है। मंदिर में प्रवेश के पूर्व सिंहद्वार को पार करना पड़ता है। इस समय शिलाएँ मंदिर के प्रांगण में यत्र-तत्र बिखरी पड़ी हैं। सिंहद्वार लाँघकर, तीन सीढ़ियाँ चढ़कर मंदिर के चबूतरे पर चढ़ा जाता है। इसी चबूतरे पर दो शिलालेख देखने को मिलते

हैं। मंदिर के चारों ओर पत्थरों को तराश कर चबूतरा बनाया गया है। हापामुनि, पिठोरिया, डोइसा, खुखरा, कोरांबे, टाँगीनाथ, तमाड़ अदि के अवशेष कई दृष्टियों से महत्त्वपूर्ण हैं। नागवंशी महाराजाओं के इतिहास के स्वर्णिम काल में बनी राजधानी नवरतन गढ़ को पहली सुसज्जित राजमहल का दर्जा प्राप्त है। इसकी सुंदरता और कलात्मकता इस बात का साक्षी है कि स्थापत्य के दृष्टि में यह क्षेत्र मुगल काल तक बहुत आगे बढ़ चुका था। ऐतिहासिक प्रमाणों के आधार पर यह महल मूलतः पंचमंजिला था और प्रत्येक मंजिल में 9 कमरे थे। अब केवल तीन मंजिल ही शेष बचे हैं। हालाँकि जनश्रुति है कि यह महल नौमंजिला था, जिनमें से छह मंजिल जमीन में धँस गए। इस महल के विशेष आकर्षण का केंद्र इसका 'खजाना घर' है। संपूर्ण महल कंगूरा-शैली में दाँतेदार परकोटों से घिरा है।

वर्ष 1872 में छोटानागपुर के तत्कालीन आयुक्त ई.सी. डॉल्टन ने जब बुंडू से चैकाहातु जाते समय रास्ते में कांची तथा करकरी नदियों के किनारे मंदिरों के भग्नावशेष को देखा था, तब उसने एक टिप्पणी में लिखा था—कांची नदी के किनारे-किनारे पत्थरों से निर्मित आठ पौराणिक मंदिर देखे गए। ये सारे मंदिर शिव-भक्तों के हैं। मंदिरों का निर्माण विशाल पत्थरों को तराश-तराशकर किया गया है। पुराने दस्तावेजों के अध्ययन से यह ज्ञात होता है कि संभवतः इन मंदिरों का निर्माण पाल काल में हुआ होगा! चतरा जिले के इटखोरी में माँ भद्रकाली मंदिर-परिसर में अद्‌भुत सहस्र शिवलिंग हैं। इसमें छोटे-बड़े 1008 शिवलिंग उत्कीर्ण हैं। गुमला जिला के बानो प्रखंड स्थित केतुंग में अनेक पत्थर की मूर्तियाँ तथा शिवलिंग हैं, जिन पर कुछ उकेरी हुई है। ऐतिहासिक घटनाओं के अनुसार, जब अशोक ने कलिंग पर विजय पाई तथा उनका हृदय परिवर्तन हुआ तो मगध लौटते समय इसी केतुंग में उन्होंने शंकराचार्य से शास्त्रार्थ किया था और शिव की स्थापना कराई गई थी। पालकोट प्रखंड के देवगाँव में भगवान् शिव की मूर्तियाँ हैं तथा उस

पर नक्काशी भी है। चतरा के प्रतापपुर प्रखंड से लगभग 12 किलोमीटर दक्षिण में कुंपा का किला है। इस किले का निर्माण मुगलकाल में किया गया। चतरा के हंटरगंज प्रखंड से लगभग 10 किलोमीटर दक्षिण-पश्चिम में कोलुआ पहाड़ है। यहाँ मध्यकालीन दुर्ग की एक चहारदीवारी है। इस दुर्ग की लंबाई 600 मीटर और चौड़ाई 450 मीटर है। दीवारों की मोटाई 5 मीटर और चौड़ाई 3 मीटर है। इसी कोलुआ पहाड़, यानी कोलेश्वरी पहाड़ के शिखर पर हिंदू देवी-देवताओं के साथ जैन तीर्थंकरों और बुद्ध की मूर्तियाँ हैं। चोटी पर पत्थरों को काटकर जैन तीर्थंकरों की मूर्तियाँ बनाई गई हैं। स्थानीय लोग उन्हें हिंदू मान्यताओं के आधार पर दसावतार मानते हैं।

सिंहभूम जिला के दक्षिण-पूर्व में बेनुसागर में हिंदू और जैन देवी-देवताओं की मूर्तियाँ बिखरी पड़ी हैं। वहाँ दो जैन तीर्थंकरों की मूर्तियाँ भी हैं। उन मूर्तियों का काल 7वीं-8वीं शताब्दी को माना जाता है। वहाँ एक तालाब है और उसके किनारे एक गढ़ का अवशेष भी है। पूर्वी सिंहभूम जिला के बहरागोड़ा प्रखंड़ के गुहियापाल गाँव में 10वीं-11वीं शताब्दी

की मूर्तियाँ पाई गई हैं। दुमका से 70 किलोमीटर दूर मलूटी गाँव है। इसे 'गुप्तकाशी मलूटी' भी कहा जाता है। यहाँ के मंदिरों की पाषाण मूर्तियाँ और फलक प्राचीन स्थापत्य कला के अनोखे व दुर्लभ प्रमाण हैं। यहाँ स्थित देवी मौलिक्षा मंदिर तो अभी भी एक जीवंत शक्तिपीठ माना जाता है। मलूटी का पश्चिम बंगाल की प्रसिद्ध तांत्रिक शक्तिपीठ तारापीठ से सीधा संबंध है। ऐसा माना जाता है कि वामाखेपा की जीवनलीला माँ तारा से जुड़ी थी और उनकी समाधि तारापीठ में है। आज भी वामाखेपा का त्रिशूल मलूटी में स्थापित है। यहाँ के मंदिरों में रामायण के विभिन्न दृश्य उकेरे हुए हैं, साथ ही कृष्णलीलाओं के दृश्य भी चित्रित हैं। एक प्रतिमा ऐसी भी है, जिसमें राम, कृष्ण, शंकर और विष्णु को एकाकार दिखाने का अनोखा प्रयास किया गया है।

पलामू जिले के कोरांग में एक पहाड़ के शीर्ष पर घोड़े पर सवार देवी की मूर्ति है। छत्तरपुर के देवगन में लगभग 300 वर्ष पूर्व के काले पत्थर से निर्मित विष्णु की मूर्ति है। पलामू जिले के विश्रामपुर में एक मंदिर है। संभवतः यह मंदिर भी तीन सौ वर्ष पुराना है। अब यह ध्वस्त हो चुका है। मनातु प्रखंड के मझगाँव में लगभग 400 वर्ष पूर्व निर्मित झारखंडी देवी की मूर्ति है। हुसैनाबाद के पाँसा ग्राम में भी एक गढ़ के निकट झारखंडी देवी की मूर्ति स्थापित है। इसी प्रखंड के समान गाँव में देवी का मंदिर है, जहाँ के लिखित शब्द अपठनीय हैं। पलामू गढ़ में एक ध्वस्त मंदिर है। 1685 में राधावल्लभ मंदिर की स्थापना राजा रघुनाथ ने चुटिया में करवाई। इस मंदिर में 1941 में संगमरमर की गणेश, राधा-कृष्ण तथा सीता-राम की मूर्तियाँ स्थापित की गईं। राँची में 80 मीटर ऊँची पहाड़ी पर जगन्नाथ मंदिर है। यह मंदिर पूरी की जगन्नाथ मंदिर की अनुकृति है। इस मंदिर का निर्माण ठाकुर ऐनी नाथ शाह ने 1691 में करवाया था।

सिंहभूम जिले के चकुलिया प्रखंड के बरबुड़ु में पत्थर निर्मित नारायणी, जिसके दोनों ओर एक-एक बच्चा है, की विशाल मूर्ति है।

पटमदा प्रखंड के पवनपुर में अनेक मूर्तियाँ और ध्वस्त कुछ अवशेष विशेष पत्थरों पर लिखा हुआ पाया गया है। ऐसा माना जाता है कि इसकी खुदाई विक्रमादित्य के राज्य-काल में हुई थी।

धनबाद जिले के बलियापुर प्रखंड स्थित पहाड़पुर में बुद्धकालीन पत्थर की मूर्तियाँ हैं। निरसा प्रखंड के पास ही लगभग एक हजार वर्ष पुरानी श्रीकृष्ण की सिरकटी पत्थर की मूर्ति है। चास प्रखंड के अंतर्गत स्थित कुम्हारी में दामोदर नदी के तट पर लगभग 200 वर्ष पुरानी पत्थर की मूर्ति है। मंदिरों के अवशेष तथा हिंदुओं के पवित्र तीर्थ-स्थलों—आंजन, रामरेखा, कोला (साग की सीमा पर शिवलिंग), देवाकी में (घाघरा थाना की सीमा पर) शिवलिंग, पार्वती, बसहा बैल तथा ईंटों का ध्वस्त मंदिर और नाथ के नामों का उल्लेख किया जाना आवश्यक है। रायडीह से लगभग 20 किलोमीटर दूर रामडेगा गाँव स्थित रामडेगा पहाड़ पर शिवलिंग स्थापित है। राँची जिले के बाघा ग्राम में लगभग 200 वर्ष पुरानी एक महिला की मूर्ति है, जो संभवतः शक्ति की है। पलामू जिले के चंदवा में एक गुफा (महादेव मंडा पर्वत) में अनेक मूर्तियाँ हैं। ऐसी मान्यता है कि पांडवों ने अपने अज्ञातवास के समय यहाँ आश्रय लिया

था। यहाँ पदचिह्न तथा एक और निशान है। बसिया के तिर्रा में शिवलिंग है। अनगड़ा (राँची जिले) प्रखंड के लुपुंग में मिट्टी के मंदिर की दीवार ध्वस्त हो गई है। ऐसी मान्यता है कि भगवान् शिव ने यहाँ दर्शन दिया था। कर्रा प्रखंड के मुरहू गाँव में एक मंदिर के पिछले भाग में छत नहीं है, किंतु नीचे पत्थरों का विशाल चबूतरा है। मुख्य मंदिर का भाग, जिसकी छत पर गोल शिखर है, इसकी ऊँचाई 40 फीट है। शिखर पर एक लोहे का चक्र है। इसी चक्र पर त्रिशूल है, जिस पर त्रिकोणात्मक लाल झंडा लहराता रहता है। मंदिर के गर्भगृह में राधा–कृष्ण की मूर्ति है। मंदिर से लगा बाहरी प्रवेश–द्वार है, जो तीन ओर से खुला है। यहीं से भगवान् के दर्शन के लिए दर्शक अंदर प्रवेश करते हैं। मुख्य द्वार से होकर ही गर्भगृह में जाया जाता है। यहाँ बने स्तंभों पर अत्यंत मनोहारी चित्रकारियाँ तथा ताखे बने हुए हैं। चित्रकारियों को बार–बार छूने के कारण ये विलुप्त होते जा रहे हैं। इसकी छत पर आयताकार तथा इसके ऊपर गोलाकार शिखर है। मुख्य प्रवेश–द्वार के सामने पत्थरों का चबूतरा है। पिठोरिया का मंदिर भी स्थापत्य कला का खूबसूरत नमूना है। झारखंड का पहला गिरजाघर सन् 1855 में गोथिक शैली में निर्मित हुआ था।

झारखंड में प्राप्त मूर्तिकला में पत्थर के साथ–साथ धातु का प्रयोग भी देखने को मिलता है। यहाँ की मूर्तिकला में विभिन्न मुद्राओं और उनकी श्रृंगारिक अलंकरण भी नजर आती है। राँची जिले के देवड़ी मंदिर में सोलहभुजी देवी की मूर्ति है। इसमें देवी के कमर में करघनी, कानों में बालियाँ, सिर पर खुले लहराते बाल, हाथों में गदा, धनुष, चक्र, पद्म, डमरू, त्रिशूल, ढाल, फूल आदि हैं, जो मूर्तिकला में श्रृंगारिक दृष्टि को दिखती है। नगर ऊँटारी के वंशीधर मंदिर में अष्टधातु निर्मित वंशीधर की मूर्ति एक अनुपम कलाकृति है।

□□□